ro
ro
ro

In einem leeren Apartment mit Ausblick auf einen Hinterhof in Manhattan und die Neonreklame des China-Restaurants «Moon Palace» wohnt der Student Marco Stanley Fogg. Marco ist einsam, mittellos und dem psychischen Zusammenbruch nahe. Vor kurzem ist sein Onkel gestorben, der ihn an Vaters Statt aufgezogen hat; seit diese letzte Verbindung zu seiner Vergangenheit abgerissen ist, verläßt er die Wohnung nicht mehr. Er beginnt in allem schicksalhafte Zeichen zu sehen: Das «Moon Palace», dessen Doppel-O ihn drohend anstarrt, scheint geheimnisvoll mit den Moon Men verbunden, der Jazz-Band seines Onkels, diese mit der ersten Mondlandung und diese wiederum mit der kahlen Mondlandschaft der Wüste von Utah. Marco macht sich auf, um das Rätsel dieser seltsamen Zufälle zu lösen und vielleicht auch das seiner ungeklärten Herkunft.

Paul Auster wurde 1947 in Newark, New Jersey, geboren. Er studierte Anglistik und vergleichende Literaturwissenschaft an der Columbia University und verbrachte danach einige Jahre in Paris. Heute lebt er in Brooklyn. Er ist mit der Schriftstellerin Siri Hustvedt verheiratet und hat zwei Kinder.

Paul
Auster

Mond über Manhattan

Roman

Deutsch von Werner Schmitz

Rowohlt Taschenbuch Verlag

Die Originalausgabe erschien 1989 unter dem Titel «Moon Palace»
bei Viking Penguin, Inc., New York

Einmalige Sonderausgabe Januar 2006

Veröffentlicht im Rowohlt Taschenbuch Verlag,
Reinbek bei Hamburg, August 1992

Umschlaggestaltung any.way, Wiebke Jakobs
(Foto: Wiebke Buckow)
Gesamtherstellung Clausen & Bosse, Leck
Printed in Germany
ISBN 13: 978 3 499 24181 9
ISBN 10: 3 499 24181 1

Für Norman Schiff –
zum Andenken

Einen Amerikaner kann nichts
in Erstaunen setzen.
Jules Verne

ERSTES KAPITEL

Es war der Sommer, in dem zum erstenmal Menschen den Mond betraten. Ich war damals noch sehr jung, glaubte aber an keinerlei Zukunft. Ich wollte gefährlich leben, bis an meine Grenzen vordringen und sehen, was mich dort erwartete. Wie sich herausstellte, ging ich daran fast zugrunde. Nach und nach sah ich mein Geld schwinden; ich verlor meine Wohnung; am Ende lebte ich auf der Straße. Ohne ein Mädchen namens Kitty Wu wäre ich wohl verhungert. Ich hatte sie erst kurz vorher zufällig kennengelernt, doch sehe ich in diesem Zufall im nachhinein eine Art Bereitschaft, mich durch den geistigen Einsatz anderer Leute retten zu lassen. Das war der erste Teil. Von da an stießen mir seltsame Dinge zu. Ich verdingte mich bei dem alten Mann im Rollstuhl. Ich fand heraus, wer mein Vater war. Ich wanderte durch die Wüste von Utah nach Kalifornien. Das ist natürlich lange her, aber ich erinnere mich gut an diese Zeit, sie ist der Anfang meines Lebens.

Nach New York kam ich im Herbst 1965. Da war ich achtzehn; während der ersten neun Monate lebte ich in einem Studentenwohnheim. Auswärtige Erstsemester an der Columbia mußten auf dem Campus wohnen, aber gleich nach Abschluß des Semesters zog ich in ein Apartment in der West 112th Street. Dort lebte ich die nächsten drei Jahre bis zu dem Tag, an dem ich am Ende war. In Anbetracht meiner üblen Lage war es ein Wunder, daß ich mich dort überhaupt so lange gehalten habe.

Ich teilte mir diese Wohnung mit über tausend Büchern. Sie hatten ursprünglich meinem Onkel Victor gehört, der sie im Lauf von etwa dreißig Jahren nach und nach gesammelt hatte. Kurz bevor ich aufs College ging, bot er sie mir spontan als Abschiedsgeschenk an. Ich sträubte mich nach Kräften, aber Onkel Victor war ein sentimentaler und großmütiger Mensch, er ließ sich nicht zurückweisen. «Geld kann ich dir nicht geben», sagte er, «und gute Ratschläge auch nicht. Nimm die Bücher, mir zuliebe.» Ich nahm sie, öffnete aber in den nächsten anderthalb Jahren keinen der Pappkartons, in die sie verpackt waren. Ich hatte vor, meinen Onkel zu überreden, die Bücher zurückzunehmen, und bis dahin sollten sie unversehrt bleiben.

Die Kartons erwiesen sich dann als recht nützlich. Die Wohnung in der 112th Street war unmöbliert, und anstatt mein Geld für Dinge zu verschwenden, die ich nicht wollte und mir auch nicht leisten konnte, machte ich aus den Kartons etliche «imaginäre Möbelstücke». Das Ganze glich ein wenig einem Puzzlespiel: die Kartons in verschiedenen Anordnungen zu gruppieren, in Reihen aufzustellen, aufeinanderzustapeln, sie so lange umzubauen, bis sie schließlich Haushaltsgegenständen zu ähneln begannen. Sechzehn dienten als Gestell für meine Matratze, zwölf wurden zu einem Tisch, sieben bildeten einen Sessel, zwei einen Nachttisch und so weiter. Dieses trübe Hellbraun allenthalben wirkte freilich recht monochrom, doch konnte ich nicht umhin, auf meine Findigkeit stolz zu sein. Meine Freunde fanden es ein wenig seltsam, hatten jedoch inzwischen gelernt, bei mir mit Seltsamem zu rechnen. Bedenkt, wie befriedigend es ist, erklärte ich ihnen, wenn man ins Bett kriecht und weiß, daß man auf der amerikanischen Literatur des neunzehnten Jahrhunderts träumen wird. Stellt euch das Vergnügen vor, sich zum Essen hinzusetzen, und unter dem Teller lauert die komplette Renaissance. In Wahrheit hatte ich keine Ahnung, welche Bücher in welchen Kisten waren, aber damals war ich ganz groß im Geschichtenerfinden, und mir gefiel der Klang solcher Sätze, auch wenn sie falsch waren.

Meine imaginären Möbel blieben fast ein Jahr lang unangetastet. Dann aber starb im Frühjahr 1967 Onkel Victor. Sein Tod war ein schrecklicher Schlag für mich; in mancher Hinsicht war es der schlimmste Schlag, den ich je einstecken mußte. Onkel Victor war nicht nur der Mensch, den ich am meisten geliebt hatte, er war auch mein einziger Verwandter, meine einzige Verbindung zu etwas, das über mich selbst hinausging. Ohne ihn fühlte ich mich beraubt, vom Schicksal gezeichnet. Wäre ich auf seinen Tod irgendwie vorbereitet gewesen, hätte ich mich wohl leichter damit abfinden können. Doch wie bereitet man sich auf den Tod eines zweiundfünfzigjährigen Mannes vor, der zeitlebens bei guter Gesundheit gewesen ist? Mein Onkel fiel eines schönen Nachmittags Mitte April einfach tot um, und von da an änderte sich mein Leben, begann ich in eine andere Welt zu entgleiten.

Von meiner Familie gibt es nicht viel zu berichten. Das Personenverzeichnis war klein, und die meisten hatten nur kurze Auftritte. Bis zum elften Lebensjahr lebte ich bei meiner Mutter, dann wurde sie bei einem Verkehrsunfall getötet, in Boston von einem Bus überfahren, der bei Schneefall ins Schleudern geraten war. Ein Vater kam in dem Stück nie vor, es hatte immer nur uns beide gegeben, meine Mutter und mich. Daß sie ihren Mädchennamen benutzte, bewies, daß sie nie verheiratet gewesen war, doch erfuhr ich von meiner unehelichen Geburt erst nach ihrem Tod. Als kleiner Junge kam ich nie auf die Idee, derlei zu hinterfragen. Ich war Marco Fogg, meine Mutter war Emily Fogg, und mein Onkel in Chicago war Victor Fogg. Wir alle hießen Fogg, und es schien mir vollkommen logisch, daß Leute aus ein und derselben Familie denselben Namen trugen. Später erzählte mir Onkel Victor, sein Vater habe ursprünglich Fogelman geheißen; dieser Name sei aber von jemandem im Einwanderungsbüro auf Ellis Island zu Fog verstümmelt worden, Fog mit einem g, wie Nebel, und dies habe der Familie in Amerika als Name gedient, bis 1907 das zweite g hinzugefügt worden sei. Fogel bedeute Vogel, erklärte mir mein Onkel, und mir gefiel die Vorstellung, ein solches Wesen in meinem Innern aufgehoben zu wissen. Ich malte mir aus, irgendeiner meiner kühnen Vorfahren habe tatsächlich fliegen können. Ein Vogel, der durch Nebel fliegt, dachte ich mir, ein riesiger Vogel, der über den Ozean fliegt und erst in Amerika landet.

Ich besitze kein einziges Bild von meiner Mutter, und es fällt mir schwer, mich an ihr Aussehen zu erinnern. Wenn ich sie im Geiste vor mir sehe, erkenne ich eine kleine dunkelhaarige Frau mit kindlich schmalen Handgelenken und zartgliedrigen weißen Fingern, und manchmal fällt mir dann plötzlich wieder ein, wie gut es tat, von diesen Fingern berührt zu werden. Immer ist sie sehr jung und schön, wenn ich sie sehe, und darin täusche ich mich wohl nicht, denn sie war erst neunundzwanzig oder dreißig, als sie starb. Wir bewohnten in Boston und Cambridge nacheinander eine Reihe von kleinen Wohnungen, und ich glaube, sie arbeitete bei irgendeinem Lehrbuchverlag, doch war ich zu jung, um zu begreifen, was sie dort tat. Ganz deutlich erinnere ich mich daran, daß wir zusammen ins Kino gingen (Western von Randolph Scott, *Krieg der Welten, Pinocchio*), daß wir im Dunkel des Theaters saßen, uns bei den Händen hielten und eine Schachtel Popcorn leerten. Sie konnte Witze erzählen, über die ich in heiseres Kichern ausbrach, aber das geschah nur selten, wenn die Planeten in günstiger Konjunktion standen. Oft war sie verträumt, ein wenig griesgrämig, und zuweilen spürte ich, daß eine regelrechte Traurigkeit von ihr ausging, als kämpfte sie innerlich gegen eine ungeheure Verwirrung an.

Als ich älter wurde, ließ sie mich immer öfter mit Babysittern allein zu Hause, doch begriff ich erst viel später, lange nach ihrem Tod, was es mit ihrem häufigen rätselhaften Verschwinden auf sich hatte. Was jedoch meinen Vater angeht, so herrschte dort eine einzige Leere, vorher wie nachher. Es war das einzige Thema, über das mit mir zu reden meine Mutter sich weigerte, und wann immer ich davon anfing, stellte sie sich taub. «Er starb vor sehr langer Zeit», sagte sie allenfalls, «noch vor deiner Geburt.» Nichts im Haus wies auf ihn hin. Kein Foto, nicht einmal ein Name. Da ich mich also an nichts halten konnte, stellte ich ihn mir als dunkelhaarige Version von Buck Rogers vor, als einen Raumfahrer, der in die vierte Dimension geraten war und nicht mehr zurückfand.

Meine Mutter wurde neben ihren Eltern auf dem Westlawn-Friedhof begraben, und danach zog ich zu meinem Onkel in den Norden von Chicago. Auf vieles aus dieser frühen Zeit kann ich mich nicht mehr besinnen, ich war aber anscheinend ziemlich trübsinnig und vergoß manche Träne, schluchzte mich abends in den Schlaf wie ein jämmerliches Waisenkind in einem Roman aus dem neunzehnten Jahrhundert. Einmal begegnete uns eine törichte Bekannte von Victor auf der Straße und begann zu weinen, als sie mir vorgestellt wurde, tupfte sich die Augen mit einem Taschentuch und plärrte unaufhörlich, ich sei also das Kind der Liebe der armen Emmie. Mir war dieser Ausdruck völlig neu, doch merkte ich, daß er auf grausige und unheilvolle Dinge anspielte. Als ich Onkel Victor bat, mir das zu erklären, legte er sich eine Antwort zurecht, die ich nie vergessen habe. «Alle Kinder sind Kinder der Liebe», sagte er, «aber nur die besten nennt man auch so.»

Der ältere Bruder meiner Mutter war ein dürrer, einundvierzigjähriger Junggeselle mit Hakennase, der seinen Lebensunterhalt als Klarinettist verdiente. Wie alle Foggs war er ein eher planloser und verträumter Mensch, sprunghaft und lethargisch. Eben diese Eigenschaften machten seiner verheißungsvoll angelaufenen Karriere beim Cleveland Orchestra schließlich ein Ende. Er verschlief Proben, tauchte ohne Krawatte zu Vorstellungen auf, und einmal besaß er die Frechheit, in Hörweite des bulgarischen Konzertmeisters einen schmutzigen Witz zu erzählen. Nach seinem Hinauswurf trieb er sich bei einer Reihe kleinerer Orchester herum, jedes ein bißchen schlechter als das vorangegangene, und als er 1953 nach Chicago zurückkam, hatte er sich mit der Mittelmäßigkeit seiner Leistungen abzufinden gelernt. Als ich im Februar 1958 bei ihm einzog, gab er Anfängern Klarinettenunterricht und spielte bei Howie Dunns Moonlight Moods, einer kleinen Combo, die bei Hochzeiten, Konfirmationen und Abschlußfeiern auftrat. Victor wußte, daß es ihm an Ehrgeiz fehlte, er wußte aber auch, daß es auf der Welt noch anderes gab als Musik. Ja, es gab so vieles, daß es ihn oft schier überwältigte. Er gehörte zu den Menschen, denen ständig etwas anderes einfällt, während sie gerade mit etwas beschäftigt sind; er konnte sich nicht hinsetzen und ein Stück üben, ohne zwischendurch ein Schachproblem zu durchdenken, er konnte nicht Schach spielen, ohne gleichzeitig über die Schwächen der Chicago Cubs nachzudenken, im Baseballstadion grübelte er über irgendeine Nebenfigur bei Shakespeare, und wenn er schließlich nach Hause kam, konnte er keine zwanzig Minuten mit dem Buch stillsitzen, weil es ihn nun wieder zur Klarinette hinzog. Wo immer er also war, und wohin auch immer er ging, stets hinterließ er eine chaotische Spur von schlechten Schachzügen, unbeendeten Spielberichten und halb gelesenen Büchern.

Es war jedoch nicht schwer, Onkel Victor zu lieben. Zwar war das Essen schlechter als bei meiner Mutter und unsere Wohnungen schäbiger und beengter, doch war derlei auf lange Sicht nebensächlich. Victor spielte sich nicht als jemand auf, der er nicht war. Er wußte, daß er kein Vater sein konnte, und behandelte mich daher weniger wie ein Kind als wie einen Freund, einen heißgeliebten Miniaturkumpel. Damit kamen wir beide gut zurecht. Binnen eines Monats nach meiner Ankunft hatten wir bereits ein Spiel entwickelt, in dem es darum ging, sich Länder auszudenken, imaginäre Welten, in denen die Naturgesetze auf den Kopf gestellt waren. Einige der besseren brauchten Wochen zu ihrer Fertigstellung, und die Karten, die ich davon zeichnete, hingen an einem Ehrenplatz über dem Küchentisch. Das Land des Sporadischen Lichts, zum Beispiel, und das Königreich der Einäugigen. Angesichts der Schwierigkeiten, vor die uns die reale Welt stellte, war es wohl ganz verständlich, daß wir ihr so oft es ging den Rükken kehrten.

Nicht lange nach meiner Ankunft in Chicago nahm Onkel Victor mich mit in eine Vorstellung des Films *In achtzig Tagen um die Welt*. Der Held dieser Geschichte hieß natürlich Fogg, und von diesem Tag an hatte ich bei Onkel Victor den Kosenamen Phileas – eine heimliche Anspielung auf jenen seltsamen Augenblick, «als wir uns auf der Leinwand begegneten», wie er sich ausdrückte. Onkel Victor liebte es, sich zu irgendwelchen Themen kunstvoll-unsinnige Theorien auszudenken, und er wurde nicht müde, mir die in meinem Namen verborgenen Herrlichkeiten auseinanderzusetzen. Marco Stanley Fogg. In seinen Augen bewies dieser Name, daß mir das Reisen im Blut steckte, daß das Leben mich an Orte führen würde, an die kein Mensch zuvor einen Fuß gesetzt hatte. Marco stand selbstredend für Marco Polo, den ersten Europäer, der China besucht hatte; Stanley stand für den amerikanischen Journalisten, der Dr. Livingstone «im Herzen des dunkelsten Afrikas» aufgespürt hatte; und Fogg stand für Phileas, den Mann, der in weniger als drei Monaten um den Globus gehetzt war. Es spielte keine Rolle, daß meine Mutter mich einfach deshalb Marco genannt hatte, weil ihr der Name gefiel, oder daß mein Großvater Stanley geheißen hatte, oder daß Fogg auf den Irrtum, die Laune eines schreibfaulen amerikanischen Beamten zurückzuführen war. Onkel Victor fand Bedeutungen, wo kein anderer welche gefunden hätte, und nutzte sie dann sehr geschickt, um mich unauffällig aufzurichten. In der Tat genoß ich es, daß er mich mit solcher Aufmerksamkeit bedachte, und obwohl ich wußte, daß all sein Reden leer und nichtig war, glaubte ein Teil von mir ihm jedes Wort. Anfangs halfen mir Victors Namensdeutungen, die schwierigen ersten Wochen auf meiner neuen Schule zu überstehen. Namen sind am leichtesten angreifbar, und «Fogg» eignete sich für eine Unmenge spontaner Verballhornungen: Fisch und Frosch zum Beispiel, und dazu unzählige meteorologische Anspielungen: Nebelhorn, Matschkopf, Triefmaul. Nachdem mein Nachname erschöpft war, machte man sich über den Vornamen her. Das o am Ende von «Marco» schrie ja förmlich nach Beinamen wie Dumbo, Beppo und Mumbo Jumbo, doch was danach alles kam, übertraf alle Erwartungen. Marco wurde zu Marco Polo; Marco Polo zu Polohemd; Polohemd zu bleiches Hemd; bleiches Hemd zu Bleichgesicht; und Bleichgesicht zu Arschgesicht – eine verblüffende Grausamkeit, die ich fassungslos zur Kenntnis nahm. Letztlich überstand ich diese Anfangsphase meiner Schulzeit, doch hinterließ sie bei mir eine Empfänglichkeit für die unendliche Anfälligkeit meines Namens. Dieser Name verband sich so sehr mit meinem Selbstwertgefühl, daß ich ihn vor weiterem Schaden bewahren wollte. Mit fünfzehn begann ich alle meine Arbeiten mit M. S. Fogg zu unterschreiben, wobei ich großspurig die Götter der modernen Literatur nachahmte, gleichzeitig aber Gefallen daran fand, daß diese Initialen auch «Manuskript» bedeuteten. Onkel Victor billigte diese Kehrtwendung von ganzem Herzen. «Jedermann ist der Autor seines Lebens», sagte er. «Du hast dein Buch noch nicht zu Ende geschrieben. Es ist also noch ein Manuskript. Was könnte passender sein als das?» Mit der Zeit schwand Marco aus dem allgemeinen Gebrauch. Für meinen Onkel war ich Phileas, und als ich aufs College kam, war ich für alle anderen M. S. Ein paar Witzbolde erklärten, diese Buchstaben seien auch die Abkürzung für eine Krankheit, doch inzwischen war mir jede zusätzliche Assoziation oder Ironie, mit der ich mich schmücken konnte, willkommen. Als ich Kitty Wu kennenlernte, gab sie mir etliche andere Namen, aber die waren gewissermaßen ihr persönliches Eigentum, und auch an ihnen erfreute ich mich: zum Beispiel Foggy, was nur bei besonderen Gelegenheiten benutzt wurde, und Cyrano, was mir aus Gründen zuwuchs, die später noch klar werden. Hätte Onkel Victor Kitty Wu noch kennengelernt, würde er es bestimmt zu schätzen gewußt haben, daß Marco auf seine bescheidene Weise endlich in China Fuß gefaßt hatte.

Der Klarinettenunterricht kam nicht recht voran (mein Atem machte nicht mit, meine Lippen waren ungeduldig), und bald schon drückte ich mich davor. Baseball fand ich viel verlockender, und mit elf war ich eins von den dünnen amerikanischen Kindern, die überallhin ihren Handschuh mitnehmen und tausendmal am Tag die rechte Faust in die Fanghand stoßen. Baseball half mir an der Schule zweifellos über manche Hürde hinweg, und als ich in jenem ersten Frühjahr der örtlichen Little League beitrat, kam Onkel Victor zu fast allen Spielen, um mich anzufeuern. Im Juli 1958 zogen wir jedoch plötzlich nach Saint Paul, Minnesota («Eine seltene Gelegenheit», sagte Victor und meinte die Stelle als Musiklehrer, die ihm dort angeboten worden war), aber schon im Jahr darauf waren wir wieder in Chicago. Im Oktober kaufte Victor einen Fernseher und erlaubte mir, die Schule zu schwänzen, damit ich den White Sox zusehen konnte, wie sie in sechs Spielen die World Series verloren. Es war das Jahr von Early Wynn und den Go-Go-Sox, von Wally Moon und seinen himmelhohen Homeruns. Wir hielten natürlich zu Chicago, waren aber beide insgeheim froh, als der Mann mit den buschigen Augenbrauen im letzten Spiel einen aus dem Stadion schlug. Mit Beginn der nächsten Saison hielten wir dann wieder zu den Cubs – den lahmen, trotteligen Cubs, der Mannschaft, der unser Herz gehörte. Victor war felsenfest davon überzeugt, daß Baseball bei Tageslicht gespielt werden müsse, und er begrüßte es als moralische Leistung, daß der Kaugummikönig nicht der Perversion des Flutlichts erlegen war. «Wenn ich zu einem Spiel gehe», sagte er, «dann will ich nur das Können der Spieler aufleuchten sehen. Bei diesem Sport muß die Sonne scheinen und Schweiß fließen. Apollos Wagen schwebt im Zenit! Der große Ball leuchtet an Amerikas Himmel!» In diesen Jahren diskutierten wir ausführlich über Leute wie Ernie Banks, George Altman und Glen Hobbie. Hobbie mochte er ganz besonders, doch in Übereinstimmung mit seiner Sicht der Dinge erklärte mein Onkel, als Werfer werde der es nie zu etwas bringen, da sein Name nicht auf Professionalität schließen lasse. Derartige Kalauer waren typisch für Victors Humor. Inzwischen hatte ich richtig Gefallen an seinen Witzen gefunden und begriff, warum er dabei so ungerührt dreinschauen mußte.

Kurz nach meinem vierzehnten Geburtstag bezog eine dritte Person unsere Wohnung. Dora Shamsky, geborene Katz, war eine füllige Witwe um die Mitte Vierzig; ihre extravagante Frisur war blond gebleicht, ihr Unterleib fest in ein Mieder geschnürt. Seit dem Tod von Mr. Shamsky vor sechs Jahren hatte sie in der versicherungsstatistischen Abteilung von Mid-American Life als Sekretärin gearbeitet. Onkel Victor begegnete ihr im Tanzsaal des Featherstone Hotel, wo die Moonlight Moods auf der alljährlichen Silvesterfeier der Firma für musikalische Unterhaltung gesorgt hatten. Nach einer stürmischen Umwerbung knüpfte das Paar im März feste Bande. Ich sah an alldem durchaus nichts Kritikwürdiges und agierte bei der Hochzeit stolz als Trauzeuge. Doch als der Staub sich langsam legte, stellte ich bekümmert fest, daß meine neue Tante nicht gerade bereitwillig über Victors Witze lachte, und ich fragte mich, ob das nicht an einer gewissen Beschränktheit liegen könnte, einem Mangel an geistiger Beweglichkeit, der für die Zukunft der Verbindung nichts Gutes verhieß. Bald ging mir auf, daß es zwei Doras gab. Die eine war geschäftig und voller Elan, ein barscher, eher männlicher Charakter, der mit feldwebelhafter Tüchtigkeit durchs Haus stürmte, ein Bollwerk sprühend guter Laune, ein Besserwisser, ein Boß. Die andere Dora war eine versoffene Kokette, eine selbstmitleidige, genußsüchtige Heulsuse, die in einem rosa Bademantel herumschwankte und im Wohnzimmer auf den Boden kotzte. Die zweite war mir viel lieber, wenn auch nur, weil sie dann ein bißchen Zärtlichkeit für mich übrig zu haben schien. Andererseits stellte mich Dora, wenn sie betrunken war, vor ein Rätsel, das ich einfach nicht entwirren konnte, denn Victor wurde mürrisch und unglücklich, wenn sie sich so gehen ließ, und wenn ich etwas nicht ertragen konnte, dann war es, meinen Onkel leiden zu sehen. Mit der nüchternen, keifenden Dora konnte Victor sich abfinden; betrunken aber brachte sie bei ihm eine Strenge und Ungeduld zum Vorschein, die mir unnatürlich vorkam, wie eine Pervertierung seines wahren Ichs. So befanden sich das Gute und das Schlechte in permanentem Kriegszustand. Wenn es Dora gutging, ging es Victor schlecht; wenn es Dora schlechtging, ging es Victor gut. Die gute Dora schuf einen schlechten Victor, und der gute Victor zeigte sich nur, wenn Dora schlecht war. Über ein Jahr lang blieb ich in dieser Höllenmaschine gefangen.

Zum Glück hatte die Bostoner Busgesellschaft eine großzügige Abfindung gezahlt. Nach Victors Berechnungen reichte das Geld für vier Jahre College, plus bescheidenen Lebensunterhalt und ein wenig Taschengeld, um mich auf den sogenannten Ernst des Lebens vorzubereiten. In den ersten Jahren hielt er dieses kleine Vermögen gewissenhaft beisammen. Mein Leben finanzierte er aus seiner Tasche, und zwar gern, denn er war stolz auf seine Verantwortung und schien nicht geneigt, das Geld oder einen Teil davon anzugreifen. Das änderte sich jedoch, als Dora den Schauplatz betrat. Er hob die inzwischen aufgelaufenen Zinsen ab, dazu einen Teil des Taschengelds, und meldete mich auf einem privaten Internat in New Hampshire an, wodurch er die Auswirkungen seiner Fehlkalkulation auszugleichen glaubte. Denn obgleich sich Dora nicht als die Mutter erwies, die er sich für mich erhofft hatte, sah er keinen Grund, die Suche nach einer anderen Lösung aufzugeben. Es war natürlich sehr schade um das Taschengeld, aber da war nun einmal nichts zu machen. Vor die Wahl zwischen Jetzt und Später gestellt, entschied Victor sich immer für das Jetzt, und wenn man bedenkt, daß sein ganzes Leben an die Logik dieses Impulses geknüpft war, dann war es nur natürlich, daß er auch in diesem Fall dem Jetzt den Vorzug gab.

Drei Jahre verbrachte ich auf der Anselm's Academy for Boys. Als ich nach dem zweiten Jahr nach Hause kam, hatten Victor und Dora sich bereits getrennt, doch welchen Sinn hätte es gehabt, schon wieder die Schule zu wechseln? Also fuhr ich nach den Sommerferien nach New Hampshire zurück. Victors Bericht über die Scheidung war ziemlich wirr, und ich erfuhr nie so ganz, was eigentlich passiert war. Die Rede war unter anderem von geplünderten Bankkonten und zerschlagenem Geschirr, aber dann wurde ein Mann namens George erwähnt, und ich fragte mich, ob der nicht auch damit zu tun haben könnte. Ich bohrte jedoch nicht nach Einzelheiten, denn nachdem die Sache einmal ausgemacht war, schien mein Onkel eher erleichtert als bekümmert darüber, wieder allein zu sein. Victor hatte den Ehekrieg überlebt, aber das bedeutete nicht, daß er keine Wunden zurückbehalten hatte. Sein Äußeres war beunruhigend verwahrlost (fehlende Knöpfe, schmutzige Kragen, ausgefranste Hosen), und selbst seine Witze hatten einen schwermütigen, fast bitteren Beiklang bekommen. Das waren schon schlechte Zeichen, aber noch größere Sorgen bereitete mir sein körperlicher Verfall. Es kam vor, daß er beim Gehen ins Stolpern geriet (ein rätselhaftes Wegknikken der Knie), im Haus an irgendwelche Sachen stieß oder plötzlich nicht mehr wußte, wo er war. Ich wußte, das Leben mit Dora hatte seinen Tribut gefordert, aber da muß noch mehr dahintergesteckt haben. Weil ich meine Besorgnis nicht noch steigern wollte, redete ich mir ein, seine Probleme hätten weniger mit seiner körperlichen als mit seiner geistigen Verfassung zu tun. Vielleicht hatte ich damit sogar recht, aber jetzt im Rückblick fällt es mir schwer, mir vorzustellen, daß die Symptome, die ich in jenem Sommer zum erstenmal bemerkte, in keinem Zusammenhang mit dem Herzinfarkt gestanden haben sollen, dem er drei Jahre später erlag. Victor selbst sagte nichts, aber sein Körper teilte mir verschlüsselt etwas mit, und mir fehlten die Mittel oder das Gespür, diesen Code zu knacken.

Als ich in den Weihnachtsferien nach Chicago zurückkam, schien die Krise vorüber. Victor hatte viel von seinem Schwung wiedererlangt, und plötzlich war allerhand im Gange. Im September hatten er und Howie Dunn die Moonlight Moods aufgelöst und mit drei jüngeren Musikern – Schlagzeug, Piano und Saxophon – eine neue Band gegründet. Sie nannten sich jetzt The Moon Men und spielten fast nur Eigenkompositionen. Victor schrieb die Texte, Howie die Musik, und alle fünf sangen, gar nicht mal so schlecht. «Keine Evergreens mehr», erklärte mir Victor, als ich kam. «Keine Tanznummern. Keine feuchtfröhlichen Hochzeiten mehr. Schluß mit dem albernen Affentheater; diesmal wollen wir ganz groß rauskommen.» Keine Frage, sie hatten wirklich ein originelles Programm auf die Beine gestellt, und als ich am nächsten Abend eine ihrer Vorstellungen besuchte, kamen mir ihre Stücke wie eine Offenbarung vor – humorvoll und beseelt, ausgelassen und wild; von der Politik bis zur Liebe wurde alles verspottet. Victors Texte wirkten zunächst wie unbeschwerte Liedchen, doch verbarg sich dahinter ein nahezu swiftscher Witz. Spike Jones im Verein mit Schopenhauer, falls so etwas möglich ist. Howie hatte den Moon Men ein Engagement bei einem der Clubs in der Innenstadt von Chicago besorgt, wo sie von Thanksgiving bis zum Valentinstag jedes Wochenende auftraten. Als ich nach Beendigung der Highschool nach Chicago zurückkam, bereiteten sie sich gerade auf eine Tournee vor, und es war sogar die Rede von einer Schallplattenaufnahme bei einer Gesellschaft in Los Angeles. Und hier kam nun die Sache mit Onkel Victors Büchern. Mitte September begann die Tournee, und er wußte nicht, wann er zurück sein würde.

Es war spätabends, weniger als eine Woche vor meiner Abfahrt nach New York. Victor saß in seinem Sessel am Fenster, arbeitete sich durch ein Päckchen Raleighs und trank Schnaps aus einem billigen Wasserglas. Ich lümmelte auf der Couch, schwebte glücklich auf Wolken von Bourbon und Rauch. Drei oder vier Stunden lang hatten wir über alles mögliche geredet, und jetzt war die Unterhaltung eingeschlafen; jeder von uns hing schweigend seinen Gedanken nach. Onkel Victor zog ein letztes Mal an seiner Zigarette, blinzelte, als der Rauch an seiner Wange emporkräuselte, und drückte die Kippe in seinem Lieblingsaschenbecher aus, einem Souvenir von der Weltausstellung 1939. Während er mich mit glasiger Zuneigung betrachtete, nahm er einen weiteren Schluck aus seinem Glas, leckte sich die Lippen und stieß einen tiefen Seufzer aus. «Jetzt kommen wir zum unangenehmen Teil», sagte er. «Zum Schluß, zum Abschied, zu den berühmten letzten Worten. Die Zelte abbrechen, sagt man wohl in den Westernfilmen dazu. Auch wenn du nicht oft von mir hören wirst, Phileas, denk immer daran, daß ich in Gedanken bei dir bin. Ich würde ja selbst gern wissen, wo ich landen werde, aber uns beiden winken jetzt plötzlich neue Welten, und ich bezweifle, daß wir viel Gelegenheit haben werden, Briefe zu schreiben.» Onkel Victor unterbrach sich, um sich eine neue Zigarette anzuzünden, und ich sah seine Hand mit dem Streichholz zittern. «Niemand weiß, wie lange das gehen wird», fuhr er fort, «aber Howie ist sehr optimistisch. Wir haben schon eine Menge Buchungen, und zweifellos werden noch mehr dazukommen. Colorado, Arizona, Nevada, Kalifornien. Wir schlagen uns Richtung Westen durch, stürzen uns in die Wildnis. Dürfte ganz interessant werden, egal was dabei rauskommt. Eine Bande Großstadtpinkel im Land der Cowboys und Indianer. Aber mir gefällt der Gedanke an dieses weite Land, der Gedanke, unterm Wüstenhimmel meine Musik zu spielen. Wer weiß, vielleicht enthüllt sich mir da draußen eine neue Wahrheit?»

Onkel Victor lachte, wie um diesem Gedanken ein Stück von seiner Ernsthaftigkeit zu nehmen. «Es geht darum», begann er wieder, «daß ich auf so großen Strecken nur mit leichtem Gepäck reisen kann. Ich muß alles mögliche ausrangieren, weggeben, auf den Müll werfen. Aber die Vorstellung, daß all das für immer verschwindet, tut mir weh, und deshalb sollst du die ganzen Sachen haben. Wem kann ich denn sonst vertrauen? Wer sonst könnte die Tradition weiterführen? Mit den Büchern geht es los. Ja, ja, alle miteinander. Was mich betrifft, könnte der Augenblick dafür gar nicht günstiger sein. Als ich sie heute nachmittag gezählt habe, kam ich auf eintausendvierhundertzweiundneunzig Bände. Eine vorteilhafte Zahl, finde ich, denn sie erinnert an die Entdeckung Amerikas durch Kolumbus, und dein ehemaliges College ist auch nach Kolumbus benannt. Manche dieser Bücher sind groß, manche klein, manche sind dick, andere dünn – doch alle enthalten sie Worte. Die Lektüre dieser Worte könnte dir bei deiner Ausbildung nützlich sein. Nein, nein, ich will nichts hören. Keinen Mucks. Wenn du erst mal in New York wohnst, werde ich sie dir schicken lassen. Das doppelte Exemplar von Dante behalte ich, aber alle anderen sollst du haben. Dann das hölzerne Schachspiel. Das magnetische behalte ich, aber das hölzerne nimmst du. Dann die Zigarrenkiste mit den Baseball-Autogrammen. Die Cub-Spieler der letzten zwei Jahrzehnte sind fast komplett, dazu ein paar Stars und jede Menge kleinere Lichter aus der ganzen Liga. Matt Batts, Memo Luna, Rip Repulski, Putsy Caballero, Dick Drott. Die Namen sind so obskur, daß sie schon deshalb unsterblich sein sollten. Sodann komme ich zu allerlei Krimskrams, Plunder, Kleinzeug. Meine Aschenbecher, Souvenirs aus New York und dem Alamo, die Haydn- und Mozart-Aufnahmen, die ich mit dem Cleveland Orchestra gemacht habe, das Familien-Fotoalbum, die Plakette, die ich als Junge für den Sieg beim landesweiten Musikwettbewerb bekommen habe. Das war 1924, falls du das glauben kannst – vor langer, langer Zeit. Und schließlich sollst du auch den Tweedanzug haben, den ich mir vor ein paar Wintern im Loop gekauft habe. Wo ich hinfahre, werde ich ihn nicht brauchen, und er ist aus feinster schottischer Wolle. Ich habe ihn nur zweimal getragen, und wenn ich ihn der Heilsarmee schenke, landet er doch nur auf dem Rücken irgendeines Trunkenbolds aus der Skid Row. Bei dir ist er viel besser aufgehoben. Du wirst vornehm darin aussehen, und es ist doch kein Verbrechen, wenn man einen guten Eindruck macht, oder? Morgen gehen wir als erstes gleich zum Schneider und lassen ihn ändern.

Damit wäre für alles gesorgt, denke ich. Die Bücher, das Schachspiel, die Autogramme, der Kleinkram, der Anzug.

So, nachdem ich mein Königreich abgetreten habe, fühle ich mich zufrieden. Du brauchst mich gar nicht so anzusehen. Ich weiß, was ich tue, und ich bin froh, es getan zu haben. Du bist ein guter Junge, Phileas, und du wirst immer bei mir sein, egal wo ich bin. Fürs erste bewegen wir uns in entgegengesetzte Richtungen. Aber früher oder später werden wir uns wiedersehen, da bin ich ganz sicher. Am Ende gelingt alles, verstehst du, alles fügt sich zusammen. Die neun Kreise. Die neun Planeten. Die neun Innings. Unsere neun Leben. Denk nur mal drüber nach. Es gibt da unendlich viele Verbindungen. Aber für heute abend habe ich genug gequasselt. Es wird spät, der Schlaf ruft nach uns beiden. Komm, gib mir deine Hand. Ja, so ist's richtig, ein guter fester Griff. Genau so. Und jetzt schütteln. So ist's recht, ein Abschiedsschütteln, das bis ans Ende der Zeiten vorhalten soll.»

Alle ein bis zwei Wochen schickte Victor mir eine Postkarte, meist knallbuntes Touristenzeug: die Rocky Mountains bei Sonnenuntergang, Werbefotos von Motels, Kakteen und Rodeos, Vergnügungsranches, Geisterstädte, Wüstenpanoramen. Manchmal standen die Grüße im Ring eines gemalten Lassos, und einmal sprach sogar ein Maultier mittels einer Sprechblase über seinem Kopf: Grüße aus Silver Gulch. Auf der anderen Seite knappe, kaum lesbar hingekritzelte Mitteilungen, aber ich gierte nicht nach Neuigkeiten von meinem Onkel, gelegentliche Lebenszeichen waren mir viel wichtiger. Das eigentliche Vergnügen aber lag in den Karten selbst, und je dämlicher und geschmackloser sie waren, desto glücklicher nahm ich sie in Empfang. Jede, die ich in meinem Briefkasten fand, sagte mir, daß unser gemeinsamer Spaß weiterging, und die allerbesten (ein Bild von einem leeren Restaurant in Reno, eine fette Frau zu Pferde in Cheyenne) heftete ich sogar an die Wand über meinem Bett. Das leere Restaurant leuchtete meinem Zimmergenossen noch ein, aber die Reiterin stellte ihn vor ein Rätsel. Ich erklärte, sie sei Dora, der Exfrau meines Onkels, geradezu unheimlich ähnlich. Und so, wie es auf der Welt zugehe, sagte ich, könne es durchaus sein, daß diese Frau tatsächlich Dora sei.

Da Victor nirgendwo allzulange blieb, kam ich kaum dazu, ihm zu antworten. Ende Oktober schrieb ich ihm einen Neun-Seiten-Brief über den New Yorker Stromausfall (ich war mit zwei Freunden in einem Fahrstuhl hängengeblieben), den ich aber erst im Januar abschickte, als die Moon Men ihr dreiwöchiges Engagement in Tahoe antraten. Oft schreiben konnte ich also nicht, dennoch gelang es mir, geistig mit ihm in Kontakt zu bleiben, indem ich seinen Anzug trug. Anzüge waren damals bei Studenten nicht gerade in Mode, aber ich fühlte mich wohl darin, und da ich praktisch ohnehin nichts anderes hatte, trug ich ihn weiterhin Tag für Tag, das ganze Jahr hindurch. In angespannten und unglücklichen Momenten war es mir ein besonderer Trost, von den warmen Kleidern meines Onkels umhüllt zu sein, und manchmal stellte ich mir vor, der Anzug halte mich buchstäblich zusammen, wenn ich ihn nicht trüge, würde mein Körper auseinanderfliegen. Er wirkte wie eine schützende Hülle, eine zweite Haut, die mir die Schläge des Lebens vom Leib hielt. Im Rückblick wird mir klar, was für eine seltsame Figur ich abgegeben haben muß: hager, unordentlich, ernst, ein junger Mann, der mit dem Rest der Welt offenbar nicht in Einklang war. Und in der Tat, ich wollte mich gar nicht anpassen. Wenn meine Kommilitonen mich für verschroben hielten, war das nicht mein Problem. Ich war der sublime Intellektuelle, das finstere und selbstherrliche zukünftige Genie, der feige Malvolio, der sich von der Menge fernhielt. Ich muß schier erröten bei der Erinnerung an die lächerlichen Posen, die ich damals einnahm. Ich war ein groteskes Gemisch aus Schüchternheit und Arroganz, hin und her gerissen zwischen langem, verlegenem Schweigen und heftigen, ungestümen Ausbrüchen. Wenn es mich überkam, verbrachte ich ganze Nächte in Bars, trank und rauchte, als ob ich mich umbringen wollte, zitierte Verse von unbedeutenden Dichtern des sechzehnten Jahrhunderts, erging mich auf lateinisch in dunklen Anspielungen auf mittelalterliche Philosophen, tat alles mögliche, um meine Freunde zu beeindrucken. Achtzehn ist ein schreckliches Alter, und während ich in der Überzeugung umherlief, erwachsener zu sein als meine Mitschüler, hatte ich mich in Wahrheit bloß auf eine andere Art des Jungseins verlegt. Mehr als alles andere war der Anzug das Kennzeichen meiner Identität, ein Sinnbild dessen, wie ich von anderen gesehen werden wollte. Objektiv betrachtet, war mit dem Anzug alles in Ordnung. Es war ein dunkler, grünlicher, kleinkarierter Tweed mit schmalen Aufschlägen – ein robustes, gutgearbeitetes Kleidungsstück –, doch nachdem ich ihn einige Monate ständig getragen hatte, machte er allmählich einen eher hinfälligen Eindruck, hing wie ein krauser Einfall, wie ein schlaffes Wollgewirr an meinem dünnen Körper. Natürlich wußten meine Freunde nicht, daß ich ihn aus Sentimentalität trug. Mit meinem nonkonformistischen Äußeren befriedigte ich nämlich auch das Verlangen, meinen Onkel bei mir zu haben, und dabei spielte der Schnitt dieses Kleidungsstücks kaum eine Rolle. Hätte Victor mir einen lila Laffenanzug geschenkt, würde ich ihn zweifellos im selben Geist getragen haben wie den Tweed.

Als im Frühjahr der Unterricht endete, schlug mein Mitbewohner vor, wir sollten uns im nächsten Jahr eine Wohnung teilen; ich lehnte ab. Ich mochte Zimmer durchaus (tatsächlich war er mein bester Freund), aber nach vier Jahren Wohnheim und Stubengenossen konnte ich der Versuchung, einmal allein zu leben, einfach nicht widerstehen. Ich fand dann die Wohnung an der West 112th Street, wo ich am 14. Juni mit meinen Koffern einzog, nur wenige Augenblicke bevor zwei kräftige Männer die sechsundsiebzig Kartons mit Onkel Victors Büchern ablieferten, die während der letzten neun Monate in einem Lager untergebracht gewesen waren. Es war eine Atelierwohnung im vierten Stock eines großen Gebäudes mit Aufzug: ein mittelgroßer Raum mit Kochnische in der Südostecke, einem Wandschrank, einem Badezimmer und zwei Fenstern mit Blick auf eine Gasse. Auf dem Sims gurrten Tauben und schlugen mit den Flügeln, unten auf der Straße standen sechs verbeulte Mülltonnen. Drinnen herrschten Grautöne vor und verbreiteten eine stets trübe Stimmung, die auch an den sonnigsten Tagen allenfalls dürftig aufhellte. Anfangs gab es mir manchen Stich, jagte mir manch ängstliche Beklemmung ein, so ganz allein zu leben, aber dann machte ich eine eigenartige Entdeckung, die mir half, mich mit der Wohnung anzufreunden und mich darin einzuleben. In der zweiten oder dritten Nacht stand ich einmal ganz zufällig zwischen den beiden Fenstern, ein wenig schräg dem linken zugewandt. Ich ließ meinen Blick leichthin in diese Richtung wandern, und plötzlich bemerkte ich zwischen den zwei Gebäuden im Hintergrund einen schmalen Durchlaß. Ich sah auf den Broadway, einen sehr kleinen, stark verkürzten Teil des Broadway, und das Bemerkenswerte daran war, daß die gesamte Aussicht, die ich darauf hatte, von einem Neonlicht, einer leuchtenden Fackel aus rosa und blauen Buchstaben ausgefüllt wurde, die das Wort MOON PALACE bildeten. Ich erkannte darin die Reklame des chinesischen Restaurants am Ende des Blocks, aber die Gewalt, mit der dieses Wort mich bestürmte, verdrängte jegliche Verbindung oder Beziehung zur Realität. Es waren magische Buchstaben, die dort im Dunkel hingen wie eine Botschaft des Himmels. MOON PALACE. Ich mußte sofort an Onkel Victor und seine Band denken, und in diesem ersten, irrationalen Augenblick verloren meine Ängste ihre Macht über mich. Etwas derart Plötzliches und Absolutes hatte ich noch nie erlebt. Ein kahler und schmuddeliger

Raum hatte sich in eine Stätte der Innerlichkeit verwandelt, in einen Kreuzungspunkt seltsamer Vorzeichen und rätselhafter Zufälligkeiten. Noch lange starrte ich die Leuchtreklame des Moon Palace an, und allmählich begriff ich, daß ich am rechten Ort gelandet war, daß ich in genau dieser kleinen Wohnung leben wollte.

Den Sommer über arbeitete ich halbtags in einem Buchladen, ging oft ins Kino und liierte und entzweite mich mit einem Mädchen namens Cynthia, dessen Gesicht schon längst aus meiner Erinnerung verschwunden ist. In meiner neuen Wohnung fühlte ich mich mehr und mehr zu Hause, und als im Herbst wieder der Unterricht begann, stürzte ich mich in hektische Vergnügungen, trank nächtelang mit Zimmer und meinen Freunden, jagte nach Liebesabenteuern und feierte lange, vollkommen stumme Lern- und Leseorgien. Viel später, als ich aus der Distanz der Jahre auf all das zurückblickte, wurde mir klar, wie fruchtbar diese Zeit für mich gewesen war.

Dann wurde ich zwanzig, und nur wenige Wochen danach erhielt ich einen langen, nahezu unverständlichen Brief von Onkel Victor, mit Bleistift auf die Rückseite gelber Bestellscheine für die Humboldt Encyclopedia geschrieben. Soweit ich daraus schlau werden konnte, waren die Moon Men in arge Schwierigkeiten geraten und nach einer ausgedehnten Pechsträhne (geplatzte Engagements, Reifenpannen, ein Betrunkener, der dem Saxophonisten die Nase eingeschlagen hatte) schließlich auseinandergegangen. Seit November lebte Onkel Victor in Boise, Idaho, wo er als Vertreter für Lexika eine vorübergehende Arbeit gefunden hatte. Aber das brachte nicht viel ein, und zum erstenmal in all den Jahren, die ich ihn kannte, vernahm ich so etwas wie Mutlosigkeit in Victors Worten. «Meine Klarinette ist im Pfandhaus», hieß es in dem Brief, «mein Bankkonto steht auf Null, und die Einwohner von Boise sind an Enzyklopädien nicht interessiert.»

Ich kabelte meinem Onkel Geld, dann drängte ich ihn in einem Telegramm, nach New York zu kommen. Einige Tage später dankte Victor mir für die Einladung. Ende der Woche werde er seine Geschäfte abschließen, schrieb er, und dann den nächsten Bus nehmen. Ich rechnete mir aus, daß er Dienstag, spätestens Mittwoch eintreffen würde. Aber der Mittwoch kam und ging, ohne daß Victor auftauchte. Ich schickte ein weiteres Telegramm, erhielt aber keine Antwort. Ich stellte mir Katastrophen in Hülle und Fülle vor. Ich malte mir aus, was einem Mann zwischen Boise und New York alles zustoßen konnte, und mit einemmal war der ganze amerikanische Kontinent eine riesige Gefahrenzone, ein böser Alptraum aus Fallen und Labyrinthen. Ich versuchte den Inhaber von Victors Pension ausfindig zu machen, jedoch vergeblich; und dann blieb mir nur noch, die Polizei in Boise anzurufen. Sorgfältig erklärte ich mein Problem dem Sergeant am anderen Ende, einem Mann namens Neil Armstrong. Tags darauf rief Sergeant Armstrong zurück. Onkel Victor war in seinem Zimmer an der North 12th Street tot aufgefunden worden – zusammengesunken auf einem Stuhl, im Mantel, die Finger der rechten Hand hielten eine halb zusammengesetzte Klarinette umklammert. Neben der Tür hatten zwei gepackte Koffer gestanden. Der Raum wurde untersucht, doch konnten die Beamten keinen Hinweis auf ein Verbrechen entdecken. Dem Vorbericht des Leichenbeschauers zufolge war die wahrscheinliche Todesursache ein Herzinfarkt. «Pech, mein Junge», sagte der Sergeant noch, «tut mir wirklich leid.»

Am nächsten Morgen flog ich nach Westen, um das Nötige zu veranlassen. Ich identifizierte Victor im Leichenschauhaus, beglich seine Schulden, unterschrieb Papiere und Formulare, traf Vorbereitungen für den Transport der Leiche nach Chicago. Der Bestattungsunternehmer von Boise war über den Zustand der Leiche verzweifelt. Nachdem sie fast eine Woche lang in dem Zimmer gelegen hatte, war nicht mehr viel damit zu machen. «An Ihrer Stelle», sagte er zu mir, «würde ich keine Wunder erwarten.»

Telefonisch arrangierte ich die Beerdigung, nahm Verbindung mit einigen Freunden Victors auf (Howie Dunn, dem Saxophonisten mit der gebrochenen Nase, einer Reihe seiner ehemaligen Schüler), unternahm einen halbherzigen Versuch, Dora zu erreichen (sie war nicht aufzufinden), und begleitete schließlich den Sarg nach Chicago zurück. Victor wurde neben meiner Mutter bestattet, es goß in Strömen, als wir dort standen und unseren Freund in der Erde verschwinden sahen. Danach fuhren wir zu Dunns Haus an der North Side, wo Mrs. Dunn ein bescheidenes Mahl aus kaltem Aufschnitt und heißer Suppe vorbereitet hatte. Ich hatte die letzten vier Stunden ununterbrochen geweint und kippte jetzt beim Essen fünf oder sechs doppelte Bourbons in mich hinein. Dies hellte meine Laune beträchtlich auf, und nach etwa einer Stunde begann ich mit lauter Stimme zu singen. Howie begleitete mich auf dem Piano, und eine Weile ging es ziemlich wüst her auf der Versammlung. Als ich mich dann auf den Boden erbrach, war der Zauber gebrochen. Um sechs Uhr verabschiedete ich mich und taumelte in den Regen hinaus. Zwei Stunden lang irrte ich blindlings umher, erbrach mich noch einmal vor einer Haustür und traf dann in einer neonhellen Straße unter einem Schirm eine dünne grauäugige Prostituierte namens Agnes. Ich begleitete sie auf ihr Zimmer im Eldorado Hotel, hielt ihr einen kurzen Vortrag über die Gedichte von Sir Walter Raleigh und sang ihr Schlaflieder vor, während sie sich auszog und die Beine spreizte. Sie sagte, ich sei wahnsinnig, doch als ich ihr hundert Dollar gab, hatte sie nichts mehr dagegen, die Nacht mit mir zu verbringen. Ich schlief freilich schlecht, und um vier Uhr morgens schlüpfte ich aus dem Bett, stieg in meine feuchten Kleider und nahm ein Taxi zum Flughafen. Um zehn Uhr war ich wieder in New York.

Trauer war am Ende nicht das Problem. Sie war vielleicht die erste Ursache, wich jedoch bald etwas anderem – etwas Greifbarerem, in seinen Auswirkungen besser Berechenbarem, heftiger Zersetzendem. Eine ganze Kette von Gewalten war in Gang gesetzt worden, und irgendwann geriet ich ins Taumeln, flog in immer größeren Kreisen um mich selbst, bis ich am Ende aus der Umlaufbahn trudelte.

Mit einem Wort, meine finanzielle Situation verschlechterte sich. Mir war das schon seit einiger Zeit bewußt gewesen, doch bis dahin hatte die Gefahr nur in weiter Ferne gelauert, und ich hatte keinen ernsthaften Gedanken daran verschwendet. In den schrecklichen Tagen nach Onkel Victors Tod hatte ich jedoch Tausende von Dollars ausgegeben, so daß der Vorrat, der mich durch die Collegezeit begleiten sollte, arg zusammengeschrumpft war. Falls ich nicht irgend etwas unternahm, die Summe zu ersetzen, würde es nicht bis zum Ende reichen. Wenn ich das Geld weiter im gegenwärtigen Tempo ausgäbe, rechnete ich mir aus, wären meine Mittel im November meines letzten Studienjahres erschöpft. Und zwar vollständig, bis auf den allerletzten Penny.

Mein erster Gedanke war, das College zu verlassen, aber nachdem ich ein paar Tage mit diesem Gedanken gespielt hatte, besann ich mich eines Besseren. Ich hatte meinem Onkel versprochen, das Examen zu machen, und da er nun nicht mehr da war, um irgendeine Änderung meiner Pläne gutheißen zu können, glaubte ich mein Wort nicht einfach brechen zu dürfen. Dazu kam das Problem der Einberufung. Wenn ich jetzt vom College abginge, würde meine studienbedingte Zurückstellung aufgehoben, und die Vorstellung, einem frühen Tod in den Dschungeln Asiens entgegenzumarschieren, gefiel mir überhaupt nicht. Also würde ich in New York bleiben und weiter auf die Columbia University gehen. Eine vernünftige Entscheidung, das einzig Richtige. Nach einem so verheißungsvollen Beginn hätte es mir eigentlich nicht schwerfallen sollen, vernünftig weiterzumachen. Leuten in meiner Lage boten sich allerhand Möglichkeiten – Stipendien, Darlehen, kombinierte Studien- und Arbeitsprogramme –, doch als ich darüber nachzudenken begann, fühlte ich mich ziemlich angewidert. Es handelte sich um eine jähe, unwillkürliche Reaktion, einen heftigen Anfall von Ekel. Ich wollte an alldem nicht teilhaben, erkannte ich, und wies es daher in Bausch und Bogen von mir – stur, verächtlich, im klaren Bewußtsein der Tatsache, daß ich soeben meine einzige Hoffnung, die Krise zu überstehen, zunichte gemacht hatte. Von da an unternahm ich nichts mehr, um mir selbst zu helfen, weigerte mich, auch nur einen Finger zu rühren. Weiß der Himmel, warum ich mich so angestellt habe. Damals ersann ich zahllose Rechtfertigungen, aber am Ende war es doch wohl nichts anderes als Verzweiflung. Ich war verzweifelt, zutiefst aufgewühlt, und hielt irgendein drastisches Vorgehen für angebracht. Ich wollte der Welt ins Gesicht spucken, etwas so Ausgefallenes wie nur möglich machen. Und mit dem ganzen Eifer und Idealismus eines jungen Mannes, der zuviel nachgedacht und zu viele Bücher gelesen hatte, beschloß ich dann, gar nichts zu unternehmen: Meine Tat würde ein militantes Verweigern jeglicher Tat sein. Das war ein zur ästhetischen Lehre verklärter Nihilismus. Ich wollte mein Leben zu einem Kunstwerk machen, mich selbst solch hochgradigen Widersprüchen aussetzen, daß jeder Atemzug mich lehren würde, mein Verhängnis auszukosten. Die Zeichen wiesen auf totale Finsternis, und sosehr ich nach einer anderen Interpretation tastete, so sehr lockte mich die Vorstellung dieser Finsternis und verführte mich allmählich durch die Schlichtheit ihres

Gefüges. Ich wollte nichts tun, um dem Unausweichlichen zu entrinnen, wollte mich aber auch nicht hineinstürzen. Wenn das Leben fürs erste so weiterginge wie früher, dann um so besser. Ich würde geduldig sein und unerschütterlich durchhalten. Ich wußte eben einfach, was mich erwartete, und ob es nun heute passierte oder morgen, war egal; passieren würde es jedenfalls. Totale Finsternis. Das Opfertier war geschlachtet, seine Eingeweide gedeutet. Der Mond würde sich vor die Sonne schieben, und genau da würde ich verschwinden. Ich wäre vollkommen pleite, ein Stück Treibgut aus Fleisch und Knochen ohne einen einzigen Cent.

Damals begann ich, Onkel Victors Bücher zu lesen. Zwei Wochen nach der Beerdigung nahm ich mir wahllos einen der Kartons vor, schlitzte mit einem Messer vorsichtig das Klebeband auf und las alles, was ich darin fand. Es war eine seltsame Mischung, anscheinend ohne bestimmte Ordnung oder Absicht zusammengepackt. Romane und Schauspiele, Geschichtsbücher und Reisebücher, Schachlehrbücher und Krimis, Science-fiction und philosophische Werke – ein vollkommenes Durcheinander von Gedrucktem. Mir war das einerlei. Ich las jedes Buch bis zum Ende und weigerte mich, ein Urteil darüber zu fällen. Für mich war jedes Buch jedem anderen Buch gleichwertig, bestand jeder Satz aus genau der richtigen Anzahl von Wörtern und stand jedes Wort genau an seinem Platz. So also wollte ich um meinen Onkel Victor trauern. Eine Kiste nach der anderen öffnen und jedes einzelne Buch darin lesen. Das war die Aufgabe, die ich mir stellte, und ich hielt durch bis zum bitteren Ende.

Jede neue Kiste enthielt ein ähnliches Durcheinander wie die erste, einen Mischmasch aus nieder und erhaben, massenhaft Eintagsfliegen neben Klassikern, zerfetzte Paperbacks zwischen gebundenen Ausgaben, Kommerz dicht an dicht mit Donne und Tolstoi. Onkel Victor hatte seine Bibliothek auf systematische Weise geordnet. Jedes neuerworbene Buch hatte er neben das zuletzt gekaufte ins Regal gestellt, und nach und nach waren die Reihen angewachsen, hatten im Lauf der Jahre immer mehr Platz eingenommen. Und genauso waren die Bücher in die Kisten gewandert. Wenn auch sonst nichts stimmte, die Chronologie war intakt, die Reihenfolge durch Saumseligkeit erhalten geblieben. Ich hielt das für eine ideale Anordnung. Jedesmal, wenn ich eine Kiste aufmachte, konnte ich einen anderen Abschnitt von Onkel Victors Leben besichtigen, einen bestimmten Zeitraum von Tagen, Wochen oder Monaten; mich tröstete das Gefühl, daß ich denselben geistigen Raum betrat, den Victor auch schon einmal betreten hatte – ich las dieselben Worte, lebte in denselben Geschichten, dachte womöglich sogar dieselben Gedanken. Fast war es, als folgte ich der Route eines Forschers aus längst vergangenen Tagen, als wiederholte ich seine entschlossenen Schritte in unberührtes Gebiet, westwärts mit der Sonne, dem Licht hinterher, bis es schließlich erlosch. Da die Kisten weder numeriert noch beschriftet waren, konnte ich nie im voraus wissen, in welchen Abschnitt ich mich begeben würde. Die Reise war daher eine Folge von einzelnen, unzusammenhängenden Spritztouren. Von Boston nach Lenox etwa. Von Minneapolis nach Sioux Falls. Von Kenosha nach Salt Lake City. Es kümmerte mich nicht, daß ich gezwungen war, auf der Landkarte herumzuspringen. Am Ende würden alle weißen Flecke ausgefüllt und alle Fernen durchmessen sein.

Viele der Bücher kannte ich bereits, einige waren mir von Victor vorgelesen worden: *Robinson Crusoe, Doktor Jekyll und Mr. Hyde, Unsichtbar*. Davon ließ ich mich aber nicht abhalten. Ich ackerte mich durch alles mit gleichbleibender Leidenschaft, verschlang alte Werke ebenso gierig wie neue. In den Ecken meines Zimmers wuchsen Stapel ausgelesener Bücher, und wann immer einer dieser Türme umzustürzen drohte, packte ich die gefährdeten Bände in zwei Einkaufstüten und nahm sie auf meinem nächsten Gang zur Columbia mit. Gleich gegenüber dem Campus lag am Broadway Chandler's Bookstore, ein vollgestopftes, staubiges Rattenloch, das schwunghaften Handel mit alten Büchern trieb. Zwischen dem Sommer 1967 und dem Sommer 1969 erschien ich dort Dutzende Male, um nach und nach mein Erbe zu veräußern. Es war die einzige Tat, die ich mir zugestand – Gebrauch zu machen von dem, was mir ohnehin gehörte. Es bereitete mir Kummer, mich von Onkel Victors ehemaligen Besitztümern zu trennen, doch war mir dabei klar, daß er es mir nicht übelgenommen hätte. Durch das Lesen der Bücher hatte ich meine Schuld bei ihm gewissermaßen beglichen, und bei meiner akuten Geldknappheit schien es mir nur logisch, den nächsten Schritt zu unternehmen und die Bücher zu Geld zu machen.

Das Problem war, daß ich nicht genug daran verdiente. Chandler war nur auf seinen Vorteil aus, und er dachte von Büchern so ganz anders als ich, daß ich kaum wußte, was ich zu ihm sagen sollte. Für mich waren Bücher keine Behälter für Wörter, sondern eher die Worte selbst, und der Wert eines bestimmten Buchs ergab sich mehr aus seinem geistigen Rang als aus seinem äußerlichen Zustand. So war etwa ein eselsohriger Homer wertvoller als ein bildschöner Vergil; drei Bände Descartes waren nicht soviel wert wie einer von Pascal. Für mich waren das fundamentale Unterschiede, aber für Chandler gab es sie einfach nicht. Ein Buch war für ihn lediglich ein Gegenstand, ein Ding, das der Welt der Dinge angehörte, und als solches unterschied es sich nicht wesentlich von einem Schuhkarton, einer Saugglocke oder einer Kaffeekanne. Jedesmal, wenn ich einen Teil von Onkel Victors Bibliothek zu ihm brachte, begann der alte Mann mit der gleichen Prozedur. Er befingerte die Bücher voller Verachtung, prüfte die Rücken, suchte nach Flecken und Schäden und vermittelte stets den Eindruck eines Menschen, der in einem Haufen Unrat wühlt. Das waren die Spielregeln. Tiefstpreise konnte Chandler nur bieten, wenn er die Ware schlechtmachte. Nach dreißig Jahren Übung beherrschte er die Sache aus dem Effeff, hatte ein Repertoire von Gemurmel und beiläufigen Bemerkungen, schmerzlichen Grimassen, Zungenschnalzern und traurigem Kopfschütteln parat. Dieses Theater sollte mir die Belanglosigkeit meines Urteils vor Augen führen, sollte mich beschämt die Dreistigkeit erkennen lassen, mit der ich ihm diese Bücher überhaupt anzubieten wagte. Wollen Sie allen Ernstes Geld für diese Sachen haben? Erwarten Sie etwa auch Geld vom Müllmann, wenn er Ihren Abfall wegbringt?

Ich wußte, daß ich betrogen wurde, protestierte aber nur selten. Was hätte ich denn machen sollen? Chandler war der Stärkere, und daran ließ sich nichts ändern – denn ich wollte immer unbedingt verkaufen, und ihm lag nie etwas am Kaufen. Es hatte auch gar keinen Sinn, ihm meinerseits Gleichgültigkeit vorzuspielen. Dann wäre der Handel einfach nicht zustande gekommen, und das wäre am Ende noch schlimmer gewesen, als betrogen zu werden. Ich fand heraus, daß ich gewöhnlich besser fuhr, wenn ich ihm kleinere Mengen Bücher brachte, also höchstens zwölf bis fünfzehn auf einmal. Dann schien der Durchschnittspreis pro Buch ein wenig zu steigen. Aber je geringer der Erlös, desto öfter mußte ich wiederkommen, und mir war klar, daß ich ihn so selten wie möglich aufsuchen durfte – denn je mehr ich mit Chandler zu tun hatte, desto schwächer wurde meine Position. Ich konnte also tun, was ich wollte, Chandler mußte immer gewinnen. In all diesen Monaten machte der Alte sich nicht die Mühe, mit mir zu reden. Er grüßte nicht, er lächelte nicht, er gab mir nicht einmal die Hand. Er tat so interesselos, daß ich mich manchmal fragte, ob er sich von einem Besuch zum anderen überhaupt an mich erinnerte. Was Chandler anging, hätte ich jedesmal ein neuer Kunde sein können – einer von einer Reihe diverser Fremder, einer beliebigen Masse.

Während ich nach und nach die Bücher verkaufte, machte meine Wohnung viele Veränderungen durch. Das war unvermeidlich, denn mit jedem weiteren Karton, den ich öffnete, wurde zugleich ein weiteres Möbelstück zerstört. Mein Bett wurde abgebaut, meine Stühle schrumpften und verschwanden, mein Schreibtisch zerstob in den leeren Raum. Mein Leben war zu einem anwachsenden Nichts geworden; ich sah es buchstäblich vor mir: eine fühlbare, sich aufblähende Leere. Jedesmal, wenn ich mich in die Vergangenheit meines Onkels wagte, hatte das ein greifbares Ergebnis, eine Auswirkung in der realen Welt. Folglich standen mir die Konsequenzen immer vor Augen, und es gab keine Möglichkeit, ihnen zu entrinnen. So viele Kisten waren noch übrig, so viele Kisten waren schon fort. Ich brauchte nur mein Zimmer anzusehen, um zu wissen, was geschah. Das Zimmer war ein Meßgerät für meinen Zustand: wieviel von mir noch da war, wieviel schon weg. Ich war Täter und Zeuge zugleich, Schauspieler und Publikum in einem Einmanntheater. Ich konnte meiner fortschreitenden Zergliederung zusehen. Stück für Stück konnte ich mich verschwinden sehen.

Es waren freilich schwere Zeiten für jedermann. In meiner Erinnerung bilden sie ein Chaos aus Politik und Aufmärschen, Empörung, Megaphonen und Gewalt. Im Frühjahr 1968 schien jeder Tag einen neuen Umsturz hervorzuwürgen. Wenn nicht in Prag, dann in Berlin; wenn nicht in Paris, dann in New York. In Vietnam waren eine halbe Million Soldaten. Der Präsident verzichtete auf eine zweite Kandidatur. Leute wurden ermordet. Nach jahrelangen Kämpfen war der Krieg so wichtig geworden, daß nun auch die banalsten Gedanken davon infiziert waren, und ich wußte, daß ich, egal was ich tat oder nicht tat, ebenso daran teilhatte wie jeder andere. Als ich eines Abends auf einer Bank im Riverside Park saß und auf das Wasser hinausschaute, sah ich am anderen Ufer einen Öltank explodieren. Plötzlich stand der Himmel in Flammen, und als ich brennende Trümmerstücke über den Hudson treiben und zu meinen Füßen landen sah, kam mir der Gedanke, daß man der Wahrheit schwere Gewalt antun müßte, wollte man Inneres und Äußeres voneinander trennen. Im selben Monat noch wurde der Columbia-Campus zu einem Schlachtfeld, Hunderte von Studenten wurden verhaftet, darunter Tagträumer wie Zimmer und ich selbst. Ich gedenke nicht, das hier in irgendeiner Weise zu erörtern. Jedermann ist mit der Geschichte jener Tage vertraut, und es hätte gar keinen Sinn, noch einmal davon anzufangen. Womit ich aber nicht sagen will, daß man sie vergessen sollte. Meine eigene Geschichte fußt auf den Trümmern jener Tage, und solange das nicht klar ist, wird sie ganz und gar sinnlos erscheinen.

Als ich (im September 1967) das dritte Studienjahr antrat, war mein Anzug schon lange hinüber. Ramponiert von dem Wasserschwall bei den Unruhen in Chicago, war der Hosenboden durchgewetzt und das Jackett an Taschen und Schlitz eingerissen, und schließlich hatte ich ihn verloren gegeben. Ich hängte ihn als Andenken an glücklichere Tage in meinen Wandschrank, zog los und kaufte mir die billigsten und haltbarsten Kleider, die ich finden konnte: Arbeitsstiefel, Bluejeans, Flanellhemden und eine gebrauchte Lederjacke aus einem Army-Laden. Meine Freunde waren entsetzt über diese Verwandlung, aber ich sagte kein Wort dazu, denn was sie dachten, war noch meine geringste Sorge. Dasselbe galt für das Telefon. Nicht, um mich von der Welt zu isolieren, ließ ich es abstellen, sondern schlicht deshalb, weil es Ausgaben bedeutete, die ich mir nicht mehr leisten konnte. Als Zimmer mir deswegen eines Tages vor der Bücherei Vorhaltungen machte (er schimpfte, wie schwer ich jetzt zu erreichen sei), wich ich meinen Finanzproblemen aus und redete lang und breit über Drähte, Stimmen und den Tod der menschlichen Kommunikation. «Eine elektrisch übermittelte Stimme ist keine wirkliche», sagte ich. «Wir haben uns alle an diese Phantome unserer selbst gewöhnt, aber wenn man mal darüber nachdenkt, ist das Telefon ein Instrument der Verzerrungen und Hirngespinste. Verkehr zwischen Gespenstern, verbale Absonderungen von körperlosen Geistern. Ich will den Menschen, mit dem ich spreche, sehen können. Wenn das nicht geht, möchte ich lieber überhaupt nicht sprechen.» Solches Gerede wurde nun typisch für mich – Ausflüchte, Zweideutigkeiten, verrückte Theorien, mit denen ich auf ganz vernünftige Fragen reagierte. Da ich nicht wollte, daß jemand erfuhr, wie schlecht es mir ging, glaubte ich mir nur mit Lügen aus solchen Verlegenheiten helfen zu können. Je schlechter es mir ging, desto bizarrer und verdrehter wurden meine Erfindungen. Warum ich das Rauchen aufgegeben hatte, warum das Trinken, warum ich es aufgegeben hatte, in Restaurants zu essen – nie war ich um eine absurd rationale Erklärung verlegen. Am Ende redete ich wie ein anarchistischer Einsiedler, ein Endzeit-Spinner, ein Maschinenstürmer. Doch meine Freunde amüsierten sich, und so gelang es mir, mein Geheimnis zu bewahren. Stolz spielte bei diesen Faxen zweifellos eine Rolle, entscheidend aber war, daß niemand mir in den Weg treten sollte, den ich mir selbst bestimmt hatte. Darüber zu reden hätte nichts als Mitleid und womöglich sogar Hilfsangebote eingebracht, und das hätte mir die ganze Tour vermasselt. Lieber verschanzte ich mich hinter dem Wahnsinn meines Plans, blödelte bei jeder sich bietenden Gelegenheit herum und wartete darauf, daß meine Zeit ablief.

Das letzte Jahr war das schlimmste. Im November hörte ich auf, meine Stromrechnungen zu bezahlen, und im Januar kam jemand von Con Edison und stellte mir den Zähler ab. Danach experimentierte ich mehrere Wochen lang mit verschiedenen Kerzen und beschäftigte mich eingehend mit Preis, Leuchtkraft und Lebensdauer der einzelnen Sorten. Zu meiner Überraschung erwiesen sich jüdische Gedenkkerzen als die günstigsten. Ich empfand das Flackern von Licht und Schatten als außerordentlich schön, und da nun auch der Kühlschrank (mit seinem sporadischen, unerwarteten Geschütter) zum Schweigen gebracht war, glaubte ich ohne Strom auf jeden Fall besser dran zu sein. Was man sonst auch über mich hätte sagen können, unterzukriegen war ich jedenfalls nicht. Ich fand die verborgenen Vorteile heraus, die jeder Mangel mit sich brachte, und hatte ich erst einmal gelernt, ohne eine bestimmte Sache auszukommen, schlug ich sie mir für immer aus dem Kopf. Daß es nicht ewig so weitergehen konnte, war mir klar (am Ende würden Dinge übrigbleiben, auf die ich nicht verzichten konnte), doch vorläufig staunte ich darüber, wie wenig ich den verlorenen Dingen nachtrauerte. Langsam, aber sicher merkte ich, daß ich fähig war, sehr weit zu gehen, viel weiter, als ich für möglich gehalten hätte.

Nachdem ich die Studiengebühren für mein letztes Semester bezahlt hatte, blieben mir nur noch knapp sechshundert Dollar; dazu ein Dutzend Kisten, die Autogrammsammlung und die Klarinette. Zu meiner Unterhaltung setzte ich das Instrument bisweilen zusammen und blies hinein, erfüllte die Wohnung mit unheimlichen Klangkaskaden, einem wilden Quietschen und Stöhnen, Lachen und klagendem Knurren. Im März verkaufte ich die Autogramme an einen Sammler namens Milo Flax, einen seltsamen kleinen Mann mit lockig-blondem Haarkranz, der auf den letzten Seiten der *Sporting News* annonciert hatte. Der Anblick der Kollektion von Cub-Unterschriften machte Flax sprachlos. Ehrfürchtig studierte er die Blätter, sah mich mit Tränen in den Augen an und machte die kühne Voraussage, die Cubs würden 1969 die Meisterschaft gewinnen. Beinahe behielt er ja recht, und wenn sie am Ende der Saison nicht eingebrochen wären und die abgewrackten Mets nicht gleichzeitig ihren plötzlichen Höhenflug angetreten hätten, wäre es bestimmt so gekommen. Die Autogramme brachten hundertfünfzig Dollar, mehr als eine ganze Monatsmiete. Die Bücher versorgten mich mit Essen, und so gelang es mir, mich den April und Mai hindurch über Wasser zu halten; bei flakkerndem Kerzenlicht beendete ich meine Seminararbeit, paukte und tippte, bis ich für sechsundzwanzig Dollar meine Schreibmaschine verkaufte, was mich in die Lage versetzte, mir Mütze und Talar auszuleihen und an der Gegenveranstaltung zur Examensfeier teilzunehmen, die von den Studenten aus Protest gegen die offiziellen Feierlichkeiten der Universität organisiert worden war.

Ich hatte getan, was ich mir vorgenommen hatte, doch sollte ich meinen Triumph nicht genießen können. Ich war bei meinen letzten hundert Dollar angelangt, und der Büchervorrat war auf drei Kisten geschrumpft. Ans Bezahlen der Miete war gar nicht mehr zu denken; die Kaution garantierte mir zwar noch einen weiteren Monat, aber danach würde man mich zur Räumung zwingen. Falls im Juli die ersten Mahnungen kämen, würde es im August hart auf hart gehen, und im September säße ich auf der Straße. Vom sicheren 1. Juni aus betrachtet aber war das Ende des Sommers noch Lichtjahre entfernt. Das Problem bestand nicht so sehr darin, was danach zu tun wäre, sondern überhaupt erst mal dorthin zu gelangen. Die Bücher würden etwa fünfzig Dollar einbringen. Zusammen mit den sechsundneunzig, die ich noch hatte, wären das hundertsechsundvierzig für die nächsten drei Monate. Das schien kaum zu reichen, aber ich glaubte, wenn ich mich auf eine Mahlzeit pro Tag beschränkte und auf Zeitungen,

Busse und sonstige leichtfertige Ausgaben verzichtete, könnte ich es schaffen. So begann der Sommer 1969. Ich war mir ziemlich sicher, daß es mein letzter Sommer auf Erden sein würde.

Während des Winters und der ersten Frühlingstage hatte ich mein Essen auf dem äußeren Sims eines meiner Wohnungsfenster gelagert. Einiges war in den kältesten Monaten steinhart gefroren (Butterpäckchen, Becher mit Hüttenkäse), aber nach dem Auftauen war alles noch eßbar. Das eigentliche Problem hatte darin bestanden, die Sachen vor Ruß und Taubendreck zu schützen, aber bald fand ich die Lösung und wickelte meine Vorräte in eine Plastikeinkaufstüte, bevor ich sie nach draußen tat. Dann wurde eine der Tüten bei einem Sturm vom Sims geweht, und von da an befestigte ich sie mit einer Schnur am Heizkörper in meinem Zimmer. Ich lernte recht gut mit diesem System umzugehen, und da zum Glück das Gas in der Miete inbegriffen war (so daß ich mir also keine Sorgen machen mußte, den Herd zu verlieren), schien die Ernährungsfrage so ziemlich gelöst. Freilich nur in der kalten Jahreszeit. Inzwischen hatte sich die Lage geändert; nun, da die Sonne täglich dreizehn bis vierzehn Stunden lang am Himmel stand, tat der Sims mehr Schaden als Nutzen. Die Milch wurde flockig; der Saft begann zu stinken; die Butter zerschmolz zu gelbglänzenden schleimigen Lachen. Ich machte etliche solcher Katastrophen durch, bis ich merkte, daß ich alle wärmeempfindlichen Waren meiden mußte, und meine Ernährung umzustellen begann. Am 12. Juni setzte ich mich hin und arbeitete meinen neuen Speiseplan aus. Milchpulver, Instantkaffee, kleine Päckchen Brot – mein Hauptnahrungsmittel – und ansonsten Tag für Tag dasselbe: Eier, das billigste, nahrhafteste Essen der Menschheit. Ab und zu wollte ich mir einen Apfel oder eine Orange leisten, und wenn mich der Heißhunger einmal überwältigen sollte, würde ich mir einen Hamburger oder eine Eintopfkonserve spendieren. All das würde nicht verderben, und ich konnte (theoretisch jedenfalls) nicht verhungern. Zwei Eier pro Tag, in zweieinhalb Minuten perfekt weich gekocht, zwei Scheiben Brot, drei Tassen Kaffee und so viel Wasser, wie ich trinken konnte. Ein nicht gerade umwerfender, doch immerhin symmetrischer Plan. In Anbetracht meiner geringen Wahlmöglichkeiten versuchte ich wenigstens daraus Mut zu schöpfen.

Verhungert bin ich nicht, doch gab es kaum einen Augenblick, in dem ich nicht hungrig war. Oft träumte ich vom Essen, Visionen von Festgelagen und Völlerei erfüllten in diesem Sommer meine Nächte: Platten mit Steaks und Lamm, saftstrotzende Schweine, die auf Tabletts herbeischwebten, Burgen von Torten und Nachspeisen, riesige Schalen mit Früchten. Tagsüber brüllte unablässig mein Magen, gurgelte im Ansturm unersättlicher Säfte, verfolgte mich mit seiner Leere, und nur durch zähes Ringen gelang es mir, ihn zu ignorieren. Schon vorher alles andere als dick, verlor ich in diesem Sommer weiter an Gewicht. Gelegentlich warf ich im Drugstore einen Penny in die Personenwaage, um festzustellen, was mit mir passierte. Von 154 im Juni nahm ich im Juli auf 139 und dann im August auf 123 Pfund ab. Für jemanden, der knapp über eins achtzig groß war, wurde das langsam bedenklich wenig. Haut und Knochen halten schließlich auch nicht ewig, und irgendwann kommt man an den Punkt, wo es wirklich ernst wird.

Ich versuchte, mich von meinem Körper getrennt zu sehen, meiner Misere auszuweichen, indem ich sie einfach leugnete. Andere hatten das vor mir ausprobiert, und alle hatten herausgefunden, was ich schließlich auch für mich herausfand: Der Geist kann nicht über die Materie siegen, denn wird vom Geist zuviel verlangt, erweist er sich bald selbst als Materie. Um mich über die Umstände zu erheben, mußte ich mir einreden, daß ich nicht mehr existierte, und am Ende begann alles Existierende für mich ins Wanken zu geraten. Dinge, die es gar nicht gab, erschienen plötzlich vor meinen Augen und verschwanden wieder. Zum Beispiel ein Glas mit kalter Limonade. Eine Zeitung mit meinem Namen in der Schlagzeile. Mein alter Anzug, der völlig unversehrt auf meinem Bett lag. Einmal sah ich sogar eine frühere Ausgabe meiner selbst im Zimmer umhertappen und in den Ecken betrunken nach etwas suchen, das nicht zu finden war. Diese Halluzinationen währten nur Sekunden, schwangen in meinem Innern aber noch stundenlang nach. Dann gab es Zeiten, in denen ich mich selbst schlichtweg aus den Augen verlor. Ein Gedanke tauchte auf, und wenn ich ihn zu Ende verfolgt hatte, blickte ich auf und sah, daß es Nacht war. Über die verlorenen Stunden konnte ich mir auf keinerlei Weise Rechenschaft ablegen. Bei anderen Gelegenheiten ertappte ich mich dabei, wie ich imaginäres Essen kaute, imaginäre Zigaretten rauchte, imaginäre Rauchringe in die Luft um mich her blies. Das waren wohl die schlimmsten Momente, denn da wurde mir klar, daß ich mir nicht mehr trauen konnte. Mein Geist war ins Treiben geraten, und wenn es einmal soweit war, besaß ich nicht mehr die Kraft, ihn aufzuhalten.

Die meisten dieser Symptome traten erst ab Mitte Juli auf. Davor las ich pflichtbewußt die letzten von Onkel Victors Büchern durch und verkaufte sie an Chandler. Doch je näher ich dem Ende kam, desto mehr Schwierigkeiten machten mir die Bücher. Ich spürte, wie meine Augen mit den Wörtern auf dem Papier Verbindung aufnahmen, aber sie ergaben keinen Sinn mehr, ließen in meinem Kopf nichts nachklingen. Die schwarzen Zeichen schienen nur mehr verwirrend, eine zufällige Anhäufung von Geraden und Kurven, die nichts als ihre eigene Stummheit verkündeten. Schließlich tat ich nicht einmal mehr so, als verstünde ich, was ich da las. Ich zog ein Buch aus dem Karton, schlug es auf der ersten Seite auf und fuhr mit dem Finger über die erste Zeile. War diese zu Ende, fing ich mit der zweiten Zeile an, dann mit der dritten und so weiter bis zum Ende der Seite. So wurde ich mit der Arbeit fertig: wie ein Blinder, der Blindenschrift liest. Wenn ich die Worte schon nicht sehen konnte, wollte ich sie wenigstens berühren. Meine Lage war inzwischen so schlimm, daß mir das durchaus vernünftig vorkam. Ich berührte sämtliche Worte in diesen Büchern, und das gab mir das Recht, sie zu verkaufen.

Wie der Zufall es wollte, brachte ich die letzten genau an dem Tag zu Chandler, an dem die Astronauten auf dem Mond landeten. Ich verdiente etwas über neun Dollar bei dem Verkauf, und als ich danach den Broadway entlang zurückging, entschloß ich mich zu einem Besuch in Quinn's Bar and Grill, einem kleinen Lokal an der Südostecke der Kreuzung mit der 108th Street. Es war außerordentlich heiß an diesem Tag, und ein paar Bier zu zehn Cent glaubte ich mir ohne weiteres leisten zu können. Ich saß neben drei oder vier Stammkunden auf einem Barhokker und genoß das gedämpfte Licht und die Kühle der Klimaanlage. Der große Farbfernseher war an, glomm unheimlich über den Rye- und Bourbonflaschen, und so wurde ich zufällig Zeuge dieses Ereignisses. Ich sah die zwei gepolsterten Gestalten in dieser luftlosen Welt ihre ersten Schritte machen, wie Spielzeuge über die Landschaft springen, ins Auge dessen, was einmal die Göttin der Liebe und des Wahnsinns gewesen war, eine Flagge stecken. Strahlende Diana, dachte ich, Inbild all dessen, was dunkel in uns ist. Dann sprach der Präsident. Mit feierlicher, unbewegter Stimme erklärte er dies für das größte Ereignis seit der Erschaffung des Menschen. Die Alten an der Bar lachten, als sie das hörten, und ich glaube, auch mir gelang so etwas wie ein Lächeln. Doch bei aller Absurdität dieser

Behauptung war eins von niemandem zu bezweifeln: Seit dem Tag seiner Vertreibung aus dem Paradies war Adam noch nie so weit von zu Hause fort gewesen.

Danach lebte ich für kurze Zeit in einem Zustand fast vollkommener Ruhe. Meine Wohnung war jetzt leer, doch anstatt mich, wie ich zuvor geglaubt hatte, zu entmutigen, schien ihre Kahlheit mir Trost zu spenden. Ich weiß kaum, wie ich das erklären soll, aber ganz plötzlich beruhigten sich meine Nerven, und in den nächsten drei oder vier Tagen begann ich mich fast wieder selbst zu erkennen. Es ist sonderbar, ein solches Wort in diesem Zusammenhang zu gebrauchen, doch in jener kurzen Zeitspanne nach dem Verkauf von Onkel Victors letzten Büchern war ich, ich wage es zu sagen, *glücklich.* Wie ein Epileptiker kurz vor einem Anfall war ich in jene seltsame Halbwelt geraten, in der alles zu leuchten, eine neue, erstaunliche Klarheit auszustrahlen beginnt. Ich tat nicht viel in diesen Tagen. Ich ging in meinem Zimmer umher, lag auf meiner Matratze, schrieb meine Gedanken in ein Notizbuch. Es zählte nicht. Nicht einmal der Akt des Nichtstuns schien mir wichtig; es machte mir keine Gewissensbisse, die Stunden müßig verstreichen zu lassen. Ab und zu stellte ich mich zwischen die beiden Fenster und betrachtete die Reklame des Moon Palace. Auch das war unterhaltsam und schien jedesmal eine Reihe interessanter Gedanken hervorzurufen. Heute sind mir diese Gedanken ein wenig unklar – wilde Assoziationsknäuel, ausufernd kreisende Tagträume –, doch damals hielt ich sie für ungeheuer bedeutungsvoll. Vielleicht hatte das Wort *Mond* für mich eine andere Bedeutung bekommen, nachdem ich Menschen auf seiner Oberfläche hatte umherwandern sehen. Vielleicht hatte mich der Zufall beeindruckt, erst in Boise, Idaho, einen Mann namens Neil Armstrong kennenzulernen und dann einen Mann gleichen Namens in den Weltraum fliegen zu sehen. Vielleicht delirierte ich einfach vor Hunger, und das Leuchten der Reklame hatte mich gelähmt. Ich bin mir durchaus nicht sicher, aber Tatsache war, daß die Worte Moon Palace mich mit der ganzen Rätselhaftigkeit und Faszination eines Orakels zu verfolgen begannen. Alles kam jäh darin zusammen: Onkel Victor und China, Raketenschiffe und Musik, Marco Polo und der amerikanische Westen. Ich sah auf jene Schrift hinaus und dachte etwa an Elektrizität. Das brachte mich auf den New Yorker Stromausfall in meinem ersten Studienjahr, der mich wiederum auf die Baseballspiele im Wrigley Field brachte, was mich dann wieder zu Onkel Victor und den Gedenkkerzen auf meinem Fensterbrett zurückführte. Fortwährend wich ein Gedanke dem nächsten, und all das verwirbelte zu immer größeren Massen von Zusammenhängen. Die Idee einer Reise ins Unbekannte zum Beispiel und die Parallelen zwischen Kolumbus und den Astronauten. Die Entdeckung Amerikas als gescheiterter Versuch, China zu erreichen; chinesisches Essen und mein leerer Magen; Gedanken, wie in Gedankennahrung, und der Kopf als Palast der Träume. Ich dachte: das Apollo-Projekt; Apollo, der Gott der Musik; Onkel Victor und die Moon Men auf Tour in den Westen. Ich dachte: der Westen; der Krieg gegen die Indianer; der Krieg in Vietnam, vormals Indochina. Ich dachte: Waffen, Bomben, Explosionen; nukleare Wolken in den Wüsten von Utah und Nevada; und dann fragte ich mich: warum gleicht der amerikanische Westen so sehr einer Mondlandschaft? So ging es immer weiter, und je mehr ich mich diesen verborgenen Übereinstimmungen öffnete, desto näher glaubte ich der Einsicht in irgendeine fundamentale Wahrheit über die Welt zu kommen. Mag sein, daß ich verrückt wurde, trotzdem spürte ich eine ungeheure Kraft in mir aufsteigen, eine Wonne des Erkennens, die tief ins Herz der Dinge eindrang. Ganz plötzlich, so plötzlich, wie ich diese Kraft erworben hatte, verlor ich sie wieder. Ich hatte drei oder vier Tage in meinen Gedanken gelebt, und eines Morgens wachte ich auf und merkte, daß ich woanders war: zurück in der Welt der Fragmente, zurück in der Welt des Hungers und kahler weißer Wände. Ich mühte mich, das Gleichgewicht der vorangegangenen Tage wiederzuerlangen, doch es gelang mir nicht. Schwer lag die Welt wieder auf mir, und ich vermochte kaum zu atmen.

Ich geriet in eine neue Phase der Trostlosigkeit. Bis dahin hatte Starrsinn mich aufrechterhalten, doch ganz allmählich fühlte ich meine Entschlossenheit wanken, und am 1. August war ich zur Kapitulation bereit. Ich tat mein möglichstes, mit einer Reihe von Freunden Verbindung aufzunehmen, fest entschlossen, sie um ein Darlehen zu bitten, doch kam nicht viel dabei heraus. Ein paar erschöpfende Fußmärsche in der Hitze, eine Tasche voll vergeudeten Kleingelds. Es war Sommer, und alles schien die Stadt verlassen zu haben. Selbst Zimmer, der einzige Mensch, auf den ich mich verlassen konnte, war seltsamerweise verschwunden. Mehrmals ging ich zu seiner Wohnung an der Ecke Amsterdam Avenue und 120th Street, doch niemand öffnete auf mein Klingeln. Ich schob Nachrichten in den Briefkasten und unter die Tür, aber noch immer erfolgte keine Reaktion. Viel später erfuhr ich, daß Zimmer in eine andere Wohnung umgezogen war. Als ich ihn fragte, warum er mir seine neue Anschrift nicht mitgeteilt habe, sagte er, ich hätte ihm erzählt, daß ich den Sommer in Chicago verbringen würde. Ich hatte diese Lüge natürlich vergessen, aber inzwischen hatte ich so viele Lügen verbreitet, daß ich den Überblick verlor.

Da ich nicht wußte, daß Zimmer umgezogen war, ging ich immer wieder zu der alten Wohnung, um Nachrichten unter die Tür zu schieben. Eines Sonntagmorgens Anfang August geschah schließlich das Unvermeidliche. Ich klingelte in der Gewißheit, niemanden anzutreffen, wandte mich beim Drücken des Knopfes sogar schon zum Gehen, als ich aus der Wohnung Geräusche vernahm: das Scharren eines Stuhls, dumpfe Schritte, ein Husten. Eine Woge der Erleichterung durchlief mich, zerrann aber sogleich zu nichts, als die Tür sich öffnete. Dort stand ein anderer als Zimmer. Ein ganz anderer: ein junger Mann mit dunklem, lockigem Bart und schulterlangem Haar. Ich vermutete, daß er gerade aufgewacht sei, da er mit nichts als einer Unterhose bekleidet war. «Was kann ich für Sie tun?» fragte er und musterte mich mit freundlicher, wenn auch etwas verwirrter Miene; und in diesem Moment hörte ich Gelächter aus der Küche (ein Gemisch männlicher und weiblicher Stimmen) und merkte, daß ich in eine Art Party geraten war.

«Ich glaube, ich bin hier nicht richtig», sagte ich. «Eigentlich will ich zu David Zimmer.»

«Ach», sagte der Fremde ohne zu zögern, «du mußt Fogg sein. Ich habe mich schon gefragt, wann du wieder auftauchst.»

Draußen war es brutal heiß – ein sengendes Hundstagewetter –, und der Gang hatte mir fast den Rest gegeben. Schweiß rann mir in die Augen, meine Muskeln fühlten sich ganz schwammig und benommen an, und als ich jetzt so vor der Tür stand, fragte ich mich, ob ich den Fremden richtig verstanden hatte. Zunächst wollte ich einfach kehrtmachen und weglaufen, aber dann wurde mir plötzlich so schwach, daß ich befürchtete, in Ohnmacht zu fallen. Ich legte meine Hand an den Türrahmen, um mich abzustützen, und sagte: «Entschuldigung, aber könntest du mir das noch einmal sagen? Ich glaube, ich habe das nicht ganz mitbekommen.»

«Ich sagte, du mußt Fogg sein», wiederholte der Fremde. «Ist doch ganz einfach. Wenn du zu Zimmer willst, dann mußt du Fogg sein. Weil ein Fogg die ganzen Zettel unter die Tür geschoben hat.»

«Sehr scharfsinnig», sagte ich und stieß einen leisen,

zittrigen Seufzer aus. «Wo Zimmer jetzt ist, weißt du vermutlich nicht.»

«Tut mir leid. Habe nicht die geringste Ahnung.»

Wieder versuchte ich mich zum Gehen aufzuraffen, doch als ich mich gerade umwenden wollte, bemerkte ich, daß der Fremde mich anstarrte. Ein seltsamer, durchdringender Blick, direkt auf mein Gesicht gerichtet. «Stimmt was nicht?» fragte ich ihn.

«Ich habe überlegt, ob du ein Freund von Kitty bist.»

«Kitty?» sagte ich. «Ich kenne keine Kitty. Ist mir noch nie über den Weg gelaufen.»

«Du trägst genauso ein Hemd wie sie. Deswegen dachte ich, du könntest irgendwie mit ihr zu tun haben.»

Ich sah auf meine Brust hinunter und stellte fest, daß ich ein Mets-T-Shirt trug. Ich hatte es Anfang des Jahres für zehn Cent bei einem Ramschverkauf erstanden. «Die Mets mag ich eigentlich gar nicht», sagte ich. «Die einzige Mannschaft, aus der ich mir was mache, sind die Cubs.»

«Komischer Zufall», fuhr der Fremde fort, ohne überhaupt auf mich zu hören. «Kitty wird begeistert sein. Sie liebt so was.»

Und bevor ich noch dagegen protestieren konnte, wurde ich auch schon am Arm in die Küche geführt. Dort traf ich auf eine Versammlung von fünf oder sechs Leuten, die beim sonntäglichen Frühstück um den Tisch saßen. Der Tisch war vollgestellt mit Lebensmitteln: Schinken und Eier, eine volle Kaffeekanne, Brötchen und Schmelzkäse, eine Platte mit geräuchertem Fisch. Derartiges hatte ich seit Monaten nicht mehr gesehen, und ich wußte kaum, wie ich mich verhalten sollte. Es war, als wäre ich unversehens mitten in ein Märchen geraten. Ich war das hungrige Kind, das sich im Wald verirrt hatte, und jetzt hatte ich das Hexenhaus gefunden, die aus Eßsachen gebaute Hütte.

«Seht mal her», verkündete grinsend mein halbnackter Gastgeber. «Das ist Kittys Zwillingsbruder.»

Nun wurde ich den Leuten am Tisch vorgestellt. Jeder einzelne lächelte mich an und sagte hallo, und ich tat mein Bestes, zurückzulächeln. Es stellte sich heraus, daß die meisten von ihnen auf der Juilliard studierten – es waren Musiker, Tänzer, Sänger. Der Gastgeber hieß Jim oder John, er war gerade am Tag zuvor in Zimmers alte Wohnung eingezogen. Die anderen hätten die Nacht auf irgendeiner Party verbracht, erzählte jemand, und anstatt danach den Heimweg anzutreten, hätten sie beschlossen, Jim oder John mit einem improvisierten Einzugsfrühstück zu überfallen. Das erklärte seine wenig vollständige Kleidung (er hatte geschlafen, als sie bei ihm klingelten) und die Massen von Lebensmitteln, die ich vor mir sah. Während sie mir all das erzählten, nickte ich höflich, tat aber nur so, als ob ich zuhörte. Nichts hätte mich weniger interessieren können, und als die Geschichte aus war, hatte ich keinen einzigen Namen behalten. Da ich nichts Besseres zu tun hatte, betrachtete ich meine Zwillingsschwester, eine kleine, neunzehn bis zwanzig Jahre alte Chinesin mit silbernen Armbändern an beiden Handgelenken und einem perlenbestickten Navajo-Stirnband um den Kopf. Sie erwiderte meinen Blick mit einem Lächeln – einem außerordentlich warmen Lächeln, fand ich, sehr humorvoll und komplizenhaft –, und dann wandte ich meine Aufmerksamkeit wieder dem Tisch zu; länger davon wegzusehen, fehlte mir die Kraft. Ich merkte, daß ich kurz davor war, mich in Verlegenheit zu bringen. Die Essensdüfte folterten mich nachgerade, und als ich so da stand und darauf wartete, daß man mich zum Hinsetzen aufforderte, mußte ich mich sehr zusammenreißen, um nicht irgendwas vom Tisch zu raffen und es mir in den Mund zu stopfen.

Schließlich war es Kitty, die das Eis brach. «Wenn mein Bruder schon mal da ist», sagte sie, die Lage offensichtlich erfassend, «könnten wir ihn wenigstens bitten, mit uns zu frühstücken.» Ich hätte sie küssen mögen, weil sie meine

Gedanken so gut erriet. Es entstand jedoch ein peinlicher Augenblick, da kein Stuhl für mich zu finden war; aber wieder kam Kitty mir zu Hilfe, indem sie mir bedeutete, ich solle mich zwischen sie und die Person zu ihrer Rechten setzen. Sogleich zwängte ich mich dort hinein und belegte jeden der beiden Stühle mit einer Backe. Man stellte mir einen Teller mit den nötigen Gerätschaften hin: Messer und Gabel, Glas und Tasse, Serviette und Löffel. Und dann vergaß ich alles um mich her und aß wie im Fieber. Es war eine infantile Reaktion, aber nachdem ich den ersten Bissen im Mund hatte, konnte ich mich nicht mehr beherrschen. Ich schlang einen Teller nach dem andern hinunter, putzte alles weg, was sie mir hinstellten, und am Ende mußte es aussehen, als hätte ich den Verstand verloren. Da die Großzügigkeit der anderen keine Grenzen zu kennen schien, aß ich so lange weiter, bis der ganze Tisch leergeräumt war. So habe ich es jedenfalls in Erinnerung. Fünfzehn oder zwanzig Minuten lang fraß ich mich voll, und als ich fertig war, war nur noch ein Haufen Weißfischgräten übrig. Sonst nichts. Ich suche in meinem Gedächtnis nach etwas anderem, kann aber nichts finden. Keinen Bissen. Nicht einmal eine Brotkruste.

Erst jetzt fiel mir auf, wie eindringlich die anderen mich anstarrten. War es denn so schlimm gewesen? fragte ich mich. Hatte ich gegeifert, mich unmöglich gemacht? Ich wandte mich zu Kitty und lächelte sie kläglich an. Sie wirkte eher verblüfft als angewidert. Das beruhigte mich ein wenig, doch wollte ich die anderen, sollte ich bei ihnen Anstoß erregt haben, unbedingt dafür entschädigen. Es war das mindeste, was ich tun konnte, dachte ich: für mein Fressen singen, sie vergessen machen, daß ich ihre Teller abgeleckt hatte. Während ich auf eine Gelegenheit wartete, mich ins Gespräch einzuschalten, wurde mir zunehmend bewußt, was für ein gutes Gefühl es war, neben meiner verloren geglaubten Zwillingsschwester zu sitzen. Ich schloß aus der Unterhaltung, daß sie Tänzerin war, und es war gar keine Frage, daß sie für ihr Mets-T-Shirt viel mehr tat als ich für meins. Es war schwer, sich nicht davon beeindrucken zu lassen, und während sie weiter mit den anderen plauderte und lachte, sah ich immer wieder verstohlen zu ihr hin. Sie trug weder Make-up noch BH, doch wurden alle ihre Bewegungen vom Klimpern ihrer Armbänder und Ohrringe begleitet. Ihre Brüste waren hübsch geformt, und sie zeigte sie mit bewundernswerter Nonchalance, also ohne sie zur Schau zu stellen oder so zu tun, als wären sie gar nicht da. Ich fand sie schön, aber noch mehr gefiel mir ihre Haltung, die Tatsache, daß ihre Schönheit sie nicht zu lähmen schien, wie es bei so vielen schönen Mädchen der Fall ist. Vielleicht war es die Freiheit ihrer Gesten, das Unverblümte und Nüchterne ihrer Redeweise. Das war kein verhätscheltes Spießermädchen wie die anderen, sondern eine, die wußte, wo es langging, die es geschafft hatte, aus eigenen Erfahrungen zu lernen. Daß ihr meine körperliche Nähe angenehm zu sein schien, daß sie von meiner Schulter, meinem Bein nicht abrückte und daß sie gar ihren bloßen Arm an meinem liegen ließ – all das veranlaßte mich schließlich dazu, mich zum Narren zu machen.

Wenig später erwischte ich eine Lücke in der Unterhaltung. Jemand begann von der Mondlandung zu sprechen, und ein anderer erklärte, sie habe in Wirklichkeit überhaupt nicht stattgefunden. Das Ganze sei ein Betrugsmanöver, sagte er, eine Fernsehposse, mit der die Regierung uns vom Krieg ablenken wolle. «Die Leute glauben alles, was man ihnen vorsetzt», fuhr derselbe fort, «selbst wenn der ganze Mist in einem Hollywoodstudio gefilmt wurde.» Mehr brauchte ich nicht für einen Einstieg. Um etwas möglichst Hanebüchenes zu sagen, erklärte ich in aller Ruhe, die Mondlandung im vorigen Monat sei nicht nur echt, sondern auch keineswegs die erste in der Geschichte gewesen. Der Mensch reise schon seit Jahrhunderten zum

Mond, sagte ich, womöglich seit Jahrtausenden. Alles kicherte, als ich das sagte, aber dann legte ich erst richtig los und überschüttete sie in den nächsten zehn Minuten auf meine bewährte komisch-pedantische Art mit einem historischen Abriß der Mondkunde, wobei ich mich ausführlich auf Lukian, Godwin und andere bezog. Ich wollte sie mit meinem reichen Wissen beeindrucken, aber auch zum Lachen bringen. Berauscht von der Mahlzeit, die ich soeben beendet hatte, entschlossen, Kitty zu beweisen, daß sie jemanden wie mich noch nie kennengelernt habe, schwang ich mich zur Höchstform auf, und bald hatte ich sie alle mit meinem heftigen Wortschwall so weit gebracht, daß sie sich vor Lachen den Bauch hielten. Dann begann ich Cyranos Reise zum Mond zu beschreiben, wurde aber unterbrochen. Cyrano de Bergerac habe es gar nicht gegeben, sagte jemand; das sei eine Figur in einem Schauspiel, eine Phantasiegestalt. Diesen Irrtum konnte ich so nicht stehenlassen und schweifte daher ein wenig ab, um ihnen Cyranos Lebensgeschichte zu erzählen. Ich skizzierte seine Jugend als Soldat, erörterte seine Karriere als Philosoph und Dichter und erging mich dann ziemlich weitschweifig über die verschiedenen Kalamitäten, die ihm im Lauf der Jahre zustießen: finanzielle Schwierigkeiten, der qualvolle Verlauf seiner Syphilis, seine Streitigkeiten mit den Behörden wegen seiner radikalen Ansichten. Ich erzählte ihnen, wie er in dem Duc d'Arpajon schließlich einen Beschützer fand und wie er dann nur drei Jahre später auf einer Straße in Paris ums Leben kam, als ihm ein Baustein von einem Dach auf den Kopf fiel. Ich machte eine dramatische Pause, um das Groteske und Komische dieser Tragödie auf sie einwirken zu lassen. «Er war gerade erst sechsunddreißig», sagte ich, «und bis auf den heutigen Tag weiß niemand, ob es ein Unfall war oder nicht. Hatte einer seiner Feinde ihn ermordet, oder war es einfach ein Zufall, hatte das blinde Schicksal Verderben vom Himmel geschickt?

Armer Cyrano. Er war kein Phantom, meine Freunde. Sondern ein Wesen aus Fleisch und Blut, ein wirklicher Mensch in einer wirklichen Welt, und 1649 schrieb er ein Buch über seine Reise zum Mond. Es ist ein Bericht aus erster Hand, und daher wüßte ich nicht, wie man an seinen Worten zweifeln könnte. Nach Cyrano ist der Mond eine Welt wie diese hier. Von dort aus sieht unsere Erde genauso aus wie der Mond von hier. Auf dem Mond liegt der Garten Eden, und als Adam und Eva vom Baum der Erkenntnis aßen, verbannte Gott sie auf die Erde. Bei seinem ersten Versuch, den Mond zu erreichen, schnallt Cyrano sich Flaschen mit aerostatischem Tau um den Körper, schwebt aber, als er die Hälfte der Strecke hinter sich hat, auf die Erde zurück und landet bei einem Stamm nackter Indianer in Neufrankreich. Dort baut er eine Maschine, die ihn schließlich an sein Ziel bringt, womit bündig bewiesen ist, daß Amerika schon immer der ideale Startplatz für Mondfahrten gewesen ist. Die Leute, denen er auf dem Mond begegnet, sind achtzehn Fuß groß und gehen auf allen vieren. Sie sprechen zwei verschiedene Sprachen, doch keine dieser Sprachen enthält irgendwelche Wörter. Die erste wird vom gemeinen Volk benutzt und besteht aus einem komplizierten System pantomimischer Gesten, die von allen Körperteilen ständige Bewegung verlangen. Die zweite Sprache wird von den oberen Schichten gesprochen und ist reiner Klang, ein komplexes, jedoch ungegliedertes Summen, das sehr an Musik erinnert. Die Mondmenschen schlucken ihr Essen nicht, sondern riechen es auf. Ihr Geld ist Poesie – Gedichte, die auf Zettel geschrieben sind, deren Wert sich nach dem des jeweiligen Gedichts bemißt. Jungfräulichkeit ist das schlimmste Verbrechen, und von den jungen Leuten wird erwartet, daß sie sich ihren Eltern gegenüber respektlos verhalten. Je länger die Nase, für desto edler hält man den Charakter ihres Trägers. (Männer mit kurzen Nasen werden kastriert, denn die Mondmenschen würden als Rasse lieber aussterben als gezwungen sein, derartig entstellt weiterzuleben.) Es gibt sprechende Bücher und reisende Städte. Wenn ein großer Philosoph gestorben ist, trinken seine Freunde sein Blut und essen sein Fleisch. Die Männer tragen Bronzepenisse am Gürtel – genau wie die Franzosen des siebzehnten Jahrhunderts Degen trugen. Ein Mondmann erklärt dem verwirrten Cyrano: ist es nicht besser, die Werkzeuge des Lebens zu verehren als die des Todes? Einen großen Teil des Buchs verbringt Cyrano in einem Käfig. Da er so klein ist, halten ihn nämlich die Mondmenschen für einen Papagei ohne Federn. Am Ende schmeißt ihn ein schwarzer Riese zusammen mit dem Antichristen auf die Erde zurück.»

So quasselte ich noch minutenlang weiter, aber das ganze Gerede hatte mich erschöpft, und ich spürte, wie meine Inspiration zu erlahmen begann. Mitten im letzten Teil meines Vortrags (über Jules Verne und den Baltimore Gun Club) verließ sie mich vollständig. Mein Kopf schrumpfte und blähte sich dann ungeheuer auf; hinter meinen Augen sah ich seltsame Lichter und Kometen herumschießen; mein Bauch rumpelte, wölbte sich in messerscharfen Schmerzen, und plötzlich wußte ich, daß ich mich übergeben würde. Ohne mich näher zu erklären, brach ich meinen Vortrag ab, erhob mich vom Tisch und sagte, daß ich gehen müßte. «Danke, ihr wart sehr freundlich», sagte ich, «aber mich rufen dringende Geschäfte. Ihr seid liebe, gute Leute, und ich verspreche, euch alle in meinem Testament zu bedenken.» Ein verrückter Auftritt, wie der eines Tollhäuslers. Ich taumelte aus der Küche, wobei ich eine Kaffeetasse umstieß, und tastete mich zur Tür. Als ich dort anlangte, stand Kitty neben mir. Bis heute ist mir unerklärlich, wie es ihr gelungen ist, vor mir dort anzukommen.

«Du bist ja eine komische Type», sagte sie. «Siehst aus wie ein Mann, und verwandelst dich in einen Wolf. Und dann wird der Wolf zu einem Sprechautomaten. Du hast es wohl mit dem Mund? Erst das Essen, dann das Reden – in den Mund hinein und wieder heraus. Aber das Beste, was man mit dem Mund machen kann, vergißt du. Ich bin schließlich deine Schwester, und ohne einen Abschiedskuß kommst du mir hier nicht weg.»

Ich wollte mich entschuldigen, aber noch ehe ich ein Wort herausbringen konnte, stand Kitty auf den Zehenspitzen, legte ihre Hand auf meinen Nacken und küßte mich – sehr zärtlich, fast als hätte sie Mitleid mit mir. Ich wußte nicht, was ich davon halten sollte. Sollte ich das nun als echten Kuß auffassen, oder gehörte das auch noch mit zum Spiel? Ehe ich zu einer Entscheidung kam, stieß ich von ungefähr mit dem Rücken an die Tür, und die sprang auf. Ich glaubte darin eine Botschaft zu erkennen, einen heimlichen Hinweis darauf, daß die Sache zu einem Ende gekommen sei, und tappte daher wortlos rückwärts aus der Tür, und als meine Füße die Schwelle überschritten hatten, drehte ich mich um und ging.

Danach gab es keine Gratismahlzeiten mehr. Als am 13. August die zweite Räumungsaufforderung eintraf, besaß ich noch ganze siebenunddreißig Dollar. Es war übrigens der Tag, an dem die Astronauten zu ihrer Konfettiparade nach New York kamen. Das Stadtreinigungsamt erklärte hinterher, im Verlauf der Feierlichkeiten seien dreihundert Tonnen Müll auf die Straßen geworfen worden. Dies sei absoluter Rekord, hieß es, die größte Parade in der Geschichte der Welt. Ich selbst hielt mich von derlei fern. Da ich nicht wußte, wohin ich mich noch wenden konnte, verließ ich meine Wohnung so selten wie möglich und versuchte, mir den Rest meiner Kräfte zu bewahren. Ab und zu ein rascher Einkauf unten an der Ecke und dann wieder zurück, sonst nichts. Von den Packpapiertüten, die ich aus dem Supermarkt mitbrachte und mit denen ich mich abwischte, bekam ich einen wunden Hintern; doch am meisten litt ich unter der Hitze. Die Luft in der Wohnung war unerträglich, sie stand wie in einem Brutkasten und lastete Tag und Nacht auf mir, und ganz gleich, wie weit ich die Fenster aufriß, ich konnte keinen Lufthauch dazu bewegen, ins Zimmer zu kommen. Aus meinen Poren strömte es unaufhörlich. Schon wenn ich nur saß, brach mir der Schweiß aus, und bei der geringsten Bewegung floß er in Strömen. Ich trank so viel Wasser wie möglich. Ich badete kalt, hielt meinen Kopf unter den Wasserhahn, preßte nasse Handtücher auf Gesicht, Hals und Handgelenke. Das brachte zwar kaum Erleichterung, aber immerhin konnte ich mich so noch sauberhalten. Die Seife im Badezimmer war inzwischen zu einem kleinen weißen Scheibchen geschrumpft, und das mußte ich mir zum Rasieren aufsparen. Da mein Vorrat an Rasierklingen aber auch schon knapp wurde, beschränkte ich mich auf zwei Rasuren pro Woche, die ich sorgfältig auf die Tage legte, an denen ich meine Einkäufe machte. Obwohl es vermutlich gar nichts besagte, tröstete mich der Gedanke, daß es mir gelang, äußerlich weiter gepflegt zu erscheinen.

Alles kam auf die Planung meines nächsten Schrittes an. Aber genau das machte mir die größten Schwierigkeiten, ich schaffte es einfach nicht mehr. Die Fähigkeit, vorauszudenken, war mir abhanden gekommen, und sosehr ich mich auch bemühte, mir die Zukunft vorzustellen, ich konnte sie nicht sehen, ich konnte überhaupt nichts sehen. Die einzige Zukunft, die mir je gehört hatte, war die Gegenwart, in der ich jetzt lebte, und die Mühe, die es kostete, mich in dieser Gegenwart zu halten, hatte nach und nach alles andere verdrängt. Mir waren die Ideen ausgegangen. Ein Augenblick entfaltete sich aus dem anderen, und in jedem Augenblick stand die Zukunft so zweifelhaft vor mir wie ein unbeschriebenes Blatt. Wenn das Leben eine Geschichte war, wie Onkel Victor mir oft gesagt hatte, und wenn jeder Mensch der Autor seiner Geschichte war, dann erfand ich meine nach und nach. Ich arbeitete ohne Konzept, schrieb die Sätze hin, wie sie mir gerade einfielen, und lehnte es ab, mir über den nächsten Gedanken zu machen. Alles schön und gut, mag sein, aber die Frage war gar nicht mehr, ob ich die Geschichte noch aus der hohlen Hand schreiben konnte. Das hatte ich bereits getan. Die Frage war, was ich anfangen sollte, wenn mir die Tinte ausging.

Die Klarinette war noch da, sie lag in ihrem Kasten neben meinem Bett. Ich schäme mich, das jetzt zuzugeben, aber fast wäre ich schwach geworden und hätte sie verkauft. Noch schlimmer, ich ging sogar so weit, sie eines Tages in eine Musikalienhandlung mitzunehmen, um herauszufinden, wieviel sie wert sei. Als ich erfuhr, daß ich damit nicht einmal eine Monatsmiete bezahlen könnte, gab ich den Gedanken auf. Das war aber auch das einzige, was mir die Schmach ersparte, die Sache auszuführen. Im Lauf der Zeit wurde mir klar, wie nahe daran ich gewesen war, eine unverzeihliche Sünde zu begehen. Die Klarinette war meine letzte Verbindung mit Onkel Victor, und da es die letzte war, da keine anderen Spuren mehr von ihm geblieben waren, wohnte ihr die gesamte Kraft seiner Seele inne. Wann immer ich sie betrachtete, spürte ich diese Kraft in mir selbst. Ich konnte mich daran festhalten wie an einem Wrackteil, das mich über Wasser hielt.

Einige Tage nach meinem Besuch in der Musikalienhandlung brachte mir ein kleines Mißgeschick beinahe den Untergang. Die zwei Eier, die ich in einen Topf mit Wasser legen und für meine tägliche Mahlzeit kochen wollte, glitten mir aus den Fingern und zerbrachen auf dem Boden. Es waren die letzten beiden Eier, die ich gerade vorrätig hatte, und ich empfand den Verlust als das Grausamste und Furchtbarste, was mir je zugestoßen war. Die Eier schlugen mit einem häßlichen Platsch auf. Ich sehe mich noch entsetzt dastehen, während sie auf dem

Boden ausliefen. Der goldene, durchsichtige Inhalt sikkerte in die Ritzen, und plötzlich war alles verdreckt von einem schwabbelnden Brei aus Schleim und Schalen. Ein Dotter hatte den Sturz wunderbarerweise überlebt, doch als ich mich bückte, um ihn aufzuschaufeln, glitt er unter dem Löffel weg und zerplatzte. Es kam mir vor, als explodiere ein Stern, als sei soeben eine große Sonne gestorben. Das Gelb verlief sich über das Weiß, bildete Strudel, wurde zu einem riesigen Nebel, zu den Resten interstellarer Gase. Das war zuviel für mich – der letzte winzige Tropfen. Als das geschah, setzte ich mich tatsächlich hin und weinte.

Bestrebt, meine Gefühle wieder in den Griff zu bekommen, ging ich aus und leistete mir ein Essen im Moon Palace. Es half nichts. Verschwendung war an die Stelle von Selbstmitleid getreten, und ich verabscheute mich dafür, daß ich dem Impuls nachgegeben hatte. Noch widerwärtiger wurde ich mir, als ich dem perversen Wortspiel nicht widerstehen konnte und mir als erstes eine Suppe mit verlorenen Eiern bestellte. Danach aß ich Bratknödel, einen Teller scharf gewürzte Garnelen und trank dazu eine Flasche chinesisches Bier. Das Essen hätte mir guttun können, aber nein, ich vergiftete es mir mit meinen Gedanken. Der Reis kam mir fast wieder hoch. Das ist kein Essen, sagte ich mir, sondern eine Henkersmahlzeit, das letzte, was man einem Verurteilten vorsetzt, bevor man ihn zum Galgen schleppt. Während ich mich zwang, es zu kauen und hinunterzuwürgen, fiel mir ein Satz aus Raleighs letztem Brief an seine Frau ein, geschrieben am Vorabend seiner Hinrichtung: *Mein Gehirn ist zerbrochen.* Nichts hätte treffender sein können als diese Worte. Ich stellte mir den abgehackten, von seiner Frau in einem Glaskasten aufbewahrten Kopf Raleighs vor. Ich stellte mir den von einem Stein zerschmetterten Kopf Cyranos vor. Dann stellte ich mir vor, wie mein eigener Kopf aufplatzte und zerspritzte wie die Eier, die in meinem Zimmer auf den Boden gefallen waren.

Ich fühlte mein Hirn auslaufen. Ich sah mich selbst zerbrochen.

Ich gab dem Kellner ein unmäßiges Trinkgeld und ging dann wieder zurück. Als ich in den Hausflur trat, sah ich routinemäßig in meinen Briefkasten und merkte, daß etwas darin war. Von den Räumungsaufforderungen abgesehen, war es in diesem Monat die erste Post für mich. Einen kurzen Augenblick lang malte ich mir aus, irgendein unbekannter Wohltäter hätte mir einen Scheck geschickt, aber dann untersuchte ich den Brief und stellte fest, daß er lediglich eine Aufforderung anderer Art enthielt. Am 16. September sollte ich mich zur Musterung melden. Im Wissen um meinen derzeitigen Zustand nahm ich das ziemlich ruhig auf. Obwohl es ohnehin kaum noch eine Rolle zu spielen schien, wo der Stein mich treffen sollte. New York oder Indochina, sagte ich mir, am Ende läuft es auf dasselbe hinaus. Wenn Kolumbus Amerika mit Cathay verwechseln konnte, wie durfte ich dann in geographischen Dingen kleinlich sein? Ich betrat meine Wohnung und schob den Brief unter Onkel Victors Klarinettenkasten. Und binnen Minuten war es mir gelungen, ihn völlig zu vergessen.

Ich hörte jemanden an die Tür klopfen, hielt es aber nicht für der Mühe wert, nachzusehen, wer es sei. Ich dachte nach und wollte nicht gestört werden. Einige Stunden später hörte ich es wieder klopfen. Dieses zweite Klopfen unterschied sich ziemlich von dem ersten, und ich glaubte nicht, daß es denselben Urheber hatte. Es war ein grobes, brutales Hämmern, eine wütende Faust, die die Tür in den Angeln klappern ließ, während das frühere diskret, beinahe zögernd gewesen war: das Werk eines einzelnen Knöchels, der ganz leise seine intime Botschaft an das Holz klopfte. Stundenlang machte ich mir über diese Unterschiede Gedanken, sinnierte über den Reichtum an Information, den der Mensch mit so einfachen Geräuschen übermitteln konnte. Falls das Klopfen beide Male von derselben Person gestammt haben sollte, dachte ich, dann wäre aus der Veränderung auf eine furchtbare Enttäuschung zu schließen, aber mir wollte einfach niemand einfallen, der so wild darauf sein könnte, mich zu besuchen. Woraus folgte, daß meine ursprüngliche Auffassung richtig war. Es waren zwei Leute. Der eine war in freundschaftlicher Absicht gekommen, der andere nicht. Der eine war vermutlich eine Frau, der andere nicht. Ich sann darüber nach, bis der Abend anbrach. Als ich die Dunkelheit bemerkte, machte ich eine Kerze an und setzte meine Grübeleien fort, bis ich einschlief. In dieser ganzen Zeit kam es mir nicht in den Sinn, mich zu fragen, wer es denn gewesen sein mochte. Oder, genauer gesagt, ich gab mir keine Mühe zu begreifen, warum ich das nicht wissen wollte.

Am nächsten Morgen fing die Klopferei wieder an. Während ich wach wurde und merkte, daß es kein Traum war, hörte ich draußen auf dem Flur Schlüssel klirren – ein lautes, donnerndes Scheppern, das in meinem Kopf explodierte. Ich schlug die Augen auf, und in diesem Augenblick drang ein Schlüssel ins Schloß. Die Klinke drehte sich, die Tür schwang auf, und Simon Fernandez, der Hauswart, trat ins Zimmer. Er trug seinen üblichen Zweitagebart, dieselbe Khakihose und dasselbe weiße T-Shirt wie schon den ganzen Sommer lang – eine mittlerweile schmuddelige Kluft, beschmiert mit gräulichem Ruß und den Kleckereien von mehreren Dutzend Mahlzeiten. Er sah mir direkt in die Augen, tat aber so, als bemerkte er mich nicht. Seit Weihnachten, als ich ihm sein alljährliches Trinkgeld vorenthalten hatte (auch diese Ausgabe hatte ich mit meinen Büchern bestritten), behandelte Fernandez mich feindselig. Er grüßte nicht mehr, sprach nicht mehr über das Wetter, erzählte nicht mehr von seinem Vetter aus Ponce, der es bei den Cleveland Indians beinahe zum Shortstop gebracht hatte. Fernandez rächte sich, indem er mich wie

Luft behandelte, und wir hatten seit Monaten kein Wort mehr gewechselt. An diesem denkwürdigen Morgen aber schlug er eine gänzlich andere Strategie an. Er schlenderte eine Weile im Zimmer herum, klopfte an die Wände, als ob er sie auf Schäden untersuchte, und als er dann zum zweiten- oder drittenmal an meinem Bett vorbeikam, blieb er stehen, wandte sich um und riß theatralisch die Augen auf, als würde er mich endlich bemerken. «Du liebe Zeit», sagte er. «Sie sind noch da?»

«Bin noch da», sagte ich. «Gewissermaßen.»

«Heute müssen Sie raus», sagte Fernandez. «Ab Monatsersten ist die Wohnung vermietet, und morgen früh kommt Willie mit den Malern. Sie wollen sich doch nicht von den Bullen hier rausschleifen lassen, oder?»

«Keine Sorge. Ich werd mich rechtzeitig verdrücken.»

Fernandez sah sich mit Besitzermiene in dem Zimmer um und schüttelte dann angewidert den Kopf. «Das ist ja vielleicht eine Bude, mein lieber Freund. Erinnert mich an einen Sarg, wenn ich Ihnen damit nicht zu nahe trete. An eine dieser billigen Kisten, in denen sie die Penner begraben.»

«Mein Innenarchitekt ist in Urlaub», sagte ich. «Wir hatten vor, die Wände usambarablau zu streichen, waren dann aber nicht mehr sicher, ob das zu den Fliesen in der Küche passen würde. Also haben wir beschlossen, noch ein wenig darüber nachzudenken, ehe wir den Schritt wagen.»

«Ein schlauer Student wie Sie. Haben Sie Schwierigkeiten, oder was?»

«Ach wo. Ein paar finanzielle Rückschläge, das ist alles. Die Marktlage war in letzter Zeit nicht besonders.»

«Wer Geld braucht, soll gefälligst arbeiten. Wie ich das sehe, hocken Sie den ganzen Tag nur faul auf dem Hintern. Wie ein Schimpanse im Zoo, haben Sie kapiert? Wer keinen Job hat, kann die Miete nicht bezahlen.»

«Aber ich habe einen Job. Ich stehe morgens auf wie jeder

andere, und dann versuche ich, den Tag zu überleben. Das ist Vollzeitarbeit. Keine Kaffeepausen, kein Wochenende, keine Zulagen, kein Urlaub. Ich beklage mich wohlgemerkt gar nicht, aber das Gehalt ist ganz schön niedrig.»

«Ach was, Sie sind einfach ein Drückeberger. Ein oberschlauer Drückeberger, typisch Student.»

«Sie sollten die Studenten nicht überschätzen. So toll sind sie nun auch wieder nicht.»

«An Ihrer Stelle würde ich mal zum Arzt gehen», sagte Fernandez in einer plötzlichen Aufwallung von Mitgefühl. «Ich meine, sehen Sie sich doch bloß mal an. Ziemlich trauriges Bild, Mann. Kaum noch was von Ihnen übrig. Bloß ein Haufen Knochen.»

«Habe eine Diät hinter mir. Mit zwei weichgekochten Eiern pro Tag kann man ja wohl kaum Staat machen.»

«Also ich weiß nicht», sagte Fernandez und versank in seine eigenen Gedanken. «Manchmal sind sie alle wie verrückt. Wenn Sie mich fragen, das liegt an diesem Zeug, das die ins All schießen. Diese Satelliten und Raketen und der ganze blöde Scheiß. Wenn man Leute auf den Mond schickt, muß ja irgendwas ausrasten. Verstehen Sie? Manche drehen dann einfach durch. Man kann nicht am Himmel rumpfuschen und erwarten, daß nichts passiert.»

Er entfaltete die *Daily News*, die er in der linken Hand gehalten hatte, und zeigte mir die Titelseite. Das war der Beweis, das endgültige Beweisstück. Zuerst konnte ich nichts erkennen, aber dann sah ich, daß es sich um die Luftaufnahme einer Menschenmenge handelte. Auf dem Bild waren Zehntausende von Leuten, eine gigantische Ansammlung von Körpern, mehr, als ich je zuvor an einem Ort gesehen hatte. Woodstock. Es hatte mit dem, was damals mit mir passierte, so wenig zu tun, daß mir nichts dazu einfiel. Diese Leute waren so alt wie ich, doch sosehr ich mich ihnen verbunden fühlte, sie hätten ebensogut auf einem anderen Planeten stehen können.

Fernandez ging. Ich blieb noch einige Minuten liegen, stieg dann aus dem Bett und zog mich an. Ich brauchte nicht lange, um mich fertigzumachen. Ich packte ein paar Kleinigkeiten in einen Rucksack, klemmte den Klarinettenkasten unter den Arm und ging durch die Tür. Es war Ende August 1969. Ich erinnere mich an den strahlenden Sonnenschein an diesem Morgen und an die leichte Brise, die vom Fluß her wehte. Ich wandte mich nach Süden, hielt kurz inne und machte einen Schritt. Dann machte ich den nächsten Schritt, und so begann ich die Straße hinunterzugehen. Ich warf keinen Blick zurück.

ZWEITES KAPITEL

Von diesem Punkt an wird die Geschichte komplizierter. Ich kann niederschreiben, was mit mir passiert ist, aber so genau und vollständig ich es auch tun mag, all das ergibt doch nur einen Teil der Geschichte, die ich eigentlich erzählen will. Es wurden andere Leute darin verwickelt, die am Ende mit dem, was mit mir passierte, genausoviel zu tun hatten wie ich selbst. Ich denke an Kitty Wu, an Zimmer, an Leute, die mir damals noch unbekannt waren. Erst viel später zum Beispiel erfuhr ich, daß Kitty es war, die damals an die Tür meiner Wohnung geklopft hatte. Meine Possen bei jenem sonntäglichen Frühstück hatten sie beunruhigt, und anstatt sich einfach weiter Sorgen um mich zu machen, hatte sie beschlossen, mal bei mir vorbeizugehen und nach dem Rechten zu sehen. Allerdings hatte sie Schwierigkeiten, meine Adresse herauszufinden. Am nächsten Tag sah sie im Telefonbuch nach, aber da ich kein Telefon hatte, stand ich auch nicht drin. Das steigerte ihre Besorgnis noch. Sie erinnerte sich, daß ich nach einem Mann namens Zimmer gefragt hatte, und begann jetzt selbst nach diesem Zimmer zu suchen – sie wußte, daß er vermutlich der einzige Mensch in New York war, der ihr sagen konnte, wo ich wohnte. Leider bezog Zimmer seine neue Wohnung erst in der zweiten Augusthälfte, also zehn bis zwölf Tage nach unserer Begegnung. Ungefähr in dem Augenblick, als es ihr gelang, seine Nummer bei der Information zu erfragen, ließ ich in meiner Wohnung die

Eier auf den Boden fallen. (Wir ermittelten das fast auf die Minute genau, indem wir die chronologische Abfolge aufbereiteten, bis jedes Detail seinen Platz hatte.) Sie rief sofort bei Zimmer an, aber da war besetzt. Sie brauchte mehrere Minuten, bis sie durchkam, aber inzwischen saß ich bereits im Moon Palace und würgte an meinem Essen. Danach fuhr sie mit der U-Bahn zur Upper West Side. Die Fahrt zog sich jedoch über eine Stunde lang hin, und als sie endlich vor meiner Wohnung stand, war es zu spät. Ich war so gedankenverloren, daß ich auf ihr Klopfen nicht reagierte. Sie erzählte mir, sie habe fünf bis zehn Minuten vor meiner Tür gestanden. Sie hörte mich da drinnen mit mir selbst reden (aber so gedämpft, daß sie nichts verstehen konnte), und dann begann ich anscheinend plötzlich zu singen – ein verrückter, unmelodischer Singsang, sagte sie –, woran ich mich aber überhaupt nicht erinnern kann. Sie klopfte noch einmal, doch ich rührte mich nicht. Da sie mir nicht lästig fallen wollte, gab sie schließlich auf und ging.

So hat Kitty Wu mir die Sache erklärt. Anfangs hörte sich das recht plausibel an, aber je mehr ich darüber nachdachte, desto weniger überzeugend fand ich ihre Geschichte. «Ich verstehe noch immer nicht, warum du gekommen bist», sagte ich. «Wir haben uns doch nur dieses eine Mal getroffen, und da kann ich nicht gerade Eindruck auf dich gemacht haben. Warum hast du dir wegen jemand, den du gar nicht kennst, solche Mühe gemacht?»

Kitty sah zu Boden. «Weil du mein Bruder warst», sagte sie ganz leise.

«Das war doch nur ein Scherz. Wegen eines Scherzes macht man doch nicht solche Umstände.»

«Nein, wahrscheinlich nicht», sagte sie und zuckte leichthin die Achseln. Ich dachte, sie wollte noch etwas sagen, aber nach einigen Sekunden schwieg sie noch immer.

«Nun?» sagte ich. «Warum hast du es getan?»

Sie sah kurz zu mir auf und fixierte dann wieder den Boden. «Weil ich dachte, du seist in Gefahr», sagte sie. «Ich dachte, du seist in Gefahr, und mir hatte noch nie jemand so leid getan wie du.»

Am nächsten Tag kam sie wieder zu meiner Wohnung, aber da war ich schon weg. Die Tür war jedoch nur angelehnt, und als sie sie aufstieß und über die Schwelle trat, sah sie Fernandez, der wütend in meinem Zimmer herumfuhrwerkte und halblaut fluchend meine Sachen in Müllsäcke stopfte. Nach Kittys Schilderung sah er aus wie jemand, der das Zimmer eines eben an der Pest gestorbenen Menschen aufzuräumen versuchte: Er bewegte sich angeekelt und wie in Panik, wagte meine Sachen kaum anzufassen vor Angst, sich anzustecken. Sie fragte Fernandez, ob er wüßte, wohin ich gegangen sei, aber viel konnte er ihr nicht sagen. Ich sei ein verrückter Spinner, sagte er, und er könne sich allenfalls vorstellen, daß ich mich in irgendein Loch verkrochen hätte, um zu sterben. Danach hatte Kitty genug, sie ging wieder auf die Straße, und von der nächsten Telefonzelle aus rief sie Zimmer an. Seine neue Wohnung lag im West Village an der Bank Street, aber als er ihren Bericht hörte, ließ er alles stehen und liegen und jagte los, um sich mit ihr zu treffen. Und so wurde ich dann schließlich gerettet: weil die beiden loszogen und mich suchten. Das wußte ich damals natürlich noch nicht, aber mit meinem heutigen Wissen ist es mir unmöglich, an diese Tage zurückzudenken, ohne daß mich eine heftige Sehnsucht nach meinen Freunden überkommt. Die Realität dessen, was ich erlebt habe, wird dadurch in gewisser Hinsicht verändert. Ich war von der Klippe gesprungen, und kurz bevor ich auf dem Boden aufschlug, geschah etwas ganz Außerordentliches: Ich erfuhr, daß es Leute gab, die mich liebten. Wenn man so geliebt wird, sieht alles gleich ganz anders aus. Der Schrecken des Falls wird dadurch nicht gemindert, aber man sieht diesen Schrecken in einem neuen Licht. Ich war von der Klippe gesprungen, und dann griff etwas nach mir und fing mich im allerletzten Augenblick auf. Dieses Etwas nenne ich Liebe. Sie ist das einzige, was den Menschen in seinem Fall aufhalten kann, das einzige, was mächtig genug ist, die Gesetze der Schwerkraft aufzuheben.

Ich hatte keine klare Vorstellung davon, was ich nun tun sollte. Als ich meine Wohnung an jenem Morgen verließ, ging ich einfach los, wohin meine Schritte mich tragen wollten. Falls ich überhaupt etwas gedacht habe, dann nur, daß der Zufall entscheiden sollte, was passierte, daß ich mich von willkürlichen Ereignissen und Eingebungen treiben lassen wollte. Meine ersten Schritte führten nach Süden, und so ging ich weiter in dieser Richtung, zumal mir nach ein paar Blocks klar wurde, daß es ohnehin wohl das Beste wäre, meine Nachbarschaft zu verlassen. Man beachte, wie der Stolz meinen Entschluß schwächte, über mein Elend erhaben zu bleiben; Stolz und Schamgefühl. Ein Teil von mir war entsetzt von dem, was ich mit mir hatte geschehen lassen, und ich wollte nicht Gefahr laufen, irgendeinen Bekannten zu treffen. Richtung Norden wäre ich nach Morningside Heights gekommen, und dort wären die Straßen voller vertrauter Gesichter gewesen. Ich wäre zwar nicht auf Freunde, mit Sicherheit aber auf Leute gestoßen, die mich vom Sehen kannten: die alte Clique aus der West End Bar, Klassenkameraden, ehemalige Professoren. Ich hatte nicht den Mut, ihren Blicken standzuhalten, ihrem Starren, ihrer Verblüffung. Schlimmer noch, die Vorstellung, mit einem von ihnen reden zu müssen, versetzte mich in Panik.

Ich ging nach Süden, und für den Rest meiner Tage auf der Straße setzte ich keinen Fuß mehr auf den Upper Broadway. Ich hatte noch etwa sechzehn bis zwanzig Dollar in der Tasche, außerdem ein Messer und einen Kugelschreiber; mein Rucksack enthielt einen Pullover, eine Lederjacke, eine Zahnbürste, einen Rasierapparat mit drei ungebrauchten Klingen, ein zweites Paar Socken, Unterwäsche und ein kleines grünes Notizbuch mit einem Bleistift in der Spiralbindung. Unmittelbar nördlich des Columbus Circle, kaum eine Stunde nach Antritt meiner Pilgerfahrt, ereignete sich etwas ganz Unwahrscheinliches. Ich stand vor einer Uhrmacherwerkstatt und betrachtete den Mechanismus irgendeines antiken Chronometers im Schaufenster, als ich plötzlich vor mir auf dem Boden eine Zehn-Dollar-Note liegen sah. Ich war so erschüttert, daß ich nicht wußte, wie ich reagieren sollte. Meine Gedanken waren schon in Aufruhr, und anstatt das einfach für einen Glückstreffer zu halten, redete ich mir ein, daß damit etwas äußerst Bedeutsames eingetreten sei: ein religiöses Ereignis, ein absolutes Wunder. Als ich das Geld aufhob und sah, daß es echt war, begann ich vor Freude zu zittern. Alles wird gut werden, sagte ich zu mir, am Ende wird alles gut ausgehen. Ohne weiter über die Sache nachzudenken, ging ich in einen griechischen Coffeeshop und spendierte mir ein Bauernfrühstück: Grapefruitsaft, Cornflakes, Schinken mit Ei, Kaffee und alles, was dazugehört. Nach dem Essen kaufte ich mir sogar eine Packung Zigaretten und trank an der Theke noch eine zweite Tasse Kaffee. Ein unwiderstehliches Gefühl von Glück und Wohlbehagen hatte mich ergriffen, ich konnte die Welt wieder lieben. Alles in dem Restaurant kam mir wunderbar vor: die dampfenden Kaffeemaschinen, die Drehstühle, die großen Toaster, die silbernen Milchshake-Spender, die in Glasgefäßen gestapelten frischen Muffins. Ich fühlte mich wie kurz vor der Wiedergeburt, wie jemand, der im Begriff ist, einen neuen Kontinent zu entdecken. Während ich noch eine Camel rauchte, beobachtete ich den Mann hinter der Theke bei der Arbeit, dann die schlampige Kellnerin mit den falschen roten Haaren. Beide hatten etwas unaussprechlich Wehmütiges an sich. Ich wollte ihnen sagen, wieviel sie mir in diesem Augenblick bedeuteten, aber ich brachte die Worte nicht heraus. Einige Minuten lang blieb ich so in meinem Hochgefühl sitzen und lauschte nur meinen Gedanken. Sie waren ein einziges Durcheinander, chaotisch und ekstatisch. Dann war meine Zigarette heruntergebrannt, und ich nahm meine Kräfte zusammen und zog weiter.

Am Nachmittag war es drückend heiß geworden. Da ich sonst nichts mit mir anzufangen wußte, ging ich in eins dieser Kinos an der 42nd Street nahe beim Times Square, in denen das Hauptprogramm aus drei Spielfilmen besteht. Mich lockte die Aussicht auf klimatisierte Luft, und ich ging blindlings hinein, ohne auch nur am Aushang nachzusehen, was überhaupt lief. Für neunundneunzig Cent war ich bereit, alles auszuhalten. Ich setzte mich oben in die Raucher-Abteilung, und während der ersten beiden Filme, deren Titel ich vergessen habe, verqualmte ich weitere zehn oder zwölf Camels. Das Kino war einer dieser in der Depressionszeit erbauten knalligen Traumpaläste: Kronleuchter im Vorraum, Marmortreppen, Rokokoschnörkel an den Wänden. Es war eher ein Heiligtum als ein Kino, ein Tempel zur Verherrlichung der Illusion. Bei der draußen herrschenden Hitze schienen sich fast sämtliche New Yorker Obdachlosen hierhin geflüchtet zu haben. Säufer und Süchtige, Männer mit Krätze im Gesicht, Männer, die vor sich hinmurmelten oder mit den Schauspielern auf der Leinwand sprachen, Männer, die schnarchten und furzten, Männer, die sich in die Hosen pißten. Platzanweiser patrouillierten mit Taschenlampen durch die Gänge und sahen nach, ob irgend jemand eingeschlafen war. Lärm wurde geduldet, doch verstieß es offenbar gegen das Gesetz, in diesem Kino das Bewußtsein zu verlieren. Immer wenn ein Platzanweiser einen Schlafenden entdeckte, leuchtete er ihm mit der Taschenlampe direkt ins Gesicht und sagte ihm, er solle die Augen aufmachen. Wenn der Mann nicht reagierte, zwängte sich der Platzanweiser zu ihm durch und schüttelte ihn, bis er aufwachte. Die Aufsässigen wurden, oft unter lautem und grimmigem Protest, hinausgeworfen. Das geschah an diesem Nachmittag ein halbes dutzendmal. Erst viel später kam mir der Gedanke, daß die Platzanweiser wahrscheinlich nach Leichen suchten.

Ich ließ mich nicht davon stören. Ich war gelassen, ich war ruhig, ich war zufrieden. Angesichts der Ungewißheit, die mich draußen erwartete, hatte ich die Dinge bemerkenswert fest im Griff. Dann begann der dritte Film, und mit einemmal war ich hellwach. Gezeigt wurde *In achtzig Tagen um die Welt*, derselbe Film, den ich vor elf Jahren in Chicago mit Onkel Victor gesehen hatte. Ich glaubte, es würde mir Freude machen, ihn noch einmal zu sehen, und eine Weile hielt ich mich für einen Glückspilz, weil ich genau an dem Tag in dieses Kino geraten war, an dem dieser Film gezeigt wurde – ausgerechnet dieser Film. Es kam mir vor, als ob das Schicksal über mich wachte, als ob mein Leben unter dem Schutz wohlwollender Geister stünde. Wenig später jedoch bemerkte ich, daß mir seltsame und unerklärliche Tränen in die Augen traten. Und als dann Phileas Fogg und Passepartout in den Heißluftballon kletterten (irgendwann in der ersten halben Stunde des Films), flossen die Tränenkanäle schließlich über, und eine heiße, salzige Flut brannte mir auf den Wangen. Tausend Kindheitsnöte stürmten auf mich ein, und ich hatte nicht die Kraft, sie abzuwehren. Wenn Onkel Victor mich jetzt sehen könnte, dachte ich, wäre er bedrückt, wäre er sehr bekümmert. Ich war zu einem Nichts geworden, zu einem Toten, der kopfüber in die Hölle stürzte. David Niven und Cantinflas blickten aus dem Korb ihres Ballons, schwebten über die üppige französische Landschaft hin, und ich saß unten im Dunkeln mit einem Haufen Säufer und schluchzte mir die Seele aus dem Leib, bis ich keine Luft mehr bekam. Ich stand auf und schlich mich nach unten zum Ausgang. Draußen überfiel mich das Licht des frühen Abends, jähe Wärme hüllte mich ein. Geschieht dir recht, sagte ich mir. Ich habe mein Nichts selbst geschaffen, und jetzt muß ich damit leben.

Die nächsten paar Tage ging es so weiter. Meine Stimmungen schwankten gefährlich von einem Extrem ins andere, stießen mich so oft zwischen Freude und Verzweiflung hin und her, daß ich am Ende ganz kopflos wurde. Nahezu alles konnte den Umschwung auslösen: eine plötzliche Konfrontation mit der Vergangenheit, das zufällige Lächeln eines Fremden, das Licht auf dem Bürgersteig zu irgendeiner Stunde. Ich mühte mich, Gleichgewicht zu schaffen, jedoch vergebens: Ich bestand nur noch aus Wankelmut, Unruhe und entsetzlichen Launen. Wenn ich mich, äußerst zuversichtlich, in die Reihen der Illuminaten zu treten, einmal mit einer philosophischen Frage beschäftigte, konnte ich gleich darauf in Tränen ausbrechen, wenn die Last meiner Qualen über mich hereinbrach. Ich war so tief in mich versunken, daß ich die Dinge nicht mehr richtig wahrnehmen konnte: Gegenstände wurden Gedanken, und jeder Gedanke war ein Teil des Dramas, das sich in mir abspielte.

In meinem Zimmer zu sitzen und darauf zu warten, daß der Himmel über mir einstürzen würde, war eine Sache gewesen; eine ganz andere aber war es, ins Freie gestoßen zu sein. Zehn Minuten nach Verlassen des Kinos begriff ich endlich, was mir bevorstand. Die Nacht kam immer näher, und ich würde binnen weniger Stunden einen Platz zum Schlafen finden müssen. Heute kommt mir das bemerkenswert vor, aber damals hatte ich bis zu diesem Zeitpunkt noch keinen ernstlichen Gedanken an dieses Problem verschwendet. Ich hatte angenommen, daß sich das irgendwie von selbst regeln würde, daß es reichte, sich auf das blinde, dumme Glück zu verlassen. Als ich dann jedoch meine Aussichten genauer betrachtete, merkte ich, wie düster sie in Wirklichkeit waren. Ich würde mich nicht wie ein Penner auf den Bürgersteig legen, sagte ich mir, und dort die ganze Nacht in Zeitungen gehüllt verbringen. Da wäre ich ja jedem Irren in der Stadt ausgeliefert; eine Einladung an irgendwen, mir die Kehle aufzuschlitzen. Und selbst wenn mir ein Überfall erspart bliebe, würde ich bestimmt wegen Stadtstreicherei festgenommen. Andererseits – wo sollte ich denn hin? Die Vorstellung, die Nacht in einer billigen Absteige zu verbringen, stieß mich ab. Undenkbar, mit hundert Pennern in einem Raum zu liegen, ihre Gerüche einzuatmen und das Grunzen alter Männer anhören zu müssen, die es miteinander trieben. Ein solcher Ort war nichts für mich, nicht einmal, wenn ich umsonst hineinkäme. Dann gab es natürlich die U-Bahnen, aber ich wußte im voraus, daß ich da unten kein Auge zumachen könnte – bei all dem Geschlinger, Lärm und Neonlicht, bei der Vorstellung, daß jederzeit irgendein Bahnbulle vorbeikommen und mir mit seinem Schlagstock auf die Fußsohlen hauen könnte. So irrte ich ängstlich einige Stunden umher und versuchte einen Entschluß zu fassen. Wenn ich mich am Ende für den Central Park entschied, dann nur deshalb, weil ich zu erschöpft war, als daß mir noch etwas Besseres hätte einfallen können. Gegen elf Uhr fand ich mich auf der Fifth Avenue, und ich ließ meine Hand geistesabwesend über die Mauer streifen, die den Park von der Straße trennt. Ich blickte über die Mauer, sah den riesigen entvölkerten Park und stellte fest, daß sich mir um diese Zeit wohl kaum etwas Besseres bieten würde. Schlimm genug, aber immerhin wäre der Boden weich, und mir gefiel der Gedanke, mich dort ins Gras zu legen, mein Bett an einem Ort aufzuschlagen, wo niemand mich sehen konnte. Nahe beim Metropolitan Museum betrat ich den Park, schleppte mich ein paar Minuten hinein und kroch dann unter einen Busch. Ich hatte keine Lust mehr, mich sonderlich sorgfältig umzusehen. Die Horrorgeschichten über den Central Park waren mir hinlänglich bekannt, aber in diesem Augenblick war meine Erschöpfung größer als meine Angst. Sollte der Busch mir doch keine Deckung bieten, dachte ich, hatte ich immer noch mein Messer, um mich zu verteidigen. Ich rollte meine Lederjacke zu einem Kopfkissen zusammen und wälzte mich dann eine Weile hin und her, um es mir bequem zu machen. Sobald ich aufhörte, mich zu bewegen, hörte ich irgendwo im Gebüsch neben mir eine Grille zirpen. Gleich darauf ließ eine leichte Brise die Zweige und dünnen Äste um meinen Kopf rascheln. Zu denken hatte ich nichts mehr. Der Mond stand in dieser Nacht nicht am Himmel, auch kein einziger Stern. Bevor mir einfiel, das Messer aus der Tasche zu holen, war ich fest eingeschlafen.

Beim Aufwachen fühlte ich mich, als hätte ich in einem Güterwagen geschlafen. Es dämmerte bereits, und mein ganzer Körper schmerzte, meine Muskeln waren völlig verspannt. Ich befreite mich vorsichtig aus dem Busch, fluchte und stöhnte bei jeder Bewegung, um mir dann erst einmal ein Bild von meiner Umgebung zu machen. Ich hatte die Nacht am Rand eines Softball-Feldes verbracht, im Gesträuch hinter dem Schlagmal. Das Feld lag in einer flachen Bodensenke, und zu dieser frühen Stunde hing ein dünner grauer Nebel über dem Gras. Kein Mensch war in Sicht. Ein paar Spatzen sausten zwitschernd in der Nähe des zweiten Mals herum, in den Bäumen über mir krächzte ein Blauhäher. Ich war in New York, aber es hatte nichts mit dem New York zu tun, das ich gekannt hatte. Dieser Ort weckte keine Assoziationen, er hätte überall sein können. Während ich darüber nachdachte, wurde mir plötzlich klar, daß ich die erste Nacht überstanden hatte. Ich behaupte nicht, daß ich diese Leistung bejubelt hätte – dafür schmerzte mein Körper zu sehr –, aber ich wußte nun, daß ich ein wichtiges Stück Arbeit hinter mich gebracht hatte. Ich hatte die erste Nacht überstanden, und wenn ich es einmal geschafft hatte, würde es mir auch noch öfter gelingen.

Danach schlief ich jede Nacht im Park. Er wurde mein Asyl, eine vertraute Zuflucht vor den zermürbenden Anforderungen der Straße. Über drei Quadratkilometer, in denen ich umherstreifen konnte, und im Gegensatz zu dem massiven Geflecht von Häusern und Wolkenkratzern, das außerhalb der Parkgrenze lauerte, bot mir der Park die Möglichkeit, allein zu sein, mich vom Rest der Welt fernzuhalten. Die Straßen sind voller Leute und Lärm, und ob es einem paßt oder nicht, man muß sich, will man dort leben, einem strengen Verhaltenskodex unterwerfen. Wer in der Menge geht, darf nicht schneller gehen als die anderen, darf nicht hinter seinen Nächsten zurückbleiben, darf überhaupt nichts tun, was den menschlichen Verkehrsfluß stören könnte. Wer sich an diese Spielregeln hält, wird von den Leuten kaum wahrgenommen. Wenn die New Yorker durch die Straßen gehen, legt sich ein eigenartiger Schleier über ihre Augen, eine natürliche und vielleicht auch notwendige Form der Gleichgültigkeit den anderen gegenüber. Zum Beispiel ist es ganz gleich, wie man aussieht. Ausgefallene Kostüme, bizarre Frisuren, T-Shirts mit obszönen Aufdrucken – auf so was achtet kein Mensch. Andererseits ist es von äußerster Wichtigkeit, wie man sich in seinen Kleidern verhält. Irgendwelche seltsamen Gebärden werden automatisch als bedrohlich empfunden. Laut mit sich selber reden, sich kratzen, jemandem direkt in die Augen sehen: solche Abweichungen von der Norm können bei den Mitmenschen feindliche und manchmal gewalttätige Reaktionen auslösen. Man darf weder torkeln noch ohnmächtig werden, man darf sich nicht an den Mauern festhalten, man darf nicht singen, da jegliches spontane oder eigenwillige Verhalten sofort die Blicke auf sich zieht und man sich damit bissige Bemerkungen oder gelegentlich auch einen Stoß oder einen Tritt ans Schienbein einhandelt. Ich war nicht so schlimm dran, daß mir irgend etwas Derartiges passierte, aber bei anderen habe ich es gesehen, und mir war klar, daß ich mich eines Tages vielleicht auch nicht mehr unter Kontrolle haben würde. Im Gegensatz dazu konnte man sich im Central Park wesentlich mehr gehen lassen. Niemand dachte sich etwas dabei, wenn man sich im Gras ausstreckte und mitten am Tag ein Schläfchen hielt. Niemand sah hin, wenn man unter einem Baum saß und einfach gar nichts tat, wenn man Klarinette spielte, wenn man aus vollem Halse herumschrie. Bis auf die Büroangestellten, die um die Mittagszeit in den äußeren Bezirken des Parks herumschlichen, verhielt sich die Mehrheit der Leute dort wie im Urlaub. Dieselben Dinge, die auf der Straße beunruhigt hätten, wurden hier als ungezwungener Zeitvertreib genehmigt. Die Leute lächelten einander zu, gingen Hand in Hand, namen ungewöhnliche Haltungen ein, küßten sich. Leben und leben lassen, und solange man sich nicht in anderer Leute Angelegenheiten einmischte, konnte man tun, was einem gerade einfiel.

Der Park hat mir zweifellos sehr gut getan. Hier konnte ich mich zurückziehen, und mehr noch, hier konnte ich so tun, als ginge es mir gar nicht so schlecht, wie es in Wirklichkeit der Fall war. Das Gras und die Bäume dachten demokratisch, und wenn ich spätnachmittags in der Sonne faulenzte oder am frühen Abend zwischen den Felsen herumkletterte, um mir einen Platz zum Schlafen zu suchen, hatte ich das Gefühl, mit meiner Umgebung so zu verschmelzen, daß ich auch für ein geübtes Auge als einer der Picknickmacher oder Spaziergänger um mich her erscheinen mochte. Die Straße ließ solche Täuschungen nicht zu. Wann immer ich in der Menge ging, wurde ich mir nur allzubald meiner Schande bewußt. Ich fühlte mich wie ein

Vagabund, ein Versager, ein Fleck, eine Pocke auf der Haut der Menschheit. Mit jedem Tag wurde ich ein bißchen schmutziger, ein bißchen zerlumpter und verwirrter, ein bißchen andersartiger als die anderen. Im Park hatte ich mich mit dieser Befangenheit nicht zu plagen. Hier gab es eine Schwelle, eine Grenze, etwas, womit Innen und Außen zu unterscheiden waren. Während die Straße mich zwang, mich mit den Augen der anderen zu sehen, gab der Park mir Gelegenheit, in meine Innenwelt zurückzukehren, mich ganz an das zu halten, was sich in meinem Innern abspielte. Es ist möglich, stellte ich fest, ohne ein Dach über dem Kopf zu überleben, aber ohne ein Gleichgewicht zwischen Innen und Außen kann man nicht leben. Der Park verhalf mir zu diesem Gleichgewicht. Er war vielleicht nicht gerade eine Heimat, aber mangels irgendeiner anderen Unterkunft doch etwas sehr Ähnliches.

Immer wieder stießen mir dort unerwartete Dinge zu, Dinge, die mir jetzt, wenn ich daran denke, fast unmöglich scheinen. Einmal zum Beispiel kam eine junge Frau mit hellroten Haaren auf mich zu und drückte mir einen Fünf-Dollar-Schein in die Hand – einfach so, ohne jede Erklärung. Ein andermal luden mich ein paar Leute ein, mich zu ihnen zum Picknick ins Gras zu setzen. Einige Tage darauf verbrachte ich den ganzen Nachmittag als Mitspieler bei einem Softballmatch. Wenn man meinen damaligen körperlichen Zustand in Betracht zieht, gab ich eine recht ordentliche Vorstellung (zwei oder drei Läufe über ein Mal, ein gehechteter Fang im linken Außenfeld), und immer wenn meine Mannschaft am Schlagen war, boten mir die anderen Spieler etwas zu essen, trinken und rauchen an: Sandwiches und Brezeln, Dosenbier, Zigarren, Zigaretten. Das waren glückliche Momente für mich, die mir auch über einige düstere Phasen hinweghalfen, in denen ich mich vom Glück verlassen wähnte. Vielleicht war es das, was ich mir eigentlich hatte beweisen wollen: daß man, wenn man sein

Leben in den Wind wirft, Dinge entdeckt, von denen man vorher gar nichts wußte, Dinge, die unter anderen Umständen gar nicht zu erfahren sind. Ich war halbtot vor Hunger, doch wenn mir einmal etwas Gutes widerfuhr, schrieb ich es nicht dem Zufall zu, sondern eher einem bestimmten Geisteszustand. Wenn es mir gelang, ein vernünftiges Gleichgewicht zwischen Verlangen und Gleichgültigkeit zu bewahren, spürte ich, daß ich das Universum irgendwie dazu bringen konnte, auf mich zu reagieren. Wie sonst hätte ich die außerordentlichen Akte der Großmütigkeit, die mir im Central Park widerfuhren, interpretieren sollen? Ich habe niemals irgendwen um irgendwas gebeten, ich habe mich nie von meinem Platz bewegt, und doch sind ständig Fremde zu mir gekommen und haben mir geholfen. Von mir muß so etwas wie eine bezwingende Kraft in die Welt ausstrahlen, dachte ich, ein unbestimmbares Etwas, das die Leute dazu veranlaßt. Im Lauf der Zeit fand ich heraus, daß mir Gutes nur dann widerfuhr, wenn ich aufhörte, es mir zu wünschen. Wenn das stimmte, mußte auch das Gegenteil stimmen: Etwas zu sehr wünschen hieß, sein Eintreten zu verhindern. Das war die logische Schlußfolgerung aus meiner Theorie, denn wenn ich mir bewiesen hatte, daß ich die Welt anlocken konnte, dann folgte daraus auch, daß ich sie abweisen konnte. Mit anderen Worten, man bekam das, was man haben wollte, nur dann, wenn man es nicht haben wollte. Das ergab zwar keinen Sinn, aber eben die Unverständlichkeit der Beweisführung empfand ich als reizvoll. Wenn meine Bedürfnisse nur dadurch zu befriedigen waren, daß ich nicht mehr an sie dachte, dann mußte jedes Nachdenken über meine Lage diese selbst noch verschlimmern. Sobald ich mir diese Idee zu eigen gemacht hatte, war mein Bewußtseinszustand nur noch mit einem unmöglichen Drahtseilakt zu vergleichen. Denn wie soll man nicht an seinen Hunger denken, wenn man ständig Hunger hat? Wie soll man seinen Magen zum Schweigen bringen, wenn er einen unablässig anfleht, daß er gefüllt werden möchte? Es ist so gut wie unmöglich, solche Bitten zu ignorieren. Immer wieder gab ich ihnen nach, und dann wußte ich sofort, daß ich mir selbst die Chance genommen hatte, mir helfen zu lassen. Diese Folge war unausweichlich, so starr und präzise wie eine mathematische Formel. Solange ich mir über meine Probleme Sorgen machte, wandte die Welt mir den Rücken zu. Damit blieb mir keine Wahl, als für mich selbst zu sorgen, zu schnorren, ganz allein das Beste daraus zu machen. So verging die Zeit. Ein Tag, zwei Tage, vielleicht auch drei oder vier, und nur ganz allmählich schlug ich mir jeden Gedanken an Rettung aus dem Kopf, bis ich mich endlich aufgab. Erst dann kam es zu jenen wundersamen Ereignissen. Sie kamen jedesmal wie ein Blitz aus heiterem Himmel. Ich konnte sie nicht vorhersagen, und waren sie einmal eingetreten, konnte ich mich unmöglich auf das Eintreten eines nächsten verlassen. Jedes Wunder war daher stets das letzte Wunder. Und da es das letzte war, wurde ich immer wieder an den Ausgangspunkt zurückgeworfen, mußte ich den Kampf ständig aufs neue beginnen.

Einen Teil jedes Tages verbrachte ich im Park mit der Suche nach Nahrung. Das half die Ausgaben niedrig halten und zögerte außerdem den Augenblick hinaus, wo ich mich wieder auf die Straße wagen mußte. Die Straßen machten mir immer größere Angst, und ich war so ziemlich zu allem bereit, um nur nicht dorthin zu müssen. Besonders hilfreich in dieser Beziehung waren die Wochenenden. Bei gutem Wetter kamen die Leute in Scharen in den Park, und ich fand bald heraus, daß die meisten sich etwas zu essen dorthin mitbrachten: alle möglichen Lunchpakete und Snacks, mit denen sie sich nach Herzenslust vollstopften. Da wurde natürlich viel weggeworfen, Unmengen von eßbarem Abfall. Ich brauchte eine Weile, um mich darauf einzustellen, aber nachdem ich einmal die Vorstellung akzeptiert hatte, mir Sachen in den Mund zu stecken, die bereits von anderen Mündern berührt worden waren, standen mir gewaltige Nahrungsmengen zur Verfügung. Pizzaränder, Stücke von Hot dogs, Reste von belegten Baguettes, dazwischen Dosen mit Sodawasser – die Wiesen und Felsen waren übersät damit, die Abfalleimer platzten regelrecht aus den Nähten. Um meiner Zimperlichkeit einen Streich zu spielen, begann ich den Mülleimern lustige Namen zu geben. Ich nannte sie zylindrische Restaurants, Eßwundertüten, städtische Care-Pakete – Hauptsache, ich hielt mich davon ab, sie beim richtigen Namen zu nennen. Einmal, als ich gerade in einem herumwühlte, trat ein Polizist auf mich zu und fragte, was ich da machte. Völlig fassungslos stammelte ich ein paar Worte, bis ich damit herausplatzte, ich sei Student. Ich arbeite an einem Stadtforschungsprojekt, sagte ich, und habe den ganzen Sommer über statistische und soziologische Untersuchungen über den Inhalt von Abfalleimern angestellt. Um meine Geschichte glaubhafter zu machen, zog ich meinen Studentenausweis von der Columbia aus der Tasche und hoffte nur, der Polizist würde nicht merken, daß er im Juni abgelaufen war. Er musterte kurz das Bild, sah mir ins Gesicht, verglich es noch einmal mit dem Bild und zuckte dann die Achseln. Passen Sie nur auf, daß Sie den Kopf nicht zu tief da reinstecken, sagte er. Sonst könnten Sie mal drin steckenbleiben.

Das soll nicht heißen, daß mir das angenehm war. Es war durchaus nicht romantisch, sich nach Krümeln zu bücken, und der anfängliche Reiz des Neuen war schnell vorbei. Ich erinnerte mich an eine Szene in einem Buch, das ich mal gelesen hatte, *Lazarillo de Tormes*; darin läuft ein hungriger Hidalgo mit einem Zahnstocher im Mund herum, um den Eindruck zu erwecken, er komme gerade von einem großen Mahl. Auch ich verlegte mich nun auf diese Maskerade und nahm mir immer eine Handvoll

Zahnstocher mit, wenn ich in irgendeinem Lokal eine Tasse Kaffee trinken ging. So hatte ich in den unausgefüllten Zeiten zwischen den Mahlzeiten immer etwas zu beißen, aber ich bildete mir auch ein, meinem Äußeren damit eine gewisse unbefangene Note zu geben, quasi Selbstgenügsamkeit und Ruhe auszustrahlen. Das war nicht viel, aber ich brauchte alle Requisiten, die ich finden konnte. Besonders schwer fiel es mir, mich einem Mülleimer zu nähern, wenn ich das Gefühl hatte, von anderen beobachtet zu werden, und ich bemühte mich immer, so diskret wie möglich vorzugehen. Wenn mein Hunger sich im allgemeinen gegen meine Hemmungen durchsetzte, dann schlichtweg deshalb, weil er zu mächtig war. Mehrmals hörte ich Leute über mich lachen, und ein- oder zweimal zeigten kleine Kinder in meine Richtung und sagten zu ihren Müttern, sie sollten mal den komischen Mann anschauen, der da aus der Mülltonne esse. So etwas vergißt man nie, ganz gleich, wieviel Zeit seither vergangen ist. Ich mühte mich, meine Wut zu beherrschen, aber ich erinnere mich an mindestens einen Zwischenfall, wo ich einen kleinen Jungen so grimmig anknurrte, daß er in Tränen ausbrach. Im großen und ganzen jedoch gelang es mir, diese Demütigungen als natürliche Bestandteile meines gegenwärtigen Lebens zu akzeptieren. Wenn ich mich besonders stark fühlte, deutete ich sie als spirituelle Initiationsriten, als Hindernisse, die mir in den Weg geworfen wurden, um mein Selbstvertrauen zu prüfen. Wenn ich lernte, sie zu meistern, würde ich am Ende einen höheren Bewußtseinszustand erreichen. Wenn ich mich weniger überschwenglich fühlte, betrachtete ich mich eher aus einer politischen Perspektive, in der Hoffnung, meinen Zustand dadurch rechtfertigen zu können, daß ich ihn als Herausforderung an den American way of life interpretierte. Ich sei ein Werkzeug der Sabotage, sagte ich mir, ein loser Teil in der Staatsmaschine, ein Außenseiter, der die Aufgabe habe, den Sand im Getriebe zu spielen. Niemand könne mich ansehen, ohne Scham, Wut oder Mitleid zu empfinden. Ich sei der lebendige Beweis dafür, daß das System versagt habe, daß das selbstgefällige, überfütterte Land des Überflusses nun endlich zu Bruch gehe.

Gedanken wie diese beschäftigten mich über weite Teile des Tages. Ich war mir stets aufs schärfste bewußt, was mit mir passierte, aber kaum passierte etwas, da reagierte mein Geist auch schon darauf, entbrannte in agitatorischer Leidenschaft. Mir schwirrte der Kopf vor papierenen Theorien, Wortgefechten, ausgefeilten Selbstgesprächen. Später, nach meiner Rettung, wurde ich von Zimmer und Kitty immer wieder gefragt, wie ich es nur fertiggebracht hätte, so viele Tage lang nichts zu tun. Ob ich mich nicht gelangweilt hätte, wollten sie wissen. Ob ich das nicht sehr öde gefunden hätte. Die Fragen waren vernünftig, aber in Wahrheit habe ich mich nie gelangweilt. Ich war im Park allen möglichen Stimmungen und Gefühlen unterworfen, doch Langeweile gehörte nicht dazu. Wenn ich nicht mit praktischen Angelegenheiten beschäftigt war (einen Platz zum Schlafen suchen, für meinen Magen sorgen), hatte ich immer eine Menge anderer Sachen zu tun. Am Vormittag fand ich meist in irgendeinem Abfalleimer eine Zeitung, und im Verlauf der nächsten Stunde studierte ich gewissenhaft die Seiten, um nicht den Anschluß an den Lauf der Welt zu verlieren. Der Krieg ging natürlich weiter, und es gab auch noch andere Ereignisse: Chappaquiddick, die Acht von Chicago, den Black-Panther-Prozeß, eine zweite Mondlandung, die Mets. Mit besonderem Interesse verfolgte ich den spektakulären Untergang der Cubs, ich fand es erstaunlich, wie gründlich die Mannschaft durcheinandergeraten war. Kaum zu übersehen waren für mich die Zusammenhänge zwischen ihrem Sturz von der Spitze und meiner eigenen Situation, auch wenn ich nichts davon persönlich nahm. Im Grunde freute ich mich sogar ziemlich über das gute Abschneiden der Mets. Deren Vergangenheit war noch entsetzlicher als die der Cubs, und ihr plötzliches, völlig unwahrscheinliches Auftauchen aus der Versenkung schien mir zu beweisen, daß in dieser Welt alles möglich sei. Tröstlich war dieser Gedanke nicht. Das Kausalitätsgesetz als heimlicher Herrscher des Universums hatte abgedankt: Unten war oben, die letzten waren die ersten, das Ende war der Anfang. Heraklit war von seinem Misthaufen wiederauferstanden, und was er uns zu zeigen hatte, war die einfachste aller Wahrheiten: Die Wirklichkeit war ein Jo-Jo, beständig war nur die Veränderung.

Wenn ich genug über die Neuigkeiten des Tages nachgedacht hatte, schlenderte ich gewöhnlich eine Weile durch den Park, um Gebiete zu erforschen, die ich noch nicht besucht hatte. Ich genoß die paradoxe Situation, in einer vom Menschen geschaffenen natürlichen Welt zu leben. Der Park war gewissermaßen Natur in gesteigerter Form, und er bot eine Vielfalt von Plätzen und Geländen, wie sie in der Natur selten auf einem so eng umschriebenen Gebiet vorkommen. Hügel und Felder, steinige Flächen und Dschungel von Laubwerk, sanfte Weiden und Höhlennetze. Es machte mir Spaß, zwischen diesen verschiedenen Abschnitten hin und her zu spazieren, denn dabei konnte ich mir einbilden, große Entfernungen zurückzulegen, und blieb doch immer in den Grenzen meiner winzigen Welt. Dann gab es natürlich, am Ende des Parks, den Zoo, und es gab den Teich, wo die Leute kleine Boote mieteten, und das Reservoir und die Kinderspielplätze. Ich verbrachte ziemlich viel Zeit damit, einfach den Leuten zuzusehen: Ich studierte ihre Gebärden und ihren Gang, dachte mir ihre Lebensgeschichten aus, versuchte mich ganz in meine Sinneseindrücke zu verlieren. Oftmals, wenn mein Geist besonders leer war, gab ich mich wie ein Besessener irgendwelchen stumpfsinnigen Spielereien hin. Zum Beispiel zählte ich die Leute, die an einem bestimmten Punkt vorbeikamen, oder ich ordnete Gesichter Tieren zu, denen sie ähnlich waren – Schweine oder Hunde, Nagetiere oder Vögel, Schnecken, Beuteltiere, Katzen. Gelegentlich zeichnete ich diese Beobachtungen in meinem Notizbuch auf, doch meistens hatte ich wenig Lust zum Schreiben, da ich mich nicht durch irgendwelche ernsthafte Betätigungen von meiner Umgebung abheben wollte. Mir wurde klar, daß ich bereits viel zuviel Zeit meines Lebens mit Worten verbracht hatte, und wenn mein jetziges Leben irgendeinen Sinn für mich haben sollte, würde ich es so intensiv wie möglich leben und alles meiden müssen, was nichts mit dem Hier und Jetzt, dem Greifbaren, den ungeheuren Sinneseindrücken auf meiner Haut zu tun hatte.

Gefahren begegneten mir dort auch, aber nichts wirklich Schreckliches, nichts, vor dem ich am Ende nicht davonlaufen konnte. Eines Morgens setzte sich ein alter Mann neben mich auf eine Bank, streckte die Hand aus und stellte sich als Frank vor. «Du kannst mich auch Bob nennen, wenn du willst», sagte er, «ich bin nicht kleinlich. Solange du nicht Bill zu mir sagst, werden wir gut miteinander auskommen.» Und dann stürzte er sich fast übergangslos in eine komplizierte Geschichte, die von Pferdewetten handelte, verbreitete sich endlos über eine Tausend-Dollar-Wette, die er 1936 abgeschlossen hatte und an der ein Pferd namens Cigarillo, ein Gangster namens Duke und ein Jockey namens Tex beteiligt gewesen waren. Ich konnte ihm schon nach dem dritten Satz nicht mehr folgen, aber irgendwie machte es Spaß, seinem wirren Stegreifmärchen zuzuhören, und da er mir völlig harmlos vorkam, dachte ich auch gar nicht daran, mich zu entfernen. Nachdem er so etwa zehn Minuten geredet hatte, sprang er jedoch plötzlich von der Bank und riß den Klarinettenkasten an sich, den ich auf meinem Schoß hielt. Mit erbärmlich kurzen, schlurfenden Schritten, Arme und

Beine in alle Richtungen schlenkernd, rannte er wie ein behinderter Jogger über den Schotterweg davon. Es war nicht schwer, ihn einzuholen. Als ich bei ihm war, packte ich ihn schroff von hinten am Arm, drehte ihn zu mir herum und wand ihm den Klarinettenkasten aus den Händen. Er schien überrascht, daß ich ihm nachgelaufen war. «So was macht man nicht mit einem alten Mann», sagte er ohne die geringste Reue über seine Tat. Ich spürte das heftige Verlangen, ihm ins Gesicht zu schlagen, aber er zitterte schon so sehr vor Angst, daß ich mich zurückhielt. Als ich mich eben abwenden wollte, warf er mir einen verängstigten, verächtlichen Blick zu und spie einen großen Klumpen Spucke in meine Richtung. Die Hälfte davon blieb an seinem Kinn hängen, aber der Rest landete in Brusthöhe auf meinem Hemd. Ich ließ ihn kurz aus den Augen, um den Schaden zu besichtigen, und diesen Sekundenbruchteil nutzte er zur erneuten Flucht, wobei er über die Schulter zurücksah, ob ich ihm nachsetzen würde. Ich glaubte, damit wäre die Sache vorbei, aber nachdem er eine sichere Entfernung zwischen uns gebracht hatte, blieb er plötzlich stehen, drehte sich um und fuchtelte entrüstet mit einer Faust herum. «Scheiß-Kommunist!» schrie er mich an. «Scheiß-Kommunistenschwein! Geh doch zurück nach Rußland, wo du hingehörst!» Mit seinem Hohn wollte er mich dazu bringen, ihm nachzulaufen; offenbar hoffte er, unser Abenteuer noch etwas fortsetzen zu können, aber ich ging ihm nicht in die Falle. Ohne ein weiteres Wort wandte ich mich ab und ließ ihn stehen, wo er war.

Das war natürlich ein trivialer Zwischenfall; andere waren da schon bedrohlicher. In einer Nacht jagten mich ein paar Burschen über Sheep's Meadow, und ich kam nur deswegen davon, weil einer von ihnen stürzte und sich den Fuß verstauchte. Ein andermal bedrohte mich ein streitsüchtiger Betrunkener mit einer zerbrochenen Bierflasche. Beides war gerade noch einmal gutgegangen; so richtig beängstigend wurde es dann in einer wolkenverhangenen Nacht gegen Ende meiner Zeit im Park, als ich zufällig in ein Gebüsch stolperte, in dem drei Leute es miteinander trieben – zwei Männer und eine Frau. Es war kaum etwas zu sehen, aber ich hatte den Eindruck, sie waren alle drei nackt, und ihren Stimmen nach zu urteilen, nachdem sie mich bemerkt hatten, waren sie auch noch betrunken. Unter meinem linken Fuß knackte ein Ast, und dann hörte ich die Stimme der Frau, gefolgt von einem plötzlichen Rascheln von Blättern und Zweigen. «Jack», sagte sie, «da ist ein Spanner.» Nicht eine, sondern zwei Stimmen antworteten darauf mit feindseligem Grunzen und einer Roheit, wie ich sie selten zuvor gehört hatte. Darauf erhob sich eine schattenhafte Gestalt und richtete etwas auf mich, das wie eine Pistole aussah. «Ein Wort, du Arschloch», sagte er, «und du kriegst sechs davon zurück.» Ich nahm an, er sprach von den Kugeln in der Pistole. Mag sein, daß Panik meine Wahrnehmung verzerrte, aber ich hörte jetzt etwas klicken, als ob ein Hahn gespannt würde. Besinnungslos vor Angst lief ich weg. Drehte mich einfach um und rannte los. Und wenn schließlich nicht meine Lunge schlappgemacht hätte, wäre ich wahrscheinlich bis zum Morgen weitergerannt.

Es ist unmöglich abzuschätzen, wie lange ich das ertragen hätte. Vorausgesetzt, niemand hätte mich umgebracht, würde ich wohl bis zum Beginn der kalten Jahreszeit durchgehalten haben. Von wenigen unerwarteten Vorfällen abgesehen, schien ich die Lage halbwegs unter Kontrolle zu haben. Mit meinem Geld ging ich grauenhaft sorgfältig um, gab höchstens einen oder anderthalb Dollar am Tag aus, und schon das allein hätte den Augenblick der Abrechnung um einige Zeit hinausgezögert. War meine Barschaft gefährlich zusammengeschrumpft, schien sich jedesmal in letzter Minute ein Ausweg zu finden: Dann fand ich Geld auf dem Boden, oder es tauchte irgendein Fremder auf und wirkte eines jener Wunder, von denen ich bereits gesprochen habe. Ich aß zwar nicht gut, aber es dürfte kaum ein Tag vergangen sein, an dem ich nicht wenigstens einen oder zwei Happen in den Magen bekam. Gewiß war ich am Ende erschreckend abgemagert, wog nur noch 112 Pfund, doch der Gewichtsverlust kam hauptsächlich während meiner letzten Tage im Park zustande. Ich hatte mir nämlich irgend etwas eingefangen – eine Grippe, ein Virus, weiß der Himmel was –, und von da an aß ich überhaupt nichts mehr. Ich war zu geschwächt, und wenn es mir einmal gelang, mir etwas in den Mund zu stecken, kam es gleich wieder heraus. Wenn meine beiden Freunde mich nicht schließlich gefunden hätten, wäre ich wohl mit ziemlicher Sicherheit gestorben. Ich hatte keine Reserven mehr, meine Kraft zum Kämpfen war versiegt.

Das Wetter war von Anfang an auf meiner Seite gewesen, und zwar so sehr, daß ich bald gar nicht mehr daran dachte. Fast jeden Tag wiederholte sich das gleiche Bild: ein schöner Spätsommerhimmel, eine heiße Sonne, die den Boden austrocknete, und angenehm kühle Nächte voller Grillengesang. In den ersten zwei Wochen regnete es fast gar nicht, und wenn, dann höchstens ein paar Spritzer. Ich begann mein Glück herauszufordern, schlief mehr oder weniger unter freiem Himmel, zumal ich mich inzwischen überall sicher fühlte. Bis ich eines Nachts, als ich, nur den Himmel über mir, träumend im Gras lag, von einem Wolkenbruch überrascht wurde. Es war eine wahre Sintflut: plötzlich riß der Himmel auf, und unter ohrenbetäubendem Lärm schoß eimerweise das Wasser herab. Als ich aufwachte, war ich schon durchnäßt, und die Tropfen trommelten wie Schrotkugeln auf meinen Körper ein. Ich begann durch die Dunkelheit zu laufen, suchte verzweifelt nach einem Platz, wo ich mich unterstellen konnte, aber es dauerte einige Minuten, bis ich unter einem Felsvorsprung Zuflucht fand, und da spielte es praktisch schon keine Rolle mehr. Ich war naß wie einer, der den Ozean durchschwommen hat.

Der Regen hielt bis zur Dämmerung an, ließ zwischendurch zu einem Nieseln nach, brach dann wieder mit monumentaler Wucht los – kreischend fuhren die Schleusen des Himmels auf, es war der reinste Zorn, was aus den Wolken herabstürzte. Diese Ausbrüche waren unvorhersehbar, und ich wollte nicht riskieren, von einem erwischt zu werden. Stumm verharrte ich auf meinem winzigen Fleck, stand einfach da in meinen vollgelaufenen Stiefeln, meinen feuchten Jeans, meiner glänzenden Lederjacke. Mein Rucksack war genauso durchweicht wie alles andere, so daß ich auch nichts Trockenes zum Umziehen hatte. Mir blieb nichts anderes übrig, als das Ende abzuwarten, wie ein streunender Köter in der Dunkelheit zu zittern. In den ersten ein oder zwei Stunden mühte ich mich nach Kräften, kein Selbstmitleid aufkommen zu lassen, aber dann gab ich es auf und erleichterte mich mit einem Schwall von Schreien und Flüchen, verwandte meine ganze Energie auf die unflätigsten Verwünschungen, die mir einfielen – gräßliche Schimpfkanonaden, gehässige und weitschweifige Schmähungen, bombastische Ausfälle gegen Gott und die Welt. Nach einer Weile hatte ich mich so hineingesteigert, daß ich gleichzeitig schrie und schluchzte, daß ich buchstäblich im selben Atemzug schimpfte und einen Schluckauf hatte, und doch gelangen mir bei alldem derart kunstvolle und gewundene Formulierungen, daß selbst ein türkischer Halsabschneider davon beeindruckt gewesen wäre. Das ging etwa eine halbe Stunde so. Danach war ich so erschöpft, daß ich im Stehen einschlief. Nach einigen Minuten weckte mich die nächste Regenattacke. Ich wollte meine Angriffe erneuern, aber ich war zu müde und heiser, um weiter zu schreien. Wie in Trance und voller Selbstmitleid blieb ich den Rest der Nacht einfach stehen und wartete auf den Morgen.

Um sechs Uhr ging ich in ein billiges Restaurant an der West 48th Street und bestellte mir einen Teller Suppe. Ich glaube, es war Gemüsesuppe, glitschige Selleriestücke und Karotten in gelblicher Brühe. Das wärmte mich ein bißchen, aber da mir noch immer die nassen Kleider auf der Haut klebten, drang die Feuchtigkeit einfach zu tief, als daß die Suppe irgendeine dauerhafte Wirkung hätte haben können. Ich ging nach unten in die Herrentoilette und trocknete mir den Kopf unter einem elektrischen Händetrockner. Zu meinem Entsetzen wurden mir die Haare von der heißen Luft so lächerlich zerzaust, daß ich am Ende wie ein Wasserspeier aussah, wie eine dieser verrückten Figuren, die von den Glockentürmen irgendwelcher gotischen Dome glotzen. Fest entschlossen, den Schaden zu beseitigen, legte ich ohne lange nachzudenken eine neue Klinge in meinen Rasierapparat ein, die letzte, die ich noch im Rucksack hatte, und begann meine wilden Schlangenlocken abzuhacken. Als ich fertig war, war mein Haar so kurz, daß ich mich selbst kaum wiedererkannte. Meine Magerkeit trat nun geradezu erschreckend hervor. Meine Ohren standen ab, mein Adamsapfel wölbte sich, mein Kopf wirkte größer als der eines Kindes. Ich fange an zu schrumpfen, sagte ich zu mir, und plötzlich hörte ich mich laut zu dem Gesicht im Spiegel sprechen. «Keine Angst», sagte meine Stimme. «Niemand darf mehr als einmal sterben. Bald ist die Komödie vorbei, und dann wirst du sie nie wieder durchmachen müssen.»

Ein paar Stunden des Vormittags verbrachte ich im Lesesaal der öffentlichen Bücherei; an diesem stickigen Ort, so hoffte ich, würden meine Kleider schneller trocken werden. Als sie dann tatsächlich zu trocknen anfingen, begannen sie leider auch zu stinken. Es war, als hätten sämtliche Falten und Risse meiner Kleider auf einmal beschlossen, der Welt ihre Geheimnisse mitzuteilen. Das war vorher noch nie passiert, und es erschreckte mich, daß mein Körper einen solch abscheulichen Geruch ausströmen sollte. Die Vermischung von altem Schweiß und Regenwasser mußte irgendeine bizarre chemische Reaktion in Gang gesetzt haben, und der Gestank wurde immer häßlicher und penetranter, je mehr die Kleider trockneten. Am Ende wurde es so schlimm, daß ich sogar meine Füße riechen konnte – ein entsetzlicher Gestank, der durch das Leder meiner Stiefel kam und mir wie eine Giftwolke in die Nase stieg. Es schien mir unfaßbar, daß mir so etwas geschehen konnte. Ich blätterte weiter in der *Encyclopaedia Britannica* herum und hoffte, daß niemand den Geruch bemerken würde, doch diese Gebete erwiesen sich bald als vergeblich. Ein alter Mann, der mir am Tisch gegenübersaß, blickte von seiner Zeitung auf, schnüffelte und sah dann angewidert in meine Richtung. Ich war kurz versucht, aufzuspringen und ihn wegen seiner Unhöflichkeit zurechtzuweisen, merkte aber, daß mir dazu die Kraft fehlte. Bevor er die Möglichkeit hatte, irgend etwas zu sagen, stand ich von meinem Stuhl auf und ging.

Das Wetter draußen war bedrückend: ein rauher, finsterer Tag, dunstig und hoffnungslos. Ich spürte, wie mir allmählich die Ideen ausgingen. Eine seltsame Schwäche war mir in die Glieder gekrochen, und ich mußte mich sehr zusammennehmen, um nicht ins Stolpern zu geraten. Nicht weit vom Colisseum kaufte ich mir in einem Snack ein Sandwich, hatte dann aber Schwierigkeiten, mich länger damit zu beschäftigen. Nach einigen Bissen wickelte ich es wieder ein und verstaute es für später in meinem Rucksack. Ich hatte Halsschmerzen, und mir war der Schweiß ausgebrochen. Am Columbus Circle überquerte ich die Straße, ging in den Park zurück und begann mir einen Platz zu suchen, wo ich mich hinlegen konnte. Tagsüber hatte ich noch nie geschlafen, und ohne den Schutz der Nacht kamen mir meine alten Verstecke plötzlich gefährlich vor, ungeschützt und unbrauchbar. Ich ging in nördlicher Richtung weiter und hoffte, irgendwas zu finden, bevor ich zusammenbräche. Mein Fieber stieg, eine dumpfe Erschöpfung schien an meinem Hirn zu nagen. Der Park war nahezu menschenleer. Als ich mich gerade darüber wundern wollte, fing es zu nieseln an. Wenn ich nicht solche Halsschmerzen gehabt hätte, hätte ich jetzt vermutlich gelacht. Und dann mußte ich mich plötzlich übergeben. Gemüsesuppe und Sandwichbrocken schossen mir aus dem Mund und platschten vor mir auf den Boden. Auf meine Knie gestützt, starrte ich ins Gras und wartete, daß der Krampf sich löste. Das ist die Einsamkeit des Menschen, sagte ich mir. So ist es, wenn man niemanden hat. Ich war jedoch nicht mehr wütend, und ich dachte diese Worte mit einer brutalen Ehrlichkeit, wie ein objektiver Beobachter. Nach zwei oder drei Minuten kam mir der ganze Zwischenfall wie etwas vor, das bereits vor Monaten stattgefunden hatte. Ich ging weiter, wollte meine Suche nicht aufgeben. Wäre mir jetzt jemand begegnet, hätte ich ihn wahrscheinlich gebeten, mich in ein Krankenhaus zu bringen. Aber es kam niemand. Ich weiß nicht, wie lange ich bis dorthin gebraucht habe, aber irgendwann stieß ich auf eine Gruppe großer Felsen, die von Laubwerk und Bäumen überwachsen waren. Die Felsen bildeten eine natürliche Höhle, und ohne weiter darüber nachzudenken, kroch ich in diese seichte Vertiefung, nahm ein paar lose Äste mit hinein, um den Eingang zu verschließen, und schlief auf der Stelle ein.

Wie lange ich dort gewesen bin, weiß ich nicht. Es dürften zwei oder drei Tage gewesen sein, aber das spielt jetzt kaum noch eine Rolle. Als Zimmer und Kitty mich danach fragten, sagte ich drei Tage, aber nur deshalb, weil drei eine dichterische Zahl ist, dieselbe Anzahl von Tagen, die Jonas im Bauch des Wals verbrachte. Die meiste Zeit war ich kaum bei Bewußtsein, und selbst wenn ich wach zu sein schien, war ich so mit meinen körperlichen Beschwerden beschäftigt, daß ich nicht einmal wußte, wo ich mich überhaupt befand. Ich erinnere mich an lange Brechanfälle, an entsetzliche Augenblicke, in denen mein Körper nicht aufhören wollte zu zittern, an Zeiten, in denen ich nichts anderes hörte als das Klappern meiner Zähne. Das Fieber muß ziemlich hoch gewesen sein, und es gab mir böse Träume ein – endlos ineinanderfließende Visionen, die unmittelbar aus meiner brennenden Haut zu steigen schienen. Nichts konnte in mir seine Form bewahren. Einmal sah ich, bunter als je in der Wirklichkeit, die Leuchtreklame des Moon Palace vor mir: MOON PALACE – die rosa und blauen Neonbuchstaben waren so groß, daß der ganze Himmel von ihrer Leuchtkraft erhellt wurde. Dann verschwanden die Buchstaben, und nur noch die zwei O in MOON blieben übrig. Ich sah mich an einem der beiden hängen und mich verzweifelt festklammern wie ein Akrobat, der eine gefährliche Nummer verpatzt hat. Dann ringelte ich mich wie ein winziger Wurm darum herum, und dann war ich auf einmal nicht mehr da. Die beiden O waren zu Augen geworden, zu riesigen Menschenaugen, die verächtlich und unduldsam auf mich herabblickten. Sie hörten nicht auf, mich anzustarren, und nach einer Weile war ich davon überzeugt, daß es die Augen Gottes waren.

Am letzten Tag kam die Sonne heraus. Ich kann mich nicht mehr daran erinnern, aber irgendwann muß ich aus der Höhle gekrochen sein und mich im Gras ausgestreckt haben. Ich war so durcheinander, daß ich mir einbildete, die Wärme der Sonne könnte mein Fieber verdampfen lassen, könnte mir buchstäblich die Krankheit aus den Knochen saugen. Ich weiß noch, daß ich mir immer wieder das Wort Indianersommer vorsagte, so lange, bis es seinen Sinn verloren hatte. Der Himmel über mir war ungeheuer, eine unendliche, blendend durchsichtige Weite. Ich hatte das Gefühl, wenn ich noch länger hineinstarrte, würde ich mich in dem Licht auflösen. Ohne zu merken, daß ich einschlief, begann ich plötzlich von Indianern zu träumen. Es war vor 350 Jahren, und ich sah mich einer Gruppe halbnackter Männer durch die Wälder von Manhattan folgen. Es war ein seltsam kraftvoller Traum, erbarmungslos und exakt, voller Gestalten, die zwischen den lichtgesprenkelten Blättern und Ästen einherjagten. Ein leichter Wind fuhr durch das Laubwerk, dämpfte die Schritte der Männer, und ich folgte ihnen schweigend, bewegte mich ebenso flink wie sie, spürte mit jedem Schritt, daß ich dem Geist des Waldes auf der Spur war. Vielleicht erinnere ich mich deshalb so gut an diese Bilder, weil genau in diesem Augenblick Zimmer und Kitty mich gefunden haben: mit diesem merkwürdigen, angenehmen Traum im Kopf auf dem Gras liegend. Kitty sah ich als erste, erkannte sie aber nicht, obwohl ich das Gefühl hatte, sie zu kennen. Sie trug ihr Navajo-Stirnband, und zunächst hielt ich sie für ein Nachbild, eine Schattenfrau, geboren aus dem Dunkel meines Traums. Später erzählte sie mir, ich hätte sie angelächelt, und als sie sich über mich gebeugt habe, soll ich sie Pocahontas genannt haben. Ich weiß noch, daß die Sonne es mir schwermachte, sie zu sehen, aber ganz deutlich erinnere ich mich, daß sie Tränen in den Augen hatte, als sie sich hinunterbeugte, obwohl sie das später nie zugeben wollte. Gleich darauf kam auch Zimmer ins Bild, und dann hörte ich seine Stimme: «Du blöder Idiot», sagte er. Es gab eine kurze Pause, und um mich nicht mit einer allzu langen Rede zu verwirren, sagte er dasselbe noch einmal: «Du blöder Idiot. Du armer, blöder Idiot.»

DRITTES KAPITEL

Über einen Monat blieb ich in Zimmers Wohnung. Das Fieber ging am zweiten oder dritten Tag zurück, aber noch lange danach hatte ich keine Kraft und konnte kaum aufrecht stehen, ohne das Gleichgewicht zu verlieren. Anfangs kam Kitty etwa zweimal die Woche vorbei, sprach aber nie sehr viel und ging meist nach zwanzig oder dreißig Minuten schon wieder. Hätte ich mehr auf das geachtet, was sich um mich abspielte, dann hätte ich mich vielleicht darüber gewundert, besonders nachdem Zimmer mir die Geschichte meiner Rettung erzählt hatte. Immerhin war es doch ziemlich seltsam, daß jemand, der drei Wochen lang Himmel und Hölle in Bewegung gesetzt hatte, um mich zu finden, sich auf einmal, nachdem ich gefunden war, so zurückhaltend verhielt. Aber genauso war es, und ich machte mir keine Gedanken darum. Ich war damals noch zu schwach, um mir über irgend etwas Gedanken zu machen, und nahm ihr Kommen und Gehen einfach so hin, wie Naturereignisse, ebenso gewaltig und unausweichlich wie das Wetter, das Kreisen der Planeten oder das Licht, das jeden Nachmittag um drei durchs Fenster fiel.

Es war Zimmer, der sich während meiner Genesung um mich kümmerte. Seine neue Wohnung lag im ersten Stock eines alten Mietshauses im West Village, ein schmuddeliges Loch, vollgestopft mit Büchern und Schallplatten: zwei kleine Zimmer ohne Zwischentür, eine primitive Küche, ein fensterloses Badezimmer. Ich konnte mir denken, was für ein Opfer es für ihn bedeutete, mich bei sich unterzubringen, aber immer wenn ich ihm dafür danken wollte, winkte er ab und tat, als spiele das keine Rolle. Er verpflegte mich aus seiner eigenen Tasche, ließ mich in seinem Bett schlafen, ohne etwas dafür zu verlangen. Gleichzeitig war er wütend auf mich und gab mir unverblümt zu verstehen, wie sehr ihn mein Verhalten anwiderte. Ich hätte mich nicht nur wie ein Schwachsinniger aufgeführt, sondern mich dabei auch fast noch umgebracht. So was sei bei einem Menschen von meiner Intelligenz einfach unverzeihlich, sagte er. Es sei grotesk, idiotisch, bescheuert. Warum ich mich nicht an ihn gewendet hätte, wenn ich in Schwierigkeiten gewesen sei? Ob ich nicht wüßte, daß er alles für mich tun würde? Ich erwiderte auf diese Attacken nur sehr wenig. Mir war klar, daß ich Zimmer verletzt hatte, und ich schämte mich, ihm so etwas angetan zu haben. Je mehr Zeit verging, desto schwerer fiel es mir zu begreifen, was für eine Katastrophe ich angerichtet hatte. Ich hatte geglaubt, mutig zu handeln, doch jetzt stellte sich heraus, daß ich lediglich die erbärmlichste Form der Feigheit an den Tag gelegt hatte: in meiner Verachtung für die Welt zu schwelgen und mich zu weigern, den Dingen offen ins Gesicht zu sehen. Ich empfand jetzt nur noch Reue, ein lähmendes Gefühl meiner Dummheit. So vergingen die Tage in Zimmers Wohnung, und als ich langsam wieder zu mir fand, gelangte ich zu der Erkenntnis, daß ich mein Leben noch einmal ganz von vorn beginnen mußte. Ich wollte für meine Fehler büßen und mich den Leuten erkenntlich zeigen, die sich noch um mich sorgten. Ich hatte genug von mir, genug von meinen Gedanken, genug von den Grübeleien über mein Schicksal. Vor allem aber hatte ich das Bedürfnis, mich zu reinigen, für meine exzessive Beschäftigung mit mir selbst Buße zu tun. Ich beschloß, meine totale Ichbezogenheit mit einem Zustand totaler Selbstlosigkeit zu vertauschen. Bevor ich an mich selbst dächte, würde ich an andere denken und bewußt danach streben, den von mir angerichteten Schaden wiedergutzumachen, und vielleicht gelänge es mir auf diese Weise allmählich, etwas in der Welt zu leisten. Das war natürlich ein unmögliches Programm, aber ich klammerte mich mit schier religiösem Fanatismus daran. Ich wollte zu einem Heiligen werden, zu einem gottlosen Heiligen, der durch die Welt zog und gute Werke tat. So absurd mir das auch heute vorkommt, ich glaube, genau das war es, was ich wollte. Ich brauchte unbedingt irgendeine Gewißheit, und ich war bereit, alles dafür zu tun, sie zu finden.

Zuvor stand jedoch noch ein Hindernis im Weg. Mit etwas Glück schaffte ich es zwar am Ende, ihm auszuweichen, aber nur um Haaresbreite. Ein paar Tage nachdem meine Temperatur sich wieder normalisiert hatte, stieg ich eines Abends aus dem Bett, um auf die Toilette zu gehen. Zimmer arbeitete nebenan an seinem Schreibtisch. Als ich wieder zum Bett zurückschlurfte, sah ich Onkel Victors Klarinettenkasten auf dem Boden liegen. Seit meiner Rettung hatte ich nicht mehr daran gedacht, und jetzt sah ich entsetzt, in welch erbärmlichem Zustand der Kasten war. Der schwarze Lederüberzug war halb weg, der Rest rissig und wellig aufgeworfen. Das Gewitter im Central Park war zuviel gewesen, und ich fragte mich, ob das Wasser durchgesickert sei und auch das Instrument beschädigt habe. Auf das Schlimmste gefaßt, hob ich den Kasten auf und nahm ihn mit mir ins Bett. Ich ließ die Schlösser aufschnappen und klappte ihn auf, doch ehe ich dazu kam, die Klarinette zu untersuchen, segelte ein weißer Umschlag auf den Boden, und da wurde mir gleich klar, daß meine Schwierigkeiten jetzt erst richtig losgingen. Es war der Brief von der Musterungsbehörde. Ich hatte nicht nur meinen Termin vergessen, sondern auch, daß ich diesen Brief überhaupt erhalten hatte. In diesem einen Augenblick kam alles auf einmal wieder zurück. Wahrscheinlich bin ich bereits ein gesuchter Verbrecher, dachte ich. Wenn ich die Musterung versäumt habe, hat die Regierung schon Haftbefehl gegen mich erlassen – und das bedeutete ein saftiges Bußgeld und andere Konsequenzen, die ich mir nicht einmal vorstellen konnte. Ich riß den Umschlag auf, und aus einer Leerstelle in dem Formbrief sprang mir der Termin entgegen: 16. September. Das sagte mir gar nichts, da ich nicht wußte, welcher Tag heute war. Ich hatte es mir abgewöhnt, auf Uhren und Kalender zu sehen, und konnte das Datum nicht einmal schätzen.

«Eine kleine Frage», sagte ich zu Zimmer, der noch immer über seiner Arbeit saß. «Weißt du zufällig, welchen Tag wir heute haben?»

«Montag», sagte er, ohne aufzusehen.

«Ich meine das Datum. Monat und Tag. Das Jahr brauchst du mir nicht zu nennen. Das weiß ich ziemlich genau.»

«15. September», sagte er, noch immer ohne aufzusehen.

«15. September?» sagte ich. «Bist du sicher?»

«Natürlich bin ich sicher. Völlig ohne jeden Zweifel.»

Ich sank auf das Kopfkissen zurück und schloß die Augen. «Erstaunlich», murmelte ich. «Absolut erstaunlich.»

Endlich wandte sich Zimmer um und warf mir einen verblüfften Blick zu. «Was soll daran denn erstaunlich sein?»

«Weil das heißt, daß ich kein Verbrecher bin.»

«Wie bitte?»

«Weil das heißt, daß ich kein Verbrecher bin.»

«Ich bin nicht schwerhörig. Aber durch Wiederholen wird es auch nicht verständlicher.»

Ich hielt den Brief hoch und schwenkte ihn. «Wenn du dir das mal ansiehst», sagte ich, «wirst du verstehen, was ich meine.»

Ich sollte mich am nächsten Morgen in der Whitehall

Street melden. Zimmer hatte seine Musterung bereits im Juli hinter sich gebracht (er war wegen Asthma zurückgestellt worden), und in den nächsten zwei oder drei Stunden besprachen wir, was da auf mich zukam. Es war im wesentlichen eine Diskussion, wie Millionen junger Amerikaner sie in jenen Jahren führten. Im Gegensatz zur großen Mehrheit von ihnen hatte ich jedoch nichts getan, um mich auf den Augenblick der Wahrheit vorzubereiten. Ich hatte mir kein ärztliches Attest besorgt, ich hatte mich nicht mit Drogen vollgepumpt, um meine motorischen Reaktionen zu beeinträchtigen, ich hatte keine Serie von Nervenzusammenbrüchen inszeniert, um irgendeine psychische Störung glaubhaft zu machen. Ich hatte immer gewußt, daß ich nie zur Army gehen würde, doch nachdem dieser Entschluß einmal feststand, hatte ich kaum noch über das Thema nachgedacht. Wie bei so vielen anderen Dingen war meine Trägheit stärker als ich gewesen, und ich hatte das Problem beharrlich vor mir hergeschoben. Zimmer war entsetzt, doch selbst er mußte zugeben, daß es jetzt zu spät sei, noch irgend etwas dagegen zu unternehmen. Ich würde die Musterung entweder bestehen oder nicht, und wenn ich sie bestand, hatte ich nur zwei Möglichkeiten: das Land verlassen oder ins Gefängnis gehen. Zimmer erzählte mir einige Geschichten von Leuten, die ins Ausland gegangen waren, nach Kanada, Frankreich, Schweden, aber das reizte mich nicht sonderlich. Ich sagte, zum Reisen hätte ich weder das Geld noch die Lust.

«Also wirst du doch ein Verbrecher», sagte er.

«Ein Häftling», korrigierte ich ihn. «Ein Gesinnungshäftling. Das ist ein Unterschied.»

Ich befand mich noch im ersten Erholungsstadium, und als ich am nächsten Morgen aufstand, um mich anzuziehen – in Zimmers Sachen, die mir etliche Nummern zu klein waren –, stellte ich fest, daß ich nicht in der Verfassung war, irgendwo hinzugehen. Ich war völlig ausgelaugt, und schon der Versuch, durchs Zimmer zu gehen, erforderte meine ganze Energie und Konzentration. Bis dahin hatte ich das Bett allenfalls mal für ein oder zwei Minuten verlassen, um mich schwächlich zur Toilette und zurück zu tasten. Wenn Zimmer mich nicht gestützt hätte, würde ich es nicht mal bis zur Tür geschafft haben. Er hielt mich buchstäblich auf den Füßen, schlang beide Arme um mich und führte mich die Treppe hinunter, und als wir dann zur U-Bahn schwankten, durfte ich mich an ihn lehnen. Ich fürchte, es war ein jämmerliches, ein schauriges Spektakel. Zimmer brachte mich zum Eingang des Gebäudes in der Whitehall Street und wies dann auf ein Restaurant genau gegenüber, wo ich ihn finden würde, wenn ich es hinter mir hätte. Er drückte mir ermutigend den Arm. «Keine Bange», sagte er. «Du wirst einen tollen Soldaten abgeben, Fogg. Das sieht man dir schon von weitem an.» – «Da hast du verdammt recht», antwortete ich. «Der beste Scheißsoldat in der ganzen gottverfluchten Army. Das sieht doch jeder Idiot.» Ich salutierte spöttisch und taumelte in das Gebäude, wobei ich mich an den Wänden abstützte.

Von dem, was jetzt kam, weiß ich nur noch wenig. Einzelne Bruchstücke sind noch da, aber die ergeben kein richtiges Gesamtbild, nichts, was ich mit Überzeugung vertreten könnte. Diese Erinnerungslücken beweisen, wie erbärmlich geschwächt ich damals gewesen sein muß. Es erforderte meine ganze Kraft, einfach dazustehen und nicht umzufallen, daher achtete ich nicht auf das, was mit mir geschah. Ich nehme sogar an, daß meine Augen in diesen Stunden meistenteils geschlossen waren, und wenn es mir gelang, sie einmal aufzuschlagen, dann selten lange genug, um meine Umgebung richtig wahrzunehmen. Wir waren etwa fünfzig bis hundert Leute, die die Prozedur gemeinsam durchliefen. Ich erinnere mich, wie ich in einem dunklen Raum an einem Pult sitze und einem Sergeant zuhöre, aber ich weiß nicht mehr, was er zu uns gesagt hat, bin nicht imstande, mir ein einziges Wort davon ins Gedächtnis zurückzurufen. Wir mußten Formulare ausfüllen, und dann gab es irgendeinen schriftlichen Test, aber es kann auch sein, daß zuerst der Test und dann die Formulare kamen. Ich erinnere mich, daß ich die Organisationen ankreuzte, denen ich angehört hatte, und daß ich mir viel Zeit damit ließ: am College der SDS, an der High School SANE und SNCC; und dann mußte ich die Umstände meiner Verhaftung im Jahr zuvor erläutern. Ich wurde als letzter fertig, und am Ende sah mir der Sergeant dabei über die Schulter und murmelte irgendwas von Uncle Ho und der amerikanischen Flagge.

Danach gibt es eine Lücke von mehreren Minuten, es könnte auch eine halbe Stunde sein. Ich sehe Korridore, Neonlampen, Gruppen junger Männer, die in Unterhosen herumstehen. Ich kann mich erinnern, wie schrecklich wehrlos ich mir da vorkam, aber diverse andere Einzelheiten sind mir entfallen. Zum Beispiel, wo wir uns ausgezogen haben und was wir miteinander sprachen, als wir in der Schlange standen. Speziell ist es mir unmöglich, mich darauf zu besinnen, was mit unseren Füßen war. Über den Knien trugen wir nur noch unsere Unterhosen, aber alles unterhalb davon bleibt mir ein Rätsel. Durften wir unsere Schuhe und / oder unsere Socken tragen, oder ließ man uns barfuß durch diese Gänge gehen? Ich komme einfach nicht dahinter, habe nicht den leisesten Schimmer.

Schließlich wurde ich in ein Zimmer gerufen. Ein Arzt klopfte mir Brust und Rücken ab, sah mir in die Ohren, packte meine Eier und ließ mich husten. All das erforderte wenig Anstrengung, aber als er mir dann eine Blutprobe entnehmen mußte, wurde die Untersuchung plötzlich recht aufregend. Ich war so blutarm und ausgezehrt, daß der Arzt keine Vene in meinem Arm finden konnte. Zwei- oder dreimal stach er eine Nadel hinein, durchlöcherte mir die Haut, doch Blut floß keines in das Röhrchen.

Ich muß inzwischen schrecklich ausgesehen haben – ganz blaß und elend, wie jemand, der gleich in Ohnmacht fällt –, und nach einer Weile gab er es auf und sagte mir, ich solle mich auf eine Bank setzen. Ich glaube, er war ziemlich freundlich oder zumindest gleichgültig. «Wenn Ihnen wieder schwindlig wird», sagte er, «setzen Sie sich einfach auf den Boden und warten, bis es vorbei ist. Wir wollen doch nicht, daß Sie umfallen und sich den Kopf anschlagen, oder?»

Ich erinnere mich deutlich, wie ich auf dieser Bank saß, aber als nächstes sehe ich mich schon in einem anderen Raum auf einem Tisch liegen. Wieviel Zeit dazwischen lag, ist unmöglich zu ermitteln. Ich glaube nicht, daß ich ohnmächtig geworden bin, aber als man noch einmal versuchte, mir Blut abzunehmen, wollte man wohl kein Risiko eingehen. Um meinen Bizeps war ein Gummiband gespannt, damit die Vene besser herauskam, und als der Arzt die Nadel endlich drin hatte – ob es derselbe Arzt war oder ein anderer, weiß ich nicht mehr –, machte er irgendeine Bemerkung über meine Magerkeit und fragte mich, ob ich an diesem Morgen gefrühstückt hätte. Es war sicher mein lichtester Augenblick an diesem Tag, als ich mich zu ihm umdrehte und ihm die einfachste und aus tiefstem Herzen kommende Antwort gab, die ich mir nur denken konnte. «Doktor», sagte ich, «sehe ich wie jemand aus, der auf sein Frühstück verzichten kann?»

Da war noch mehr, da muß noch sehr viel mehr gewesen sein, aber ich kann nur wenig davon einordnen. Irgendwo bekamen wir ein Mittagessen (im Gebäude?, in einem Restaurant außerhalb?), aber das einzige, was ich von der Mahlzeit noch weiß, ist, daß niemand neben mir sitzen wollte. Am Nachmittag, wieder oben in den Korridoren, wurden wir dann endlich vermessen und gewogen. Ich brachte lächerlich wenig auf die Waage – 112 Pfund, glaube ich, vielleicht 115. Von da an wurde ich vom Rest der Gruppe abgesondert. Man schickte mich zu einem Psychiater, einem rundlichen Mann mit dicken Stummelfingern, und ich weiß noch, daß ich dachte, er sehe eher wie ein Ringer als wie ein Arzt aus. Ihm etwas vorzulügen kam gar nicht in Frage. Ich befand mich bereits in meiner neuen Phase potentieller Heiligkeit, und ich wollte auf keinen Fall irgend etwas tun, das ich später bereuen würde. Der Psychiater seufzte während unseres Gesprächs ein paarmal, schien aber ansonsten von meinen Bemerkungen und meinem Aussehen nicht beunruhigt. Ich nahm an, er sei inzwischen ein alter Hase, was solche Gespräche angehe, und dürfte sich nicht so leicht aus der Fassung bringen lassen. Ich selbst war von der Oberflächlichkeit seiner Fragen ziemlich überrascht. Er fragte mich, ob ich Drogen nähme, und als ich verneinte, zog er die Augenbrauen hoch und fragte mich noch einmal, aber ich gab ihm zum zweitenmal dieselbe Antwort, womit er es dann bewenden ließ. Danach kamen Standardfragen: nach der Beschaffenheit meines Stuhlgangs; ob ich nächtliche Samenergüsse hätte; wie oft ich an Selbstmord dächte. Ich antwortete so schlicht wie möglich, ohne Beschönigung oder Kommentar. Während ich sprach, hakte er, ohne mich anzusehen, auf einem Blatt Papier kleine Kästchen ab. Es hatte für mich etwas Tröstliches, auf diese Weise über so intime Dinge zu reden – als spräche ich mit einem Steuerberater oder einem Automechaniker. Als der Arzt dann aber am Ende der Seite angekommen war, sah er wieder auf und fixierte mich gut vier oder fünf Sekunden lang.

«Sie sind in einer ziemlich traurigen Verfassung, mein Junge», sagte er schließlich.

«Ich weiß», sagte ich. «Es ist mir in letzter Zeit nicht sonderlich gut gegangen. Aber ich denke, ich bin auf dem Weg der Besserung.»

«Möchten Sie darüber reden?»

«Wenn Sie wollen.»

«Erzählen Sie mir zunächst von Ihrem Gewicht.»

«Ich hatte Grippe. Vor ein paar Wochen habe ich mir so eine Magengeschichte zugezogen und nichts essen können.»

«Wieviel Gewicht haben Sie verloren?»

«Keine Ahnung. Vierzig oder fünfzig Pfund, glaube ich.»

«In zwei Wochen?»

«Nein, in insgesamt etwa zwei Jahren. Aber das meiste ging diesen Sommer weg.»

«Wieso?»

«Kein Geld zum einen. Ich hatte nicht genug Geld, um mir etwas zu essen zu kaufen.»

«Haben Sie keine Arbeit?»

«Nein.»

«Haben Sie nicht nach einer gesucht?»

«Nein.»

«Das werden Sie mir erklären müssen, mein Junge.»

«Es ist eine ziemlich komplizierte Geschichte. Ich weiß nicht, ob Sie das verstehen können.»

«Lassen Sie das mal meine Sorge sein. Erzählen Sie mir einfach, was passiert ist, und kümmern Sie sich nicht darum, wie es sich anhört. Wir haben es nicht eilig.»

Aus irgendeinem Grund empfand ich das überwältigende Bedürfnis, diesem Fremden meine Geschichte anzuvertrauen. Nichts hätte unangemessener sein können, aber ehe ich mich noch zügeln konnte, begannen aus meinem Mund Worte zu kommen. Ich spürte, wie meine Lippen sich bewegten, gleichzeitig aber kam es mir vor, als hörte ich jemand anderen reden. Ich hörte meine Stimme über meine Mutter quasseln, über Onkel Victor, über den Central Park und Kitty Wu. Der Arzt nickte höflich, doch konnte er mir ganz offensichtlich nicht folgen. Während ich redete und ihm mein Leben in den vergangenen zwei Jahren erklärte, bemerkte ich, daß ihm immer unbehaglicher zumute wurde. Das frustrierte mich, und je deutlicher sich seine Verständnislosigkeit abzeichnete, desto verzweifelter versuchte ich, ihm die Sache klarzumachen. Ich hatte das Gefühl, meine Würde als Mensch stünde auf dem Spiel. Daß er ein Army-Arzt war, spielte keine Rolle, er war auch ein Mensch, und es war mir unendlich wichtig, mich ihm verständlich zu machen. «Unser Leben wird von vielfältigen Unwägbarkeiten bestimmt», versuchte ich mich so kurz wie möglich zu fassen, «und Tag für Tag kämpfen wir gegen diese Schläge und Widrigkeiten an, um uns im Gleichgewicht zu halten. Vor zwei Jahren entschloß ich mich aus Gründen privater und philosophischer Natur, diesen Kampf aufzugeben. Nicht, weil ich mich umbringen wollte – das dürfen Sie nicht denken –, sondern weil ich dachte, wenn ich mich dem Chaos der Welt preisgäbe, könnte die Welt mir vielleicht am Ende irgendeine verborgene Harmonie offenbaren, irgendeine Struktur oder Regelmäßigkeit, mit deren Hilfe es mir gelänge, mein Ich zu ergründen. Es ging mir darum, die Dinge so zu akzeptieren, wie sie waren, mich im Fluß des Universums treiben zu lassen. Ich behaupte nicht, daß mir das sonderlich gut gelungen ist. Im Gegenteil, ich habe erbärmlich versagt. Doch das ändert nichts an der Aufrichtigkeit des Versuchs. Auch wenn ich nahe daran war zu sterben, ich glaube doch, daß es mich zu einem besseren Menschen gemacht hat.»

Ein schreckliches Gefasel. Meine Ausdrucksweise wurde immer unbeholfener und abstrakter, und schließlich bemerkte ich, daß der Arzt es aufgegeben hatte, mir zuzuhören. Er starrte irgendeinen unsichtbaren Punkt über meinem Kopf an, eine Mischung aus Verwirrung und Mitleid umwölkte seinen Blick. Ich weiß nicht, wie lange ich so vor mich hin monologisierte, aber jedenfalls lange genug, um ihm klarzumachen, daß ich ein hoffnungsloser Fall war – ein wirklich hoffnungsloser Fall, und nicht einer von den unechten Irren, für deren Entlarvung er ausgebildet war. «Das reicht, mein Junge», unterbrach er mich schließlich mitten im Satz. «Ich denke, ich weiß jetzt ungefähr Bescheid.» In den nächsten Minuten saß ich schweigend auf meinem Stuhl; ich zitterte und schwitzte, während er etwas auf einen amtlichen Briefbogen kritzelte. Er faltete ihn einmal und reichte ihn mir dann über den Tisch. «Bringen Sie das dem befehlshabenden Offizier am Ende des Korridors», sagte er, «und bitten Sie beim Rausgehen den nächsten hinein.»

Ich erinnere mich, wie ich mit dem Attest in der Hand den Flur entlangging und gegen die Versuchung ankämpfte, es mir anzusehen. Ich konnte mich nicht des Gefühls erwehren, beobachtet zu werden, des Gefühls, daß es Leute in diesem Hause gab, die meine Gedanken lesen konnten. Der befehlshabende Offizier, ein großer Mann in voller Uniform, trug ein Puzzle von Orden und Auszeichnungen auf der Brust. Er sah von einem Stapel Papiere auf seinem Schreibtisch auf und winkte mich lässig heran. Ich reichte ihm das Attest des Psychiaters. Kaum hatte er einen Blick darauf geworfen, zeigte er mir grinsend die Zähne. «Na Gott sei Dank», sagte er. «Sie haben mir ein paar Tage Arbeit erspart.» Ohne weitere Erklärung zerriß er die Papiere auf seinem Schreibtisch und warf sie in den Papierkorb. Er schien überaus zufrieden. «Freut mich, daß Sie durchgefallen sind, Fogg», sagte er. «Wir hätten umfassende Nachforschungen über Sie anstellen müssen, aber jetzt, wo Sie untauglich sind, brauchen wir uns nicht mehr darum zu kümmern.»

«Nachforschungen?» fragte ich.

«Diese ganzen Organisationen, denen Sie angehört haben», sagte er geradezu fröhlich. «Was sollen wir in der Army mit rot angehauchten Umstürzlern und Agitatoren? Das schadet der Moral.»

An die genaue Reihenfolge der nun folgenden Ereignisse

kann ich mich nicht erinnern, aber wenig später saß ich in einem Raum zusammen mit den anderen Außenseitern und Ausgestoßenen. Wir waren etwa ein Dutzend, und ich habe wohl noch nie einen erbärmlicheren Haufen von Leuten auf einem Fleck beisammen gesehen. Ein Junge, dessen Gesicht und Rücken grauenhaft voller Pickel waren, saß zitternd in einer Ecke und sprach mit sich selbst. Ein anderer hatte einen verkümmerten Arm. Wieder ein anderer wog mindestens dreihundert Pfund, er lehnte an einer Wand, machte mit den Lippen Furzgeräusche und lachte nach jeder Salve wie ein aufdringlicher Siebenjähriger. Das waren die Einfältigen, die Grotesken, die jungen Männer, die nirgendwo hingehörten. Ich war inzwischen fast besinnungslos vor Erschöpfung und sprach mit keinem von ihnen. Ich setzte mich auf einen Stuhl an der Tür und schloß die Augen. Als ich sie das nächste Mal aufschlug, rüttelte mich ein Offizier am Arm und sagte, ich solle aufwachen. Sie können jetzt nach Hause gehen, sagte er, es ist alles vorbei.

In der Spätnachmittagssonne überquerte ich die Straße. Wie er versprochen hatte, saß Zimmer in dem Restaurant und wartete auf mich.

Danach nahm ich rasch zu. Ich glaube, in den nächsten zehn Tagen achtzehn bis zwanzig Pfund, und Ende des Monats begann ich allmählich wieder so auszusehen wie früher. Zimmer sorgte gewissenhaft für meine Ernährung, lud den Kühlschrank mit allen möglichen Lebensmitteln voll, und als ich stabil genug schien, mich wieder aus der Wohnung zu wagen, fing er an, mich allabendlich in eine Bar auszuführen, ein dunkles und ruhiges Lokal ohne viel Publikumsverkehr, wo wir Bier tranken und am Fernseher die Baseballspiele verfolgten. Das Gras war in diesem Fernseher immer blau, die Schlaghölzer verschwommen orange, und die Spieler sahen aus wie Clowns, aber es war angenehm, so in unserer kleinen Nische zu hocken und stundenlang über die vor uns liegenden Dinge zu reden. Es war für uns beide eine äußerst friedliche Zeit: ein kurzer Augenblick des Innehaltens, bevor wir weitermachten.

Aus diesen Gesprächen erfuhr ich nach und nach etwas mehr über Kitty Wu. Zimmer fand sie bemerkenswert, und wenn er von ihr sprach, war die Bewunderung in seiner Stimme kaum zu überhören. Einmal verstieg er sich sogar zu der Bemerkung, wenn er nicht schon in eine andere verliebt wäre, würde er sich über beide Ohren in sie verliebt haben. Sie sei das vollkommenste Mädchen, das er je kennengelernt habe, sagte er, und letzten Endes irritiere ihn an ihr nur, daß sie sich von einer so langweiligen Type wie mir angezogen fühle.

«Ich glaube nicht, daß sie sich von mir angezogen fühlt», sagte ich. «Sie hat einfach ein gutes Herz, das ist alles. Sie hatte Mitleid mit mir und hat etwas unternommen – genau wie andere Leute mit verletzten Hunden Mitleid empfinden.»

«Ich habe sie jeden Tag gesehen, M. S. Fast drei Wochen lang jeden Tag. Sie konnte gar nicht aufhören, von dir zu reden.»

«Das ist doch absurd.»

«Glaub mir, ich weiß, wovon ich rede. Das Mädchen ist wahnsinnig verliebt in dich.»

«Warum kommt sie mich dann nicht besuchen?»

«Sie hat viel zu tun. Ihre Vorlesungen an der Juilliard haben angefangen, und außerdem hat sie einen Teilzeitjob.»

«Das wußte ich nicht.»

«Natürlich nicht. Weil du ja überhaupt nichts weißt. Du liegst den ganzen Tag im Bett, plünderst den Kühlschrank, liest meine Bücher. Ab und zu versuchst du dich mal am Abwasch. Wie sollst du da irgendwas wissen?»

«Meine Kräfte nehmen zu. Noch ein paar Tage, und ich bin wieder der alte.»

«Körperlich. Aber dein Kopf hat noch einen weiten Weg vor sich.»

«Was soll das heißen?»

«Daß du auch unter die Oberfläche sehen mußt, M. S. Daß du deine Phantasie gebrauchen mußt.»

«Ich habe immer gedacht, gerade das sei mein Fehler. Ich versuche jetzt, realistischer zu sein, nüchterner.»

«Ja, wenn es um dich geht, aber mit anderen Leuten kannst du das nicht machen. Was glaubst du, warum hat Kitty sich zurückgezogen? Was glaubst du, warum sie dich nicht mehr besuchen kommt?»

«Weil sie viel zu tun hat. Das hast du mir doch eben gesagt.»

«Das ist nur die eine Hälfte.»

«Du drehst dich im Kreis, David.»

«Ich versuche dir bloß klarzumachen, daß da noch mehr dahintersteckt, als du denkst.»

«Na schön, was ist die andere Hälfte?»

«Besonnenheit.»

«Das ist das letzte, was mir zu Kitty einfallen würde. Sie ist wahrscheinlich der offenste und spontanste Mensch, den ich je kennengelernt habe.»

«Wohl wahr. Aber hinter alldem steckt eine ungeheure Zurückhaltung, echtes Feingefühl.»

«Als ich sie zum erstenmal sah, hat sie mich geküßt, wußtest du das? Ich wollte gerade gehen, da fing sie mich an der Tür ab, schlang mir die Arme um den Hals und drückte mir einen dicken Kuß auf die Lippen. Das würde ich nicht gerade als feinfühlig oder zurückhaltend bezeichnen.»

«War es ein guter Kuß?»

«Um ehrlich zu sein, es war ein erstaunlicher Kuß. Einer der besten Küsse, die mir jemals zuteil geworden sind.»

«Siehst du? Das beweist doch haarscharf meine These.»

«Das beweist gar nichts. Es war einfach eine ganz spontane Sache.»

«Nein, Kitty wußte, was sie tat. Sie folgt zwar ihren Eingebungen, aber diese Eingebungen sind auch eine Form von Wissen.»

«Du scheinst dir verdammt sicher zu sein.»

«Versetz dich mal in ihre Lage. Sie verliebt sich in dich, sie küßt dich auf die Lippen, sie läßt alles stehen und liegen, um loszuziehen und dich zu suchen. Aber was hast du für sie getan? Kein bißchen. Nicht das geringste. Was Kitty von anderen Leuten unterscheidet, ist, daß sie bereit ist, das zu akzeptieren. Stell dir das nur mal vor, Fogg. Sie rettet dir das Leben, und doch schuldest du ihr nichts. Sie erwartet keine Dankbarkeit von dir. Sie erwartet nicht einmal Freundschaft. Kann sein, daß sie sich das wünscht, aber bitten wird sie nie darum. Sie hat zuviel Respekt vor anderen Leuten, als daß sie jemanden gegen seinen Willen zu irgend etwas zwingen würde. Sie ist offen und spontan, aber gleichzeitig würde sie lieber sterben als dir das Gefühl vermitteln, sie würfe sich dir an den Hals. Das verstehe ich unter Besonnenheit. Sie ist schon weit genug gegangen, und jetzt kann sie nur noch stillhalten und warten.»

«Was willst du damit sagen?»

«Daß es auf dich ankommt, Fogg. Der nächste Schritt ist jetzt deine Sache.»

Nach dem, was Kitty Zimmer erzählt hatte, war ihr Vater im vorrevolutionären China Kuomintang-General gewesen. In den dreißiger Jahren dann Bürgermeister oder Militärgouverneur von Peking. Obwohl er zum engeren Kreis um Tschiang Kai-schek gehörte, rettete er einmal Tschu En-lai das Leben, indem er ihm freies Geleit aus der Stadt anbot, nachdem ihn Tschiang, unter dem Vorwand, ein Treffen zwischen der Kuomintang und den Kommunisten aushandeln zu wollen, dorthin gelockt hatte. Trotzdem blieb der General der Sache der Nationalisten treu und ging nach der Revolution zusammen mit dem Rest von Tschiangs Gefolgsleuten nach Taiwan. Wu hatte eine riesige Familie: eine offizielle Ehefrau, zwei Konkubinen, fünf oder sechs Kinder, dazu einen ganzen Stab von Dienstboten. Im Februar 1950 brachte die zweite Konkubine Kitty zur Welt, und als General Wu sechzehn Monate später zum Botschafter in Japan ernannt wurde, zog die Familie nach Tokio. Damit hatte Tschiang zweifellos einen klugen Zug getan: den aufsässigen, freimütigen General mit einem so wichtigen Posten zu beehren und ihn gleichzeitig aus dem Zentrum der Macht in Taipeh zu entfernen. General Wu war inzwischen Ende Sechzig, und seine Tage als Mann von Einfluß waren offensichtlich gezählt.

Kitty verbrachte ihre Kindheit in Tokio, wurde auf amerikanische Schulen geschickt, was ihr makelloses Englisch erklärt, und genoß alle Vorteile, die ihr privilegiertes Leben ihr zu bieten hatte: Ballettunterricht, Weihnachten in Amerika, Wagen mit Chauffeur. Trotz alledem war ihre Kindheit einsam. Sie war zehn Jahre jünger als ihre nächste Halbschwester, und einer ihrer Brüder, ein Bankier mit Wohnsitz in der Schweiz, war ganze dreißig Jahre älter als sie. Erschwerend kam hinzu, daß die Stellung ihrer Mutter als zweite Konkubine ihr innerhalb der Familienhierarchie kaum mehr Einfluß gewährte als einem der Dienstboten. Die vierundsechzigjährige Ehefrau und die zweiundfünfzigjährige erste Konkubine waren auf Kittys junge und attraktive Mutter eifersüchtig und mühten sich nach Kräften, ihre Position in der Familie zu schwächen. Wie Kitty sich Zimmer gegenüber ausdrückte, glich das Ganze ein wenig dem Leben am chinesischen Kaiserhof, mit all den damit verbundenen Rivalitäten und Zwistigkeiten, den heimlichen Machenschaften, den verstohlenen Intrigen und falschen freundlichen Mienen. Der General selbst ließ sich selten blicken. Wenn er keine amtlichen Pflichten zu erfüllen hatte, verbrachte er die meiste Zeit mit der Pflege seiner zärtlichen Beziehungen zu diversen jungen Frauen von mehr als zweifelhaftem Charakter. Tokio war reich an Verführungen, Gelegenheiten zu solchen Tändeleien boten sich in Hülle und Fülle. Schließlich legte er sich eine Mätresse zu, richtete ihr eine schicke Wohnung ein und gab verschwenderische Summen aus, um sie bei Laune zu halten: kaufte ihr Kleider, Schmuck und sogar einen Sportwagen. Auf Dauer war all das jedoch nicht genug, und nicht einmal eine schmerzhafte und kostspielige Kur zur Stärkung seiner Potenz konnte den Lauf der Dinge aufhalten. Die Mätresse begann sich anderweitig umzusehen, und als der General eines Nachts unangemeldet bei ihr hereinplatzte, fand er sie in den Armen eines Jüngeren. Die folgende Rauferei war schrecklich: Kreischen, scharfe Fingernägel, ein zerrissenes, blutbeschmiertes Hemd. Der närrische alte Mann hatte ausgeträumt. Er ging nach Hause, hängte sein zerfetztes Hemd mitten in sein Zimmer und befestigte daran ein Blatt Papier mit dem Datum dieses Vorfalls: 14. Oktober 1959. Dort blieb es bis an sein Lebensende hängen; ein Denkmal seiner zerstörten Eitelkeit.

Irgendwann starb Kittys Mutter, doch über Ursache und Umstände war Zimmer sich nicht im klaren. Der General war da schon über achtzig und gesundheitlich längst nicht mehr auf der Höhe, leitete aber in einer letzten Aufwallung von Sorge um seine jüngste Tochter deren Unterbringung in einem amerikanischen Internat in die Wege. Kitty war gerade vierzehn, als sie nach Massachusetts kam und ihr erstes Schuljahr an der Fielding Academy antrat. Ihre Persönlichkeit machte es ihr leicht, sich bald anzupassen und einzuleben. Sie spielte Theater und tanzte, schloß Freundschaften und lernte fleißig genug, um anständige Noten zu bekommen. Als ihre vier Jahre dort abgelaufen waren, wußte sie, daß sie nicht mehr nach Japan zurückkehren würde. Übrigens auch nicht nach Taiwan oder sonstwohin. Amerika war ihre Heimat geworden, und durch geschickten Umgang mit dem kleinen Erbe, das ihr nach dem Tod ihres Vaters zufiel, gelang es ihr, die Studiengebühren an der Juilliard zu bezahlen und nach New York umzuziehen. Sie lebte jetzt seit über einem Jahr in der Stadt und fing gerade ihr zweites Studienjahr an.

«Hört sich vertraut an, oder?» fragte Zimmer.

«Vertraut?» sagte ich. «Das ist eine der exotischsten Geschichten, die ich je gehört habe.»

«Nur an der Oberfläche. Wenn man das Lokalkolorit abkratzt, bleibt fast die gleiche Geschichte übrig wie bei allen anderen, die ich kenne. Von ein paar Einzelheiten natürlich abgesehen.»

«Mmm, ja, ich verstehe, was du meinst. Waisen im Sturm, so was in der Richtung.»

«Ganz genau.»

Ich dachte kurz über das nach, was Zimmer gesagt hatte. «Gewiß gibt es da gewisse Ähnlichkeiten», meinte ich schließlich. «Aber glaubst du, daß sie die Wahrheit gesagt hat?»

«Das kann ich unmöglich feststellen. Aber nach dem, was ich bis jetzt von ihr mitbekommen habe, würde es mich ganz schön schockieren, wenn sie gelogen hätte.»

Ich nahm einen Schluck Bier und nickte. Viel später, als ich sie besser kennenlernte, wurde mir klar, daß Kitty niemals die Unwahrheit sagte.

Je länger ich bei Zimmer wohnte, desto unbehaglicher wurde mir zumute. Er bezahlte die Rechnung für meine Wiederherstellung, und obwohl er sich nie darüber beklagte, wußte ich, um seine Finanzen stand es auch nicht so gut, daß er noch viel länger damit fortfahren konnte. Zimmer bekam von seiner Familie in New Jersey eine kleine Unterstützung, mußte aber im wesentlichen für sich selbst sorgen. Um den Zwanzigsten des Monats begann er an der

Columbia sein Studium der vergleichenden Literaturwissenschaft. Die Universität hatte ihn mit einem Stipendium in diesen Studiengang gelockt – kostenlosen Unterricht plus zweitausend Dollar aus Fördermitteln –, was damals zwar eine hübsche Summe war, aber kaum ausreichte, um ein Jahr lang davon zu leben. Trotzdem sorgte er weiter für mich, indem er ohne Bedenken seine mageren Ersparnisse angriff. Großzügig, wie Zimmer war, muß doch mehr dahinter gesteckt haben als reiner Altruismus. Früher, während unseres ersten gemeinsamen Jahres als Zimmergenossen, hatte ich immer das Gefühl gehabt, er wäre ein wenig von mir eingeschüchtert, gewissermaßen überwältigt von der schieren Intensität meiner Verrücktheiten. Jetzt, da es mir schlecht ging, sah er womöglich eine Gelegenheit, die Oberhand zu gewinnen, das Konto unserer Freundschaft auszugleichen. Ich bezweifle, daß Zimmer selbst sich dessen bewußt war, doch wenn er jetzt mit mir sprach, hatte seine Stimme einen gewissen nervös-überlegenen Unterton, und es war kaum zu verkennen, daß es ihm Spaß machte, mich aufzuziehen. Ich tolerierte das jedoch, nahm keinen Anstoß daran. Meine Selbstachtung war inzwischen so tief gesunken, daß mir seine ständigen Vorwürfe insgeheim als eine Art ausgleichende Gerechtigkeit, als eine reichlich verdiente Strafe für meine Sünden willkommen waren.

Zimmer war ein kleiner, drahtiger Mensch mit schwarzem Lockenhaar und beherrschter, aufrechter Haltung. Er trug eine Metallbrille, wie sie damals unter Studenten verbreitet waren, und ließ sich einen schütteren Bart wachsen, was ihm das Aussehen eines jungen Rabbi verlieh. Von allen Studenten, die ich an der Columbia kennengelernt hatte, war er der klügste und fleißigste, und er hatte ganz offenkundig das Zeug dazu, ein guter Wissenschaftler zu werden, wenn er so weitermachte. Wir hatten beide die gleiche Leidenschaft für obskure und vergessene Bücher

(Lykophrons *Kassandra*, Giordano Brunos philosophische Dialoge, die Notizbücher von Joseph Joubert, um nur einiges von dem zu nennen, was wir gemeinsam entdeckten), doch während ich dazu neigte, mich wahllos und wie besessen für solche Werke zu begeistern, arbeitete Zimmer gründlich und systematisch und drang zu Erkenntnissen vor, die mich oft in Erstaunen versetzten. Dabei war er keineswegs stolz auf seine kritische Urteilskraft, sondern tat es als nebensächlich ab. Zimmers Hauptinteresse galt dem Schreiben von Gedichten, und er verbrachte lange, aufreibende Stunden damit, quälte sich mit jedem Wort, als ob das Schicksal der Welt davon abhinge – und eine vernünftigere Methode gibt es dafür gewiß nicht. Zimmers Gedichte ähnelten in mancher Hinsicht seinem Körper: kompakt, fest gebaut, verschlossen. Seine Ideen waren so dicht ineinander verwoben, daß man sie oft kaum noch ausmachen konnte. Und wenn schon, ich bewunderte die Fremdartigkeit dieser Gedichte und die Dichte ihrer Sprache, die solide war wie ein Feuerstein. Zimmer vertraute auf mein Urteil, und ich antwortete ihm stets so ehrlich wie möglich, wenn er mich danach fragte, ermutigte ihn nach Kräften, nahm aber auch kein Blatt vor den Mund, wenn mir etwas nicht richtig vorkam. Das fiel mir vermutlich leichter, weil ich selbst keine literarischen Ambitionen hatte. Er wußte, ich kritisierte seine Sachen nicht auf Grund irgendeines heimlichen Wettstreits zwischen uns.

Er hatte seit zwei oder drei Jahren eine feste Freundin, ein Mädchen namens Anna Bloom oder Blume, ich weiß nicht genau, wie der Name sich schreibt. Sie war mit Zimmer in derselben Straße eines Vororts von New Jersey aufgewachsen und mit seiner Schwester in eine Klasse gegangen, was heißt, daß sie ein paar Jahre jünger war als er. Ich hatte sie nur ein- oder zweimal gesehen, ein winziges dunkelhaariges Mädchen mit hübschem Gesicht und lebhaftem, überschäumendem Gemüt, und ich hatte den Verdacht, Zimmer mit seiner gelehrsamen Art könnte vielleicht mit ihr überfordert sein. Anfang des Sommers hatte sie sich plötzlich zu ihrem älteren Bruder William davongemacht, der irgendwo im Ausland als Journalist arbeitete, und seitdem hatte Zimmer nichts mehr von ihr gehört – kein Brief, keine Postkarte, nichts. Im Lauf der Wochen geriet er über dieses Schweigen in immer heftigere Verzweiflung. Jeder Tag begann mit dem gleichen Ritual: Zimmer ging die Treppe hinunter und sah im Briefkasten nach. Und jedesmal, wenn er das Haus betrat oder verließ, mußte er zwanghaft den leeren Kasten auf- und zuschließen. Das konnte zu jeder Stunde geschehen, selbst um zwei oder drei Uhr morgens, wenn nicht die geringste Chance bestand, daß neue Post gekommen war. Aber Zimmer hatte nicht die Kraft, der Versuchung zu widerstehen. Oftmals, wenn wir beide, leicht besäuselt vom Bier, aus der White Horse Tavern um die Ecke nach Hause kamen, mußte ich peinlich berührt mit ansehen, wie mein Freund nach seinem Briefkastenschlüssel tastete und dann blindlings die Hand nach etwas ausstreckte, das nicht da war und niemals da sein würde. Vielleicht war das der Grund dafür, warum Zimmer mich so lange in seiner Wohnung duldete. Immerhin hatte er so jemanden, mit dem er reden konnte und der ihn von seinen Problemen ablenkte – einen seltsamen, nicht berechenbaren Pausenclown.

Das änderte aber nichts daran, daß ich ihm auf der Tasche lag, und je länger er sich darüber ausschwieg, desto unwohler fühlte ich mich. Ich nahm mir vor, sobald ich wieder kräftig genug wäre, mir einen Job zu suchen (irgendeinen Job, was, war mir egal) und ihm nach und nach das Geld zurückzuzahlen, das er für mich ausgegeben hatte. Damit wäre das Problem, eine eigene Wohnung für mich zu finden, zwar nicht gelöst gewesen, doch immerhin gelang es mir, Zimmer zu überreden, mich auf dem Boden schlafen zu lassen, so daß er wenigstens wieder in seinem

Bett liegen konnte. Ein paar Tage nach diesem Zimmertausch begann er sein Studium an der Columbia. Eines Abends im Verlauf der ersten Woche kam er mit einem dicken Bündel Papier nach Hause und verkündete grimmig, eine Freundin von ihm aus dem französischen Seminar sei mit einer eiligen Übersetzung beauftragt worden, wofür sie aber, wie sich jetzt herausstelle, gar keine Zeit habe. Er habe sie gefragt, ob sie ihm die Sache abtreten wolle, und sie habe ja gesagt. So also kam dieses Manuskript ins Haus, ein langweiliges Dokument von etwa hundert Seiten über die strukturelle Neuorganisation des französischen Konsulats in New York. Gleich als Zimmer mir davon zu erzählen begann, erkannte ich, daß sich mir hier eine Chance bot, mich nützlich zu machen. Mein Französisch sei genauso gut wie seins, erklärte ich, und da ich zur Zeit nicht gerade von Pflichten erdrückt würde, könnte er die Übersetzung doch einfach mir überlassen. Zimmer erhob Einwände, aber damit hatte ich gerechnet, und allmählich rang ich seinen Widerstand nieder. Ich sagte, ich wolle meine Schuld bei ihm begleichen, und schneller und praktischer als mit dieser Arbeit sei das kaum zu machen. Das Geld dafür, zwei- bis dreihundert Dollar, sollte er bekommen, und damit wären wir wieder quitt. Dieses letzte Argument überzeugte ihn schließlich. Zimmer genoß zwar die Rolle des Märtyrers, aber sobald er begriff, daß mein eigenes Wohlbefinden auf dem Spiel stand, gab er nach.

«Gut», sagte er, «ich denke, wir könnten uns das Geld teilen, wenn es dir so wichtig ist.»

«Nein», sagte ich, «du verstehst noch immer nicht. Das ganze Geld geht an dich. Alles andere wäre doch sinnlos. Du sollst jeden Penny bekommen.»

Ich bekam, was ich wollte, und zum erstenmal seit Monaten hatte ich das Gefühl, mein Leben habe wieder einen Sinn. Zimmer stand früh auf, um zur Columbia zu gehen, und für den Rest des Tages war ich mir selbst überlassen, konnte mich an seinen Schreibtisch setzen und ungestört arbeiten. Der Text war grauenhaft, ein Schwall von bürokratischem Kauderwelsch, aber je mehr Schwierigkeiten ich damit hatte, desto trotziger vertiefte ich mich hinein und ließ erst locker, wenn durch die unbeholfenen, verstümmelten Sätze so etwas wie eine Spur von Sinn zu schimmern begann. Eben die Schwierigkeit der Aufgabe machte mir Mut. Wäre die Übersetzung einfacher gewesen, hätte ich nicht das Gefühl gehabt, eine angemessene Buße für die Fehler meiner Vergangenheit zu leisten. Der Wert dieses Unterfangens lag also gewissermaßen in seiner völligen Sinnlosigkeit. Ich kam mir vor wie jemand, der zu harter Zwangsarbeit in einer Sträflingskolonne verurteilt worden war. Meine Aufgabe bestand darin, Steine mit einem Hammer in kleinere Steine zu klopfen und diese dann wiederum zu noch kleineren Steinen zu zertrümmern. Diese Mühsal hatte keinen Sinn. Aber daran war mir ja auch gar nicht gelegen. Die Mühe selbst war das Ziel, und ich stürzte mich mit der ganzen Entschlossenheit eines Mustersträflings darauf.

Bei schönem Wetter machte ich manchmal einen kleinen Spaziergang durch die Nachbarschaft, um den Kopf freizubekommen. Es war jetzt Oktober, in New York der beste Monat des Jahres, und ich genoß es, das frühherbstliche Licht zu studieren, zu beobachten, wie es eine neue Klarheit zu gewinnen schien, wenn es schräg auf den Backsteinhäusern stand. Es war nicht mehr Sommer, aber der Winter kam einem noch sehr weit weg vor, und ich erfreute mich an diesem Schwebezustand zwischen warm und kalt. Wohin auch immer ich in diesen Tagen ging, allenthalben wurde von den Mets gesprochen. Es war eine jener seltenen Zeiten von Einmütigkeit, in denen jedermann nur eins im Kopf hat. Auf den Straßen liefen die Leute mit Transistorradios herum und hörten die Übertragungen von den Spielen, große Menschenmengen versammelten sich vor den Schaufenstern der Elektrogeschäfte, um das Geschehen auf stummen Bildschirmen zu verfolgen, jähe Jubelrufe ertönten aus Eckkneipen, aus Fenstern, von unsichtbaren Dächern. In den Playoffs ging es gegen Atlanta, dann in der World Series gegen Baltimore. Von acht Spielen in diesem Oktober verloren die Mets nur eins, und nach Beendigung des Abenteuers hielt New York mal wieder eine Konfettiparade ab, diesmal noch verschwenderischer als zwei Monate zuvor beim Empfang der Astronauten. Über fünfhundert Tonnen Papier regneten an diesem Tag auf die Straßen, ein Rekord, der heute noch nicht eingestellt ist.

Mittags aß ich jetzt häufig am Abingdon Square, einem kleinen Park etwa anderthalb Blocks östlich von Zimmers Wohnung. Es gab dort einen primitiven Kinderspielplatz, und der Kontrast zwischen der toten Sprache des Berichts, den ich übersetzte, und der wilden, ungestümen Energie der um mich herum tobenden und kreischenden Kinder tat mir wohl. Ich konnte mich dabei besser konzentrieren, und mehrmals nahm ich sogar meine Arbeit mit dorthin, um inmitten dieses Chaos weiter zu übersetzen. An einem solchen Nachmittag Mitte Oktober geschah es dann, daß ich Kitty Wu endlich wiedersah. Ich kämpfte mich gerade durch eine heikle Passage und bemerkte Kitty erst, als sie bereits auf der Bank neben mir saß. Es war das erste Mal seit Zimmers Vortrag in der Bar, daß ich sie sah, und diese plötzliche Begegnung traf mich ganz unvorbereitet. In den vergangenen Wochen hatte ich mir immer wieder ausgemalt, was für geistreiche Dinge ich ihr sagen würde, wenn wir uns wiedersähen, doch jetzt, da sie leibhaftig da war, bekam ich kaum ein Wort heraus.

«Hallo, Mr. Schriftsteller», sagte sie. «Schön, dich wieder auf den Beinen zu sehen.»

Sie trug diesmal eine Sonnenbrille, ihre Lippen waren hellrot geschminkt. Und da ihre Augen hinter den dunklen

Gläsern unsichtbar waren, mußte ich sehr an mich halten, ihr nicht auf den Mund zu starren.

«Eigentlich schreibe ich nicht», sagte ich. «Es ist eine Übersetzung. Damit verdiene ich mir ein bißchen Geld.»

«Ich weiß. Gestern habe ich David getroffen, und er hat mir davon erzählt.»

Ganz allmählich fand ich mich in die Unterhaltung hinein. Kitty besaß eine natürliche Begabung, Leute aus der Reserve zu locken, und es war leicht, sich auf sie einzulassen, sich in ihrer Gegenwart wohl zu fühlen. Wie Onkel Victor mir vor langer Zeit einmal gesagt hatte, geht es bei einem Gespräch so zu wie bei einem Ballspiel. Ein guter Partner wirft einem den Ball direkt in den Handschuh, so daß es fast unmöglich ist, ihn nicht aufzufangen; ist er mit Fangen an der Reihe, schnappt er alles, was irgendwie auf ihn zukommt, selbst die schlechtesten, verpatzten Würfe. Und genau das tat Kitty. Sie warf den Ball immer wieder exakt in die Höhlung meines Handschuhs, und wenn ich ihr den Ball zurückwarf, fing sie alles auf, was auch nur entfernt auf sie zukam: Sie sprang hoch, um Bälle zu erwischen, die über ihren Kopf gesegelt kamen, sie duckte sich flink nach links und rechts und stürzte sich mit akrobatischen Verrenkungen nach vorn. Mehr noch, sie war so geschickt, daß sie mir immer das Gefühl vermittelte, ich hätte absichtlich so schlecht geworfen, als hätte ich das Spiel damit nur amüsanter machen wollen. Sie ließ mich besser erscheinen, als ich war, und das stärkte mein Selbstvertrauen, was wiederum dazu beitrug, daß meine Würfe leichter von ihr gefangen werden konnten. Anders gesagt, ich begann mit ihr zu sprechen, nicht mehr nur mit mir selbst, und das bereitete mir größeres Vergnügen als alles, was ich seit langer Zeit erlebt hatte.

Während wir dort in der Oktobersonne weiterredeten, begann ich nach Mitteln und Wegen zu suchen, unsere Unterhaltung in die Länge zu ziehen. Ich war zu erregt und glücklich, als daß ich mir ihr Ende herbeigewünscht hätte, und die Tatsache, daß Kitty eine große Schultertasche bei sich hatte, aus der oben diverse Tanzklamotten heraussahen – ein Trikotärmel, ein Sweatshirtkragen, ein Handtuchzipfel –, ließ mich befürchten, daß sie noch einen Termin haben und jederzeit aufstehen und davoneilen könnte. Die Luft war ein wenig frisch, und nachdem wir zwanzig Minuten lang auf der Bank gesprochen hatten, sah ich sie fast unmerklich frösteln. Ich nahm all meinen Mut zusammen und bemerkte, es werde allmählich kalt, vielleicht sollten wir in Zimmers Wohnung gehen, da könne ich ihr einen heißen Kaffee machen. Wunderbarerweise nickte Kitty und sagte, sie halte das für eine gute Idee.

Ich begann den Kaffee zu kochen. Zwischen Wohnzimmer und Küche lag das Schlafzimmer, aber anstatt im Wohnzimmer auf mich zu warten, setzte Kitty sich aufs Bett, so daß wir weiterreden konnten. Die Verlagerung der Szene ins Haus hatte den Ton der Unterhaltung verändert, wir wurden beide ruhiger und vorsichtiger, als ob wir nach einer Interpretation unserer neuen Rollen suchten. Eine unheimliche Erwartung hing in der Luft, und ich war froh, daß mir die Zubereitung des Kaffees Gelegenheit bot, die Verwirrung zu verbergen, die mich plötzlich ergriffen hatte. Es würde etwas geschehen, aber ich hatte zu große Angst, um darüber nachzudenken, denn ich spürte, wenn ich mich jetzt in Hoffnungen erging, konnte die ganze Sache kaputtgehen, bevor sie überhaupt angefangen hatte. Dann wurde Kitty sehr still, sprach zwanzig oder dreißig Sekunden lang kein Wort. Ich hantierte weiter in der Küche herum, machte den Kühlschrank auf und zu, nahm Tassen und Löffel heraus, goß Milch in einen Krug und so weiter. Für einen kurzen Augenblick wandte ich Kitty den Rücken zu, und ehe ich mir dessen richtig bewußt war, war sie vom Bett aufgestanden und in die Küche gekommen. Ohne ein Wort zu sagen, glitt sie hinter mich, schlang ihre Arme um meine Taille und legte ihren Kopf an meinen Rücken.

«Wer ist das?» sagte ich, als ob ich das nicht wüßte.

«Die Drachenlady», sagte Kitty. «Sie kommt dich holen.»

Ich nahm ihre Hände und bemühte mich, nicht zu zittern, als ich die Glätte ihrer Haut erfühlte. «Ich glaube, sie hat mich schon», sagte ich.

Es gab eine kleine Pause, und dann nahm Kitty mich fester in die Arme. «Du magst mich doch ein bißchen, oder?»

«Mehr als nur ein bißchen. Das weißt du. Viel mehr als nur ein bißchen.»

«Ich weiß gar nichts. Ich habe zu lange gewartet, um noch etwas zu wissen.»

Die ganze Szene hatte etwas Unwirkliches. Ich wußte, sie war wirklich, zugleich aber übertraf sie die Wirklichkeit, glich eher einer Projektion dessen, was ich von der Wirklichkeit erwartete, und dies in einem Maß, wie ich es noch nie erlebt hatte. Mein Verlangen war sehr heftig, ja überwältigend, doch allein Kitty ermöglichte mir, es zu artikulieren. Auf ihre Reaktion, auf ihr sachtes Drängen und ihre wissenden Gebärden, auf ihr entschlossenes Handeln kam alles an. Kitty hatte keine Angst vor sich selbst, sie lebte unbefangen und ganz natürlich in ihrem Körper. Vielleicht kam das daher, daß sie Tänzerin war, aber viel wahrscheinlicher verhielt es sich umgekehrt. Sie konnte tanzen, weil sie an ihrem Körper Freude hatte.

Wir liebten uns mehrere Stunden lang im schwindenden Licht des Nachmittags in Zimmers Wohnung. Es war ohne Frage eins der denkwürdigsten Dinge, die ich jemals erlebt habe, und heute glaube ich, daß es mich von Grund auf verändert hat. Ich rede jetzt nicht bloß von Sex oder dem Wandel der Begierden, sondern von einem dramatischen Einstürzen innerer Mauern, einem Erdbeben im Herzen meiner Einsamkeit. Ich hatte mich so an das Alleinsein gewöhnt, daß ich so etwas für vollkommen ausgeschlossen gehalten hatte. Ich hatte mich mit einem bestimmten Leben abgefunden, und plötzlich war aus völlig unerfindlichen Gründen diese schöne Chinesin wie ein Engel aus einer anderen Welt vor mir herabgesunken. Es wäre unmöglich gewesen, sich nicht in sie zu verlieben, unmöglich, nicht von der simplen Tatsache hingerissen zu sein, daß sie da war.

Danach waren meine Tage ziemlich ausgefüllt. Vormittags und nachmittags arbeitete ich an der Übersetzung, und abends fuhr ich meist hinauf in das Viertel um die Columbia und Juilliard, um mich mit Kitty zu treffen. Probleme gab es dabei nur, weil wir kaum Gelegenheit hatten, miteinander allein zu sein. Kitty lebte in einem Wohnheimzimmer, das sie mit einer anderen Studentin teilte, und in Zimmers Wohnung fehlte die Tür zwischen Schlaf- und Wohnzimmer. Selbst wenn es dort eine Tür gegeben hätte, wäre es undenkbar gewesen, Kitty dorthin mitzunehmen. Zimmers Liebesleben lag damals so im argen, daß ich das nicht übers Herz gebracht hätte: ihn mit den Geräuschen unseres Liebesspiels zu behelligen, ihm unser Stöhnen und Seufzen aufzudrängen, wenn er im Nebenzimmer saß. Ein paarmal ging die Mitbewohnerin abends aus, und wir nutzten ihre Abwesenheit, um Kittys schmales Bett in Anspruch zu nehmen. Mehrere Male gelang es uns auch, uns in leeren Wohnungen zu treffen. Kitty arrangierte die Einzelheiten dieser Begegnungen, wandte sich an Freunde und Freunde von Freunden und bat sie, ihr für ein paar Stunden ein Schlafzimmer zu überlassen. Das alles war ein wenig frustrierend, zugleich aber auch erregend, eine Quelle der Lust, die unsere Leidenschaft durch das Element der Gefahr und Unsicherheit noch erhöhte. Wir riskierten Sachen miteinander, die mir heute unmöglich vorkommen, gingen haarsträubende Wagnisse ein, die uns in die peinlichsten Verlegenheiten hätten bringen können. Einmal zum Beispiel ließen wir einen Fahrstuhl zwischen den Stockwerken anhalten, und während die Hausbewohner ob der Verzögerung wütend klopften und herumschrien, zog ich Kitty Jeans und Schlüpfer herunter und brachte sie mit der Zunge zum Orgasmus. Ein andermal machten wir es während einer Party auf dem Boden des Badezimmers; wir hatten die Tür hinter uns abgeschlossen und nahmen keine Notiz von den Leuten, die im Flur Schlange standen, um aufs Klo zu gehen. Es war erotische Mystik, eine geheime Religion, der nur zwei Mitglieder angehörten. In dieser Frühphase unserer Beziehung brauchten wir einander nur anzusehen, um in Erregung zu geraten. Sobald Kitty in meine Nähe kam, mußte ich an Sex denken. Es war mir unmöglich, meine Hände von ihr fernzuhalten, und je vertrauter mir ihr Körper wurde, desto mehr wollte ich ihn berühren. Einmal gingen wir sogar so weit, es im Anschluß an eine von Kittys Tanzproben zu treiben, und zwar gleich im Umkleideraum, nachdem die anderen gegangen waren. Sie sollte im folgenden Monat bei einer Aufführung mitwirken, und ich besuchte die abendlichen Proben, wann immer ich konnte. Kitty beim Tanzen zu beobachten war fast so gut, wie sie in den Armen zu halten, und ich verfolgte ihren Körper mit fieberhafter Konzentration über die Bühne. Das gefiel mir sehr, gleichzeitig aber verstand ich es nicht. Tanzen war für mich etwas vollkommen Fremdes, etwas, das mit Worten nicht zu erfassen war, und mir blieb nichts anderes übrig, als stumm dort zu sitzen und mich dem Anblick reiner Bewegung hinzugeben.

Ende Oktober hatte ich die Übersetzung fertig. Ein paar Tage später holte Zimmer von seiner Freundin das Geld ab, und am Abend dieses Tages gingen Kitty und ich mit ihm im Moon Palace essen. Das Restaurant war mein Vorschlag gewesen, und zwar wegen seiner Symbolträchtigkeit und nicht so sehr wegen der Qualität des Essens, aber wir speisten trotzdem gut, da Kitty mit den Kellnern Mandarin redete und Gerichte bestellen konnte, die nicht auf der Speisekarte standen. Zimmer war an diesem Abend gut in Form, predigte in einem fort über Trotzki, Mao und die Theorie der permanenten Revolution, und ich erinnere mich noch, wie Kitty plötzlich ihren Kopf an meine Schulter legte, ein bezauberndes, wohliges Lächeln aufsetzte, und wie wir beide uns dann in die Polster unserer Nische zurücklehnten, um Davids Monolog zu lauschen, und zustimmend nickten, als er vor unseren Augen das Dilemma der menschlichen Existenz löste. Es war ein großartiger Augenblick für mich, ein Augenblick wunderbaren Glücks und Gleichgewichts, als hätten meine Freunde sich dort versammelt, um meine Rückkehr in das Land der Lebenden zu feiern. Nachdem die Teller abgeräumt waren, machten wir alle unsere Glücksplätzchen auf und analysierten sie mit spöttischem Ernst. Seltsamerweise kann ich mich an meines erinnern, als hielte ich es noch in der Hand. Der Spruch lautete: «Die Sonne ist die Vergangenheit, die Erde ist die Gegenwart, der Mond ist die Zukunft.» Wie sich herausstellte, sollte ich diesem rätselhaften Satz später noch einmal begegnen, wodurch im nachhinein der Eindruck entstand, als sei der Zufallsfund im Moon Palace mit einer unheimlichen, ahnungsvollen Wahrheit befrachtet gewesen. Aus Gründen, die ich damals nicht näher hinterfragte, steckte ich den kleinen Papierstreifen in meine Brieftasche und trug ihn dann neun Monate mit mir herum, ohne mir dessen bewußt zu sein.

Am nächsten Morgen begann ich nach einem Job zu suchen. Es ergab sich nichts an diesem Tag, und der folgende verlief genauso ergebnislos. Da mir klar wurde, daß die Zeitungen mir nicht weiterhelfen würden, beschloß ich, zur Columbia zu gehen und mein Glück bei der studentischen Jobvermittlung zu versuchen. Als ehemaliger Student der Universität hatte ich das Recht, diesen Service in Anspruch zu nehmen, und da im Falle einer Vermittlung keine Gebühren zu entrichten waren, schien es recht vernünftig, dort mit der Suche anzufangen. Binnen zehn Minuten nach Betreten der Dodge Hall hatte ich die Lösung meiner Probleme gefunden: Sie war auf eine links unten am Schwarzen Brett befestigte Karteikarte getippt. Die Jobbeschreibung las sich so: «Älterer Herr in Rollstuhl sucht jungen Mann als Hausgenossen. Tägliche Spaziergänge, leichte Sekretariatsarbeiten. $ 50 pro Woche plus Zimmer und Verpflegung.» Dieser letzte Punkt entschied die Sache für mich. Ich konnte nicht nur anfangen, etwas Geld zu verdienen, sondern ich würde auch endlich bei Zimmer ausziehen können. Und was noch besser war, ich würde an der Ecke West End Avenue und 84th Street wohnen, also viel näher bei Kitty. Das Ganze schien perfekt. Der Job selbst war zwar nicht gerade das, wovon man begeistert nach Hause berichten konnte, aber das wäre mir ja ohnehin nicht möglich gewesen.

Da ich fürchtete, jemand anders könnte mir zuvorkommen, rief ich auf der Stelle wegen eines Vorstellungsgesprächs an. Zwei Stunden später saß ich mit meinem zukünftigen Arbeitgeber in dessen Wohnzimmer, und um acht Uhr abends rief er mich bei Zimmer an und sagte mir, ich hätte den Job. Er machte Andeutungen, als wäre ihm die Entscheidung schwergefallen und als hätte er mich aus mehreren brauchbaren Kandidaten ausgewählt. Letzten Endes bezweifle ich, daß es etwas geändert hätte, aber wenn mir damals schon klar gewesen wäre, daß er mich anlog, hätte ich vielleicht eine bessere Vorstellung davon gehabt, worauf ich mich einließ. Denn in Wahrheit gab es gar keine anderen Kandidaten. Ich war der einzige, der sich um den Job beworben hatte.

VIERTES KAPITEL

Als ich Thomas Effing zum erstenmal sah, erschien er mir wie der gebrechlichste Mensch, den ich je gesehen hatte. Nur Knochen und zitternde Haut, saß er in Dekken gehüllt in seinem Rollstuhl, sein Körper war zur Seite gesunken wie ein kleines geknicktes Vögelchen. Er war sechsundachtzig Jahre alt, wirkte aber viel älter, wie hundert oder darüber, falls das möglich ist; sein Alter schien nicht mehr in Zahlen zu fassen. Alles an ihm wirkte wie von Mauern umgeben, unzugänglich, sphinxartig in seiner Undurchschaubarkeit. Zwei knotige, leberfleckige Hände hielten die Armlehnen des Stuhls gepackt und flatterten gelegentlich auf, aber das war auch das einzige Anzeichen von bewußtem Leben. Man konnte nicht einmal visuellen Kontakt mit ihm aufnehmen, denn Effing war blind, oder zumindest tat er so, und an dem Tag, an dem ich zum Vorstellungsgespräch in sein Haus kam, trug er zwei schwarze Augenklappen. Wenn ich jetzt so auf diesen Anfang zurückblicke, kommt es mir passend vor, daß er am 1. November stattgefunden hat. Der 1. November: Tag der Toten, der Tag, an dem unbekannter Heiliger und Märtyrer gedacht wird.

Die Tür zu der Wohnung wurde von einer Frau geöffnet. Es war eine schlampige untersetzte Person undefinierbar mittleren Alters, ihr bauschiges Hauskleid war mit rosa und grünen Blumen bedruckt. Als sie ganz sicher war, daß ich der Mr. Fogg sei, der um ein Uhr wegen eines Gesprächstermins angerufen habe, hielt sie mir ihre Hand hin und verkündete, sie sei Rita Hume, seit neun Jahren Mr. Effings Pflegerin und Haushälterin. Während sie so redete, unterzog sie mich einer gründlichen Untersuchung, musterte mich mit der unverfrorenen Neugier einer Frau, die sich zum erstenmal mit ihrem Versandhaus-Gatten trifft. Ihr Starren hatte jedoch etwas so Unverblümtes und Liebenswertes an sich, daß ich keinen Anstoß daran nahm. Es wäre schwer gewesen, Mrs. Hume nicht zu mögen, Mrs. Hume mit ihrem breiten teigigen Gesicht, ihren kräftigen Schultern und ihren gigantischen Brüsten. Brüsten, die so groß waren, daß sie wie aus Zement gegossen schienen. Sie schleppte diese Last mit ausladenden, watschelnden Schritten herum, und als sie mich durch den Flur zum Wohnzimmer führte, konnte ich den Atem durch ihre Nasenlöcher pfeifen hören.

Es war eine dieser riesigen West-Side-Wohnungen, mit langen Fluren, eichenen Schiebetüren zwischen den Zimmern und Zierleisten an den Wänden. Die Räume waren vollgestopft mit viktorianischem Krempel, und ich hatte Schwierigkeiten, die plötzliche Fülle all der Gegenstände um mich her zu erfassen: die Bücher, Bilder und kleinen Tische, den Wirrwarr von Teppichen, das halbdunkle Holz. Auf halber Höhe des Flurs nahm Mrs. Hume mich beim Arm und flüsterte: «Stören Sie sich nicht daran, wenn er sich ein wenig seltsam aufführt. Er läßt sich oft gehen, aber das hat im Grunde nichts zu bedeuten. Er hat viel durchgemacht. Der Mann, der sich seit dreißig Jahren um ihn gekümmert hat, ist im September gestorben, und es fällt ihm schwer, sich damit abzufinden.»

Ich spürte, daß ich in dieser Frau eine Verbündete hatte, und das diente mir als eine Art Schutz gegen alles Seltsame, das jetzt gleich passieren mochte. Das Wohnzimmer war ungeheuer groß, die Fenster boten Aussicht auf den Hudson und die New Jersey Palisades dahinter. Effing saß mitten im Zimmer in seinem Rollstuhl, gegenüber einem Sofa, dazwischen stand ein niedriger Tisch. Vielleicht rührte mein anfänglicher Eindruck von ihm daher, daß er nicht auf uns reagierte, als wir das Zimmer betraten. Mrs. Hume meldete meine Ankunft: «Mr. M. S. Fogg ist zum Vorstellungsgespräch gekommen», aber er sagte kein Wort zu ihr, bewegte keinen einzigen Muskel. Es war eine übernatürliche Trägheit, und im ersten Augenblick hielt ich ihn für tot. Mrs. Hume jedoch lächelte mich nur an und bedeutete mir mit einer Geste, auf dem Sofa Platz zu nehmen. Darauf verschwand sie, und ich war mit Effing allein und wartete, daß er das Schweigen brechen würde.

Es dauerte lange, aber als seine Stimme dann schließlich ertönte, drang sie erstaunlich kraftvoll durch den Raum. Es schien unmöglich, daß sein Körper solche Töne erzeugen konnte. Die Worte prasselten mit ungestümer, heiserer Energie aus seiner Luftröhre, es war, als wäre plötzlich ein Radio eingeschaltet worden, als hörte man einen jener fernen Sender, wie man sie manchmal mitten in der Nacht empfangen kann. Es kam völlig unerwartet. Eine zufällige Konstellation von Elektronen übertrug seine Stimme aus tausend Meilen Entfernung zu mir, und ihre Klarheit betäubte mir die Ohren. Einen Augenblick lang fragte ich mich allen Ernstes, ob sich nicht irgendwo im Zimmer ein Bauchredner versteckt halte.

«Emmett Fogg», sagte der alte Mann, das heißt, er spie die Worte voller Verachtung aus. «Was ist das denn für ein weibischer Name?»

«M. S. Fogg», gab ich zurück. «Das *M* steht für Marco, das *S* für Stanley.»

«Das ist auch nicht besser. Höchstens noch schlechter. Was wollen Sie dagegen unternehmen, Junge?»

«Ich werde nichts dagegen unternehmen. Mein Name und ich haben viel miteinander durchgemacht, und ich habe ihn im Lauf der Jahre ziemlich liebgewonnen.»

Effing schnaubte, ein verstocktes Lachen, womit das Thema ein für allemal abgehakt zu sein schien. Unmittelbar danach richtete er sich in seinem Stuhl auf. Es war bemerkenswert, wie schnell das seine Erscheinung veränderte. Jetzt war er keine komatöse Halbleiche im Dämmerschlaf mehr, sondern ganz Energie und Aufmerksamkeit, eine brodelnde kleine Masse wiederaufgelebter Kraft. Wie ich später herausfand, war dies der wahre Effing, falls man das Wort wahr in Zusammenhang mit ihm gebrauchen kann. Sein Charakter beruhte so sehr auf Falschheit und Betrug, daß es kaum zu erkennen war, wenn er einmal die Wahrheit sagte. Er liebte es, die Welt mit seinen plötzlichen Experimenten und Einfällen an der Nase herumzuführen, und seine Lieblingsnummer bestand darin, den Toten zu spielen.

Er beugte sich in seinem Stuhl vor, als wollte er mir damit sagen, nun gehe das Gespräch erst richtig los. Sein Blick war trotz der schwarzen Augenklappen direkt auf mich gerichtet. «Antworten Sie mir, Mr. Fogg», sagte er. «Haben Sie Sehvermögen?»

«Früher glaubte ich das, aber jetzt bin ich mir nicht mehr so sicher.»

«Wenn Sie etwas vor sich sehen, können Sie es dann erkennen?»

«Im Prinzip schon. Aber manchmal kann es ziemlich schwierig werden.»

«Zum Beispiel.»

«Zum Beispiel fällt es mir auf der Straße manchmal schwer, Männer von Frauen zu unterscheiden. Heute haben so viele Leute lange Haare, daß ein kurzer Blick nicht immer ausreicht. Besonders wenn man es mit einem femininen Mann oder einer maskulinen Frau zu tun hat. Da können die Merkmale ziemlich durcheinandergeraten.»

«Und wenn Sie mich ansehen, was fällt Ihnen dann ein?»

«Daß ich einen Mann im Rollstuhl sehe.»
«Einen alten Mann?»
«Ja, einen alten Mann.»
«Einen sehr alten Mann?»
«Ja, einen sehr alten Mann.»
«Ist Ihnen irgend etwas Besonderes an mir aufgefallen, Junge?»
«Ihre Augenklappen, nehme ich an. Und daß anscheinend Ihre Beine gelähmt sind.»
«Ja, ja, meine Gebrechen. Die springen einem richtig ins Auge, nicht?»
«Gewissermaßen, ja.»
«Haben Sie aus den Augenklappen irgendwelche Rückschlüsse gezogen?»
«Keine eindeutigen. Mein erster Gedanke war, daß Sie blind seien, aber das folgt eigentlich nicht daraus. Wenn jemand nicht sehen kann, warum sollte er dann Vorkehrungen treffen, daß er nichts sehen kann? Das wäre ja sinnlos. Ich denke daher an andere Möglichkeiten. Vielleicht verbergen die Klappen etwas Schlimmeres als Blindheit. Zum Beispiel eine schreckliche Verunstaltung. Oder vielleicht hatten Sie kürzlich eine Operation und müssen die Klappen aus medizinischen Gründen tragen. Andererseits könnte es auch sein, daß Sie nur teilweise blind sind und starkes Licht Ihre Augen reizt. Oder es macht Ihnen einfach Spaß, Augenklappen zu tragen, weil Sie das für attraktiv halten. Es gibt beliebig viele Antworten auf Ihre Frage. Im Augenblick habe ich nicht genügend Informationen, um die richtige Antwort zu nennen. Letzten Endes weiß ich nur eins genau, nämlich daß Sie schwarze Augenklappen tragen. Ich kann feststellen, daß sie da sind, aber ich weiß nicht, warum sie da sind.»
«Mit anderen Worten, Sie betrachten nichts als selbstverständlich.»
«Das kann gefährlich sein. Es kommt häufig vor, daß

Dinge anders sind, als sie scheinen, und man kann sich in Schwierigkeiten bringen, wenn man zu schnelle Schlüsse zieht.»

«Und meine Beine?»

«Diese Frage kommt mir etwas leichter vor. So wie sie unter der Decke aussehen, scheinen sie verkümmert und atrophisch, was darauf hinweisen könnte, daß sie seit vielen Jahren nicht mehr gebraucht wurden. Sollte das der Fall sein, dürfte man mit Fug und Recht vermuten, daß Sie nicht gehen können. Vielleicht haben Sie noch nie gehen können.»

«Ein alter Mann, der nicht sehen und nicht gehen kann. Was halten Sie davon, Junge?»

«Ich möchte meinen, daß ein solcher Mann mehr auf andere angewiesen ist, als ihm lieb sein kann.»

Effing grunzte, lehnte sich in seinem Stuhl zurück und erhob sein Gesicht zur Decke. In den nächsten zehn oder fünfzehn Sekunden sprach keiner von uns ein Wort.

«Was für eine Stimme haben Sie, Junge?» fragte er schließlich.

«Ich weiß nicht. Wenn ich spreche, kann ich sie nicht richtig hören. Die wenigen Male, wo sie mir auf einem Tonbandgerät vorgespielt wurde, fand ich sie schrecklich. Aber das geht anscheinend jedem so.»

«Ist sie ausdauernd?»

«Ausdauernd?»

«Hält sie lange durch. Können Sie zwei oder drei Stunden reden, ohne heiser zu werden. Können Sie mir einen ganzen Nachmittag lang vorlesen, ohne daß Ihre Zunge ermüdet. Das verstehe ich unter ausdauernd.»

«Ja, ich glaube, das kann ich.»

«Wie Sie selbst bemerkt haben, habe ich mein Augenlicht verloren. Meine Beziehung zu Ihnen wird auf Worte gründen, und wenn Ihre Stimme nicht ausdauernd ist, nützen Sie mir überhaupt nichts.»

«Ich verstehe.»

Effing beugte sich wieder vor und machte dann eine dramatische Pause. «Haben Sie Angst vor mir, Junge?»

«Nein, ich glaube nicht.»

«Das sollten Sie aber. Falls ich mich entschließe, Sie einzustellen, werden Sie lernen, was Angst ist, das garantiere ich Ihnen. Ich mag weder sehen noch gehen können, aber ich verfüge über andere Kräfte, Kräfte, die nur wenige Menschen je beherrscht haben.»

«Was für Kräfte?»

«Geistige Kräfte. Eine Willenskraft, mit der ich die stoffliche Welt in jede von mir gewünschte Form bringen kann.»

«Telekinese.»

«Ja, wenn Sie so wollen. Telekinese. Erinnern Sie sich an den Stromausfall vor einigen Jahren?»

«Im Herbst 1965.»

«Ganz recht. Ich war es, der ihn verursacht hat. Ich hatte kurz zuvor das Augenlicht verloren, und eines Tages saß ich hier allein in diesem Zimmer und verfluchte mein Schicksal. Gegen fünf Uhr sagte ich mir: Ich wünschte, die ganze Welt müßte in derselben Dunkelheit leben wie ich. Kaum eine Stunde später gingen in der Stadt sämtliche Lichter aus.»

«Das kann Zufall gewesen sein.»

«Es gibt keinen Zufall. Nur Ignoranten gebrauchen dieses Wort. Alles in der Welt besteht aus Elektrizität, belebte und leblose Dinge gleichermaßen. Sogar Gedanken geben elektrische Ladung ab. Wenn sie stark genug sind, können die Gedanken eines Menschen die Welt um ihn her verändern. Vergessen Sie das nicht, Junge.»

«Ich werde es nicht vergessen.»

«Und Sie, Marco Stanley Fogg, über welche Kräfte verfügen Sie?»

«Keine, soweit mir bekannt ist. Ich verfüge über die normalen menschlichen Kräfte, nehme ich an, aber darüber hinaus ist nichts. Ich kann essen und schlafen. Ich kann von einem Ort zum andern gehen. Ich kann Schmerz empfinden. Gelegentlich kann ich sogar denken.»

«Ein Volksverhetzer. Sind Sie so einer, Junge?»

«Kaum. Ich bezweifle, daß ich irgend jemand zu irgend etwas überreden könnte.»

«Also ein Opfer. Es gibt nur das eine oder das andere. Entweder man handelt, oder man wird behandelt.»

«Wir alle sind Opfer von irgend etwas, Mr. Effing. Und wenn auch nur Opfer der Tatsache, daß wir leben.»

«Sind Sie sicher, daß Sie leben, Junge? Vielleicht bilden Sie sich das nur ein.»

«Alles ist möglich. Es ist möglich, daß Sie und ich Einbildungen sind, daß wir gar nicht richtig hier sind. Ja, ich bin bereit, das als Möglichkeit zu akzeptieren.»

«Können Sie den Mund halten?»

«Wenn es verlangt wird, kann ich so gut schweigen wie jeder andere, nehme ich an.»

«Und wer soll das sein, Junge?»

«Eben jeder. Das sagt man so. Ich kann reden oder schweigen, je nachdem, was die Situation erfordert.»

«Wenn ich Sie einstelle, Fogg, werden Sie mich vermutlich bald hassen. Bedenken Sie nur immer, daß alles zu Ihrem eigenen Besten ist. Alles, was ich tue, hat seinen verborgenen Sinn, und Sie haben nicht darüber zu urteilen.»

«Ich werde mich bemühen, mir das zu merken.»

«Gut. Jetzt kommen Sie her, ich will Ihre Muskeln fühlen. Ich kann mich doch nicht von einem Schwächling durch die Straßen schieben lassen, oder? Wenn Ihre Muskeln das nicht schaffen, nützen Sie mir überhaupt nichts.»

Am Abend nahm ich Abschied von Zimmer, und am nächsten Morgen packte ich die wenigen Sachen, die mir gehörten, in meinen Rucksack und fuhr in den Norden der Stadt zu Effings Wohnung. Wie der Zufall es wollte, sah ich Zimmer in den nächsten dreizehn Jahren nicht wieder. Die Umstände brachten uns auseinander, und als er mir im Frühjahr 1982 an der Einmündung der Varick Street in den West Broadway in Lower Manhattan schließlich zufällig über den Weg lief, hatte er sich so sehr verändert, daß ich ihn zuerst gar nicht erkannte. Er war zwanzig oder dreißig Pfund schwerer, und wie er da so mit seiner Frau und seinen zwei kleinen Söhnen entlangging, fiel mir vor allem seine völlig konventionelle Erscheinung auf: der Wanst und das lichter werdende Haar der frühen mittleren Jahre, der milde, gedankenverlorene Blick des gestandenen Familienvaters. Wir gingen in entgegengesetzte Richtungen und aneinander vorbei. Dann hörte ich ihn ganz plötzlich meinen Namen rufen. Ich nehme an, es kommt häufig vor, daß man jemanden aus seiner Vergangenheit wiedertrifft, aber der Anblick Zimmers rührte eine ganze Welt vergessener Dinge in mir auf. Es spielte kaum eine Rolle, was aus ihm geworden war, daß er irgendwo in Kalifornien an einer Universität lehrte, daß er eine 400-Seiten-Studie über den französischen Film veröffentlicht hatte, daß er seit über zehn Jahren kein einziges Gedicht mehr geschrieben hatte. Was zählte, war einfach, daß ich ihn gesehen hatte. Wir standen da fünfzehn oder zwanzig Minuten an der Ecke und sprachen von den alten Zeiten, und dann zog er mit seiner Familie davon, wohin auch immer sie ziehen mochten. Seither habe ich nichts mehr von ihm gesehen oder gehört, aber ich vermute, diese Begegnung vor vier Jahren hat den ersten Anstoß dazu gegeben, dieses Buch zu schreiben, und zwar kam mir die Idee genau in dem Moment, als Zimmer im Gewühl verschwand und ich ihn wieder aus den Augen verlor.

In Effings Wohnung bat Mrs. Hume mich zunächst auf eine Tasse Kaffee in die Küche. Mr. Effing halte noch seinen Vormittagsschlaf, sagte sie, vor zehn Uhr werde er nicht wach sein. Bis dahin erzählte sie mir, welche Pflichten ich im

Haus zu übernehmen hätte, wann die Mahlzeiten eingenommen würden, wie viele Stunden ich täglich mit Effing verbringen müsse und so weiter. Während sie sich um die «Körperarbeit» kümmerte, wie sie sich ausdrückte, ihn ankleidete und wusch, ihm beim Aufstehen und Zubettgehen half, ihn rasierte, ihn auf die Toilette brachte und wieder abholte, waren meine Aufgaben ein wenig komplizierter und weniger genau festgelegt. Ich war nicht ausdrücklich als sein Freund eingestellt, aber doch als etwas sehr Ähnliches: als mitfühlender Gefährte, als ein Mensch, der die Monotonie seiner Einsamkeit auflockern sollte. «Der Mann hat weiß Gott nicht mehr viel Zeit übrig», sagte sie. «Das wenigste, was wir tun können, ist, dafür zu sorgen, daß seine letzten Tage nicht allzu unglücklich sind.» Ich sagte, das verstünde ich.

«Ein junger Mensch in seiner Umgebung wird seine Laune verbessern», fuhr sie fort. «Von meiner Laune ganz zu schweigen.»

«Ich bin nur froh, daß ich den Job habe», sagte ich.

«Ihre Unterhaltung gestern hat ihm gefallen. Er sagte, Sie hätten ihm gute Antworten gegeben.»

«Eigentlich wußte ich nicht, was ich sagen sollte. Manchmal kann man ihm nur schwer folgen.»

«Als ob ich das nicht wüßte. Aber er brütet ständig irgendwas aus. Er spinnt ein bißchen, aber senil würde ich ihn nicht nennen.»

«Nein, er ist ein schlauer Fuchs. Vermutlich wird er mich ständig auf Zack halten.»

«Er hat mir erzählt, Sie hätten eine angenehme Stimme. Das ist immerhin ein verheißungsvoller Anfang.»

«Ich kann mir gar nicht vorstellen, daß er das Wort *angenehm* benutzt.»

«Es mag nicht genau dieses Wort gewesen sein, aber es lief darauf hinaus. Er sagte, Ihre Stimme erinnere ihn an jemand, den er früher mal gekannt habe.»

«Hoffentlich jemand, den er gemocht hat.»

«Das hat er mir nicht gesagt. Das werden Sie überhaupt bald feststellen. Mr. Thomas sagt einem nur, was er einem sagen will.»

Mein Zimmer lag am Ende eines langen Flurs. Es war ein karger kleiner Raum mit nur einem Fenster, das auf die Gasse hinter dem Haus hinaus ging, ein primitiver Verschlag von der Größe einer Klosterzelle. Derlei Terrain war mir vertraut, und ich brauchte nicht lange, um mich inmitten der äußerst bescheidenen Möbel wie zu Hause zu fühlen: einem altmodischen eisernen Bettgestell mit vertikalem Gitter an beiden Enden, einer Kommode mit Schubladen und an einer Wand einem Bücherregal, in dem hauptsächlich französische und russische Bücher standen. Nur ein Bild hing in dem Zimmer, eine große Radierung in schwarzem Lackrahmen, die Darstellung einer mythologischen Szene, bevölkert von menschlichen Gestalten und überladen mit architektonischen Details. Später erfuhr ich, daß es sich um eine Schwarzweiß-Kopie einer der Tafeln aus einer Reihe von Gemälden von Thomas Cole handelte, einer visionären Saga von Aufstieg und Fall der Neuen Welt, die den Titel *The Course of Empire* führte. Ich packte meine Kleider aus und stellte fest, daß mein ganzer Besitz bequem in der obersten Schublade der Kommode Platz fand. Ich hatte nur ein Buch bei mir, eine Taschenbuchausgabe von Pascals *Pensées*, die Zimmer mir zum Abschied geschenkt hatte. Ich legte es vorläufig aufs Kopfkissen und trat dann einen Schritt zurück, um mein neues Zimmer zu betrachten. Es war nicht viel, aber es war mein. Nach so vielen Monaten der Ungewißheit tröstete es mich schon, innerhalb dieser vier Wände stehen zu können und zu wissen, daß es jetzt einen Ort auf der Welt gab, den ich mein eigen nennen konnte.

Während der ersten zwei Tage regnete es ununterbrochen. Wir hatten keine Chance, nachmittags spazierenzugehen, und verbrachten daher die ganze Zeit im Wohnzimmer. Effing war nicht mehr so aggressiv wie beim Vorstellungsgespräch, die meiste Zeit saß er schweigend da und lauschte dem, was ich ihm vorlas. Ich konnte dieses Schweigen nur schwer beurteilen; wollte er mich damit auf eine mir unverständliche Weise testen, oder entsprach es einfach seiner Stimmung? Solange ich bei Effing wohnte, gelang es mir nie, sein Verhalten befriedigend zu deuten; entweder vermutete ich irgendwelche dunklen Absichten dahinter, oder ich tat es als Ausfluß willkürlicher Launen ab. Was er zu mir sagte, die Bücher, die er mir zum Vorlesen aussuchte, die seltsamen Besorgungen, die er mir auftrug – gehörte all das zu einem ausgeklügelten, undurchschaubaren Plan, oder erscheint es mir erst im nachhinein so? Zuweilen hatte ich das Gefühl, er versuche mir irgendein mysteriöses und obskures Wissen zu vermitteln, er betätige sich als selbsternannter Mentor meiner inneren Entwicklung, jedoch ohne mich etwas davon merken zu lassen, als ob er mich zur Teilnahme an einem Spiel zwänge, jedoch ohne mir die Spielregeln zu erklären. Dann erschien Effing als überspannter spiritueller Führer, als exzentrischer Meister, der sich mühte, mich in die Geheimnisse der Welt einzuweihen. Zuweilen, wenn Egoismus und Arroganz mit ihm durchgingen, erschien er mir aber auch lediglich als ein boshafter alter Mann, als ein ausgebrannter Irrer, der im Grenzbereich zwischen Wahnsinn und Tod vor sich hin existierte. Jedenfalls bekam ich von ihm eine Menge Beschimpfungen zu hören, und bald war ich seiner überdrüssig, auch wenn er mich gleichzeitig immer stärker faszinierte. Ich war mehrmals kurz davor aufzugeben, aber Kitty überredete mich jedesmal zu bleiben; und letztlich glaube ich sogar, daß ich selbst ebenfalls bleiben wollte, auch wenn es mir so vorkam, als könnte ich es keine Minute mehr bei ihm aushalten. Ganze Wochen vergingen, in denen ich es kaum über mich brachte, meinen Blick in seine

Richtung zu wenden, in denen ich mich zusammenreißen mußte, um nur im selben Raum mit ihm zu sitzen. Aber ich habe die Sache durchgestanden, bis zum bitteren Ende.

Auch wenn er noch so milde gestimmt war, gefiel Effing sich darin, kleine Überraschungen auszuhecken. An jenem ersten Vormittag zum Beispiel kam er mit einer dunklen Blindenbrille ins Zimmer gerollt. Die schwarzen Augenklappen, die beim Vorstellungsgespräch eine so lange Diskussion ausgelöst hatten, waren nirgends zu sehen. Effing äußerte sich mit keinem Wort zu dieser Änderung. Ich dachte an seinen Rat und nahm an, dies sei einer jener Fälle, wo ich den Mund halten sollte, und äußerte mich daher ebenfalls nicht dazu. Am nächsten Morgen trug er eine gewöhnliche Rezeptbrille mit Metallrahmen und grotesk dicken Gläsern, die seine Augen vergrößerten und verzerrten, so daß sie groß wie Vogeleier wirkten, wie hervorquellende blaue Kugeln, die ihm aus dem Kopf zu springen schienen. Es war kaum zu beurteilen, ob diese Augen sehen konnten oder nicht. Manchmal war ich überzeugt, das alles sei ein einziger Bluff, und er könne genauso scharf sehen wie ich; manchmal war ich ebenso überzeugt, daß er vollkommen blind sei. Genau das war natürlich Effings Absicht. Er sandte vorsätzlich mehrdeutige Signale aus, ergötzte sich dann an der Unsicherheit, die sie hervorriefen, und weigerte sich hartnäckig, die wahren Tatsachen zu enthüllen. An manchen Tagen ließ er die Augen unbedeckt, trug weder Augenklappen noch Brillen. An anderen Tagen kam er mit einer schwarzen Augenbinde herein, die um seinen Kopf gebunden war, was ihm das Aussehen eines Gefangenen verlieh, der vor ein Erschießungskommando geführt wird. Es war mir unmöglich herauszufinden, was diese verschiedenen Verkleidungen zu bedeuten hatten. Er äußerte sich nie dazu, und ich hatte nie den Mut, danach zu fragen. Entscheidend sei, so stellte ich für mich fest, mich nicht von seinen Mätzchen aus der Ruhe bringen zu lassen. Mochte er machen, was er wollte; solange ich ihm nicht in die Falle ging, konnte all das mich nicht berühren. Jedenfalls redete ich mir das ein. Trotz meiner Entschlossenheit fiel es mir jedoch manchmal schwer, mich seiner zu erwehren. Besonders an den Tagen, wenn er seine Augen unbedeckt ließ, ertappte ich mich oft dabei, wie ich in sie hineinstarrte, ich konnte einfach nicht anders, war wehrlos ihrer Anziehungskraft ausgeliefert. Es war, als suchte ich irgendeine Wahrheit in ihnen zu entdekken, irgendeine Öffnung, die mich unmittelbar in das Dunkel seines Schädels führen würde. Das half freilich nichts. So viele hundert Stunden ich auch in Effings Augen starrte, sie haben mir nie das geringste verraten.

Er hatte die Bücher alle im voraus ausgewählt und wußte ganz genau, was er hören wollte. Diese Lesungen dienten nicht der Entspannung, sondern der beharrlichen Erforschung bestimmter, eng umschriebener Themenbereiche. Damit wurden mir seine Motive kein bißchen klarer, doch immerhin war dem Ganzen eine gewisse unterirdische Logik nicht abzusprechen. Als erstes wurde eine Reihe von Reisebüchern durchgenommen, und zwar hauptsächlich Bücher über Reisen ins Unbekannte und die Entdeckung neuer Welten. Wir begannen mit den Reisen von St. Brendan und Sir John de Mandeville, machten dann weiter mit Kolumbus, Cabeza de Vaca und Thomas Harriot. Wir lasen Auszüge aus Doughtys *Reisen in Arabia Deserta*, kämpften uns durch den kompletten Bericht John Wesley Powells über seine Expedition zur Kartographierung des Colorado River und endeten schließlich bei der Lektüre einer Reihe von Entführungsgeschichten aus dem achtzehnten und neunzehnten Jahrhundert, Augenzeugenberichten weißer Siedler, die von Indianern verschleppt worden waren. Ich fand diese Bücher durchweg interessant und entwickelte wohl auch, nachdem meine Stimme sich daran gewöhnt hatte, über längere Zeitabschnitte zu arbeiten, einen angemessenen Vortragsstil. Dabei kam es vor allem auf eine klare Aussprache an, die wiederum vom Tonfall, von raffinierten Pausen und einer steten Aufmerksamkeit auf das zu Lesende abhing. Effing machte selten irgendwelche Bemerkungen, während ich las, doch an den Geräuschen, die er gelegentlich von sich gab, wenn wir an eine besonders verwickelte oder aufregende Stelle kamen, merkte ich, daß er mir zuhörte. Es waren wohl diese Lesestunden, in denen ich mich ihm am stärksten verbunden fühlte, doch erkannte ich bald, daß ich seine schweigende Konzentration nicht mit Wohlwollen verwechseln durfte. Nach dem dritten oder vierten Reisebuch deutete ich beiläufig an, es könnte ihm vielleicht gefallen, sich ein paar Kapitel aus Cyranos Reise zum Mond anzuhören. Dieser Vorschlag entlockte ihm nur ein böses Knurren. «Behalten Sie Ihre Ideen für sich, Junge», sagte er. «Wenn ich Ihre Meinung hören wollte, würde ich danach fragen.»

An der hinteren Wand des Wohnzimmers stand ein Bücherschrank, der vom Boden bis zur Decke reichte. Ich weiß nicht, wie viele Bücher in diesen Regalen waren, aber es dürften mindestens fünf- bis sechshundert, vielleicht auch tausend gewesen sein. Effing schien den Standort jedes einzelnen davon zu kennen, und wenn ein neues Buch an die Reihe kam, sagte er mir genau, wo es zu holen war. «Zweites Regal», sagte er etwa, «das zwölfte oder fünfzehnte von links. Lewis und Clark. Roter Leineneinband.» Er irrte sich nie, und ich mußte ihn einfach bewundern, je mehr die Beweise für die Kraft seiner Erinnerung sich häuften. Einmal fragte ich ihn, ob er mit den mnemotechnischen Systemen von Cicero und Raymond Lull vertraut sei, aber er tat meine Frage mit einer Handbewegung ab. «So was kann man nicht lernen», sagte er. «Ein solches Talent ist angeboren, ein Geschenk der Natur.» Er schwieg einen Augenblick und fuhr dann in verschlagenem, spöttischem Ton fort: «Aber wie können Sie sicher sein, daß ich weiß, wo die Bücher stehen? Denken Sie mal drüber nach. Vielleicht schleiche ich nachts hier herum und ordne sie neu, während Sie schlafen. Oder vielleicht bewege ich die Bücher durch Telepathie, wenn Sie nicht hinsehen. Kann das nicht sein, junger Mann?» Ich faßte das als rhetorische Frage auf und äußerte keinerlei Widerspruch. «Denken Sie immer daran, Fogg», fuhr er fort, «betrachten Sie nie etwas als selbstverständlich. Besonders, wenn Sie es mit einem Menschen wie mir zu tun haben.»

Diese ersten beiden Tage, in denen draußen der kräftige Novemberregen an die Fenster schlug, verbrachten wir ausschließlich im Wohnzimmer. Es war sehr still in Effings Haus, und manchmal, wenn ich beim Lesen Luft holte, war als lautestes Geräusch das Ticken der Uhr auf dem Kaminsims zu hören. Gelegentlich war aus der Küche Mrs. Hume zu vernehmen, und von unten drang der gedämpfte Lärm des Verkehrs zu uns hinauf, das Rauschen der Reifen auf den regennassen Straßen. Es war eigenartig und angenehm zugleich, so im Haus zu sitzen, während die Welt draußen ihren Geschäften nachging, und die Bücher dürften dieses Gefühl der Distanz noch verstärkt haben. Alles darin war weit weg, schattenhaft, voller Wunder: ein irischer Mönch, der im Jahre 500 über den Atlantik segelte und eine Insel entdeckte, die er für das Paradies hielt; das mythische Königreich von Prester John; ein einarmiger amerikanischer Wissenschaftler, der mit den Zuni-Indianern von New Mexico die Friedenspfeife rauchte. Stunden verstrichen, und keiner von uns rührte sich vom Fleck, Effing im Rollstuhl, ich ihm gegenüber auf dem Sofa, und manchmal nahm mich das, was ich da las, so ein, daß ich kaum noch wußte, wo ich war, daß ich das Gefühl hatte, gar nicht mehr in meiner Haut zu stecken.

Das Mittag- und das Abendessen nahmen wir täglich um zwölf und sechs Uhr im Speisezimmer zu uns. Effing hielt sich sehr genau an diese Zeiten, und sobald Mrs. Hume ihren Kopf durch die Tür steckte und verkündete, das Essen sei fertig, wandte er seine Aufmerksamkeit abrupt von dem jeweiligen Buch ab, wobei es keine Rolle spielte, wo in der Geschichte wir uns gerade befanden. Selbst wenn es nur noch eine oder zwei Seiten bis zum Ende waren, ließ Effing mich mitten im Satz abbrechen. «Zeit zum Essen», sagte er dann, «wir machen später damit weiter.» Nicht daß er besonders hungrig gewesen wäre – tatsächlich aß er nur sehr wenig –, sein Bedürfnis nach einem rational und streng geregelten Tagesablauf war einfach zu stark. Ein paarmal schien es ihm aufrichtig leid zu tun, daß wir unsere Lektüre unterbrechen mußten, doch ging das nie so weit, daß er deswegen von seinem Zeitplan abzuweichen bereit war. «Schade», sagte er einmal. «Ausgerechnet jetzt, wo es interessant wird.» Als das zum erstenmal geschah, bot ich ihm an, noch eine Weile weiterzulesen. «Unmöglich», sagte er. «Wir dürfen flüchtigen Vergnügen zuliebe doch nicht den Lauf der Welt stören. Morgen ist dafür auch noch Zeit.»

Effing aß nicht viel, aber das wenige, das er aß, vertilgte er unter irrsinnig lautem Grunzen und Sabbern. Der Anblick dieses Spektakels widerte mich an, aber mir blieb keine Wahl, ich mußte es ertragen. Wann immer Effing spürte, daß ich ihn anstarrte, gab er sogleich eine Salve noch üblerer Widerwärtigkeiten zum besten: Er ließ das Essen aus seinem Mund übers Kinn sickern, rülpste, täuschte Übelkeit und Herzattacken vor, nahm seine falschen Zähne heraus und legte sie auf den Tisch. Besonders gern aß er Suppen, und im Lauf des Winters begannen wir jede Mahlzeit mit einer anderen. Mrs. Hume kochte diese Suppen selbst, köstliche Gemüsesuppen und Kressesuppe und Lauch-und-Kartoffel-Suppe, aber mir graute schon bald vor dem Augenblick, da ich mich an den Tisch setzen und Effing dabei zusehen mußte, wie er sie aufsaugte.

Nicht daß er schlürfte; er saugte sie regelrecht auf, erfüllte die Luft mit all dem Lärm und Getöse eines defekten Staubsaugers. Dieses Geräusch war so zermürbend, so unverwechselbar, daß ich es langsam überall zu hören glaubte, auch wenn wir nicht bei Tisch saßen. Selbst heute noch kann ich es mir, wenn ich die nötige Konzentration aufzubringen imstande bin, in seinen feinsten Variationen ins Gedächtnis rufen: den Schock des Augenblicks, in dem Effings Lippen mit dem Löffel zusammentrafen und die Stille von einem monumentalen Luftholen erschüttert wurde; den schrillen, langgezogenen Radau danach, ein mörderischer Krach, der die Flüssigkeit, während sie in seine Gurgel fuhr, in ein Gebräu aus Kies und Glassplittern zu verwandeln schien; das Schlucken, die kurze Pause, das Klappern des Löffels am Suppenteller, und darauf das schaudernde Keuchen, wenn er ausatmete. Nun schmatzte er mit den Lippen, zog vielleicht auch eine wohlige Grimasse und fing dann wieder von vorn an: Löffel füllen und an den Mund heben (stets mit vorgerecktem Kopf – um den Weg zwischen Teller und Mund zu verkürzen –, dabei aber mit zitternder Hand, so daß ein Teil der Suppe in den Teller zurückplatschte, während der Löffel sich seinen Lippen näherte), und dann kam die nächste Explosion, wenn die ohrenzerreißende Saugpumpe aufs neue eingeschaltet wurde. Gnädigerweise aß er selten einen Teller von dem Zeug zu Ende. Drei oder vier dieser kakophonen Löffel reichten im allgemeinen aus, ihn zu erschöpfen, worauf er den Teller beiseite schob und Mrs. Hume ruhig fragte, was sie für den Hauptgang vorbereitet habe. Ich weiß nicht, wie oft ich dieses Geräusch gehört habe, aber jedenfalls oft genug, um zu wissen, daß es mich nie loslassen wird, daß ich es für den Rest meines Lebens mit mir herumtragen werde.

Mrs. Hume legte während dieser Vorführungen eine bemerkenswerte Geduld an den Tag. Nie ließ sie Beunruhigung oder Abscheu erkennen; sie benahm sich stets, als sei Effings Verhalten Teil der natürlichen Ordnung der Dinge. Wie der Anwohner einer Bahnlinie oder eines Flughafens hatte sie sich an regelmäßig wiederkehrenden Lärm gewöhnt, und wenn Effing mit seinem Schlürfen und Gesabber loslegte, hörte sie einfach auf zu reden und wartete, bis die Störung vorbei war. Der Schnellzug nach Chicago raste durch die Nacht, ließ die Fenster rappeln und erschütterte das Haus in den Grundfesten, und dann war er weg, so schnell, wie er gekommen war. Ab und zu, wenn Effing besonders abscheulich in Form war, sah Mrs. Hume in meine Richtung und blinzelte mir zu, als ob sie sagen wollte: Lassen Sie sich nicht von ihm stören; der Alte ist nicht richtig im Kopf, dagegen können wir nun mal nichts machen. Wenn ich jetzt so darüber nachdenke, erkenne ich, wie wichtig sie für die Aufrechterhaltung einer gewissen Stabilität in diesem Haushalt war. Ein impulsiverer Mensch wäre in Versuchung geraten, auf Effings Exzesse zu reagieren, und das hätte alles noch schlimmer gemacht, denn der Alte wurde fuchsteufelswild, wenn man ihn provozierte. Mrs. Humes Phlegma war zur Abwiegelung aufkeimender Dramen und unerfreulicher Szenen gerade das richtige. Sie hatte, passend zu ihrem kräftigen Körper, ein kräftiges Herz, das ohne erkennbare Wirkung eine ganze Menge einstecken konnte. Anfangs brachte es mich manchmal auf, wenn ich sah, wie sie seine Beschimpfungen hinnahm, doch langsam begriff ich, daß dies die einzige vernünftige Art war, mit seiner Verschrobenheit fertig zu werden. Lächeln, die Achseln zucken, nachgeben. Sie hat mich gelehrt, wie ich mit Effing umzugehen hatte, und ohne ihr Beispiel dürfte ich wohl kaum so lange in dem Job ausgehalten haben.

Zu den Mahlzeiten erschien sie immer mit einem Latz und einem frischen Handtuch. Der Latz wurde Effing vor dem Essen um den Hals gebunden, und mit dem Handtuch wurde ihm notfalls das Gesicht abgewischt. In dieser Hinsicht war es fast, als ob man sich mit einem Kleinkind zum Essen hinsetzte. Mrs. Hume spielte die Rolle der aufmerksamen Mutter sehr sicher. Da sie selbst drei Kinder aufgezogen habe, erzählte sie mir einmal, brauche sie nicht erst groß darüber nachzudenken. Sie hatte aber nicht nur für sein körperliches Befinden zu sorgen, sondern mußte ihn auch verbal unter Kontrolle halten, wobei sie mit der ganzen Geschicklichkeit einer erfahrenen Prostituierten zu Werke ging, die sich um einen schwierigen Kunden kümmert. Kein Wunsch war zu absurd, um ausgeschlagen zu werden, kein Vorschlag konnte sie schockieren, keine Bemerkung war zu ausgefallen, um nicht ernst genommen zu werden. Es verging keine Woche, in der Effing sie nicht mindestens einmal beschuldigte, sie würde etwas gegen ihn im Schilde führen – zum Beispiel sein Essen vergiften (wozu er verächtlich halb zerkaute Karotten und Hackfleischbrocken auf seinen Teller spuckte), oder sie plane, ihn um sein Geld zu bringen. Anstatt auf so etwas beleidigt zu reagieren, erklärte sie ihm ruhig, wir drei würden alle gleich tot umfallen, da wir alle das gleiche äßen. Oder aber, wenn er sich nicht davon abbringen ließ, änderte sie ihre Taktik und gestand die Tat. «Es stimmt», sagte sie dann etwa. «Ich habe sechs Eßlöffel Arsen in den Kartoffelbrei gerührt. In fünfzehn Minuten dürfte die Wirkung einsetzen, und dann habe ich den ganzen Ärger vom Hals. Ich werde eine reiche Frau sein, Mr. Thomas» – sie nannte ihn immer Mr. Thomas –, «und Sie werden endlich im Grab vermodern.» Solche Reden amüsierten Effing jedesmal. «Ha!» platzte er dann heraus. «Haha! Sie sind hinter meinen Millionen her, Sie gierige Hexe. Das habe ich schon immer gewußt. Dann gibt's Pelze und Diamanten, was? Na, die werden Ihnen auch nicht helfen, Dickerchen. Sie werden immer wie ein wabbliges Waschweib aussehen, egal, was für Kleider Sie tragen.» Und dann schaufelte er sich, ohne auf den Widerspruch zu achten, genüßlich noch ein paar Löffel von dem vergifteten Essen in den Mund.

Effing spielte ihr übel mit, aber im Grunde glaube ich, daß Mrs. Hume ihm sehr zugetan war. Anders als die meisten Leute, die für sehr alte Menschen sorgen, behandelte sie ihn nicht wie ein zurückgebliebenes Kind oder ein Stück Holz. Sie gewährte ihm die Freiheit, zu meckern und sich danebenzubenehmen, aber wenn die Situation es erforderte, war sie auch fähig, ziemlich resolut mit ihm umzuspringen. Sie hatte sich eine ganze Reihe von Schimpfnamen für ihn ausgedacht und zögerte keineswegs, sie zu benutzen, wenn er sie provozierte: alter Trottel, Tunichtgut, Meckerfritze, Gauner; ein unerschöpflicher Vorrat. Ich weiß nicht, wo Mrs. Hume diese Wörter hernahm, aber sie flossen ihr scharenweise von der Zunge, wobei es ihr stets gelang, den Schmähungen einen Ton von rauher Zärtlichkeit beizumischen. Sie war seit neun Jahren mit Effing zusammen, und da sie keine Masochistin zu sein schien, muß ihr der Job irgendwo eine gewisse Befriedigung verschafft haben. Aus meinem Blickwinkel waren diese neun Jahre niederschmetternd. Und wenn man dann noch bedachte, daß sie im Monat nur einen freien Tag nahm, wurde das Ganze schier unvorstellbar. Ich hatte wenigstens die Nächte für mich allein, und ab einer bestimmten Zeit konnte ich kommen und gehen, wie ich wollte. Ich hatte Kitty und konnte mich auch damit trösten, daß mein Job bei Effing nicht der Hauptzweck meines Lebens war, daß ich früher oder später mit etwas anderem weitermachen würde. Für Mrs. Hume gab es solche Rückzugsmöglichkeiten nicht. Sie war ständig im Dienst und kam nur aus dem Haus, wenn sie allnachmittäglich für eine oder zwei Stunden einkaufen ging. Das konnte man kaum ein richtiges Leben nennen. Sie hatte ihre *Reader's Digests* und *Redbook*-Magazine, sie las gelegentlich einen Taschenbuchkrimi, sie hatte den kleinen Schwarzweißfernseher in ihrem Zimmer, den sie stets mit sehr leisem Ton einschaltete, nachdem sie Effing zu Bett gebracht hatte. Ihr Mann war vor dreizehn Jahren an Krebs gestorben, und ihre drei erwachsenen Kinder lebten weit weg: eine Tochter in Kalifornien, eine andere in Kansas, der Sohn war bei der Army in Deutschland stationiert. Sie schrieb ihnen Briefe, und ihr größtes Vergnügen waren Fotos von ihren Enkeln, die sie in die Ecken ihres Toilettenspiegels steckte. An den freien Tagen ging sie ihren Bruder Charlie im V. A. Hospital in der Bronx besuchen. Er war im Zweiten Weltkrieg Bomberpilot gewesen, und aus dem wenigen, was sie mir von ihm erzählte, schloß ich, daß er einen Dachschaden hatte. Jeden Monat zog sie treu ergeben zu ihm los, vergaß nie, eine kleine Tüte Pralinen und einen Stapel Sportzeitschriften mitzunehmen, und in der ganzen Zeit, da ich sie kannte, habe ich sie nie über die Last dieser Besuche klagen hören. Mrs. Hume war ein Fels. Wenn ich es recht bedenke, hat niemand mich so viel gelehrt wie sie.

Effing war ein schwieriger Fall, aber es wäre falsch, ihn nur als solchen zu betrachten. Hätte er ausschließlich aus Gehässigkeit und schlechter Laune bestanden, wären seine Stimmungen ja vorhersehbar gewesen, und man hätte leichter mit ihm umgehen können. Man hätte gewußt, was von ihm zu erwarten war; man hätte sich auf ihn eingestellt. Dafür war der Alte jedoch nicht zuverlässig genug. Schwierig war er vor allem deshalb, weil er nicht immer schwierig war; eben dadurch gelang es ihm, einen in ständiger Unsicherheit zu halten. Ganze Tage vergingen, an denen nichts als bittere Sarkasmen aus seinem Mund strömten, doch kaum war ich endlich überzeugt, daß kein bißchen Freundlichkeit oder menschliches Mitgefühl mehr in ihm übrig sei, machte er irgendeine Bemerkung von so überwältigender Anteilnahme, äußerte etwas, das ein so tiefes Verständnis für seine Mitmenschen offenbarte, daß ich mir eingestehen mußte, ihn falsch beurteilt zu haben: er war am Ende doch nicht so schlecht, wie ich gedacht hatte. Nach und nach begann ich an Effing eine andere Seite wahrzunehmen. Ich würde nicht so weit gehen, sie als sentimentale Seite zu bezeichnen, aber manchmal kam es dem doch sehr nahe. Anfangs wollte ich das als Theater abtun, als einen Trick, der mich aus dem Gleichgewicht bringen sollte, aber das hätte ja bedeutet, daß Effing diese milderen Anwandlungen im voraus geplant hätte, während sie sich doch in Wirklichkeit ganz spontan aus irgendwelchen zufälligen Ereignissen oder Gesprächen zu ergeben schienen. Wenn jedoch diese gute Seite Effings echt war, warum zeigte er sie dann nicht öfter? War sie nur eine Verirrung seines wahren Ichs, oder war sie der eigentliche Kern seines Wesens? Ich bin nie zu einem endgültigen Schluß darüber gelangt, außer vielleicht dem, daß es unmöglich sei, eine dieser beiden Möglichkeiten auszuschließen. Effing war beides auf einmal. Er war ein Ungeheuer, zugleich aber hatte er die Anlage zu einem guten Menschen, einem Mann, den ich zuweilen sogar bewundern konnte. Das hinderte mich daran, ihn so gründlich zu hassen, wie ich es gern getan hätte. Da ich ihn nicht auf Grund eines einzelnen bestimmten Gefühls aus meinen Gedanken verbannen konnte, mußte ich am Ende fast unablässig an ihn denken. Ich begann ihn als gequälte Seele zu betrachten, als einen Mann, der von seiner Vergangenheit gepeinigt wurde und mühsam irgendeinen verborgenen Schmerz zu verheimlichen suchte, der ihn von innen heraus verzehrte.

Eine erste flüchtige Ahnung von diesem anderen Effing bekam ich beim Essen am zweiten Abend meines Aufenthalts bei ihm. Mrs. Hume stellte mir Fragen über meine Kindheit, und ich erwähnte, daß meine Mutter in Boston von einem Bus überfahren worden war. Effing, der dem Gespräch bis dahin keinerlei Aufmerksamkeit geschenkt hatte, legte plötzlich seine Gabel hin und wandte sein Gesicht in meine Richtung. Mit einem Tonfall, den ich noch nicht von ihm gehört hatte – voller Zärtlichkeit und Wärme –, sagte er: «Das ist furchtbar, Junge. Wirklich furchtbar.» Nichts wies darauf hin, daß er es nicht ehrlich meinte. «Ja», sagte ich, «die Sache hat mich schwer getroffen. Ich war erst elf, als es geschah, und ich habe meine Mutter lange danach vermißt. Um ganz ehrlich zu sein, ich vermisse sie noch immer.» Mrs. Hume schüttelte den Kopf, als ich das sagte, und ich sah, wie ihre Augen sich mit einem traurigen Glanz überzogen. Nach einer kurzen Pause meinte Effing: «Autos sind eine Seuche. Wenn wir nicht aufpassen, werden sie uns noch alle erwischen. Dasselbe passierte vor zwei Monaten meinem russischen Freund. Eines schönen Morgens ging er aus dem Haus, um eine Zeitung zu kaufen, trat vom Bordstein, um den Broadway zu überqueren, und wurde von einem gottverdammten gelben Ford über den Haufen gefahren. Der Fahrer raste einfach weiter, hielt nicht mal an. Wenn dieser Irre nicht gewesen wäre, säße Pavel heute noch auf dem Stuhl, auf dem jetzt Sie sitzen, Fogg, und würde genau die Bissen essen, die jetzt Sie zu sich nehmen. Statt dessen liegt er in irgendeinem vergessenen Winkel von Brooklyn sechs Fuß unter der Erde.»

«Pavel Shum», ergänzte Mrs. Hume. «Er hat in den dreißiger Jahren in Paris für Mr. Thomas zu arbeiten angefangen.»

«Damals hieß er noch Shumansky, aber als wir neununddreißig nach Amerika kamen, hat er den Namen gekürzt.»

«Das erklärt die ganzen russischen Bücher in meinem Zimmer», sagte ich.

«Die russischen Bücher, die französischen Bücher, die deutschen Bücher», sagte Effing. «Pavel sprach sechs oder sieben Sprachen fließend. Er war ein gebildeter Mann, ein echter Gelehrter. Als ich ihn zweiunddreißig kennenlernte, arbeitete er als Tellerwäscher in einem Restaurant und wohnte in einem Dienstmädchenzimmer unterm Dach, ohne Heizung und fließend Wasser. War einer von den Weißrussen, die während des Bürgerkrieges nach Paris gekommen waren. Verloren alles, was sie hatten. Ich nahm ihn bei mir auf, und er half mir dafür. Das ging so siebenunddreißig Jahre, Fogg, und ich bedaure nur, daß er nicht nach mir gestorben ist. Der Mann war der einzige echte Freund, den ich je gehabt habe.»

Mit einemmal begannen Effings Lippen zu zittern, als wäre er kurz davor, in Tränen auszubrechen. Trotz allem, was vorher vorgefallen war, mußte ich jetzt Mitleid mit ihm empfinden.

Am dritten Tag kam wieder die Sonne heraus. Effing machte seinen gewöhnlichen Vormittagsschlaf, doch um zehn Uhr schob Mrs. Hume ihn aus dem Schlafzimmer, bereit zu unserem ersten Spaziergang: Er war in dicke Wollsachen gehüllt und schwenkte einen Stock in der Rechten. Was man sonst auch von Effing sagen mochte, leidenschaftslos war er nicht. Er freute sich auf den Ausflug durch die Straßen der Umgebung mit dem ganzen Enthusiasmus eines Forschers, der eine Expedition in die Arktis antritt. Zahllose Vorbereitungen waren zu treffen: Temperatur und Windgeschwindigkeit prüfen, im voraus eine Route festlegen, dafür sorgen, daß seine Kleidung dem Wetter entsprach. War es kalt, mummte er sich in eine Unmenge überflüssiger Schutzhüllen: Pullover und Schals, einen riesigen Paletot, der ihm bis auf die Knöchel reichte, eine Decke, Handschuhe und eine russische Pelzmütze mit Ohrenwärmern. An besonders kühlen Tagen (wenn das Thermometer unter den Gefrierpunkt fiel) trug er zusätzlich eine Skimaske. All diese Sachen begruben ihn regelrecht unter ihrem Gewicht, ließen ihn noch mickriger und grotesker erscheinen als gewöhnlich, aber Effing konnte körperliches Unbehagen nicht ertragen, und da es ihm nichts ausmachte, Aufsehen zu erregen, trieb er es mit der Extravaganz seiner Kleidung bis zum Äußersten. Am Tag unseres ersten Spaziergangs war es draußen tatsächlich recht frisch, und als wir uns zum Gehen bereitmachten, fragte er mich, ob ich einen Mantel hätte. Nein, sagte ich, ich hätte nur meine Lederjacke. Die würde nicht reichen, sagte er, die würde ganz und gar nicht reichen. «Ich kann nicht zulassen, daß Sie sich auf halbem Weg den Arsch abfrieren», erklärte er. «Sie brauchen etwas, womit Sie bis zum Ende durchhalten, Fogg.» Mrs. Hume erhielt Anweisung, den Mantel des verstorbenen Pavel Shum zu holen. Es war ein lädierter alter Tweedmantel, der mir ganz gut paßte: bräunlicher Grundton, mit roten und grünen Einsprengseln. Trotz meiner Einwände bestand Effing darauf, daß ich ihn behalten sollte, und ich konnte kaum etwas dagegen sagen, ohne einen Streit zu provozieren. So erbte ich den Mantel meines Vorgängers. Ich fand es unheimlich, damit herumzulaufen; immerhin hatte er einem Mann gehört, der jetzt tot war, aber ich trug ihn dann doch bei all unseren Ausflügen bis zum Ende des Winters. Um meine Schuldgefühle zu beschwichtigen, versuchte ich ihn mir als eine Uniform vorzustellen, die zu dem Job dazugehörte, aber das half auch nicht viel. Wann immer ich ihn anzog, hatte ich das unvermeidliche Gefühl, in den Körper eines Toten zu schlüpfen, mich in den Geist von Pavel Shum zu verwandeln.

Die Handhabung des Rollstuhls hatte ich bald heraus. Am ersten Tag holperte es noch ein bißchen, doch nachdem ich einmal gelernt hatte, den Stuhl beim Überwinden von Bordsteinkanten im richtigen Winkel zu kippen, ging die Sache ziemlich glatt. Effing war außerordentlich leicht, und es strengte meine Arme kaum an, ihn herumzuschieben. Dafür bereiteten unsere Ausflüge mir andere Schwierigkeiten. Sobald wir nach draußen kamen, begann Effing stets mit seinem Stock in der Luft herumzufuchteln und fragte mich mit lauter Stimme, worauf er damit zeigte. Sagte ich es ihm, bestand er sogleich darauf, daß ich es ihm beschreiben sollte. Mülltonnen, Schaufenster, Haustüren: er verlangte von alldem präzise Schilderungen, und wenn ich ihm nicht schnell genug die richtigen Worte fand, explodierte er vor Zorn. «Verdammt noch mal, Junge», sagte er, «Sie haben doch Augen im Kopf! Ich kann kein bißchen sehen, und Sie labern da irgendwelchen Schwachsinn von wegen ‹gewöhnlicher Laternenpfahl› und ‹ganz ordinärer Kanaldeckel›! Kein Ding gleicht dem anderen, Sie Idiot, jeder Bauerntölpel weiß das. Ich will sehen, was Sie sehen, gottverdammich, ich verlange, daß Sie mir die Dinge vor Augen führen!» Es war demütigend, mitten auf der Straße so beschimpft zu werden; und da stand ich dann, während der Alte über mich herzog, und mußte es hinnehmen, daß die Leute sich nach dem Spektakel umdrehten. Ein paarmal geriet ich in Versuchung, einfach wegzugehen und ihn da stehenzulassen, aber Effing hatte im Grunde ja nicht ganz unrecht. Ich leistete wirklich keine sonderlich gute Arbeit. Mir wurde klar, daß ich es mir nie angewöhnt hatte, die Dinge genau zu betrachten, und als ich jetzt danach gefragt wurde, war das Ergebnis erschreckend unzureichend. Bis dahin hatte ich immer dazu geneigt zu verallgemeinern, eher die Ähnlichkeiten zwischen den Dingen zu sehen als ihre Unterschiede. Jetzt stürzte ich kopfüber in eine Welt von Einzelheiten, und die Bemühung, sie in Worten heraufzubeschwören und unmittelbare Sinneseindrücke lebendig werden zu lassen, stellte eine Herausforderung dar, auf die ich schlecht vorbereitet war. Um zu bekommen, was er wollte, hätte Effing sich von Flaubert durch die Straßen schieben lassen müssen – doch selbst Flaubert arbeitete langsam, mühte sich manchmal stundenlang ab, um einen einzigen Satz richtig hinzubekommen. Ich dagegen mußte die Dinge nicht nur exakt, sondern auch noch innerhalb von Sekunden beschreiben.

Mehr als alles andere waren mir die unvermeidlichen Vergleiche mit Pavel Shum zuwider. Einmal regte mich das ganz besonders auf; da redete Effing minutenlang von seinem verstorbenen Freund, schilderte ihn als Meister des poetischen Ausdrucks, als unvergleichlichen Erfinder treffender und atemberaubender Bilder, als Stilisten, dessen Worte wie durch ein Wunder die fühlbare Wahrheit der Dinge enthüllten. «Und man bedenke», sagte Effing, «daß Englisch nicht mal seine Muttersprache war.» Das war das einzige Mal, daß ich ihm zu diesem Thema Kontra gab, aber ich fühlte mich von seiner Bemerkung so verletzt, daß ich nicht an mich halten konnte. «Wenn Sie eine andere Sprache hören wollen», sagte ich, «werde ich Ihnen gern den Gefallen tun. Wie wär's mit Latein? Ich werde von jetzt an Lateinisch mit Ihnen reden, wenn Sie wollen. Oder noch besser, ich spreche Jägerlatein. Damit dürften Sie ja keinerlei Schwierigkeiten haben.» Das war ziemlich dumm, und Effing wies mich auch gleich zurecht. «Halten Sie den Mund, Junge, reden Sie», sagte er. «Erzählen Sie mir, wie die Wolken aussehen. Beschreiben Sie mir jede Wolke am westlichen Himmel, jede einzelne, so weit Ihr Auge reicht.»

Um Effings Wünschen nachzukommen, mußte ich erst lernen, mich von ihm loszumachen. Es kam alles darauf an, daß ich seine Anweisungen nicht als Last empfand, sondern sie in etwas verwandelte, das ich für mich selbst tun wollte. Schließlich war an dieser Tätigkeit im Grunde nichts Verkehrtes. Richtig betrachtet, war der Versuch, Dinge exakt zu beschreiben, genau die Art von Übung, die mich das lehren konnte, was ich vor allem lernen wollte: Bescheidenheit, Geduld, Disziplin. Anstatt also lediglich meine Pflicht zu erfüllen, begann ich meine Aufgabe als geistige Übung zu betrachten, als einen Lernprozeß, der mich lehren sollte, die Welt so zu sehen, als entdeckte ich sie gerade zum erstenmal. Was sieht man? Und wenn man etwas sieht, wie faßt man es in Worte? Die Welt tritt durch unsere Augen in uns ein, aber verstehen können wir sie erst, wenn sie uns durch den Mund geht. Langsam wurde ich mir bewußt, was für eine Entfernung dazwischenlag; ich begriff, wie weit etwas reisen muß, um vom einen Ort zum anderen zu gelangen. In Wirklichkeit waren es nur ein paar Zentimeter, aber in Anbetracht der zahlreichen Unfälle und Verluste, die unterwegs eintreten konnten, hätte es ebensogut eine Reise von der Erde zum Mond sein können. Meine ersten Versuche mit Effing waren kläglich ungenau, bloße Schatten, die über einen verschwommenen Hintergrund huschten. Ich kannte all diese Dinge doch, sagte ich mir, wie konnte es da irgendwelche Probleme geben, sie zu beschreiben? Ein Hydrant, ein Taxi, ein Dampfstrahl, der aus dem Bürgersteig strömte – all das war mir zutiefst vertraut, ich glaubte es in- und auswendig zu kennen. Aber damit ließ ich die Veränderlichkeit dieser Dinge außer Betracht, die Art und Weise, wie sie sich je nach Stärke und Einfallswinkel des Lichts veränderten, wie ihr Anblick sich wandeln konnte durch das, was um sie herum geschah: einen vorbeigehenden Passanten, einen plötzlichen Windstoß, eine seltsame Reflexion. Alles war ständig in Fluß, und wenn sich auch zwei Backsteine in einer Mauer sehr ähnlich sehen mochten, so konnten sie doch nie als identisch aufgefaßt werden. Noch genauer gesagt: derselbe Backstein war eigentlich nie derselbe. Er verschliß, zerfiel unmerklich unter den Einwirkungen von Atmosphäre, Kälte und Hitze, von Stürmen, die ihn attackierten, und am Ende, wenn man ihn über die Jahrhunderte betrachten könnte, wäre er einmal nicht mehr da. Alle leblosen Dinge lösten sich auf, alle lebenden Dinge starben. Mir begann jedesmal der Kopf zu schwirren, wenn ich daran dachte und mir die hektisch-wilden Bewegungen der Moleküle vorstellte, das unablässige Explodieren der Materie, die Kollisionen, das Chaos, das unter der Oberfläche aller Dinge brodelte. Wie Effing mich bei unserer ersten Begegnung gewarnt hatte: man soll nichts für selbstverständlich nehmen. Früher war ich gleichgültig und unachtsam gewesen, jetzt durchlief ich eine Phase äußerster Wachsamkeit. Meine Beschreibungen wurden übermäßig exakt, ich mühte mich verzweifelt, jede denkbare Nuance dessen zu erfassen, was ich sah; in dem verrückten Wahn, nichts auslassen zu wollen, häufte ich Unmengen von Details an. Die Worte schossen mir aus dem Mund wie Maschinengewehrkugeln, wie das Stakkato einer Schnellfeuerattacke. Ständig mußte Effing mich mahnen, langsamer zu sprechen, beklagte sich, daß er mir nicht folgen könne. Das lag nicht so sehr an meinem Vortragsstil als vielmehr daran, wie ich überhaupt an die Sache heranging. Ich häufte viel zu viele Wörter übereinander und warf so kein Licht auf den betreffenden Gegenstand, sondern verdunkelte ihn, begrub ihn unter einer Lawine von Spitzfindigkeiten und geometrischen Abstraktionen. Ich hatte vor allem daran zu denken, daß Effing blind war. Meine Aufgabe bestand nicht darin, ihn mit langwierigen Katalogisierungen zu ermüden, sondern ihm zu helfen, die Dinge vor seinem inneren Auge zu sehen. Da spielten die Worte letztlich gar keine Rolle. Sie sollten ihn nur befähigen, die Gegenstände so rasch wie möglich wahrzunehmen, und zu diesem Zweck mußte ich sie im gleichen Augenblick, in dem sie ausgesprochen wurden, schon wieder vergessen machen. Ich brauchte Wochen harter Arbeit, um meine Sätze zu vereinfachen und das Wesentliche vom Unwesentlichen trennen zu lernen. Ich fand heraus, daß die Ergebnisse um so glücklicher ausfielen, je mehr Luft ich um einen Gegenstand ließ, denn dies gestattete Effing, die entscheidende Arbeit selbst zu leisten: sich auf der Grundlage einiger Hinweise ein Bild zu machen, seinen Geist auf etwas zugehen zu fühlen, das ich ihm beschrieb. Entsetzt über meine anfänglichen Darbietungen, begann ich zu üben, wann immer ich allein war, zum Beispiel ging ich nachts im Bett die Gegenstände in meinem Zimmer durch und versuchte meine Technik daran zu verbessern. Je härter ich arbeitete, desto ernster nahm ich meinen Job. Ich sah darin nicht mehr eine ästhetische, sondern eine moralische Aufgabe, und allmählich ärgerte ich mich nicht mehr über Effings Kritik, sondern fragte mich, ob seine Ungeduld und Unzufriedenheit nicht am Ende einem höheren Zweck dienen könnten. Ich war ein Mönch, der nach Erleuchtung strebte, und Effing war mein härenes Hemd, die Peitsche, mit der ich mich züchtigte. Ich glaube, es stand außer Frage, daß ich mich verbesserte, aber das bedeutet nicht, daß ich jemals gänzlich mit meinen Bemühungen zufrieden war. Dafür stellten die Worte zu hohe Ansprüche; man versagt zu häufig, als daß man über einen gelegentlichen Erfolg frohlocken könnte. Im Lauf der Zeit wurde Effing meinen Beschreibungen gegenüber nachsichtiger, aber ob das bedeutete, daß sie seinen Vorstellungen näher kamen, kann ich nicht sagen. Vielleicht hatte er die Hoffnung aufgegeben, vielleicht begann er das Interesse zu verlieren. Ich konnte das nur schwer feststellen. Womöglich lief es einfach darauf hinaus, daß er sich an mich gewöhnte.

Während des Winters beschränkten wir unsere Spaziergänge meist auf die unmittelbare Nachbarschaft. West End Avenue, Broadway, die Querstraßen in den Siebzigern und Achtzigern. Viele Leute, denen wir begegneten, erkannten Effing, und ganz wider mein Erwarten schienen sie sich zu freuen, ihn zu sehen. Manche blieben sogar stehen, um guten Tag zu sagen. Gemüsehändler, Zeitungsverkäufer, alte Leute, die allein spazierengingen. Effing konnte sie alle an ihren Stimmen unterscheiden, und er sprach höflich, wenn auch etwas distanziert mit ihnen: ein Adliger, der von seinem Schloß herabgestiegen war, um sich unter die Dorfbevölkerung zu mischen. Er schien ihnen Respekt abzunötigen, und in den ersten Wochen wurde viel von Pavel Shum gesprochen, den sie offenbar alle gekannt und gemocht hatten. Die Geschichte seines Todes war im ganzen Viertel bekannt (einige hatten den Unfall sogar mit eigenen Augen gesehen), und Effing nahm manchen ernsten Händedruck und viele Beileidsbezeigungen entgegen und ließ die ihm gewidmete Aufmerksamkeit ruhig über sich ergehen. Es war bemerkenswert, wie elegant er sich zu benehmen wußte, wenn er wollte, wie genau er sich mit den gesellschaftlichen Konventionen auszukennen schien. «Das ist mein neuer Mann», pflegte er zu sagen, indem er in meine Richtung winkte. «Mr. M. S. Fogg, ein junger Absolvent der Columbia University.» Alles ganz anständig und korrekt, als wäre ich irgendein vornehmer Mensch, der sich von zahlreichen anderen Verpflichtungen losgerissen hatte, um ihn mit meiner Gegenwart zu beglücken. Ebenso verwandelt gab er sich in der Konditorei in der 72nd Street, wo wir manchmal eine Tasse Tee tranken, bevor wir den Heimweg antraten. Kein Schlabbern und Schlürfen, kein Geräusch kam von seinen Lippen. Unter den Augen von Fremden war Effing ein vollkommener Gentleman, ein wahres Musterbild des Anstands.

Beim Gehen konnten wir nicht viel miteinander reden. Wir sahen beide in dieselbe Richtung, und da mein Kopf so hoch über seinem war, gingen Effings Worte meist schon unter, ehe sie meine Ohren erreicht hatten. Um zu hören, was er zu mir sagte, mußte ich mich vorbeugen, und da er es nicht mochte, wenn wir stehenblieben oder langsamer wurden, hielt er sich mit seinen Bemerkungen zurück, bis wir an eine Kreuzung kamen und warten mußten, um die Straße zu überqueren. Wenn Effing mich nicht um Beschreibungen bat, ging er selten über kurze Erklärungen und Fragen hinaus: Welche Straße ist das? Wieviel Uhr ist es? Mir wird kalt. An manchen Tagen ließ er von Anfang bis Ende kaum ein Wort verlauten, gab sich, das Gesicht der Sonne zugewandt, nur der Bewegung des Rollstuhls über den Bürgersteig hin und seufzte leise, ganz versunken in das körperliche Wohlbehagen. Effing liebte es, die Luft an seiner Haut zu spüren, sich in dem unsichtbaren Licht zu aalen, das auf ihn herabströmte, und an Tagen, an denen es mir gelang, ihn gleichmäßig voranzuschieben und meine Schritte auf das Rollen der Räder abzustimmen, spürte ich, wie er allmählich in diesem Rhythmus aufging und sich wie ein Kleinkind im Kinderwagen zurücklehnte.

Ende März, Anfang April begannen wir unsere Spaziergänge auszudehnen; wir ließen den Broadway hinter uns und unternahmen Streifzüge in andere Bezirke. Obwohl es jetzt wärmer war, hüllte Effing sich noch immer in dicke Sachen, und selbst an den mildesten Tagen lehnte er es ab, sich ohne seinen Mantel und eine karierte Decke um die Beine ins Freie zu wagen. Diese Kälteempfindlichkeit war so ausgeprägt, daß man glauben konnte, er habe Angst, sein tiefstes Inneres könnte Schaden erleiden, wenn er nicht drastische Maßnahmen ergriffe, es zu schützen. Solange ihm jedoch warm war, setzte er sich gern der frischen Luft aus, und nichts konnte seine Laune so heben wie eine schöne steife Brise. Wenn der Wind ihn anwehte, brach er unvermeidlich in Gelächter und Flüche aus, drohte den Elementen mit seinem Stock und machte überhaupt ein großes Theater. Selbst im Winter hielt er sich am liebsten im Riverside Park auf; dort konnte er stundenlang sitzen und schweigen, ohne jedoch, wie ich eigentlich erwartet hätte, einzunicken. Er lauschte einfach, versuchte mitzubekommen, was um ihn herum vorging: das Rascheln der Vögel und Eichhörnchen in Laub und Zweigen, den durch die Äste knatternden Wind, das Rauschen des Verkehrs auf dem Highway unter uns. Ich nahm dann auf diese Ausflüge in den Park immer einen Naturführer mit, damit ich die Namen von Sträuchern und Pflanzen nachschlagen konnte, wenn er mich danach fragte. Auf diese Weise lernte ich Dutzende von Pflanzen unterscheiden, untersuchte Blätter und Knospen mit einem Interesse und einer Neugier, wie ich sie für dergleichen nie zuvor empfunden hatte. Einmal, als Effing in besonders empfänglicher Stimmung war, fragte ich ihn, warum er nicht auf dem Land lebte. Da kannte ich ihn noch nicht gut, es war Ende November, Anfang Dezember, glaube ich, und ich hatte noch keine Angst, ihm Fragen zu stellen. Da ihm der Park doch soviel Vergnügen zu bereiten scheine, sagte ich, sei es schade, daß er nicht ständig von der Natur umgeben sein könne. Er wartete lange, bevor er mir antwortete, so lange, daß ich schon dachte, er habe meine Frage gar nicht gehört. «Das kenne ich bereits», sagte er schließlich. «Das kenne ich, und jetzt ist es alles in meinem Kopf. Ich habe ganz allein mitten im Nirgendwo gelebt, monatelang, viele Monate lang... ein ganzes Leben lang. Wenn man das einmal hat, Junge, vergißt man es nie. Ich brauche nirgendwo mehr hinzugehen. Sobald ich anfange, daran zu denken, bin ich wieder da. Ich bringe noch heute die meiste Zeit dort zu – weit draußen, mitten im Nirgendwo.»

Mitte Dezember verlor Effing plötzlich das Interesse an Reisebüchern. Wir hatten bis dahin ein knappes Dutzend davon gelesen und kämpften uns gerade durch Frederick S. Dellenbaughs *Canyon-Durchquerung* (ein Bericht über Powells zweite Colorado-Expedition), als er mich mitten in einem Satz unterbrach und erklärte: «Ich denke, das reicht, Mr. Fogg. Es wird ziemlich langweilig, und wir haben keine Zeit zu verschwenden. Es gibt noch anderes zu tun, Geschäfte sind zu erledigen.»

Ich hatte keine Ahnung, von was für Geschäften er sprach, aber ich stellte das Buch gern ins Regal zurück und wartete auf seine Anweisungen. Die erwiesen sich als ziemlich enttäuschend. «Gehen Sie runter an die Ecke», sagte er, «und kaufen Sie die *New York Times*. Mrs. Hume wird Ihnen das Geld geben.»

«Ist das alles?»

«Das ist alles. Und beeilen Sie sich. Mit der Trödelei ist jetzt Schluß.»

Bis dahin hatte Effing nicht das geringste Interesse an irgendwelchen aktuellen Nachrichten gezeigt. Mrs. Hume und ich unterhielten uns manchmal beim Essen über diese oder jene Neuigkeit, aber der Alte beteiligte sich nie daran, nicht einmal mit dem kleinsten Kommentar. Jetzt aber wollte er gar nichts anderes mehr hören, und in den nächsten zwei Wochen war ich jeden Vormittag damit beschäftigt, ihm Artikel aus der *New York Times* vorzulesen. Hauptsächlich Berichte vom Vietnamkrieg, aber auch anderes interessierte ihn: Kongreßdebatten, Großbrände in Brooklyn, Messerstechereien in der Bronx, Börsenkurse, Buchbesprechungen, Basketballergebnisse, Erdbeben. Nichts davon schien dem dringenden Tonfall gerecht zu werden, mit dem er mich beim erstenmal nach der Zeitung geschickt hatte. Effing war eindeutig auf etwas Bestimmtes aus, aber ich konnte mir einfach nicht vorstellen, was es war. Er näherte sich seinem Ziel auf Umwegen, schlich um seine Absichten herum wie die Katze um die Maus. Zweifellos versuchte er mich zu verwirren, gleichzeitig aber war seine Strategie so durchsichtig, daß man glauben konnte, er wolle mich auf diese Weise warnen, auf der Hut zu sein.

Zum Abschluß unserer vormittäglichen Nachrichtenstunden gab es jedesmal eine gründliche Durchsicht der Seiten mit den Nachrufen. Diese schienen Effing stärker zu fesseln als die anderen Artikel, und manchmal erstaunte mich die Konzentration, mit der er der farblosen Prosa dieser Berichte lauschte. Industriemagnaten, Politiker, Werbeleute, Erfinder, Stummfilmstars: sie alle beschäftigten seine Neugier gleichermaßen. Die Tage vergingen, und ganz allmählich nahmen die Nachrufe immer mehr Raum in unseren Sitzungen ein. Manche davon ließ er mich zwei- oder dreimal lesen, und an Tagen, an denen nur wenige

Todesfälle zu melden waren, mußte ich ihm die bezahlten Anzeigen vorlesen, die unten auf der Seite in edler Type abgedruckt waren. George Soundso, neunundsechzig, geliebter Ehemann und Vater, betrauert von seinen Anverwandten und Freunden, wird am heutigen Nachmittag um ein Uhr auf dem Friedhof Unserer Schmerzensreichen Muttergottes zur ewigen Ruhe gebettet. Effing schien dieser öden Litaneien nie müde zu werden. Nachdem er sie fast zwei Wochen lang immer bis zum Ende aufgespart hatte, gab er das Versteckspiel schließlich auf und bat mich, gleich als erstes die Seite mit den Nachrufen aufzuschlagen. Ich äußerte mich nicht zu dieser Umkehrung der Reihenfolge, doch als wir die Todesnachrichten studiert hatten und er danach weiter nichts hören wollte, wurde mir klar, daß wir endlich einen Wendepunkt erreicht hatten.

«Wir wissen jetzt, wie sich so was anhört, oder, Junge?» sagte er.

«Das will ich meinen», antwortete ich. «Wir haben bestimmt genügend davon gelesen, um uns über die grobe Richtung im klaren zu sein.»

«Ich gebe zu, es ist deprimierend. Aber ich glaubte, ein wenig Recherche könnte vor Beginn der Arbeit an unserem Projekt nicht schaden.»

«Unserem Projekt?»

«Meine Zeit ist abgelaufen. Das sieht doch jeder Idiot.»

«Ich erwarte nicht, daß Sie ewig leben, Sir. Aber Sie haben bereits so viele Leute überlebt, und es besteht kein Grund zu der Annahme, daß Sie das nicht noch eine ganze Weile fortsetzen könnten.»

«Schon möglich. Aber wenn ich mich irre, wäre es das erste Mal in meinem Leben, daß ich nicht recht behalte.»

«Sie sagen also, Sie wissen es.»

«Richtig, ich weiß es. Hundert kleine Zeichen haben es mir verraten. Meine Zeit läuft ab, und wir müssen damit anfangen, bevor es zu spät ist.»

«Ich verstehe noch immer nicht.»

«Mein Nachruf. Wir müssen jetzt anfangen, ihn zusammenzustellen.»

«Ich habe noch nie gehört, daß jemand seinen eigenen Nachruf geschrieben hat. Das sollen andere Leute für Sie tun – wenn Sie gestorben sind.»

«Ja, wenn sie die Tatsachen kennen. Aber was ist, wenn zufällig keine vorliegen?»

«Ich verstehe, worauf Sie hinauswollen. Sie wollen ein paar notwendige Informationen zusammenstellen.»

«Ganz recht.»

«Aber wie kommen Sie darauf, daß jemand das drucken will?»

«Man hat es vor zweiundfünfzig Jahren gedruckt. Ich wüßte nicht, warum man sich nicht darauf stürzen sollte, es noch einmal zu tun.»

«Ich kann Ihnen nicht folgen.»

«Ich war tot. Oder druckt man vielleicht Nachrufe auf Lebende? Ich war tot, jedenfalls hielt man mich für tot.»

«Und Sie haben sich nicht dazu geäußert?»

«Ich wollte nicht. Es gefiel mir, tot zu sein, und nachdem die Zeitungen von meinem Tod berichtet hatten, war es mir möglich, tot zu bleiben.»

«Dann müssen Sie ein bedeutender Mann gewesen sein.»

«Ein sehr bedeutender.»

«Wieso habe ich dann noch nie von Ihnen gehört?»

«Ich hatte einen anderen Namen. Den habe ich nach meinem Tod abgelegt.»

«Und wie war der?»

«Weibisch. Julian Barber. Habe ich nie ausstehen können.»

«Von einem Julian Barber habe ich auch noch nie etwas gehört.»

«Das ist auch zu lange her, als daß sich noch jemand

daran erinnern würde. Ich rede von der Zeit vor fünfzig Jahren, Fogg. Neunzehnhundertsechzehn, neunzehnhundertsiebzehn. Ich geriet in Vergessenheit, wie man so sagt, und bin nicht wiederaufgetaucht.»

«Was haben Sie gemacht, als Sie noch Julian Barber hießen?»

«Ich war Maler. Ein großer amerikanischer Maler. Hätte ich damit weitergemacht, wäre ich wahrscheinlich als der bedeutendste Künstler meiner Zeit angesehen worden.»

«Das nenne ich bescheiden.»

«Ich setze Sie nur von den Tatsachen in Kenntnis. Meine Karriere war zu kurz, und ich habe nicht genug Bilder gemalt.»

«Wo sind die Bilder jetzt?»

«Ich habe nicht die leiseste Ahnung. Alle weg, nehme ich an, haben sich in Luft aufgelöst. Interessiert mich jetzt auch nicht.»

«Warum möchten Sie dann Ihren Nachruf schreiben?»

«Weil ich bald sterben werde, und dann wird es gleichgültig sein, ob ich das Geheimnis für mich behalte oder nicht. Beim erstenmal hat man die Sache verpfuscht. Vielleicht gelingt es ja, wenn es wirklich darauf ankommt.»

«Ich verstehe», sagte ich, obwohl ich kein einziges Wort verstand.

«Meine Beine spielen dabei natürlich eine wichtige Rolle», fuhr er fort. «Sie haben sich doch zweifellos gefragt, was damit los ist. Das tut jeder, ist ja ganz natürlich. Meine Beine. Meine geschrumpelten, nutzlosen Beine. Ich bin nicht als Krüppel auf die Welt gekommen, müssen Sie wissen, das können wir gleich zu Anfang mal klarstellen. Ich war ein munterer Bursche in meiner Jugend, voller Elan und Übermut, bin genauso herumgetobt wie alle anderen. Und zwar auf Long Island, in dem großen Haus, wo wir die Sommer verbrachten. Jetzt gibt es da draußen nur noch

Reihenhäuser und Parkplätze, aber damals war es ein Paradies, nichts als Wiesen und Küste, ein kleiner Himmel auf Erden. Als ich 1920 nach Paris ging, bestand keine Notwendigkeit, irgend jemanden über die Tatsachen aufzuklären. Es war sowieso egal, was die Leute glaubten. Wen kümmerte es, was wirklich geschehen war, solange ich nur überzeugend wirkte? Ich erfand verschiedene Geschichten, eine besser als die andere. Je nach den Umständen und meiner Stimmung zog ich sie in die Länge, veränderte sie jedesmal ein bißchen, schmückte hier einen Vorfall aus, feilte da eine Einzelheit zurecht, spielte jahrelang damit herum, bis ich die endgültigen Fassungen hatte. Am besten gelungen waren vermutlich die Kriegsgeschichten, die lagen mir besonders. Ich spreche vom Ersten Weltkrieg, dem Großen Krieg, der den Dingen das Herz herausgerissen hat, dem Krieg, der alle Kriege beenden sollte. Sie hätten mich mal von den Gräben und dem Schlamm schwadronieren hören sollen. Wie beredt ich war, wie inspiriert. Ich konnte von der Angst reden wie kein zweiter, vom Dröhnen der Kanonen in der Nacht, von den dämlichen Landsern, die sich in ihre Wickelgamaschen schissen. Schrapnell, erzählte ich, über sechshundert Splitter in meinen Beinen – so war das damals. Die Franzosen haben das gefressen, die konnten gar nicht genug kriegen. Ich hatte auch eine Geschichte vom Lafayette-Geschwader. Der anschauliche, haarsträubende Bericht, wie ich von den Boches abgeschossen wurde. Das war ein Ding, glauben Sie mir, die wollten immer noch mehr davon hören. Schwierig war es allerdings, im Kopf zu behalten, welche Geschichte ich wem und wann aufgetischt hatte. Jahrelang kam ich gut damit zurecht, erzählte niemandem beim zweitenmal eine andere Version. Das gab dem Ganzen eine gewisse Spannung, dieses stete Bewußtsein, jederzeit ertappt werden zu können, aus heiterem Himmel von irgendwem als Lügner bezeichnet zu werden. Wenn man schon lügt, sollte man sich selbst dabei auch in Gefahr bringen.»

«Und Sie haben in all diesen Jahren niemandem die wahre Geschichte erzählt?»

«Keiner Menschenseele.»

«Nicht einmal Pavel Shum?»

«Pavel Shum am allerwenigsten. Der Mann war die Diskretion persönlich. Er hat mich nie gefragt, und ich habe ihm nie etwas gesagt.»

«Und jetzt sind Sie bereit dazu?»

«Gemach, Junge, alles zu seiner Zeit. Sie müssen geduldig sein.»

«Aber wieso wollen Sie es mir erzählen? Wir kennen uns doch erst seit ein paar Monaten.»

«Weil mir nichts anderes übrig bleibt. Mein russischer Freund ist tot, und Mrs. Hume eignet sich für dergleichen nicht. Wer bleibt sonst noch, Fogg? Ob es Ihnen gefällt oder nicht, Sie sind der einzige Zuhörer, den ich habe.»

Ich erwartete, daß er gleich am nächsten Vormittag darauf zurückkommen, den Faden wiederaufnehmen und da weitermachen würde, wo wir aufgehört hatten. Das wäre nach den Ereignissen des Vortags nur logisch gewesen, doch war es recht einfältig von mir, von Effing etwas Logisches zu erwarten. Anstatt sich auch nur mit einem Wort zu unserem gestrigen Gespräch zu äußern, begann er sofort mit einer verwickelten und verwirrenden Erzählung von einem ehemaligen Bekannten, wie es schien, sprang wirr von einem Punkt zum andern und überschüttete mich mit einem Wirbel von Erinnerungsfetzen, aus denen ich nicht schlau werden konnte. Ich mühte mich nach Kräften, ihm zu folgen, aber es war, als sei er bereits vor mir losgegangen, und als ich mich selber auf den Weg machte, war es zu spät, ihn noch einzuholen.

«Ein Zwerg», sagte er. «Das arme Schwein sah aus wie

ein Zwerg. Achtzig, neunzig Pfund, wenn es hoch kam, und dazu dieser versunkene, entrückte Ausdruck in seinen Augen, den Augen eines Irren, ekstatisch und jämmerlich auf einmal. Das war kurz bevor man ihn einsperrte, da habe ich ihn zum letztenmal gesehen. New Jersey. Eine Reise zum Arsch der Welt. Orange, East Orange, scheißegal, wie der Ort hieß. Edison war auch da in dieser Gegend. Kannte Ralph aber nicht, hatte wahrscheinlich nie von ihm gehört. Ahnungsloses Arschloch. Scheiß auf Edison. Scheiß auf Edison und seine gottverdammte Glühbirne. Ralph erzählt mir, ihm ginge das Geld aus. Was hat er denn erwartet, mit acht Bälgern im Haus und einer solchen Frau dazu? Ich tat mein Bestes. Ich war reich damals, Geld war kein Problem. Hier, sage ich und greife in meine Tasche, nimm das, mir macht's nichts aus. Ich weiß nicht mehr, wieviel es war. Hundert Dollar, zweihundert Dollar. Ralph brach vor Dankbarkeit in Tränen aus, einfach so, stand da vor mir und heulte wie ein kleines Kind. Es war erbärmlich. Könnte kotzen, wenn ich heute daran denke. Einer der größten Männer, die wir je gehabt haben, und da stand er, völlig aufgelöst, kurz davor, den Verstand zu verlieren. Er erzählte mir oft von seinen Reisen in den Westen, wo er wochenlang die Wildnis durchstreifte, ohne eine Menschenseele zu sehen. Drei Jahre war er da draußen. Wyoming, Utah, Nevada, Kalifornien. War damals noch eine wüste Gegend. Gab weder Glühbirnen noch Kinos, verlassen Sie sich drauf, und auch keine verfluchten Autos, die einen überfahren konnten. Er mochte die Indianer, erzählte er mir. Die waren gut zu ihm und ließen ihn in ihren Dörfern wohnen, wenn er da durchkam. Und dann drehte er schließlich durch. Er zog ein Indianerkostüm an, das ihm irgendein Häuptling zwanzig Jahre zuvor geschenkt hatte, und trieb sich in diesem Aufzug auf den Straßen von New Jersey herum. Federn auf dem Kopf, Perlen, Schärpen, langes Haar, einen Dolch im Gürtel, die komplette Ausrüstung. Das arme kleine Schwein. Zu allem Überfluß versteifte er sich auch noch darauf, sich sein Geld selbst zu machen. Handgemalte Tausend-Dollar-Scheine, mit seinem eigenen Bild darauf – genau in der Mitte, wie das Porträt eines Gründervaters. Eines Tages geht er in die Bank, gibt dem Kassierer einen dieser Scheine und will ihn sich wechseln lassen. Kein Mensch findet das sonderlich lustig, besonders als er auch noch anfängt, Stunk zu machen. Man kann sich nicht am allmächtigen Dollar vergreifen und erwarten, damit durchzukommen. Also schleifen sie ihn in seinem schmierigen Indianerkostüm da raus, er tritt um sich und schreit wie am Spieß. Wenig später faßte man dann den Beschluß, ihn für immer einzubunkern. Irgendwo im Bundesstaat New York, glaube ich. Lebte bis zum Ende in der Klapsmühle, malte aber weiter, falls Sie das glauben können, der Mistkerl konnte einfach nicht damit aufhören. Er bemalte alles, was er kriegen konnte. Papier, Pappe, Zigarrenkisten, sogar Fensterrollos. Und der Witz dabei war, daß seine alten Werke sich jetzt verkauften. Erzielten ernorme Preise, o ja, unerhörte Summen für Bilder, die noch ein paar Jahre zuvor kein Mensch ansehen wollte. Irgendein gottverdammter Senator aus Montana blätterte für *Moonlight* vierzehntausend Dollar hin – der höchste Preis, der je für das Werk eines lebenden amerikanischen Künstlers bezahlt wurde. Ralph und seine Familie hatten natürlich nichts davon. Seine Frau lebte von fünfzig Dollar im Jahr in einer Hütte bei Catskill – übrigens die Gegend, die Thomas Cole so oft gemalt hat –, und sie konnte sich nicht mal das Fahrgeld leisten, um ihren Mann im Irrenhaus zu besuchen. Er war ein hitziger kleiner Wicht, das muß ich zugeben, immer in Aufregung, hämmerte, während er seine Bilder malte, gleichzeitig auf dem Klavier herum. Einmal habe ich das beobachtet, wie er zwischen Klavier und Staffelei hin und her rannte, das werde ich nie vergessen. Gott, wie das jetzt alles wieder zurückkommt. Pinsel, Palettmesser, Bimsstein. Draufklatschen, glätten, abreiben. So was hat's noch nie gegeben. Nie. Nie, nie, nie.» Effing unterbrach sich kurz, um Luft zu holen, und wandte mir dann, als tauche er aus einer Trance auf, zum erstenmal sein Gesicht zu. «Was halten Sie davon, Junge?»

«Es wäre hilfreich, wenn ich wüßte, wer Ralph war», antwortete ich höflich.

«Blakelock», flüsterte Effing, als müsse er seine Gefühle mühsam in Schach halten. «Ralph Albert Blakelock.»

«Ich glaube, ich habe noch nie von ihm gehört.»

«Haben Sie denn keine Ahnung von Malerei? Ich dachte, Sie seien gebildet. Was zum Teufel hat man Ihnen denn in Ihrem feinen College beigebracht, Sie Klugscheißer?»

«Nicht viel. Jedenfalls nichts von Blakelock.»

«Es hat keinen Zweck. Ich kann nicht weiter mit Ihnen reden, wenn Sie von nichts eine Ahnung haben.»

Es schien sinnlos, mich verteidigen zu wollen, also hielt ich den Mund und wartete. Es verging eine lange Zeit – zwei oder drei Minuten, eine Ewigkeit, wenn man darauf wartet, daß jemand etwas sagt. Effing ließ den Kopf auf die Brust sinken, als könne er das alles nicht mehr ertragen und wolle statt dessen ein Nickerchen machen. Als er den Kopf wieder hob, war ich ganz darauf eingestellt, daß er mich rauswerfen würde. Und ich bin sicher, genau das würde er getan haben, wenn er mich nicht schon einmal am Hals gehabt hätte.

«Gehen Sie in die Küche», sagte er endlich, «und bitten Sie Mrs. Hume um das Fahrgeld für die U-Bahn. Dann ziehen Sie Mantel und Handschuhe an und gehen aus der Tür. Fahren Sie mit dem Lift nach unten, und gehen Sie zur nächsten U-Bahn-Station. Dort kaufen Sie zwei Marken. Stecken Sie eine der Marken in Ihre Tasche. Die andere stecken Sie in das Drehkreuz, dann gehen Sie runter und steigen in die Bahn Nummer 1 Richtung Süden. An der 72nd Street steigen Sie aus, überqueren den Bahnsteig und warten auf den Downtown-Express – Nummer 2 oder 3, das ist egal. Wenn die Türen aufgehen, steigen Sie ein und suchen sich einen Sitzplatz. Die Rush-hour ist jetzt vorbei, also dürften Sie damit keine Schwierigkeiten haben. Sie setzen sich hin und sprechen mit niemandem ein Wort. Das ist sehr wichtig. Ich wünsche, daß Sie vom Verlassen des Hauses bis zu Ihrer Rückkehr keinen Ton von sich geben. Keinen Piepser. Spielen Sie den Taubstummen, wenn jemand Sie anspricht. Wenn Sie am Schalter Ihre Marken kaufen, heben Sie einfach zwei Finger, um anzuzeigen, wie viele Sie haben möchten. Sie bleiben auf Ihrem Platz im Express sitzen, bis Sie zur Grand Army Plaza in Brooklyn kommen. Die Fahrt dürfte dreißig bis vierzig Minuten dauern. Ich wünsche, daß Sie in dieser Zeit die Augen geschlossen halten. Denken Sie so wenig wie möglich – am besten gar nichts –, und sollte das zuviel gebeten sein, dann denken Sie an Ihre Augen und die außerordentliche Fähigkeit, die Sie besitzen: Sie können die Welt sehen. Stellen Sie sich vor, was aus Ihnen werden würde, wenn Sie nicht sehen könnten. Stellen Sie sich vor, Sie würden irgend etwas unter den verschiedenen Beleuchtungen betrachten, in denen die Welt für uns sichtbar wird: Sonnenlicht, Mondlicht, elektrisches Licht, Kerzenlicht, Neonlicht. Dieses Etwas sollte ein ganz simpler und gewöhnlicher Gegenstand sein. Zum Beispiel ein Stein oder ein kleiner Holzklotz. Denken Sie sorgfältig darüber nach, wie das Aussehen dieses Gegenstandes sich unter diesen verschiedenen Beleuchtungen jeweils ändert. Weiter denken Sie nichts, falls Sie denn überhaupt denken müssen. Wenn die U-Bahn Grand Army Plaza erreicht, machen Sie die Augen wieder auf. Steigen Sie aus und gehen Sie nach oben. Von dort sollen Sie sich zum Brooklyn Museum begeben. Das liegt am Eastern Parkway, höchstens fünf Minuten zu Fuß vom Ausgang der U-Bahn. Fragen Sie nicht nach dem Weg. Auch wenn Sie sich verlaufen, ich wünsche, daß Sie mit niemandem reden. Sie werden es schon finden, das dürfte nicht schwierig sein. Das Museum ist ein großes Steingebäude, entworfen von McKim, Mead & Stanford White, derselben Firma, von der auch die Entwürfe für die Gebäude der Universität stammen, an der Sie studiert haben. Der Stil sollte Ihnen vertraut sein. Stanford White wurde übrigens von einem Mann namens Henry Thaw auf dem Dach des Madison Square Garden erschossen. Das war neunzehnhundertundnochwas, und zwar weil White irgendwas mit Mrs. Thaw getrieben hatte, was er besser gelassen hätte. Hat damals Schlagzeilen gemacht, aber darum brauchen Sie sich nicht zu kümmern. Konzentrieren Sie sich nur darauf, das Museum zu finden. Wenn Sie es gefunden haben, steigen Sie die Treppe hoch, gehen in die Vorhalle und bezahlen bei dem Uniformierten hinterm Schalter Ihren Eintritt. Ich weiß nicht, wieviel das kostet, aber nicht mehr als ein oder zwei Dollar. Sie bekommen das Geld von Mrs. Hume zusammen mit dem Fahrgeld. Denken Sie daran, nicht zu sprechen, wenn Sie bezahlen. All das muß schweigend ablaufen. Suchen Sie die Etage, in der die ständige Ausstellung amerikanischer Gemälde untergebracht ist, und gehen Sie dort hinein. Bemühen Sie sich, keins der Bilder allzu genau anzusehen. Im zweiten oder dritten Raum werden Sie an einer der Wände Blakelocks *Moonlight* finden, und davor werden Sie stehenbleiben. Betrachten Sie das Bild. Betrachten Sie das Bild mindestens eine Stunde lang, ohne auf irgend etwas anderes in diesem Raum zu achten. Konzentrieren Sie sich. Betrachten Sie es aus verschiedenen Entfernungen – aus drei Metern, aus einem halben Meter, aus zwei Zentimetern. Studieren Sie die Gesamtkomposition, studieren Sie die Details. Machen Sie keine Notizen. Versuchen Sie sich alle Elemente des Bildes einzuprägen, die Anordnung der menschlichen Gestalten und der Gegenstände, die Farben auf jedem einzelnen Fleckchen Leinwand. Schließen Sie die Augen und prüfen Sie sich. Machen Sie sie wieder auf. Versuchen Sie sich in die Landschaft vor Ihnen zu versetzen. Versuchen Sie sich in den Geist des Künstlers zu versetzen, der die Landschaft vor Ihnen gemalt hat. Stellen Sie sich vor, Sie seien Blakelock und malten dieses Bild selbst. Nach einer Stunde machen Sie eine kurze Pause. Wenn Sie wollen, gehen Sie durch die Galerie und sehen sich ein paar der anderen Bilder an. Dann kehren Sie zu dem Blakelock zurück. Verbringen Sie weitere fünfzehn Minuten vor dem Bild, vertiefen Sie sich hinein, als ob es auf der ganzen Welt nichts anderes als dieses Gemälde gäbe. Dann gehen Sie. Verfolgen Sie ihren Weg zurück durchs Museum, gehen Sie hinaus und zur U-Bahn. Nehmen Sie den Express nach Manhattan, steigen Sie an der 72nd Street um, und kommen Sie hierher zurück. Während der Fahrt verhalten Sie sich wie auf dem Hinweg: die Augen geschlossen halten, mit niemandem reden. Denken Sie an das Bild. Versuchen Sie es vor Ihrem inneren Auge zu sehen. Versuchen Sie sich daran zu erinnern und so lange wie möglich dabei zu bleiben. Habe ich mich deutlich genug ausgedrückt?»

«Ich glaube schon», sagte ich. «Sonst noch etwas?»

«Nein. Nur denken Sie daran: Wenn Sie nicht genau das tun, was ich Ihnen gesagt habe, werde ich nie mehr ein Wort mit Ihnen reden.»

Ich hielt meine Augen in der Bahn geschlossen, doch war es schwierig, an nichts zu denken. Ich versuchte mich auf einen kleinen Stein zu konzentrieren, aber auch das war schwieriger, als man glauben könnte. Um mich herum war es zu laut, zu viele Leute redeten und drängelten sich an mich. Damals gab es in den Waggons noch keine Lautsprecher, die die Haltestellen ansagten, und ich mußte im Kopf mitverfolgen, wo wir gerade waren, zählte an den Fingern die Haltestellen ab: eine weniger, blieben noch siebzehn; zwei weniger, blieben noch sechzehn. Zwangsläufig mußte ich den Gesprächen der Passagiere zuhören, die in meiner Nähe saßen. Ihre Stimmen drängten sich mir auf, dagegen konnte ich überhaupt nichts machen. Bei jeder neuen Stimme, die ich hörte, wollte ich die Augen aufmachen, um den dazugehörigen Menschen zu sehen. Diese Versuchung war fast unwiderstehlich. Sobald man jemanden sprechen hört, macht man sich im Geist ein Bild von ihm. Binnen Sekunden erfaßt man alle relevanten Informationen: Geschlecht, ungefähres Alter, soziale Schicht, Geburtsort, sogar die Hautfarbe des Sprechers. Wenn man sehen kann, empfindet man den natürlichen Drang, mit eigenen Augen nachzuprüfen, wie nahe dieses geistige Bild der Wirklichkeit kommt. Meist kommt es ihr ziemlich nahe, aber manchmal macht man auch erstaunliche Fehler: Professoren, die wie Lastwagenfahrer reden, kleine Mädchen, die sich als alte Frauen entpuppen, Schwarze, die sich als Weiße herausstellen. Daran mußte ich immer wieder denken, als der Zug durch die Finsternis ratterte. Während ich mich zwang, die Augen geschlossen zu lassen, begann ich mich nach einem Blick auf die Welt zu sehnen, und diese Sehnsucht machte mir klar, daß ich im Grunde darüber nachdachte, was es hieß, blind zu sein, und daß genau das Effings Absicht gewesen war. Diesen Gedanken verfolgte ich minutenlang. Und dann merkte ich, daß ich mit dem Abzählen der Haltestellen nicht mehr mitgekommen war, und geriet in Panik. Wenn ich nicht zufällig gehört hätte, wie eine Frau jemanden fragte, ob als nächstes Grand Army Plaza käme, wäre ich vermutlich glatt bis zur Endstation in Brooklyn durchgefahren.

Es war ein winterlicher Vormittag mitten in der Woche, und das Museum war fast völlig leer. Nachdem ich vorn meinen Eintritt bezahlt hatte, hielt ich dem Mann im Aufzug fünf Finger hin und fuhr schweigend nach oben. Die amerikanischen Gemälde befanden sich in der fünften Etage, und abgesehen von einem dösenden Wächter im ersten Raum war ich der einzige Mensch in dem gesamten Flügel. Das gefiel mir, denn es schien den Ernst der Angelegenheit irgendwie zu steigern. Ehe ich den Blakelock entdeckte, durchschritt ich mehrere leere Räume, wobei ich mein Bestes tat, Effings Anweisungen zu befolgen und die anderen Bilder an den Wänden zu ignorieren. Ich sah ein paar Farben aufblitzen, registrierte ein paar Namen – Church, Bierstadt, Ryder –, bezwang aber die Versuchung, sie mir genauer anzusehen. Und dann stand ich vor *Moonlight*, dem Ziel meiner seltsamen und ausgeklügelten Reise, und in diesem ersten, überraschenden Augenblick empfand ich unwillkürlich Enttäuschung. Ich weiß nicht, was ich eigentlich erwartet hatte – vielleicht irgend etwas Grandioses, eine grelle und auffallende Demonstration von oberflächlicher Meisterschaft –, aber gewiß nicht das düstere kleine Bild, das ich jetzt vor mir sah. Es maß nur achtundsechzig mal einundachtzig Zentimeter und schien auf den ersten Blick beinahe farblos: dunkelbraun, dunkelgrün, in einer Ecke ein ganz leiser Hauch Rot. Zweifellos war es eine gute Arbeit, bot aber nichts von der sinnfälligen Dramatik, die ich Effings Geschmack zugetraut hatte. Vielleicht war ich gar nicht so sehr von dem Bild enttäuscht als vielmehr von mir selbst, weil ich Effing so verkannt hatte. Es war ein zutiefst beschauliches Werk, eine stille Seelenlandschaft, und mich beschämte der Gedanke, daß es meinem verrückten Arbeitgeber irgend etwas bedeuten konnte.

Ich versuchte Effing aus meinen Gedanken zu verdrängen, trat ein paar Schritte zurück und begann das Bild zu betrachten. In der Mitte der Leinwand – genau im mathematischen Mittelpunkt, wie mir schien – hing ein kreisrunder Vollmond, und diese bleiche weiße Scheibe beleuchtete alles, was über ihr und unter ihr war: den Himmel, einen See, einen großen Baum mit dürren Ästen, die niedrigen Berge am Horizont. Im Vordergrund waren zwei kleinere Landflächen, zwischen denen ein Bach dahinfloß. Am linken Ufer ein Indianerwigwam und ein Lagerfeuer; um das Feuer schienen einige Gestalten zu sitzen, die aber nur schwer zu erkennen waren, nur leiseste Andeutungen menschlicher Körper, vielleicht fünf oder sechs, die rot in der Glut des Feuers leuchteten; rechts von dem großen Baum, abseits von den anderen, saß ein einzelner Reiter zu Pferde und blickte über das Wasser – vollkommen reglos, als sei er tief in Gedanken versunken. Der Baum hinter ihm war fünfzehn oder zwanzigmal so groß wie er, und dieser Gegensatz ließ ihn mickrig und bedeutungslos erscheinen. Er und sein Pferd waren bloße Silhouetten, schwarze Umrisse ohne Tiefe und Individualität. Am anderen Ufer war alles noch unklarer, fast völlig in Schatten getaucht. Dort standen ein paar kleine Bäume, deren Äste ebenso dürr waren wie die des großen, und darunter, am unteren Rand, glomm eine winzige Spur von Helligkeit, die mir nach einer weiteren Gestalt auszusehen schien (auf dem Rücken liegend – vielleicht schlafend, vielleicht tot, vielleicht in die Nacht hinaufstarrend) oder nach dem Rest eines zweiten Feuers – ich konnte es nicht erkennen. Ich versank so tief in das Studium dieser dunklen Details in der unteren Bildhälfte, daß ich, als ich mich schließlich wieder dem Himmel zuwandte, schier darüber erschrak, wie hell in der oberen Hälfte alles war. Selbst unter Berücksichtigung des Vollmondes kam mir der Himmel allzu sichtbar vor. Die Farbe leuchtete unter der rissigen Lasur der Oberfläche mit unnatürlicher Intensität hervor, und je weiter ich dem Horizont entgegenschritt, desto heller wurde dieses Leuchten – als sei dahinten Tag, als seien die Berge von der Sonne beschienen. Als ich das endlich bemerkte, fielen mir auch andere Merkwürdigkeiten an dem Gemälde auf. Der Himmel zum Beispiel schimmerte größtenteils grün. Getönt von den gelben Rändern der Wolken, verwirbelte er neben dem großen Baum in einem konzentrischen Gestöber von Pinselstrichen, zog sich zu einer Spirale zusammen, einem Strudel himmlischer Materie im Weltraum. Wie konnte der Himmel grün sein? fragte ich mich. Er hatte dieselbe Farbe wie der See darunter, und das konnte nicht sein. Nur in der Schwärze der schwärzesten Nacht sind Himmel und Erde einander gleich, sonst nie. Blakelock, eindeutig ein virtuoser Maler, mußte das doch gewußt haben. Aber wenn er keine wirkliche Landschaft darstellen wollte, was hatte er dann im Sinn gehabt? Ich tat mein Bestes, um dahinterzukommen, aber das Grün des Himmels brachte mich immer wieder aus dem Konzept. Ein Himmel von der gleichen Farbe wie die Erde, eine Nacht, die aussieht wie der Tag, und alle menschlichen Figuren von der Riesenhaftigkeit der Szene zu Zwergen gemacht – unleserliche Schatten, bloße Symbole für das Leben. Mir lag nichts daran, irgendwelche wilden metaphorischen Urteile zu formulieren, doch schien mir das Bild mit seinen Beweisen gar keine andere Wahl zu lassen. Die Indianer verrieten trotz ihrer Kleinheit im Verhältnis zu ihrer Umgebung keinerlei Angst oder Besorgnis. Sie saßen behaglich da, in Einklang mit sich und der Welt, und je mehr ich darüber nachdachte, desto mehr schien mir diese Gelassenheit das Bild zu beherrschen. Ich fragte mich, ob Blakelock etwa seinen Himmel grün gemalt habe, um diese Harmonie hervorzuheben, um die Beziehung zwischen Himmel und Erde besonders herauszustellen. Wenn die Menschen behaglich in ihrer Umgebung leben können, schien er zu sagen, wenn sie lernen können, sich als Teil der Dinge um sie her zu begreifen, dann kann man sich vielleicht auf der Erde heimisch fühlen. Das waren natürlich nur Mutmaßungen, aber ich hatte den Eindruck, daß Blakelock ein amerikanisches Idyll gemalt hatte, die Welt, die die Indianer bewohnt hatten, bevor die Weißen sie zerstörten. Das Bild war 1885 entstanden, wie die Tafel an der Wand besagte. Wenn ich mich recht erinnerte, lag das zeitlich fast genau in der Mitte zwischen dem letzten Gefecht Custers und dem Massaker bei Wounded Knee – mit anderen Worten: ganz am Ende, als man die Hoffnung aufgeben mußte, daß irgend etwas davon eine Chance zum Überleben habe. Vielleicht, dachte ich, sollte dieses Bild für all das stehen, was wir verloren haben. Es war keine Landschaft, sondern ein Denkmal, ein Abgesang auf eine verschwundene Welt.

Ich blieb über eine Stunde bei dem Gemälde. Ich trat davon zurück, ich ging ganz nah heran, ich lernte es allmählich auswendig. Ich war mir nicht sicher, ob ich entdeckt hatte, was Effing von mir erwartete, doch als ich das Museum verließ, glaubte ich jedenfalls etwas entdeckt zu haben, auch wenn ich nicht wußte, was. Ich war erschöpft, vollkommen ausgelaugt. Als ich wieder im IRT-Express saß und die Augen schloß, konnte ich mich nur mit Mühe am Einschlafen hindern.

Es war erst kurz nach drei, als ich in die Wohnung zurückkam. Mrs. Hume zufolge machte Effing ein Nickerchen. Da der Alte um diese Tageszeit sonst nie schlief, kam ich zu dem Schluß, daß er mich bloß nicht sprechen wollte. Das war mir recht. Ich war auch nicht in der Stimmung, mit ihm zu reden. Ich trank mit Mrs. Hume eine Tasse Kaffee in der Küche, zog dann meinen Mantel an, verließ die Wohnung und fuhr mit dem Bus nach Morningside Heights. Um acht Uhr war ich mit Kitty verabredet, und bis dahin wollte ich in der Kunstbibliothek der Columbia ein paar Nachforschungen anstellen. Die Informationen über Blakelock erwiesen sich als dürftig: hier und da mal ein Artikel, ein paar alte Kataloge, alles ziemlich unergiebig. Aber als ich die Bruchstücke zusammenfügte, sah ich, daß Effing mich nicht belogen hatte. Das war der Hauptgrund meines Kommens gewesen. Er hatte gewisse Details und zeitliche Abläufe durcheinandergebracht, aber alle wichtigen Fakten entsprachen der Wahrheit. Blakelock hatte ein erbärmliches Leben geführt. Er hatte gelitten, er war verrückt geworden, er war nicht beachtet worden. Bevor man ihn in die Anstalt sperrte, hatte er tatsächlich Geldscheine mit seinem eigenen Porträt gemalt – aber nicht Tausend-Dollar-Scheine, wie Effing gesagt hatte, sondern Millionen-Dollar-Scheine, unvorstellbare Beträge. Er hatte als junger Mann den Westen bereist und unter den Indianern gelebt, er war unglaublich klein gewesen (unter eins fünfzig, weniger als neunzig Pfund schwer), er hatte acht Kinder gehabt – all das stimmte. Mit besonderem Interesse nahm ich zur Kenntnis, daß einige seiner Frühwerke aus den siebziger Jahren des neunzehnten Jahrhunderts im Central Park entstanden waren. Er hatte die Hütten gemalt, die dort standen, als der Park noch neu war, und als ich die Reproduktionen dieser ländlichen Szenen im ehemaligen New York betrachtete, mußte ich unwillkürlich an die elende Zeit denken, die ich selbst dort verbracht hatte. Ich erfuhr auch, daß Blakelocks beste Jahre als Künstler dem Malen von Landschaften im Mondschein gewidmet gewesen waren. Es gab Dutzende von Bildern im Stil des einen, das ich im Brooklyn Museum gesehen hatte: der gleiche Wald, der gleiche Mond, das gleiche Schweigen. Immer war auf diesen Bildern der gleiche Vollmond: ein kleiner, vollkommen runder Kreis in der Mitte der Leinwand, sehr bleich und weiß. Nachdem ich mir fünf oder sechs davon angesehen hatte, begannen sie sich allmählich von ihrer Umgebung loszulösen, und ich vermochte sie nicht mehr als Monde zu sehen. Sie wurden zu Löchern in der Leinwand, zu weißen Öffnungen, durch die man in eine andere Welt hineinsah. Vielleicht Blakelocks Auge. Ein leerer, im Raum hängender Kreis, der auf Dinge hinabblickte, die es nicht mehr gab.

Am nächsten Morgen schien Effing bereit, zur Sache zu kommen. Ohne Blakelock oder das Brooklyn Museum zu erwähnen, wies er mich an, zum Broadway zu gehen und ein Notizbuch und gutes Schreibzeug zu kaufen. «Es ist soweit», sagte er, «der Augenblick der Wahrheit ist da. Heute fangen wir an zu schreiben.»

Als ich zurückkam, setzte ich mich wieder auf die Couch, schlug das Notizbuch auf der ersten Seite auf und wartete, daß er den Anfang machte. Ich nahm an, er würde zum Aufwärmen ein paar Daten und Fakten aufzählen – sein Geburtsdatum, die Namen seiner Eltern, die Schulen, die er besucht hatte – und sich danach den wichtigeren Dingen zuwenden. Aber es kam ganz anders. Er fing einfach an zu reden, stürzte uns beide mitten in die Geschichte.

«Die Idee kam von Ralph», sagte er, «aber dazu gebracht hat mich Moran. Der alte Thomas Moran mit seinem weißen Bart und dem Strohhut. Er lebte damals draußen am Ende der Insel und malte kleine Aquarelle vom Sund. Dünen und Gras, Wellen und Licht, all dieses bukolische Zeug. Heute ziehen viele Maler da raus, aber er war der erste, er hat damit angefangen. Deswegen nannte ich mich Thomas, als ich meinen Namen änderte. Das mit dem Effing war etwas anderes, da habe ich lange drüber nachdenken müssen. Vielleicht kommen Sie selbst dahinter. Es ist ein Wortspiel.

Ich war damals noch ein junger Bursche. Fünfundzwanzig, sechsundzwanzig Jahre alt, nicht mal verheiratet. Ich hatte das Haus an der 12th Street in New York, verbrachte aber die meiste Zeit auf der Insel. Es gefiel mir dort, dort malte ich meine Bilder und träumte meine Träume. Das Haus ist jetzt weg, aber was soll man anderes erwarten? Es ist lange her, und die Welt nimmt ihren Lauf, wie man so sagt. Fortschritt. Jetzt sind die Bungalows und Reihenhäuser an der Macht, jeder Kaffer fährt seinen eigenen Wagen. Halleluja.

Der Ort hieß Shoreham. Tut er heute noch, soweit ich weiß. Schreiben Sie das mit? Ich werde all das nur einmal sagen, und wenn Sie es nicht mitschreiben, wird es für immer verloren sein. Denken Sie daran, Junge. Wenn Sie nicht Ihre Arbeit machen, bringe ich Sie um. Ich erwürge Sie mit diesen meinen Händen.

Der Ort hieß Shoreham. Wie der Zufall es wollte, baute Tesla dort seinen Wardenclyffe Tower. Ich rede von neunzehnhunderteins, neunzehnhundertzwei, dem World Wireless System. Sie haben vermutlich nie davon gehört. Geldgeber war J. P. Morgan, und Stanford White entwarf die architektonischen Pläne. Wir haben gestern von ihm gesprochen. Er wurde auf dem Dach des Madison Square Garden erschossen, und danach wurde nichts mehr aus dem Projekt. Aber die Reste des Dings blieben noch fünfzehn oder sechzehn Jahre dort stehen, siebzig Meter hoch, man konnte es von überallher sehen. Gigantisch. Ragte wie ein künstlicher Wächter über das Land. Ich stellte ihn mir immer als den Turm von Babel vor: Radiosendungen in allen Sprachen, die ganze Scheißwelt quasselt miteinander, und das genau an dem Ort, in dem ich wohnte. Im Ersten Weltkrieg wurde das Ding schließlich abgerissen. Angeblich wurde es von den Deutschen als Spionagestation benutzt, also weg damit. Ich lebte inzwischen sowieso woanders, mir konnte es egal sein. Nicht daß ich deswegen eine Träne vergossen hätte, wenn ich noch dagewesen wäre. Von mir aus kann alles zusammenfallen. Soll doch alles zusammenfallen und verschwinden, und zwar für immer.

Zum erstenmal habe ich Tesla 1893 gesehen. Da war ich noch ein Junge, aber ich erinnere mich noch gut daran. Es war das Jahr der Kolumbus-Ausstellung in Chicago, und mein Vater nahm mich mit dem Zug dorthin mit, es war das erste Mal, daß ich so weit weg von zu Hause gewesen war. Damit sollte der vierhundertste Jahrestag der Entdekkung Amerikas durch Kolumbus gefeiert werden. Man wollte sämtliche Geräte und Erfindungen vorstellen und der Welt zeigen, was für schlaue Wissenschaftler wir haben. Es kamen fünfundzwanzig Millionen Besucher, es war, als ob man zum Zirkus ginge. Man zeigte dort den ersten Reißverschluß, das erste Riesenrad, sämtliche Wunder des neuen Zeitalters. Tesla leitete die Westinghouse-Ausstellung, das sogenannte Ei des Kolumbus, und ich weiß noch, wie ich in das Theater reinging und diesen großen Mann im weißen Smoking dort auf der Bühne stehen sah; er sprach mit einem eigenartigen Akzent zu dem Publikum – serbisch, wie sich herausstellte –, und mit einer so schwermütigen Stimme, wie man sie nur einmal im Leben zu hören bekommt. Er führte elektrische Zaubertricks vor, ließ kleine Metalleier auf dem Tisch herumkreisen und Funken aus seinen Fingerspitzen sprühen, und alle, mich eingeschlossen, staunten ihn atemlos an, so was hatten wir noch nie gesehen. Es war die Zeit der Allstrom-Kriege zwischen Edison und Westinghouse, und Teslas Show hatte einen gewissen Propagandawert. Etwa zehn Jahre zuvor hatte Tesla den Wechselstrom entdeckt – das umlaufende Magnetfeld –, und das war ein großer Fortschritt gegenüber dem Gleichstrom, den Edison benutzt hatte. Wesentlich wirkungsvoller. Gleichstrom machte alle ein bis zwei Meilen ein Kraftwerk erforderlich, mit Wechselstrom reichte ein einziges Kraftwerk für eine ganze Stadt aus. Als Tesla nach Amerika kam, versuchte er Edison seine Idee zu verkaufen, aber das Arschloch in Menlo Park hat ihn abgewiesen. Glaubte, dann wär's mit seiner Glühbirne aus. Da haben wir's wieder, die gottverdammte Glühbirne. Also verkaufte Tesla seinen Wechselstrom an Westinghouse, und dann bauten sie das Kraftwerk an den Niagarafällen, das größte Kraftwerk im ganzen Land. Edison ging zum Angriff über. Wechselstrom sei zu gefährlich, sagte er, sei tödlich, wenn man sich ihm nähere. Um seine Behauptung zu beweisen, schickte er seine Leute durchs Land und ließ sie auf Jahrmärkten Vorführungen machen. Eine habe ich als kleiner Knirps noch selbst gesehen, ich hab mir in die Hose gepinkelt dabei. Sie brachten Tiere auf die Bühne und töteten sie durch Stromstöße. Hunde, Schweine, sogar Kühe. Direkt vor unseren Augen. So wurde der elektrische Stuhl erfunden. Edison hat sich das ausgedacht, um die Gefährlichkeit des Wechselstroms zu beweisen, und dann hat er es an Sing-Sing verkauft, wo es bis auf den heutigen Tag benutzt wird. Ist das nicht reizend? Wenn die Welt nicht so schön wäre, könnten wir alle zu Zynikern werden.

Das Ei des Kolumbus hat dieser ganzen Kontroverse ein Ende gemacht. Zu viele Leute sahen Tesla, und dann hatten sie keine Angst mehr. Natürlich war der Mann verrückt, aber wenigstens ging es ihm dabei nicht ums Geld. Als Westinghouse einige Jahre später in finanzielle Schwierigkeiten geriet, zerriß Tesla aus reiner Freundschaft den Vertrag über die Lizenzgebühren, den er mit ihm gemacht hatte. War zig Millionen Dollar wert. Riß ihn einfach in Stücke und wandte sich einem neuen Projekt zu. Versteht sich von selbst, daß er bei seinem Tod pleite war.

Nachdem ich ihn einmal gesehen hatte, begann ich seinen Weg durch die Zeitungen zu verfolgen. Die schrieben damals unaufhörlich von ihm, berichteten über seine neuen Erfindungen, zitierten die Absonderlichkeiten, die er jedem erzählte, der ihm zuhörte. Er zog immer. Ein zeitloser Dämon, der allein im Waldorf lebte: Er hatte eine krankhafte Angst vor Bazillen, war von allen möglichen Phobien wie gelähmt und bekam zuweilen Anfälle von Überempfindlichkeit, die ihn schier in den Wahnsinn trieben. Dann wurde das Summen einer Fliege im Nebenzimmer für ihn zum Dröhnen eines Flugzeuggeschwaders. Wenn er unter einer Brücke herging, hatte er das Gefühl, sie lege sich drückend auf seinen Schädel, sie wolle ihn zermalmen. Sein Labor befand sich in Lower Manhattan, ich glaube am West Broadway, Ecke West Broadway und Grand.

Weiß Gott, was er dort nicht alles erfunden hat. Radioröhren, Fernlenktorpedos, einen Plan für drahtlose Stromübertragung. Ja, wirklich: drahtlos. Ein Metallstab im Boden sollte die Energie direkt aus der Luft saugen. Einmal behauptete er, er habe ein Schallwellengerät gebaut, das die Schwingungen der Erde auf einen winzigen, konzentrierten Punkt zusammenleiten würde. Er drückte es an die Mauer eines Hauses am Broadway, und binnen fünf Minuten begann das ganze Gebäude zu zittern; wenn er nicht aufgehört hätte, wäre es eingestürzt. Ich las dieses Zeug als Junge sehr gern, ich hatte den Kopf voll davon. Die Leute stellten alle möglichen Spekulationen über Tesla an. Er glich einem Propheten des kommenden Zeitalters, und niemand konnte sich seinem Bann entziehen. Die totale Eroberung der Natur! Eine Welt, in der alle Träume erfüllbar waren! Der haarsträubendste Unsinn kam von einem gewissen Julian Hawthorne, das war zufällig der Sohn von Nathaniel Hawthorne, dem großen amerikanischen Schriftsteller. Julian. Das war auch mein Name, falls Sie sich noch erinnern, und so verfolgte ich die Arbeiten des jüngeren Hawthorne mit einem gewissen persönlichen Interesse. Er war ein populärer Tagesschriftsteller, ein richtiger Vielschreiber, der so schlecht schrieb, wie sein Vater gut schrieb. Ein erbärmlicher Mensch. Man stelle sich vor, mit Melville und Emerson aufzuwachsen, und dann so was zu werden. Er schrieb über fünfzig Bücher, Hunderte von Zeitschriftenartikeln, alles Schrott. Einmal landete er sogar im Gefängnis; Aktienschwindel, Steuerbetrug, ich weiß nicht mehr genau. Jedenfalls war dieser Julian Hawthorne mit Tesla befreundet. 1899 oder 1900 ging Tesla nach Colorado Springs und baute dort ein Labor in den Bergen, um die Wirkungen des Kugelblitzes zu untersuchen. Einmal arbeitete er bis spät in die Nacht hinein und vergaß, den Empfänger auszustellen. Plötzlich kamen seltsame Geräusche aus dem Apparat. Statische Entladungen,

Radiosignale, wer weiß das schon. Als Tesla tags darauf Reportern davon erzählte, behauptete er, damit sei die Existenz intelligenten Lebens im Weltraum bewiesen, die Marsmenschen hätten mit ihm gesprochen. Ob Sie's glauben oder nicht, niemand hat darüber gelacht. Lord Kelvin persönlich gab auf irgendeinem Bankett sternhagelvoll die Erklärung ab, es handle sich um einen der größten wissenschaftlichen Durchbrüche aller Zeiten. Kurze Zeit später schrieb Julian Hawthorne in einer der überregionalen Zeitschriften einen Artikel über Tesla. Teslas Verstand sei so weit fortentwickelt, schrieb er da, daß er unmöglich ein Mensch sein könne. Er stamme von einem anderen Planeten – von der Venus, wenn ich nicht irre – und sei mit einem Spezialauftrag auf die Erde geschickt worden: Er solle uns die Geheimnisse der Natur lehren, der Menschheit die Wege Gottes offenbaren. Auch hier sollte man meinen, daß die Leute gelacht hätten, aber das war ganz und gar nicht der Fall. Sehr viele nahmen das ernst, und selbst heute, sechzig, siebzig Jahre danach, glauben noch Tausende daran. In Kalifornien gibt es eine Sekte, die Tesla als Außerirdischen verehrt. Wenn Sie mir nicht glauben, können Sie's ruhig nachlesen, ich habe Literatur darüber im Haus. Pavel Shum hat mir an Regentagen öfter daraus vorgelesen. Zum Schreien. Bringt einen so zum Lachen, daß einem schier der Bauch platzen könnte.

Ich erzähle Ihnen das alles, um Ihnen eine Vorstellung davon zu vermitteln, wie ich damals empfunden habe. Tesla war nicht einfach irgendwer, und als er nach Shoreham kam, um seinen Turm zu bauen, konnte ich mein Glück kaum fassen. Da kam der große Mann persönlich nun jede Woche in meine kleine Stadt. Oft sah ich ihn aus dem Zug steigen, glaubte vielleicht etwas lernen zu können, wenn ich ihn beobachtete, wähnte, seine Nähe könnte mich mit seinem Ingenium anstecken – als sei das eine Krankheit, die man sich einfangen konnte. Ich brachte nie den Mut auf, ihn anzusprechen, aber das spielte keine Rolle. Mich inspirierte schon die Gewißheit, daß er da war, daß ich, wann immer ich wollte, einen Blick auf ihn erhaschen konnte. Einmal begegneten sich unsere Blicke, ich erinnere mich gut daran, es war sehr wichtig, unsere Blicke begegneten sich, und ich spürte, wie er durch mich hindurchsah, als ob ich gar nicht existierte. Es war ein unglaublicher Moment. Ich fühlte, wie sein Blick durch meine Augen ging und aus meinem Hinterkopf herauskam, wie er das Gehirn in meinem Schädel zu einem Häuflein Asche versengte. Zum erstenmal in meinem Leben erkannte ich, daß ich ein Nichts war, ein absolutes Nichts. Nein, das erschütterte mich nicht so, wie man vielleicht glauben könnte. Anfangs machte es mich fassungslos, aber als der Schock dann abklang, fühlte ich mich davon gestärkt, als sei es mir gelungen, meinen eigenen Tod zu überleben. Nein, das trifft die Sache nicht ganz. Ich war erst siebzehn Jahre alt, fast noch ein Junge. Als Teslas Blick durch mich hindurchging, erlebte ich meinen ersten Vorgeschmack auf den Tod. Das kommt dem näher, was ich sagen will. Ich schmeckte die Sterblichkeit in meinem Mund, und in diesem Augenblick begriff ich, daß ich nicht ewig leben würde. Man braucht lange, um das zu lernen, aber wenn man es endlich gelernt hat, ändert sich alles für einen, kann man nie mehr derselbe sein. Ich war siebzehn Jahre alt, und plötzlich wurde mir ohne den geringsten Zweifel klar, daß mein Leben mir gehörte, daß ich mir gehörte und niemandem sonst.

Ich rede von der Freiheit, Fogg. Von einem Gefühl der Verzweiflung, das so heftig, so erdrückend, so katastrophal wird, daß einem gar nichts anderes übrig bleibt, als sich davon zu befreien. Das ist der einzige Ausweg, oder man kriecht in eine Ecke und stirbt. Tesla hat mir meinen Tod vermittelt, und in diesem Augenblick wußte ich, daß ich Maler werden würde. Das war es, was ich wollte, doch bis dahin hatte ich nicht den Mut gehabt, es mir einzugestehen. Mein Vater hatte nur Aktien und Anleihen im Kopf, dieser Scheißgeldsack, hielt mich für schwul. Aber ich habe es einfach gemacht, ich wurde Künstler, und ein paar Jahre später fiel der Alte in seinem Büro an der Wall Street tot um. Ich war da zwei- oder dreiundzwanzig, und am Ende erbte ich sein ganzes Geld, jeden einzelnen Cent. Ha! Ich war der reichste verdammte Maler, den es gab. Ein millionenschwerer Künstler. Stellen Sie sich das mal vor, Fogg. Ich war so alt wie Sie jetzt, und ich hatte alles, aber auch wirklich alles, was ich haben wollte.

Ich habe Tesla wiedergesehen, aber das war später, viel später. Nach meinem Verschwinden, nach meinem Tod, nachdem ich Amerika verlassen hatte und wieder zurückgekommen war. Neunzehnneununddreißig, neunzehnvierzig. Ich ging mit Pavel Shum aus Frankreich weg, bevor die Deutschen einmarschierten, wir packten unsere Koffer und fuhren ab. Das war kein Land mehr für uns, kein Land für einen verkrüppelten Amerikaner und einen russischen Dichter, es hatte keinen Sinn mehr, dort zu bleiben. Zunächst dachten wir an Argentinien, aber dann sagte ich mir: Scheiß drauf, vielleicht kommen die Säfte ja wieder in Schwung, wenn ich New York wiedersehe. Ich war immerhin zwanzig Jahre weg gewesen. Als wir ankamen, hatte gerade die Weltausstellung begonnen. Noch ein Loblied auf den Fortschritt, aber nach dem, was ich in Europa gesehen hatte, konnte es mich nicht sonderlich beeindrucken. War alles nur Blendwerk. Der Fortschritt würde uns noch alle in die Luft sprengen, das konnte jeder Esel sehen. Sie sollten sich mal mit Charlie Bacon treffen, dem Bruder von Mrs. Hume. War im Krieg Pilot. Gegen Ende mußte er nach Utah, zum Training mit der Gruppe, die dann die Atombombe auf Japan geworfen hat. Als er dahinterkam, was sich da abspielte, hat er den Verstand verloren. Der arme Teufel, wer kann ihm einen Vorwurf machen? Da haben Sie Ihren Fortschritt. Jeden Monat eine größere und bessere Mausefalle. Demnächst werden wir in der Lage sein, alle Mäuse auf einen Schlag zu töten.

Ich war wieder in New York, und Pavel und ich begannen in der Stadt herumzuspazieren. So wie wir es heute machen, Rollstuhl schieben, stehenbleiben, um sich etwas anzusehen, aber viel länger, wir waren ganze Tage lang unterwegs. Pavel war zum erstenmal in New York, und ich zeigte ihm die Sehenswürdigkeiten; wir zogen von einem Stadtteil zum anderen, wobei ich mich selbst wieder mit der Stadt vertraut zu machen versuchte. Im Sommer neununddreißig besuchten wir eines Tages die öffentliche Bücherei Ecke 42nd und 5th und legten danach im Bryant Park eine Ruhepause ein. Und dort habe ich Tesla wiedergesehen. Pavel saß auf einer Bank neben mir, und kaum drei oder vier Meter von uns weg stand ein alter Mann und fütterte die Tauben. Die Vögel flatterten in Scharen um ihn herum, landeten auf seinem Kopf und seinen Armen, Dutzende von gurrenden Tauben, schissen ihm auf die Kleider und fraßen ihm aus den Händen, und der Alte redete auf sie ein, nannte die Vögel seine Lieblinge, seine Schätzchen, seine Engel. Sobald ich diese Stimme hörte, wußte ich, das war Tesla, und dann wandte er mir das Gesicht zu, und er war es wirklich. Ein achtzig Jahre alter Mann. Bleich wie ein Gespenst, hager, so häßlich anzusehen wie ich jetzt. Ich mußte lachen, als ich ihn sah. Das ehemalige Genie aus dem Weltraum, der Held meiner Jugend. Und jetzt nur noch ein gebrochener alter Mann, ein Penner. Sie sind Nikola Tesla, sagte ich zu ihm. Einfach so, ich hielt mich nicht mit Förmlichkeiten auf. Sie sind Nikola Tesla, sagte ich, ich kenne Sie von früher. Er lächelte mich an und machte eine kleine Verbeugung. Zur Zeit bin ich beschäftigt, sagte er, vielleicht können wir ein andermal miteinander reden. Ich wandte mich an Pavel und sagte: Geben Sie Mr. Tesla ein wenig Geld, Pavel, er kann es wahrscheinlich brauchen, um noch mehr Vogelfutter zu kaufen. Pavel stand auf, trat neben Tesla und hielt ihm einen Zehn-Dollar-Schein hin. Es war ein historischer Augenblick, Fogg, ein Augenblick, dem so bald keiner gleichkommt. Ha! Die Verblüffung in den Augen dieses Scheißkerls werde ich nie vergessen. Mr. Tomorrow, der Prophet einer neuen Welt! Pavel hielt ihm den Zehn-Dollar-Schein hin, und ich sah, wie er mit sich kämpfte, ihn zu ignorieren, seinen Blick von dem Geld loszureißen – aber er schaffte es nicht. Er stand einfach da und starrte es an, wie ein wahnsinniger Bettler. Und dann nahm er das Geld, riß es Pavel aus der Hand und schob es sich in die Tasche. Das ist sehr freundlich von Ihnen, sagte er, sehr freundlich. Die kleinen Lieblinge können jedes Krümelchen vertragen. Dann drehte er uns den Rücken zu und murmelte etwas zu den Vögeln. Dann schob Pavel mich weg, und das war's. Ich habe ihn nie wiedergesehen.»

Effing schwieg eine Weile, genoß die Erinnerung an seine Grausamkeit. Dann begann er, in gedämpfterem Tonfall, von neuem. «Ich mache schon weiter, Junge», sagte er. «Keine Sorge. Sie brauchen nur mitzuschreiben, dann kann nichts schiefgehen. Am Ende wird alles gesagt sein, wird sich alles zeigen. Ich sprach von Long Island, oder? Von Thomas Moran, und wie die Sache ins Rollen kam. Sie sehen, ich habe es nicht vergessen. Schreiben Sie nur immer mit. Wenn Sie nicht mitschreiben, wird es keinen Nachruf geben.

Moran hat mich dazu überredet. Er war in den siebziger Jahren im Westen gewesen, hatte die ganze Gegend von oben bis unten kennengelernt. Er reiste natürlich nicht allein, so wie Ralph, zog nicht wie ein unbedarfter Pilger durch die Wildnis, er hatte, wie soll ich sagen – sein Streben war auf etwas anderes gerichtet. Moran reiste mit Stil. Als offizieller Zeichner der Hayden-Expedition einundsiebzig; und dann noch einmal dreiundsiebzig zusammen mit Powell. Wir haben Powells Buch ja vor ein paar Monaten gelesen, die Illustrationen darin stammen alle von Moran. Erinnern Sie sich an das Bild von Powell, wo er, mit einer Hand verzweifelt an die Kante geklammert, an dem Felsen hängt?. Gute Arbeit, das müssen Sie zugeben, der Alte konnte wirklich zeichnen. Moran wurde berühmt durch das, was er da draußen gemacht hat, er hat den Amerikanern gezeigt, wie es im Westen aussah. Das erste Gemälde vom Grand Canyon stammte von Moran, es hängt jetzt im Kapitol in Washington; das erste Gemälde vom Yellowstone, das erste Gemälde von der großen Salzwüste, die ersten Gemälde von den Canyons im südlichen Utah – stammten alle von Moran. Auf in den Westen! Er wurde kartographiert, er wurde gemalt, er wurde von der großen amerikanischen Profitmaschinerie geschluckt und verdaut. Die letzten Teile des Kontinents, die leeren Räume, die noch keiner erforscht hatte. Und jetzt auf einmal war das alles auf einem schönen Stück Leinwand für jedermann ausgebreitet. Der goldene Nagel, der uns mitten ins Herz getrieben wurde!

Nicht daß Sie denken, ich sei Moran als Maler ähnlich gewesen. Ich gehörte zur neuen Generation, und ich hatte mit diesem romantischen Mist nichts am Hut. Neunzehnhundertsechs und -sieben war ich in Paris gewesen, und ich wußte, was sich da abspielte. Die Fauves, die Kubisten, von alldem hatte ich als junger Mensch Wind bekommen, und hat man erst einmal die Zukunft geschmeckt, gibt es kein Zurück mehr. Ich kannte die Clique von der Stieglitz-Galerie an der Fifth Avenue, wir gingen oft zusammen einen trinken und diskutierten über die Kunst. Denen gefiel meine Arbeit, sie propagierten mich als einen der neuen Obergurus. Marin, Dove, Demuth, Man Ray, ich habe sie alle gekannt. Ich war damals ein schlauer kleiner Teufel, mein Kopf steckte voller pfiffiger Ideen. Heutzutage spricht jeder von der Armory Show, aber als die Sache lief, war das für mich schon ein alter Hut. Trotzdem unterschied ich mich von den meisten anderen. Die Linie interessierte mich nicht. Mechanische Abstraktion, die Leinwand als Welt, intellektuelle Kunst – für mich waren das Sackgassen. Ich war ein Farbenkünstler, und mein Thema war der Raum, reiner Raum und Licht: die Gewalt des Lichts, wenn es ins Auge fällt. Ich arbeitete noch immer nach der Natur, und deswegen sprach ich gern mit jemandem wie Moran. Er war von der alten Garde, aber von Turner beeinflußt, und nicht nur das hatten wir gemeinsam, sondern auch eine Leidenschaft für Landschaften, eine Leidenschaft für die Wirklichkeit. Moran erzählte mir immer wieder vom Westen. Wenn Sie dort nicht hingehen, sagte er, werden Sie nie begreifen, was Raum ist. Ihre Arbeit wird sich nicht weiterentwickeln, wenn Sie die Reise nicht machen. Diesen Himmel müssen Sie einfach erleben, er wird Ihr Leben verändern. Und so immer weiter, immer dasselbe. Jedesmal, wenn wir uns sahen, fing er wieder damit an, und nach einer Weile sagte ich mir schließlich, warum nicht, es kann nicht schaden, wenn ich's mir mal ansehe.

Das war 1916. Ich war dreiunddreißig Jahre alt und seit etwa vier Wochen verheiratet. Diese Ehe ist der schlimmste Fehler meines Lebens gewesen. Elizabeth Wheeler hieß sie. Stammte aus einer reichen Familie, heiratete mich also nicht meines Geldes wegen, obwohl es, so wie die Dinge dann zwischen uns liefen, ebensogut auch deswegen hätte sein können. Ich kam schon bald hinter die Wahrheit. In unserer Hochzeitsnacht heulte sie wie ein Schulmädchen, und danach wurden die Schotten dichtgemacht. Oh, ab und zu stürmte ich die Burg noch einmal, aber eher aus Wut als aus irgend etwas anderem. Nur damit sie wußte, daß sie damit nicht ewig durchkommen konnte. Selbst jetzt noch frage ich mich, was in mich gefahren war, sie zu heiraten. Vielleicht war ihr Gesicht zu hübsch, vielleicht war ihr Körper zu rund und mollig, ich weiß es nicht. Damals waren sie alle noch Jungfrau, wenn sie heirateten, ich dachte, sie würde schon noch Gefallen daran finden. Aber es wurde nie besser, immer nur Tränen und Kampf, Schreikrämpfe und Ekel. Für sie war ich eine Bestie, ein Abgesandter des Teufels. Fluch über dieses frigide Weibsstück! Hätte ins Kloster gehen sollen. Ich zeigte ihr das Böse und Schmutzige, das die Welt am Laufen hält, und das hat sie mir nie verziehen. Der Homo erectus war für sie nichts als ein schreckliches Ungeheuer: das Mysterium des männlichen Fleisches. Als sie dann endlich sah, was damit geschieht, zerbrach sie daran. Ich will nicht weiter davon reden. Es ist eine alte Geschichte, Sie kennen das sicher auch. Ich suchte mir mein Vergnügen anderswo. An Gelegenheiten herrschte kein Mangel, das kann ich Ihnen sagen, mein Schwanz litt nie an Vernachlässigung. Ich war ein flotter junger Gentleman, Geld war kein Thema, mein Horn war immer spitz. Ha! Ich wünschte, wir hätten Zeit, ein wenig mehr davon zu reden. Die bebenden Mösen, die ich erkundet habe, die Abenteuer meines dritten Beins. Die zwei anderen mochten außer Betrieb sein, aber ihr kleines Brüderchen hat sein eigenes Leben weitergeführt. Bis heute, Fogg, falls Sie das glauben können. Der kleine Mann hat nie schlappgemacht.

Schon gut, schon gut, das reicht. Ist nicht von Belang. Ich zeige Ihnen nur den Hintergrund, den Rahmen für die Geschichte. Wenn Sie eine Erklärung für die Geschehnisse brauchen, wird meine Ehe mit Elizabeth Ihnen weiterhelfen. Ich behaupte nicht, daß sie der einzige Grund war, aber doch immerhin ein Faktor. Als es dann soweit war, verschwand ich ohne Bedauern. Ich sah meine Chance zu sterben und nutzte sie.

Geplant habe ich das nicht. Drei oder vier Monate, dachte ich, und dann wollte ich zurückkommen. Die New Yorker Clique erklärte mich für verrückt, da rauszugehen, die begriffen nicht, was das sollte. Geh nach Europa, rieten sie mir, in Amerika gibt es nichts zu lernen. Ich erläuterte ihnen meine Gründe, und je mehr ich davon redete, desto aufgeregter wurde ich. Ich stürzte mich in die Vorbereitungen, konnte die Abreise kaum erwarten. Ich hatte mich frühzeitig entschieden, noch jemanden mitzunehmen, einen jungen Burschen namens Edward Byrne – Teddy, wie seine Eltern ihn nannten. Sein Vater war ein Freund von mir, und der überredete mich, den Jungen an der Reise teilnehmen zu lassen. Ich hatte keine ernstlichen Bedenken. Ich nahm an, seine Gesellschaft könnte mir willkommen sein; Byrne war ein beherzter Bursche, ich war ein paarmal mit ihm segeln gewesen, und ich wußte, der Kopf saß ihm fest auf den Schultern. Ein standhafter und aufgeweckter, kräftiger und athletischer junger Mann von achtzehn oder neunzehn Jahren. Er träumte davon, Vermessungsingenieur zu werden, wollte bei der U. S. Geological Survey anfangen und dann sein Leben lang in der freien Natur herumziehen. Das entsprach der damaligen Zeit, Fogg. Teddy Roosevelt, Schnauzbart, diese ganze männliche Großtuerei. Sein Vater kaufte ihm eine komplette Ausrüstung – Sextant, Kompaß, Theodolit, alles, was dazugehört –, und ich versorgte mich mit Malutensilien, die für ein paar Jahre gereicht hätten. Blei-, Kohle- und Pastellstifte, Farben, Pinsel, Leinwand, Papier – ich hatte die Absicht, viel zu arbeiten. Morans Gerede hatte bei mir eingeschlagen, und ich erwartete große Dinge von der Reise. Dort draußen würde ich meine besten Bilder malen, da sollte mir nicht das Material ausgehen.

Daß ich weggehen wollte, ließ Elizabeth, die doch im Bett so gefühllos war, keine Ruhe. Je näher der Zeitpunkt meiner Abreise kam, desto unglücklicher wurde sie: Sie brach in Tränen aus, flehte mich an, die Sache abzublasen. Das begreife ich noch heute nicht. Man sollte meinen, sie wäre froh gewesen, mich loszuwerden. Aber sie war eine unberechenbare Frau, tat immer das Gegenteil von dem, was man erwartete. Am letzten Abend vor meiner Abreise ging sie sogar so weit, mir das höchste Opfer zu bringen. Ich glaube, sie hat sich vorher einen kleinen Rausch angetrunken – um sich Mut zu machen, Sie verstehen schon –, und dann hat sie sich mir tatsächlich hingegeben. Die Arme ausgebreitet, die Augen geschlossen, wie eine verdammte Märtyrerin. Ich werde das nie vergessen. Oh, Julian, sagte sie immer wieder, oh, mein geliebter Mann. Wie die meisten Verrückten wußte sie wahrscheinlich im voraus, was passieren würde, sie spürte wohl, daß die Dinge sich für immer ändern würden. Ich machte es an diesem Abend mit ihr – schließlich war das meine Pflicht –, doch ließ ich mich dadurch nicht davon abhalten, am nächsten Tag abzureisen. Übrigens habe ich sie da zum letztenmal gesehen. Sei's drum. Ich berichte Ihnen nur die Fakten, Sie können damit machen, was Sie wollen. Diese Nacht hatte Konsequenzen, es wäre nachlässig von mir, sie nicht zu erwähnen, aber bis ich davon erfuhr, mußte eine lange Zeit vergehen. Dreißig Jahre, noch ein ganzes Leben. Konsequenzen. So geht das, Junge. Es gibt immer Konsequenzen, ob einem das gefällt oder nicht.

Byrne und ich nahmen den Zug. Chicago, Denver, den ganzen weiten Weg nach Salt Lake City. Damals war das eine endlose Reise, und als wir schließlich dort ausstiegen, hatte ich das Gefühl, ich wäre ein ganzes Jahr unterwegs gewesen. Es war April 1916. In Salt Lake trieben wir einen Mann auf, der als Führer für uns arbeiten sollte, aber noch am selben Nachmittag, glauben Sie's oder nicht, verbrannte er sich das Bein in einer Schmiede, und wir mußten jemand anderen anheuern. Das war ein schlechtes Omen, aber wenn man mittendrin steckt, denkt man so etwas nicht, sondern tut einfach, was zu tun ist. Wir fanden einen anderen. Jack Scoresby. Ein ehemaliger Kavalleriesoldat, achtundvierzig, fünfzig Jahre alt, für diese Gegend ein alter Mann, aber die Leute sagten uns, er kenne sich gut in dem Gebiet aus, genauso gut wie jeder andere, den wir finden könnten. Ich mußte ihnen Glauben schenken. Die Leute, mit denen ich sprach, waren Fremde, die hätten mir alles mögliche erzählen können, denen machte das nichts aus. Ich war bloß ein Greenhorn, ein reiches Greenhorn aus dem Osten, und mein Schicksal war denen scheißegal. Und so fing die Sache an, Fogg. Mir blieb keine Wahl, als mich blindlings hineinzustürzen und das Beste zu hoffen.

Scoresby war mir von Anfang an suspekt, aber wir wollten keine Zeit mehr verschwenden, waren einfach zu wild darauf, endlich aufzubrechen. Er war ein schmutziger kleiner Mann mit einer kichernden Lache, nichts als Backenbart und Büffelschmalz, aber er konnte gut reden, das will ich ihm zugestehen. Er versprach, uns an Stellen zu führen, wo noch kaum ein Mensch gewesen sei, wie er sich ausdrückte, er werde uns Dinge zeigen, die nur Gott und die Indianer je gesehen hätten. Klar, er nahm den Mund ziemlich voll, aber wir wurden trotzdem ganz aufgeregt. Im Hotel breiteten wir auf dem Tisch eine Karte aus und planten unsere Route. Scoresby schien zu wissen, wovon er redete, und ließ ständig irgendwelche beiläufigen Bemerkungen fallen, um mit seinem Wissen zu protzen: wie viele Pferde und Esel wir brauchen würden, wie man sich den Mormonen gegenüber zu verhalten habe, wie man mit dem Wassermangel im Süden fertig werde. Er hielt uns eindeutig für Idioten. Es war ihm unverständlich, daß Leute so weit reisten, bloß um die Landschaft anzuglotzen, und als ich ihm erzählte, daß ich Maler sei, konnte er sich kaum das Lachen verkneifen. Dennoch einigten wir uns, ganz gut, wie es schien, und besiegelten das Ganze per Handschlag. Ich nahm an, es würde sich schon alles einrenken, wenn wir uns erst einmal richtig kennenlernten.

Am Abend vor unserem Aufbruch blieben Byrne und ich lange auf und redeten. Er zeigte mir seine Feldmesser-Ausrüstung, und ich weiß noch, daß ich in jene erregte Stimmung geriet, die in einem aufsteigt, wenn sich plötzlich alles neu zusammenzufügen scheint. Byrne erzählte mir, daß man seine exakte Position auf der Erde nur bestimmen kann, wenn man irgendeinen Punkt am Himmel zu Hilfe nimmt. Hat was mit Triangulation zu tun, Vermessungstechnik, die Einzelheiten habe ich vergessen. Der entscheidende Punkt aber hat mich seither nicht mehr losgelassen. Der Mensch kann nicht herausfinden, wo auf der Erde er sich befindet, ohne den Mond oder einen Stern als Bezugspunkt zu benutzen. Zuerst kommt die Astronomie; erst daraus ergeben sich die Landkarten. Genau das Gegenteil von dem, was man erwarten sollte. Wenn man lange genug darüber nachdenkt, kann man sich glatt das Gehirn verrenken. Ein Hier existiert nur in bezug auf ein Da, nicht umgekehrt. Dies gibt es nur, weil es das gibt; wenn wir nicht nach oben schauen, werden wir nie erfahren, was unten ist. Denken Sie darüber nach, Junge. Wir finden uns selbst nur, wenn wir das ansehen, was wir nicht sind. Man kann die Füße nicht auf den Boden setzen, bevor man den Himmel berührt hat.

Anfangs habe ich nicht schlecht gearbeitet. Wir brachen aus der Stadt in Richtung Westen auf, kampierten ein paar Tage am See und drangen dann in die große Salzwüste vor. So etwas hatte ich noch nie gesehen. Die flachste, verlassenste Gegend des Planeten, ein Schindanger des Vergessens. Tag für Tag zieht man voran und sieht nichts, kein verdammtes bißchen. Keinen Baum, keinen Busch, keinen einzigen Grashalm. Nichts als eine weiße Fläche rissiger Erde, die sich endlos nach allen Seiten hin erstreckt. Der Boden schmeckt nach Salz, und ganz hinten am Horizont sieht man Berge im Licht flimmern, einen gewaltigen Kreis von Bergen. Wenn man durch dieses Flirren und Gleißen zieht, glaubt man, man bewege sich auf Wasser zu, aber das ist nur eine Sinnestäuschung. Es ist eine tote Welt, und das einzige, worauf man zugeht, ist ein weiteres Nichts. Weiß der Himmel, wie viele Pioniere in dieser Wüste steckengeblieben und verzweifelt sind, immer wieder sahen wir ihre weißen Knochen aus dem Boden ragen. Donner und seine Leute sind darin umgekommen, jeder kennt die Geschichte. Blieben im Salz stecken, und als sie die Sierra Mountains in Kalifornien erreichten, versperrte ihnen der Schnee den Weg, und sie fingen an, einander bei lebendigem Leib aufzufressen. Jeder kennt die Geschichte, das ist amerikanisches Volksgut und doch eine wahre Tatsache, eine wahre und unanfechtbare Tatsache. Wagenräder, Schädelknochen, leere Patronenhülsen – all das habe ich da draußen 1916 noch gesehen. Das Ganze war ein riesiger Friedhof, ein leeres Blatt des Todes.

In den ersten zwei Wochen zeichnete ich wie ein Irrer. Seltsames Zeug, ich hatte so etwas noch nie gemacht. Ich hätte nicht gedacht, daß die Benutzung eines Maßstabs hilfreich sein könnte, aber anders war mit der Größe der Dinge gar nicht fertig zu werden. Die Hilfslinien rückten auf dem Papier immer näher zusammen, bis sie fast ineinander übergingen. Es war, als ob meine Hand ein Eigenleben hätte. Zeichne nur, sagte ich mir immer wieder, zeichne nur, nachdenken kannst du später darüber. In Wendover legten wir eine kurze Pause zum Großreinemachen ein, gingen dann über die Grenze nach Nevada und zogen in südlicher Richtung am Rand der Confusion Range entlang. Und wieder drangen die Eindrücke ganz unvorbereitet auf mich ein. Die Berge, der Schnee auf den Gipfeln, die Wolken, die über dem Schnee hingen. Nach einer Weile begannen sie zu verschmelzen, und ich konnte nichts mehr auseinanderhalten. Weiß, und immer mehr Weiß. Wie kann man etwas zeichnen, wenn man nicht weiß, ob es überhaupt da ist? Sie verstehen doch, wovon ich rede? Man kam sich nicht mehr wie ein Mensch vor. Der Wind blies so scharf, daß man kaum seine eigenen Gedanken hören konnte, und dann hörte er plötzlich auf, und die Luft stand so still, daß man sich fragte, ob man jetzt taub geworden sei. Eine unirdische Stille, Fogg. Man hörte nur noch das eigene Herz in der Brust schlagen, das Rauschen des Bluts im Gehirn.

Scoresby machte einem das Leben nicht leichter. Ich nehme an, er tat seine Arbeit, er führte uns, machte Feuer, schoß uns was zu essen, aber seine Verachtung für uns blieb unverändert, ständig erging er sich in Boshaftigkeiten und verpestete die Atmosphäre. Er murrte und fauchte, brummte vor sich hin, verhöhnte uns mit seiner schlechten Laune. Nach einer Weile hatte Byrne ihn so satt, daß er in Scoresbys Nähe nicht mehr redete. Während wir arbeiteten – während der junge Teddy also zwischen den Felsen herumkletterte und seine Messungen vornahm und ich mit meinen Farben und Kohlestiften auf irgendeinem Vorsprung hockte –, ging Scoresby auf die Jagd, abends jedoch saßen wir drei ums Lagerfeuer und bereiteten gemeinsam unser Essen. Um seine Stimmung ein wenig zu bessern, bot ich Scoresby einmal an, mit ihm Karten zu spielen. Der Vorschlag schien ihm zu gefallen, aber wie die meisten dummen Menschen hatte er eine übertrieben hohe Meinung von seiner Intelligenz. Er bildete sich ein, er würde mich schlagen und einen Haufen Geld gewinnen; mich nicht nur im Kartenspiel schlagen, sondern auf allen Gebieten, mir mal so richtig zeigen, wer hier der Boss war. Wir spielten Blackjack, und ich bekam immer die richtigen Karten, er verlor sechs oder sieben Spiele hintereinander. Das erschütterte sein Selbstvertrauen, und dann wurde sein Spiel schlecht, er setzte Unsummen, versuchte mich zu bluffen, machte alles verkehrt. Ich muß an diesem Abend fünfzig bis sechzig Dollar von ihm gewonnen haben, ein Vermögen für einen solchen Einfaltspinsel. Als ich sah, wie wütend er war, versuchte ich die Sache wiedergutzumachen und erließ ihm seine Schulden. Hatte ich dieses

Geld etwa nötig? Machen Sie sich nichts draus, sagte ich zu ihm, ich hatte eben Glück. Von mir aus vergessen wir das Ganze, Schwamm darüber, so was in der Richtung. Etwas Schlimmeres hätte ich wohl kaum sagen können. Scoresby deutete das als Arroganz, er glaubte, ich wolle ihn damit demütigen, und so wurde sein Stolz gleich doppelt verletzt. Von da an herrschte böses Blut zwischen uns, und ich konnte nichts mehr daran ändern. Ich bin ja selbst ein halsstarriger Bursche, wie Sie vermutlich bemerkt haben. Ich gab es auf, ihn besänftigen zu wollen. Wenn er sich wie ein Esel aufführen wollte, sollte er doch schreien bis in alle Ewigkeit. Da waren wir also in diesem ungeheuren Land, meilenweit von nichts als leerem Raum umgeben, und trotzdem kam ich mir wie in einem Gefängnis vor – eingesperrt in eine Zelle mit einem Mann, der einen unaufhörlich anstarrt, der bloß dasitzt und darauf wartet, daß man sich umdreht, damit er einem sein Messer in den Rücken stoßen kann.

Eben das war das Problem. Das Land da draußen ist einfach zu groß, nach einer Weile verschlingt es einen. Ich kam an einen Punkt, wo ich es nicht mehr in mich aufnehmen konnte. Diese verfluchte Stille und Leere. Man versucht sich darin zurechtzufinden, aber es ist zu groß, die Dimensionen sind zu monströs, und schließlich, ich weiß nicht, wie ich das anders ausdrücken soll, und schließlich hört es einfach auf, dazusein. Es gibt keine Welt mehr, kein Land, kein gar nichts. Am Ende, Fogg, ist alles nur noch Einbildung. Man existiert nur noch in seinem Kopf.

Wir durchquerten das Zentrum des Bundesstaates und wandten uns dann dem Canyon-Land im Südosten zu, der Stelle, die man Four Corners nennt, wo Utah, Arizona, Colorado und New Mexico aneinandergrenzen. Merkwürdiger kann eine Gegend nicht sein, eine Traumwelt, nichts als rote Erde und bizarr geformte Felsen, riesenhafte Gebilde, die vor uns aus dem Boden ragten wie die Ruinen einer untergegangenen, von Giganten erbauten Stadt. Obelisken, Minarette, Paläste: alles war gleichzeitig erkennbar und fremd, allenthalben erblickte man vertraute Formen, auch wenn man wußte, daß das alles nur Zufall war, der versteinerte Auswurf von Gletschern, das Werk von Erosion und Millionen Jahren Wind und Wetter. Daumen, Augenhöhlen, Penisse, Pilze, menschliche Gestalten, Hüte. Es war so ähnlich, wie wenn man Bilder in Wolken sieht. Heutzutage weiß jeder, wie diese Gegend aussieht, Sie selbst haben sie hundertmal gesehen. Glen Canyon, Monument Valley, Valley of the Gods. Wo alle diese Cowboy-und-Indianer-Filme gedreht werden, und auch der hirnverbrannte Marlboro-Mann galoppiert jeden Abend im Fernsehen da rum. Aber Bilder haben hier keine Aussagekraft, Fogg. Das ist alles viel zu gewaltig, als daß es gemalt oder gezeichnet werden könnte; selbst Fotografien vermitteln keinen Eindruck davon. Da wird alles so verzerrt, es ist, als versuche man die Entfernungen im Weltraum wiederzugeben: Je mehr man sieht, desto weniger kann man mit seinem Stift anfangen. Es sehen heißt, es zum Verschwinden zu bringen.

Wir zogen mehrere Wochen lang in diesen Canyons herum. Manche Nächte verbrachten wir in uralten indianischen Ruinen, den Felsenwohnungen der Anasazi. Vor tausend Jahren sind diese Stämme verschwunden, niemand weiß, was mit ihnen geschehen ist. Sie hinterließen ihre steinernen Städte, ihre Piktogramme, ihre Tonscherben, aber das Volk selbst hat sich einfach in Luft aufgelöst. Es war inzwischen Ende Juli, Anfang August, und Scoresbys Feindseligkeit hatte immer mehr zugenommen, es war nur noch eine Frage der Zeit, bis irgend etwas explodieren würde, das lag förmlich in der Luft. Das Land war öde und ausgetrocknet, alles voller Wüstengras, kein einziger Baum. Es war grauenhaft heiß, und wir waren gezwungen, unseren Wasservorrat zu rationieren, was uns alle ziemlich gereizt machte. Eines Tages mußten wir einen Esel töten, so daß die beiden anderen noch mehr zu tragen hatten. Die Pferde wurden auch immer schlapper. Wir waren fünf oder sechs Tage von der Ortschaft Bluff entfernt, und ich meinte, wir sollten versuchen, so schnell wie möglich dorthin zu kommen, um unsere Vorräte aufzufrischen. Scoresby erwähnte eine Abkürzung, die uns einen oder zwei Tage ersparen würde, also brachen wir in dieser Richtung auf und zogen durch zerklüftetes Gelände der Sonne entgegen. Das Terrain war schwierig, unwegiger als alles, was wir zuvor ausprobiert hatten, und nach einer Weile dämmerte mir, daß Scoresby uns in eine Falle führte. Byrne und ich waren keine so guten Reiter wie er, wir wurden mit dem Gelände kaum fertig. Scoresby ritt voran, dann kam Byrne, und ich bildete die Nachhut. Mühsam erklommen wir etliche Steilhänge, um oben schließlich einem Grat zu folgen. Er war sehr schmal, übersät mit Felsbrocken und Kieseln, und das Licht gleißte auf dem Gestein, als ob es uns blenden wollte. Zurück konnten wir da schon nicht mehr, aber mir war auch nicht klar, wie wir weiterkommen sollten. Plötzlich geriet Byrnes Pferd aus dem Tritt. Er ritt höchstens drei Meter vor mir, und ich erinnere mich noch an das furchtbare Klappern von Steinen, das Wiehern seines Pferdes, als es mit den Hufen um Halt kämpfte. Aber der Boden gab immer weiter nach, und bevor ich zu reagieren vermochte, stieß Byrne einen Schrei aus, und dann kippte er mitsamt dem Pferd über den Rand, und beide stürzten den Hang hinunter. Es war verdammt tief, bestimmt fünfzig oder hundert Meter, von oben bis unten nichts als kantige Felsen. Ich sprang ab, schnappte mir den Arzneikasten und rannte den Hang hinunter, um zu sehen, was ich noch tun konnte. Zuerst hielt ich Byrne für tot, aber dann gelang es mir, seinen Puls zu ertasten. Doch abgesehen davon gab es herzlich wenig Aussicht auf Hoffnung. Sein Gesicht war blutüberströmt, sein linkes Bein und sein linker Arm waren gebrochen, das erkannte ich schon beim bloßen Hinsehen. Dann drehte ich ihn auf den Rücken und sah direkt unter seinen Rippen einen großen, klaffenden Riß – eine häßliche, pulsierende Wunde von mindestens fünfzehn bis siebzehn Zentimeter Länge. Es war schrecklich, der Junge war regelrecht zerschmettert. Ich wollte gerade den Arzneikasten öffnen, als ich hinter mir einen Schuß hörte. Ich fuhr herum und sah Scoresby mit einer rauchenden Pistole in der Rechten über Byrnes gestürztem Pferd stehen. Bein gebrochen, sagte er barsch, da bleibt nichts anderes übrig. Ich sagte ihm, Byrne sei in übler Verfassung, wir müßten uns sofort um ihn kümmern, doch als Scoresby herkam und ihn sich ansah, grinste er höhnisch und sagte: Mit dem da sollten wir unsere Zeit nicht vertrödeln. Das einzige, was dem noch hilft, ist eine Dosis von der Medizin, die ich eben dem Pferd verabreicht habe. Scoresby hob die Pistole und zielte auf Byrnes Kopf, aber ich schlug ihm den Arm zur Seite. Ich weiß nicht, ob er wirklich abdrücken wollte, aber das Risiko konnte ich nicht eingehen. Als ich ihm gegen den Arm schlug, sah Scoresby mich böse an und riet mir, ich solle ihn bloß nicht noch mal anfassen. Sicher, sagte ich, wenn Sie aufhören, mit Ihrer Pistole auf hilflose Leute zu zielen. Darauf wandte Scoresby sich um und zielte mit der Pistole auf mich. Ich ziele auf jeden, wie es mir paßt, sagte er, und dann lächelte er auf einmal, setzte ein breites idiotisches Grinsen auf, kostete die Macht aus, die er über mich besaß. Hilflos, wiederholte er. Genau das sind Sie, Sie Maler, ein hilfloses Knochengerüst. Ich dachte, jetzt erschießt er mich. Während ich so dastand und wartete, daß er abdrückte, fragte ich mich, wie lange es wohl dauern würde, bis ich stürbe, nachdem die Kugel in mein Herz eingedrungen wäre. Ich dachte: Das ist der letzte Gedanke meines Lebens. Es kam mir vor, als starrten wir uns eine Ewigkeit lang in die Augen, während ich wartete, daß er endlich abdrückte. Und dann fing Scoresby an zu lachen. Er war äußerst zufrieden mit sich, als hätte er soeben einen enormen Sieg errungen. Er steckte die Pistole in das Halfter zurück und spuckte auf den Boden. Es war, als hätte er mich bereits getötet, als sei ich bereits tot.

Er ging zu dem Pferd zurück und fing an, Sattel und Satteltaschen loszumachen. Mir saß noch der Schreck von der Sache mit der Pistole in den Knochen, aber ich hockte mich neben Byrne und begann zu arbeiten, tat mein möglichstes, seine Wunden auszuwaschen und zu verbinden. Ein paar Minuten später kam Scoresby wieder und erklärte, er wolle jetzt los. Los? sagte ich, wovon reden Sie? Wir können den Jungen nicht mitnehmen, er ist nicht transportfähig. Dann lassen wir ihn hier, sagte Scoresby. Der ist sowieso erledigt, und ich laß mich hängen, wenn ich hier in diesem Scheißcanyon rumsitze und wer weiß wie lange darauf warte, daß er endlich die Luft anhält. Das führt zu nichts. Tun Sie, was Sie wollen, sagte ich, aber solange Byrne lebt, werde ich ihn nicht allein lassen. Scoresby grunzte. Sie reden wie ein Held in irgendeinem gottverdammten Buch, sagte er. Sie könnten eine ganze Woche hier festsitzen, bis er endlich abkratzt, und was hat das für einen Sinn? Ich bin für ihn verantwortlich, sagte ich. So sieht die Sache aus. Ich bin für ihn verantwortlich, und ich werde ihn nicht allein lassen.

Bevor Scoresby ging, riß ich ein Blatt aus meinem Skizzenblock und schrieb einen Brief an meine Frau. Ich weiß nicht mehr, was ich da geschrieben habe. Aber bestimmt irgend etwas Melodramatisches. Dies ist wahrscheinlich das letzte Mal, daß du von mir hörst, ich glaube, so lauteten meine Worte. Scoresby sollte den Brief auf die Post geben, wenn er in die Stadt kam. Jedenfalls hatten wir es so abgemacht, aber ich wußte, daß er nicht die Absicht hatte, sein Versprechen zu halten. Das würde ihn in mein Verschwinden verwickeln, und wieso sollte er das Risiko eingehen, sich von irgendwem Fragen stellen zu lassen? Viel besser war es für ihn, einfach wegzureiten und das Ganze zu vergessen. Wie sich herausstellte, kam es dann auch genauso. Zumindest nehme ich das an. Als ich viel später die Artikel und Nachrufe las, war darin von Scoresby nie die Rede – obwohl ich seinen Namen in dem Brief ausdrücklich erwähnt hatte.

Er sprach auch davon, eine Suchmannschaft loszuschikken, falls ich binnen einer Woche nicht auftauchen sollte, aber ich wußte, auch das würde er nicht tun. Ich sagte es ihm ins Gesicht, aber anstatt es abzustreiten, zeigte er mir von neuem sein unverschämtes Grinsen. Ihre letzte Chance, Maler, sagte er, kommen Sie mit mir oder nicht? Zu wütend, um noch etwas sagen zu können, schüttelte ich nur den Kopf. Scoresby tippte sich zum Abschied an den Hut und begann den Hang wieder hochzuklettern, zurück zu seinem Pferd, um sich aus dem Staub zu machen. Einfach so, ohne ein weiteres Wort. Er brauchte einige Minuten, bis er oben war, und ich ließ ihn die ganze Zeit nicht aus den Augen. Ich wollte nichts riskieren. Ich vermutete, er würde versuchen, mich umzubringen, bevor er losritt, das schien fast unausweichlich. Beweise vernichten, dafür sorgen, daß ich niemandem erzählen konnte, was er getan hatte – mitten im Nirgendwo einfach einen jungen Mann sterben zu lassen. Aber Scoresby drehte sich nicht ein einziges Mal um. Nicht etwa aus Freundlichkeit, das kann ich Ihnen versichern. Die einzig mögliche Erklärung dafür ist, daß er es nicht für notwendig hielt. Er brauchte mich nicht zu töten, weil er nicht glaubte, daß ich es allein zurück schaffen würde.

Scoresby ritt weg. Und schon nach einer Stunde hatte ich das Gefühl, er hätte überhaupt nie existiert. Ich kann Ihnen gar nicht sagen, wie seltsam dieses Gefühl war. Nicht daß ich mir vorgenommen hätte, nicht mehr an ihn zu denken; als ich es versuchte, konnte ich mich kaum noch an ihn erinnern. Wie er aussah, der Klang seiner Stimme, das alles war mir entfallen. Das macht die Stille, Fogg, die löscht alles aus. Scoresby war aus meinem Kopf gestrichen, und wann immer ich später an ihn zu denken versuchte, kam es mir vor, als versuchte ich mich an eine Traumgestalt zu erinnern, als hielte ich nach jemandem Ausschau, den es nie gegeben hatte.

Es dauerte drei oder vier Tage, bis Byrne starb. Für mich war es wahrscheinlich eine Wohltat, daß es so lange dauerte. Es hielt mich auf Trab, so daß ich keine Zeit hatte, mich zu fürchten. Die Angst kam erst später, nachdem ich ihn begraben hatte und allein war. Am ersten Tag bin ich bestimmt zehnmal den Berg raufgestiegen, um Essen und Ausrüstung von dem Esel abzuladen und nach unten zu schleppen. Ich zerbrach meine Staffelei und benutzte das Holz, um Byrne den Arm und das Bein zu schienen. Aus einer Decke und einem Stativ errichtete ich einen kleinen Wetterschutz, damit die Sonne ihm nicht ins Gesicht schien. Ich versorgte das Pferd und den Esel. Ich riß Kleidungsstücke in Streifen und wechselte die Verbände. Ich machte Feuer, kochte das Essen, ich tat alles, was zu tun war. Meine Schuldgefühle ließen mich nicht ruhen, es war unmöglich, mir wegen des Geschehenen keine Vorwürfe zu machen, doch selbst diese Schuldgefühle waren mir ein Trost. Es waren menschliche Gefühle, Zeichen dafür, daß ich noch derselben Welt angehörte, in der auch andere Menschen lebten. Wäre Byrne erst einmal tot, gäbe es nichts mehr zu denken, und diese Leere machte mir angst, ängstigte mich halb zu Tode.

Ich wußte, daß es hoffnungslos war, ich wußte es von Anfang an, aber ich klammerte mich beharrlich an die Illusion, daß er durchkommen würde. Er kam nicht mehr zu Bewußtsein, fing aber gelegentlich an zu lallen, so wie manche Leute es tun, wenn sie im Schlaf reden. Es waren fieberhaft unverständliche Worte, Geräusche, die nie ganz zu Worten wurden, aber jedesmal, wenn sie ertönten, glaubte ich, er sei kurz davor aufzuwachen. Er schien durch einen dünnen Schleier von mir getrennt zu sein, durch eine unsichtbare Membran, die ihn auf der anderen Seite dieser Welt festhielt. Ich versuchte ihm durch den Klang meiner Stimme Mut zu machen, ich sprach unablässig auf ihn ein, sang ihm Lieder vor, betete, daß endlich irgend etwas zu ihm durchdringen und ihn wecken möge. All das war völlig vergebens. Sein Zustand wurde immer schlechter. Ich konnte kein Essen in ihn hineinbringen, bestenfalls seine Lippen mit einem nassen Tuch betupfen, aber das war nicht genug, gab ihm keine Nahrung. Nach und nach sah ich seine Kräfte schwinden. Die Bauchwunde hatte zwar aufgehört zu bluten, verheilte aber nicht richtig. Sie war jetzt gelblichgrün, Eiter sickerte daraus hervor, auf dem Verband krabbelten Ameisen herum. Kein Mensch konnte so etwas überleben.

Ich begrub ihn gleich dort am Fuß des Berges. Mit den Einzelheiten will ich Sie verschonen. Das Grab ausheben, seinen Körper an den Rand schleifen, spüren, wie er hinabfiel, als ich ihn hineinschob. Ich glaube, da hatte mich bereits der Wahnsinn gepackt. Konnte mich kaum dazu bringen, das Loch wieder aufzufüllen. Ihn zudecken, Erde auf sein lebloses Gesicht werfen – das war alles zuviel für mich. Ich tat es mit geschlossenen Augen, so löste ich das Problem schließlich; ohne hinzusehen schaufelte ich die Erde wieder da rein. Danach machte ich kein Kreuz und sagte auch keine Gebete auf. Scheiß auf Gott, sagte ich mir, scheiß auf Gott, den Gefallen tu ich ihm nicht. Ich steckte einen Stock in den Boden und befestigte ein Stück Papier daran. Edward Byrne, schrieb ich darauf, 1898 Bindestrich 1916. Begraben von seinem Freund Julian Barber. Dann fing ich an zu schreien. So ist das damals gewesen, Fogg. Sie sind der erste Mensch, dem ich das jemals erzählt habe. Ich fing an zu schreien, und danach gab ich mich einfach dem Wahnsinn hin.»

FÜNFTES KAPITEL

Bis dahin kamen wir an diesem Tag. Als er den letzten Satz gesprochen hatte, machte Effing eine Pause, um Luft zu holen, und bevor er mit seiner Erzählung fortfahren konnte, kam Mrs. Hume herein und erklärte, es sei Zeit zum Mittagessen. Ich glaubte, nach all den schrecklichen Dingen, die er mir berichtet hatte, würde es ihm schwerfallen, seine Fassung wiederzugewinnen, aber die Unterbrechung schien ihn kaum zu berühren. «Gut», sagte er und klatschte einmal in die Hände, «Zeit zum Essen. Ich sterbe vor Hunger.» Es verblüffte mich, wie schnell er von einer Stimmung auf eine andere umschalten konnte. Sekunden zuvor noch hatte seine Stimme vor Erregung gebebt. Ich hatte gedacht, er stehe am Rand eines Zusammenbruchs, und plötzlich strahlte er nichts als Begeisterung und gute Laune aus. «Jetzt geht's erst richtig los, Junge», sagte er zu mir, als ich ihn ins Speisezimmer schob. «Das war erst der Anfang, das, was man das Vorwort nennen könnte. Warten Sie nur, bis ich richtig warm geworden bin. Bis jetzt haben Sie noch gar nichts gehört.»

Nachdem wir uns an den Tisch gesetzt hatten, war von dem Nachruf keine Rede mehr. Das Essen nahm seinen gewöhnlichen Lauf, mit der üblichen Untermalung von Schlürfen und greulichen Geräuschen, ganz genauso wie an jedem anderen Tag. Es war, als hätte Effing bereits vergessen, daß er die letzten drei Stunden damit verbracht hatte, mir im Nebenzimmer sein Herz auszuschütten. Wir machten unseren üblichen Small talk, und gegen Ende der Mahlzeit hielten wir zur Vorbereitung unseres Ausflugs am Nachmittag die tägliche Wetterbesprechung ab. So ging es dann drei oder vier Wochen lang weiter. An den Vormittagen arbeiteten wir an dem Nachruf; an den Nachmittagen machten wir unsere Spaziergänge. Über ein Dutzend Notizbücher schrieb ich mit Effings Erzählungen voll, im Durchschnitt kamen täglich zwanzig bis dreißig Seiten hinzu. Ich mußte sehr schnell schreiben, um mit ihm Schritt zu halten, und manchmal waren meine Mitschriften kaum noch lesbar. Einmal fragte ich ihn, ob wir nicht ein Tonbandgerät benutzen könnten, doch das lehnte Effing ab. Keine Elektrizität, sagte er, keine Apparate. «Ich hasse den Lärm dieser Höllenmaschinen. Dieses Brummen und Rauschen macht mich ganz krank. Ich will nichts anderes hören als die Geräusche, die Sie beim Schreiben machen.» Ich erklärte ihm, daß ich kein professioneller Sekretär sei. «Ich kann nicht stenographieren», sagte ich, «und manchmal habe ich Schwierigkeiten, meine eigene Schrift zu lesen.» – «Dann tippen Sie es ab, wenn ich nicht dabei bin», sagte er. «Ich werde Ihnen Pavels Schreibmaschine geben. Ein schönes altes Gerät, habe ich ihm gekauft, als wir neununddreißig nach Amerika kamen. Eine Underwood. So was wird heute nicht mehr gebaut. Das Ding wiegt bestimmt dreieinhalb Tonnen.» Noch am selben Abend zog ich sie aus den Tiefen des Wandschranks in meinem Zimmer hervor und stellte sie auf einen kleinen Beistelltisch. Von da an übertrug ich jeden Abend einige Stunden lang die Mitschriften unserer Sitzungen vom Vormittag. Eine langweilige Arbeit, aber Effings Worte waren mir noch frisch im Gedächtnis, so daß mir nicht viele davon verlorengingen.

Nach Byrnes Tod gab Effing die Hoffnung auf. Er machte einen halbherzigen Versuch, sich aus dem Canyon zu befreien, verirrte sich aber bald in dem Gewirr von Hindernissen: Klippen, Abgründe, unersteigbare Spitzkuppen. Am zweiten Tag brach sein Pferd zusammen, doch da er kein Brennholz finden konnte, war das Fleisch kaum zu verwenden. Das Wüstengras ließ sich nicht entzünden. Es qualmte und zischte, brannte aber nicht. Um seinen Hunger zu stillen, schabte Effing dünne Streifen Fleisch von dem Kadaver ab und versengte sie mit Streichhölzern. Das reichte für eine Mahlzeit, aber nachdem ihm die Streichhölzer ausgegangen waren, ließ er das Tier zurück, da er das Fleisch roh nicht essen wollte. Zu diesem Zeitpunkt war er davon überzeugt, daß es mit seinem Leben vorbei sei. Den letzten überlebenden Esel führend, tappte er weiter zwischen den Felsen umher, doch bei jedem Schritt peinigte ihn der Gedanke, daß er sich immer weiter von einer möglichen Rettung entfernte. Seine Malutensilien waren unversehrt, und er hatte noch ausreichend Essen und Wasser für zwei Tage. Es schien keine Rolle mehr zu spielen. Selbst wenn es ihm gelänge, das Ganze zu überleben, wäre alles aus, dachte er. Dafür hatte Byrnes Tod gesorgt; er würde sich niemals dazu überwinden können, wieder nach Hause zu gehen. Die Schande wäre zuviel für ihn: die Fragen, die Beschuldigungen, der Gesichtsverlust. Es wäre viel besser, wenn sie auch ihn für tot halten würden, denn dann bliebe wenigstens seine Ehre intakt, und niemand würde erfahren, wie schwach und verantwortungslos er gewesen war. Das war der Augenblick, in dem Julian Barber ausgelöscht wurde: eingeschlossen von Felsen und glühendem Licht, löste er sich dort draußen in der Wüste einfach auf. Damals kam ihm dieser Entschluß gar nicht so drastisch vor. Es war ja keine Frage, daß er sterben würde, und selbst wenn er es überlebte, wäre er so gut wie tot. Kein Mensch würde einen Schimmer haben, was ihm zugestoßen war.

Effing erzählte mir, daß er verrückt geworden sei, aber ich war mir nicht sicher, inwieweit ich das wörtlich nehmen sollte. Nach Byrnes Tod habe er drei Tage lang fast ununterbrochen geschrien, sagte er, habe sich das Gesicht mit dem Blut aus seinen an den Felsen zerschundenen Händen beschmiert, doch angesichts der Umstände schien mir dieses Verhalten nicht ungewöhnlich. Ich hatte während des Gewitters im Central Park auch nicht schlecht herumgebrüllt, und meine Lage war längst nicht so hoffnungslos gewesen wie seine. Es ist doch ganz natürlich, daß man schreien möchte, wenn man sich in einer ausweglosen Klemme glaubt. Die Luft staut sich in den Lungen, und man kann erst wieder atmen, wenn man sie ausstößt, wenn man sie mit aller Kraft herausbrüllt. Andernfalls erstickt man an seinem eigenen Atem, drückt einem der Himmel die Luft ab.

Am Morgen des vierten Tages – er hatte nichts mehr zu essen, in seiner Feldflasche war kaum noch eine Tasse Wasser – entdeckte Effing am oberen Rand eines nahe gelegenen Steilhangs etwas, das wie ein Höhleneingang aussah. Das wäre ein guter Platz zum Sterben, dachte er. Geschützt vor der Sonne, unerreichbar für die Geier, so versteckt gelegen, daß man ihn niemals finden würde. Er nahm seinen Mut zusammen und begann den mühsamen Aufstieg. Er brauchte fast zwei Stunden, und als er sein Ziel erreicht hatte, war er mit seinen Kräften so am Ende, daß er kaum noch stehen konnte. Die Höhle war wesentlich größer, als sie von unten ausgesehen hatte; überrascht stellte Effing fest, daß er nicht zu kriechen brauchte, um hineinzukommen. Er zog die Äste und Zweige weg, die den Eingang versperrten, und ging hinein. Wider Erwarten war die Höhle keineswegs leer. Sie erstreckte sich gut sieben Meter weit ins Innere des Felsens und enthielt mehrere Möbelstücke: einen Tisch, vier Stühle, einen Schrank, einen ramponierten Kanonenofen. In jeder Hinsicht ein eingerichteter Haushalt. Die Gegenstände sahen gut gepflegt aus, alles in dem Raum war ordentlich angeordnet, machte einen grobschlächtigen, aber behaglichen Eindruck von häuslicher Ordnung. Effing entzündete die Kerze auf dem Tisch und nahm sie mit in den hinteren Teil des Raumes, um die dunklen, vom Tageslicht nicht mehr erhellten Winkel zu erforschen. An der linken Wand fand er ein Bett, und in dem Bett lag ein Mann. Effing nahm an, daß der Mann schlief, doch als er sich, um seine Gegenwart anzuzeigen, räusperte und keine Antwort bekam, beugte er sich nieder und hielt dem Fremden die Kerze übers Gesicht. Erst da merkte er, daß der Mann tot war. Nicht einfach tot, sondern ermordet. Dort, wo sich das rechte Auge hätte befinden sollen, war ein großes Einschußloch. Das linke Auge starrte leer ins Dunkel, und das Kissen unter dem Kopf war voller Blut.

Effing wandte sich von der Leiche ab und ging zu dem Schrank zurück, den er voller Nahrungsmittel fand. Konservendosen, Salzfleisch, Mehl und andere Vorräte – die Regale enthielten genug, um ein Jahr davon leben zu können. Er machte sich gleich etwas zu essen, verzehrte einen halben Laib Brot und zwei Dosen Bohnen. Nachdem er seinen Hunger gestillt hatte, machte er sich daran, die Leiche zu beseitigen. Er hatte bereits einen Plan ausgearbeitet; es ging nur noch darum, ihn in die Tat umzusetzen. Der Tote mußte ein Einsiedler gewesen sein, überlegte Effing, wer lebt sonst schon so allein in den Bergen; und falls das zutraf, wußten bestimmt nicht viele Leute, daß er dort wohnte. Allem Anschein nach (die Leiche war noch nicht verwest, keinerlei Gestank hatte sich ausgebreitet, das Brot war noch nicht vertrocknet) mußte der Mord erst vor kurzer Zeit stattgefunden haben, womöglich erst wenige Stunden zuvor – was bedeutete, daß nur der Mörder vom Tod dieses Mannes wußte. Nichts hinderte ihn daran, dachte Effing, den Platz des Einsiedlers einzunehmen. Sie waren etwa im gleichen Alter, etwa gleich groß, hatten beide hellbraunes Haar. Es dürfte nicht sehr schwierig sein, sich einen Bart wachsen zu lassen und in den Kleidern des Toten herumzulaufen. Er würde in das Leben des Einsiedlers schlüpfen und es für ihn weiterführen, sich so verhalten, als ob die Seele dieses Mannes jetzt in seinen Besitz übergegangen sei. Wenn jemand ihn da oben besuchen käme, würde er sich einfach für den anderen ausgeben – und dann sähe er ja, ob er damit durchkommen konnte. Falls etwas schiefginge, hatte er ein Gewehr, um sich zu verteidigen, doch rechnete er sich auf alle Fälle gute Chancen aus, da es unwahrscheinlich war, daß ein Einsiedler viel Besuch bekam.

Nachdem er den Fremden ausgezogen hatte, schleifte er die Leiche aus der Höhle und brachte sie auf die rückwärtige Seite des Hangs. Dort entdeckte er etwas sehr Bemerkenswertes: Gut zehn Meter unterhalb des Niveaus der Höhle befand sich eine kleine Oase, ein üppig bewachsenes Fleckchen mit zwei hohen Pappeln, einem Bach und unzähligen Büschen, deren Namen ihm nicht bekannt waren. Eine winzige Insel des Lebens inmitten dieser überwältigenden Unfruchtbarkeit. Als er den Einsiedler in dem weichen Boden am Bach begrub, erkannte er, daß ihm an diesem Ort alle Möglichkeiten offenstanden. Er hatte Essen und Wasser; er hatte eine Wohnstatt; er hatte eine neue Identität gefunden, ein neues und völlig unerwartetes Leben. Diese Wende im Lauf der Dinge überstieg beinahe seine Fassungskraft. Noch vor einer Stunde war er zum Sterben bereit gewesen. Und jetzt zitterte er vor Glück, konnte sich das Lachen nicht verkneifen, während er dem Toten eine Schaufel Erde nach der anderen aufs Gesicht warf.

Monate vergingen. Anfangs war Effing von seinem Glück zu benommen, um seiner Umgebung viel Aufmerksamkeit schenken zu können. Er aß und schlief, und wenn die Sonne nicht zu kräftig schien, saß er auf den Steinen vor seiner Höhle und sah den glänzenden, buntschillernden Eidechsen zu, die zu seinen Füßen herumhuschten. Der Berg bot eine gewaltige Aussicht auf unermeßliche Weiten, aber er hatte selten einen Blick dafür übrig, beschränkte sich in seinem Denken bewußt auf die unmittelbare Umgebung: seine Gänge mit dem Wassereimer zum Bach, das Sammeln von Brennholz, das Innere seiner Höhle. Von der Landschaft hatte er die Nase voll, fürs erste konnte er sie gut entbehren. Dann aber verließ ihn diese stille Genügsamkeit ganz plötzlich, und er erlebte eine Phase schier unerträglicher Einsamkeit. Der Schrecken der vergangenen Monate verschlang ihn, und dann war er ein oder zwei Wochen gefährlich nahe daran, sich umzubringen. Wahnvorstellungen und Ängste bedrängten ihn, mehr als einmal bildete er sich ein, er sei bereits tot, er sei beim Betreten der Höhle gestorben und müsse jetzt als Gefangener eines dämonischen Lebens nach dem Tode dahinvegetieren. Eines Tages nahm er in einem Anfall von Wahnsinn das Gewehr des Einsiedlers und erschoß seinen Esel; er glaubte, das Tier habe sich in den Einsiedler verwandelt, in ein zorniges Gespenst, das zurückgekommen sei, um ihn mit seinem heimtückischen Geschrei zu quälen. Der Esel wisse die Wahrheit über ihn, und es bleibe ihm nichts anderes übrig, als diesen Zeugen seines Betrugs zu beseitigen. Danach hatte er die fixe Idee, er müsse die Identität des Toten herausfinden; systematisch durchwühlte er das Höhleninnere nach Hinweisen, suchte nach einem Tagebuch, einem Päckchen Briefe, dem Vorsatzblatt eines Buches, nach irgend etwas, das den Namen des Einsiedlers verraten könnte. Doch es fand sich nichts, nicht die kleinste Information.

Nach zwei Wochen kam er langsam wieder zu sich, geriet schließlich in einen Zustand, den man Seelenfrieden nennen könnte. Ewig könne das ja nicht weitergehen, sagte er sich, und schon dieser Gedanke gewährte ihm Trost, gab ihm den Mut weiterzumachen. Irgendwann mußten die

Nahrungsvorräte alle sein, und dann würde er woandershin gehen müssen. Er gab sich etwa ein Jahr, vielleicht etwas mehr, wenn er gut aufpaßte. Bis dahin würde man die Hoffnung, er und Byrne könnten doch noch auftauchen, aufgegeben haben. Er bezweifelte, daß Scoresby seinen Brief jemals abschicken würde, aber auch wenn er es tat, lief es im Grunde auf dasselbe hinaus. Man würde einen von Elizabeth und Byrnes Vater finanzierten Suchtrupp losschicken. Der Trupp würde ein paar Wochen lang durch die Wüste ziehen und gewissenhaft nach den Vermißten suchen – mit Sicherheit würde auch eine Belohnung ausgesetzt –, aber finden würden die Leute nichts. Allenfalls könnten sie Byrnes Grab entdecken, aber das war nicht sehr wahrscheinlich. Und selbst wenn sie es fänden, brächte sie das ihm keinen Schritt näher. Julian Barber war weg, und niemand würde ihn jemals aufspüren. Es kam nur darauf an, auszuhalten, bis man die Suche nach ihm aufgegeben hätte. In den New Yorker Zeitungen kämen die Nachrufe heraus, ein Gedenkgottesdienst würde abgehalten, und damit wäre die Sache erledigt. Wenn das erst einmal geschehen wäre, könnte er hingehen, wo immer er wollte, könnte er jede beliebige Identität annehmen.

Gleichwohl war ihm bewußt, daß es nicht zu seinem Vorteil wäre, die Dinge zu überstürzen. Je länger er sich verborgen hielt, desto sicherer wäre er, wenn er schließlich aufbrach. Er fing daher an, sein Leben so streng wie möglich zu regeln, tat alles, was er konnte, um die Zeit seines Aufenthalts zu verlängern: Er beschränkte sich auf nur eine Mahlzeit am Tag, legte einen reichlichen Brennholzvorrat für den Winter an, hielt sich körperlich in Form. Er machte sich Tabellen und Zeitpläne, und jeden Abend vor dem Schlafengehen schrieb er penibel auf, was er im Lauf des Tages verbraucht hatte, wobei er sich dazu zwang, die strengste Disziplin zu wahren. Anfangs fiel es ihm schwer, die selbstgesteckten Ziele zu erreichen; oft erlag er der Versuchung, noch eine Scheibe Brot oder noch einen Teller Doseneintopf zu essen, aber schon sein Streben als solches schien ihm der Mühe wert und half ihm, wachsam zu sein. Er kämpfte damit gegen seine Schwächen an, und als dann Wirklichkeit und Ideal allmählich näher zusammenrückten, mußte er das schlicht als persönlichen Triumph empfinden. Er wußte, das Ganze war nur ein Spiel, doch war dazu eine fanatische Hingabe erforderlich, und eben diese unmäßige Konzentration hielt ihn davon ab, den Mut sinken zu lassen.

Nach zwei oder drei Wochen dieses neuen, disziplinierten Lebens begann er wieder den Drang zum Malen zu spüren. Eines Abends, als er mit einem Bleistift in der Hand seinen kurzen Bericht über die Aktivitäten des Tages niederschrieb, fing er plötzlich an, auf der gegenüberliegenden Seite einen Berg zu skizzieren. Noch ehe ihm überhaupt klar war, was er da tat, war die Zeichnung fertig. Er hatte keine halbe Minute dafür gebraucht, aber in dieser unvermittelten, unbewußten Geste entdeckte er eine Kraft, die allen seinen früheren Arbeiten gefehlt hatte. Noch am selben Abend packte er seine Malutensilien aus, und von da an malte er, bis ihm schließlich die Farben ausgingen; täglich verließ er im Morgengrauen die Höhle und verbrachte dann den ganzen Tag im Freien. Das währte zweieinhalb Monate, und in dieser Zeit gelang es ihm, fast vierzig Gemälde zu vollenden. Dies war, wie er mir erzählte, fraglos die glücklichste Zeit seines Lebens.

Er arbeitete unter einer zweifachen Beschränkung, und jede davon erwies sich am Ende auf ihre Weise als hilfreich. Zunächst einmal stand fest, daß niemand je diese Bilder sehen würde. Das war unumstößlich, quälte Effing jedoch keineswegs mit dem Gefühl der Vergeblichkeit, sondern schien ihn richtiggehend zu befreien. Er arbeitete jetzt für sich selbst, die Bedrohung durch die Meinung anderer Leute war von ihm genommen, und das allein ließ ihn ganz anders an seine Kunst herangehen. Zum erstenmal in seinem Leben machte er sich um das Ergebnis keine Sorgen mehr, so daß ihm die Begriffe «Erfolg» und «Versagen» plötzlich gar nichts mehr bedeuteten. Der wahre Zweck der Kunst bestand nicht darin, schöne Dinge zu erschaffen, sondern, wie er herausfand, im Begreifen, im Durchdringen der Welt und darin, seinen Platz in ihr zu finden; und die etwaigen ästhetischen Qualitäten eines Gemäldes waren praktisch nur ein zufälliges Nebenprodukt des Strebens, sich an diesem Kampf zu beteiligen, sich in das Chaos der Dinge zu stürzen. Er brach mit den erlernten Regeln, vertraute auf die Landschaft als gleichwertigen Partner, überließ seine Absichten freiwillig den Attacken des Zufalls, der Spontaneität, dem aufdringlichen Ansturm der Details. Er hatte keine Angst mehr vor der Leere, die ihn umgab. Durch den Versuch, sie auf die Leinwand zu bringen, hatte er sie irgendwie verinnerlicht, und jetzt konnte er ihre Gleichgültigkeit als etwas empfinden, das genauso zu ihm gehörte, wie er zu der stillen Macht dieser gigantischen Räume gehörte. Die Bilder, die er dort malte, waren kantig, wie er sich ausdrückte, voll greller Farben und seltsamer, ungeplanter Energieausbrüche, Wirbel von Formen und Licht. Er hatte keine Vorstellung davon, ob sie häßlich oder schön waren, aber das war wohl auch nebensächlich. Es waren seine Bilder, und sie hatten nichts gemein mit all den anderen, die er früher gesehen hatte. Noch fünfzig Jahre danach, sagte er, könne er sich an jedes einzelne davon erinnern.

Die zweite Beschränkung war subtiler, beeinflußte ihn aber gleichwohl noch stärker: Irgendwann mußte ihm das Material ausgehen. Er hatte ja nur eine begrenzte Menge an Farbtuben und Leinwänden, und solange er weiterarbeitete, gingen sie unausweichlich zur Neige. Vom ersten Moment an war daher schon das Ende in Sicht. Während er seine Bilder malte, hatte er das Gefühl, die Landschaft schwände unter seinen Blicken dahin. Dadurch war alles, was er in diesen Monaten tat, von besonderer Wehmut erfüllt. Mit jedem fertigen Gemälde schrumpfte seine Zukunft ein Stück zusammen, rückte der Augenblick näher, an dem es keine Zukunft mehr geben würde. Nach anderthalb Monaten ununterbrochener Arbeit kam er schließlich zur letzten Leinwand. Allerdings waren noch über ein Dutzend Farbtuben übrig. Kaum aus dem Rhythmus kommend, drehte Effing die Bilder um und begann auf der Rückseite der Leinwände eine neue Serie. Dies gewährte ihm eine außerordentliche Gnadenfrist, wie er sagte, und in den nächsten drei Wochen fühlte er sich wie neugeboren. An diesem zweiten Zyklus von Landschaften arbeitete er mit noch größerem Eifer als an dem ersten, und als schließlich alle Rückseiten voll waren, bemalte er die Möbel in seiner Höhle, bepinselte verzweifelt den Schrank, den Tisch und die hölzernen Stühle, und als auch alle diese Flächen mit Farbe bedeckt waren, quetschte er die letzten Reste aus den verschrumpelten Tuben und begann an der Südwand mit den Skizzen zu einem großen Höhlenpanorama. Es wäre ein Meisterwerk geworden, sagte Effing, aber er war kaum zur Hälfte damit fertig, als ihm die Farben endgültig austrockneten.

Dann kam der Winter. Er hatte noch mehrere Notizbücher und eine Schachtel Bleistifte, doch anstatt vom Malen aufs Zeichnen umzusteigen, hockte er sich in diesen kalten Monaten hin und verbrachte seine Zeit mit Schreiben. In eines der Notizbücher trug er seine Gedanken und Beobachtungen ein, versuchte mit Worten das zu tun, was er vorher mit Bildern getan hatte; in einem anderen setzte er die genaue Buchhaltung über seine alltäglichen Verrichtungen und seinen Verbrauch fort: wieviel er gegessen hatte, wieviel Essen noch übrig war, wie viele Kerzen er verbraucht hatte, wie viele Kerzen noch unangerührt waren. Im Januar schneite es eine Woche lang jeden Tag, und er hatte Spaß daran, zuzusehen, wie das Weiß sich auf die roten Felsen senkte und die ihm so vertraut gewordene Landschaft verwandelte. Nachmittags kam immer die Sonne heraus und schmolz den Schnee zu unregelmäßigen Flecken, so daß ein schön gesprenkeltes Gesamtbild entstand, und wenn dann Wind aufkam, wehte er die weißen Körnchen in die Luft und ließ sie in kurzen stürmischen Tänzen herumwirbeln. Effing konnte all dem stundenlang zusehen, schien dieses Anblicks nie müde zu werden. Sein Leben hatte sich dermaßen verlangsamt, daß ihm jetzt die kleinsten Veränderungen auffielen. Nachdem ihm die Farben ausgegangen waren, hatten ihn eine Zeitlang Entzugserscheinungen gepeinigt, doch dann hatte er entdeckt, daß das Schreiben als hinreichender Ersatz für das Malen dienen konnte. Mitte Februar jedoch hatte er alle seine Notizbücher gefüllt, war ihm keine einzige Seite mehr zum Schreiben geblieben. Wider Erwarten dämpfte dies seine Laune nicht. Inzwischen war er so tief in seiner Einsamkeit versunken, daß er keinerlei Ablenkung mehr nötig hatte. Er fand es beinahe unvorstellbar, aber nach und nach war es dahin gekommen, daß er sich mit der Welt zufriedengeben konnte.

Ende März kam dann sein erster Besucher. Wie der Zufall es wollte, saß Effing gerade auf dem Dach seiner Höhle, als der Fremde unten am Fuß des Steilhangs auftauchte; so konnte er den Aufstieg des Mannes über die Felsen verfolgen und fast eine Stunde lang beobachten, wie die kleine Gestalt auf ihn zukam. Als der Mann oben war, erwartete Effing ihn mit dem Gewehr im Anschlag. Hundertmal hatte er diese Szene durchgespielt, doch als sie jetzt Wirklichkeit wurde, erkannte er mit Schrecken, was für eine Angst er hatte. Die Situation würde sich nach höchstens dreißig Sekunden geklärt haben: ob der Mann den Einsiedler kannte oder nicht, und falls ja, ob er sich von der Verkleidung täuschen lassen und Effing für denjenigen halten würde, der zu sein er vorgab. Handelte es sich bei dem Mann zufällig um den Mörder des Einsiedlers, dann kam der Frage der Verkleidung keine Bedeutung zu. Das gleiche galt, wenn er ein Mitglied der Suchmannschaft war, eine letzte unbedarfte Seele, die noch immer von der Belohnung träumte. All das würde sich binnen weniger Sekunden klären, doch bis dahin mußte Effing auf das Schlimmste gefaßt sein. Ihm wurde klar, daß er dem Register seiner Sünden womöglich gleich einen Mord hinzufügen würde.

Als erstes fiel ihm die Größe des Mannes auf, und gleich darauf, wie seltsam er angezogen war. Seine Kleidung war offenbar aus einer Vielzahl von Flicken zusammengesetzt – ein hellrotes Quadrat hier, ein blauweiß kariertes Rechteck da, hier ein Stück Wolle, dort ein Stück Drillich –, und dieses Kostüm verlieh ihm ein merkwürdig clowneskes Aussehen, als wäre er gerade von irgendeinem Wanderzirkus abgesprungen. An Stelle eines breitrandigen Westernhutes trug er eine zerknautschte Melone mit einer weißen Feder im Band. Sein glattes schwarzes Haar hing ihm bis auf die Schultern, und als er noch näher kam, sah Effing, daß seine linke Gesichtshälfte entstellt war, zerklüftet von einer breiten schartigen Narbe, die sich von der Wange bis zur Unterlippe erstreckte. Effing hielt den Mann für einen Indianer, aber das spielte in diesem Augenblick kaum eine Rolle. Er war eine Erscheinung, ein alptraumhafter Hanswurst, der sich aus den Felsen materialisiert hatte. Als der Mann sich auf die obere Kante zog, grunzte er vor Erschöpfung, dann stand er auf und lächelte Effing an. Er war nur drei oder vier Meter entfernt. Effing hob sein Gewehr und legte auf ihn an, aber der Mann schien eher Verwirrung als Angst zu empfinden.

«Hey, Tom», sagte er mit der langsamen Stimme eines Schwachsinnigen. «Erinnerst du dich nicht mehr an mich? Ich bin's, dein alter Freund George. Mit mir brauchst du keine Mätzchen zu machen.»

Effing zögerte einen Augenblick, dann ließ er das Gewehr sinken, hielt aber vorsichtshalber den Finger noch am Abzug. «George», murmelte er fast unhörbar, damit seine Stimme ihn nicht verriete.

«Ich war den ganzen Winter eingesperrt», sagte der große Mann. «Deswegen konnte ich dich nicht besuchen.» Er ging weiter auf Effing zu und blieb erst stehen, als er nah genug war, ihm die Hand geben zu können. Effing nahm das Gewehr in die Linke und streckte grüßend die Rechte aus. Der Indianer sah ihm forschend in die Augen, aber dann war die Gefahr plötzlich vorbei. «Du siehst gut aus, Tom», sagte er. «Richtig gut.»

«Danke», sagte Effing. «Du siehst auch gut aus.»

Von einfältiger Freude ergriffen, brach der große Mann in Gelächter aus, und in diesem Augenblick war Effing sicher, daß er damit durchkommen würde. Es war, als hätte er soeben den komischsten Witz des Jahrhunderts erzählt, und wenn so wenig so viel bewirken konnte, dürfte es nicht schwer werden, die Täuschung aufrechtzuerhalten. Es war schon erstaunlich, wie glatt das alles ging. Effing ähnelte dem Einsiedler ja allenfalls nur annähernd, aber die Macht der Suggestion war groß genug, den äußeren Augenschein zurechtzubiegen. Der Indianer war in der Erwartung, den Einsiedler Tom zu finden, zu der Höhle gekommen, und da er sich nicht vorstellen konnte, daß ein Mann, der auf den Namen Tom hörte, irgend jemand anders sein könnte als der Tom, nach dem er suchte, hatte er die Tatsachen eilig seinen Erwartungen angepaßt und erklärte sich jegliche Diskrepanzen zwischen den beiden Toms als Produkt seines schlecht funktionierenden Gedächtnisses. Natürlich schadete es nichts, daß der Mann ein Einfaltspinsel war. Womöglich war ihm längst klar, daß Effing nicht der echte Tom war. Er war zu der Höhle raufgeklettert, um ein paar Stunden in Gesellschaft zu verbringen, und da er die hier vorfand, fragte er gar nicht erst danach, wer sie ihm bot.

Am Ende war es ihm wahrscheinlich vollkommen gleichgültig, ob er mit dem echten oder einem unechten Tom gesprochen hatte.

Den ganzen Nachmittag saßen sie zusammen in der Höhle und rauchten Zigaretten. George hatte einen Beutel Tabak mitgebracht, sein übliches Geschenk für den Einsiedler, und Effing rauchte vergnügt und wie im Rausch eine nach der anderen. Es war ein sonderbares Gefühl, nach so vielen Monaten der Isolation mit jemandem zusammenzusein, und in der ersten Stunde hatte er Schwierigkeiten, überhaupt ein Wort herauszubringen. Er hatte das Sprechen verlernt, seine Zunge arbeitete nicht mehr so wie früher. Sie fühlte sich unbeholfen an, wie eine zuckende, hin und her peitschende Schlange, die seinen Befehlen nicht mehr gehorchte. Zum Glück war der ursprüngliche Tom kein sonderlicher Redner gewesen, und der Indianer schien mehr als eine gelegentliche Antwort gar nicht von ihm zu erwarten. George amüsierte sich offensichtlich prächtig, nach jeweils drei oder vier Sätzen warf er den Kopf zurück und lachte. Jedesmal, wenn er lachte, verlor er den Faden und fing mit einem anderen Thema an, so daß Effing seinem Gerede nur mit Mühe folgen konnte. Eine Erzählung aus einem Navajo-Reservat wurde unvermittelt zur Schilderung einer Salonschlägerei unter Betrunkenen, die wiederum in einen aufgeregten Bericht von einem Zugraub überging. Soweit Effing daraus schlau wurde, führte sein Gesellschafter den Namen George Ugly Mouth. So wurde er jedenfalls von den Leuten genannt, aber das schien dem großen Mann nichts auszumachen. Im Gegenteil, er schien einigen Gefallen daran zu finden, daß die Welt ihn mit einem Namen beehrt hatte, der ihm und niemand anderem gehörte, so als wäre dies eine besondere Auszeichnung. Effing hatte noch nie jemanden kennengelernt, in dem sich eine solche Liebenswürdigkeit mit einer solchen Beschränktheit paarte, und er tat sein Bestes, ihm sorgfältig zuzuhören und an den richtigen Stellen zu nikken. Ein paarmal war er versucht, George zu fragen, ob er irgend etwas von einer Suchmannschaft gehört habe, doch gelang es ihm jedesmal, diesen Reiz zu unterdrücken.

Im weiteren Verlauf des Nachmittags vermochte Effing dann doch noch einige Fakten über den echten Tom zusammenzufügen. George Ugly Mouths planlose und halbgare Erzählungen wanden sich allmählich mit einer gewissen Regelmäßigkeit ineinander zurück und bildeten dabei so viele Schnittpunkte, daß das Ganze die Struktur eines umfassenderen, einheitlicheren Berichts bekam. Episoden wiederholten sich, entscheidende Passagen wurden übergangen, Ereignisse vom Anfang wurden erst am Schluß erzählt, doch am Ende wußte Effing genug, um daraus schließen zu können, daß der Einsiedler mit irgendwelchen kriminellen Aktivitäten einer Gruppe von Banditen zu tun gehabt hatte, die als die Gresham-Brüder bekannt waren. Er kam zwar nicht dahinter, ob der Einsiedler ein aktiver Teilnehmer gewesen war oder ob er der Bande lediglich erlaubt hatte, die Höhle als Versteck zu benutzen; aber wie auch immer, seine Ermordung schien damit erklärt, ganz zu schweigen von den reichlichen Essensvorräten, die er dort am ersten Tag gefunden hatte. Da Effing fürchtete, seine Unkenntnis zu verraten, fragte er George nicht nach Einzelheiten, aber aus den Reden des Indianers war mit einiger Sicherheit zu schließen, daß die Greshams demnächst, vielleicht schon am Ende des Frühlings, zurückkommen würden. George war freilich zu zerstreut, um zu wissen, wo sich die Bande gegenwärtig aufhielt, und immer wieder sprang er von seinem Stuhl, ging durch den Raum und betrachtete mit bewunderndem Kopfschütteln die Bilder. Er habe gar nicht gewußt, daß Tom malen könne, sagte er; eine Bemerkung, die er im Lauf des Nachmittags einige dutzendmal wiederholte. Das sei das Schönste, was er je gesehen habe, das Schönste auf der ganzen Welt.

Wenn er sich gut aufführte, sagte er, könne Tom ihm eines Tages vielleicht beibringen, wie man das machte; und Effing sah ihm in die Augen und sagte, ja, das werde er vielleicht eines Tages tun. Effing bedauerte, daß jemand die Bilder gesehen hatte, gleichzeitig aber freute ihn die begeisterte Reaktion, die sie auslösten, zumal dies, wie er erkannte, wahrscheinlich das einzige Mal war, daß diese Bilder überhaupt eine Reaktion auslösen würden.

Nach George Ugly Mouths Besuch konnte Effing nicht mehr so leben wie vorher. In den vergangenen sieben Monaten hatte er sich unverwandt damit beschäftigt, allein zu sein, hatte sich bemüht, seine Einsamkeit zu etwas Wesentlichem auszubauen, zu einer vollkommenen Festung, von der aus er die Grenzen seines Lebens abstecken wollte, aber nachdem nun jemand bei ihm in der Höhle gewesen war, ging ihm auf, wie künstlich seine Situation eigentlich war. Es gab Leute, die seinen Aufenthaltsort kannten, und nachdem man ihn einmal besucht hatte, war nicht davon auszugehen, daß man es nicht wieder tun würde. Er mußte vorsichtig sein, mußte ständig vor Eindringlingen auf der Hut sein, und diese Wachsamkeit verlangte ihren Tribut, zermürbte ihn, bis von der Harmonie seiner Welt nichts mehr übrig war. Er konnte nichts dagegen machen. Beobachten und Warten war der Inhalt seiner Tage, er mußte sich vorbereiten auf das, was geschehen würde. Zunächst ging er davon aus, daß George noch einmal zurückkommen würde, doch als die Wochen vergingen und der große Mann nicht wiederauftauchte, begann er seine Aufmerksamkeit den Gresham-Brüdern zuzuwenden. Es wäre logisch gewesen, den Aufenthalt zu diesem Zeitpunkt abzubrechen, seine Sachen zu packen und die Höhle für immer zu verlassen, aber irgend etwas in ihm weigerte sich, der Bedrohung so leicht nachzugeben. Er wußte, es war Wahnsinn, nicht wegzugehen, eine sinnlose Geste, die ihn mit ziemlicher Sicherheit das Leben kosten würde, aber die

Höhle war das einzige, worum er jetzt noch zu kämpfen hatte, und er brachte es einfach nicht über sich, sie zu verlassen.

Alles kam darauf an, daß er sich nicht von ihnen überraschen ließ. Wenn sie ihn im Schlaf überrumpelten, hätte er keine Chance; sie würden ihn töten, noch ehe er aus dem Bett gekommen wäre. Das hatten sie bereits einmal getan, und sie würden es ohne weiteres ein zweites Mal tun. Andererseits, wenn er irgendeine Alarmvorrichtung aufbaute, die ihn von ihrem Kommen unterrichten würde, gewänne er allenfalls einige Minuten Vorsprung. Genug Zeit vielleicht, aufzuwachen und das Gewehr zu packen, aber wenn alle drei Brüder auf einmal kämen, stünden die Chancen noch immer gegen ihn. Wenn er sich in der Höhle verbarrikadierte, den Eingang mit Steinen und Ästen versperrte, könnte er etwas mehr Zeit gewinnen, würde aber gleichzeitig das einzige aufgeben, was er seinen Angreifern voraus hatte; die Tatsache nämlich, daß sie von seinem Dasein nichts wußten. Sobald sie die Barrikade sähen, würde ihnen klarwerden, daß jemand in der Höhle wohnte, und dann würden sie entsprechend reagieren. Von früh bis spät dachte Effing über diese Schwierigkeiten nach, erwog die verschiedenen Strategien, die ihm zur Verfügung standen, versuchte einen Plan zu entwickeln, der nicht einem Selbstmord gleichkäme. Am Ende gab er es völlig auf, in der Höhle zu schlafen, und brachte seine Decken und Kissen auf einen Vorsprung auf der anderen Seite des Hangs. George Ugly Mouth hatte von der Vorliebe der Gresham-Brüder für Whiskey gesprochen, und Effing stellte sich vor, daß es für solche Leute nur natürlich wäre, wenn sie, gleich nachdem sie sich in der Höhle niedergelassen hätten, mit dem Trinken anfingen. Das Leben da draußen in der Wüste mußte langweilig sein, und falls sie sich wirklich betrinken sollten, wäre der Alkohol sein zuverlässigster Verbündeter. Er tat sein Bestes, sämtliche Spuren seiner

Anwesenheit in der Höhle zu beseitigen, verstaute seine Bilder und Notizbücher im Dunkel des rückwärtigen Teils und machte auch von dem Ofen keinen Gebrauch mehr. Die Bilder an den Möbeln und an der Wand ließen sich freilich nicht entfernen, aber wenn der Ofen bei ihrem Kommen nicht warm wäre, könnten die Greshams immerhin den Schluß ziehen, daß derjenige, der die Bilder gemalt hatte, nicht mehr da sei. Es war natürlich keineswegs sicher, daß sie das denken würden, doch Effing sah keinen anderen Ausweg aus dieser Verlegenheit. Sie mußten merken, daß jemand dort gewesen war, denn wenn die Höhle aussähe, als ob sie seit ihrem letzten Besuch im Sommer leergestanden hätte, gäbe es keine Erklärung für das Verschwinden der Leiche des Einsiedlers. Die Greshams würden das merkwürdig finden, aber wenn sie erkannt hätten, daß jemand anders die Höhle bewohnt hatte, würden sie es vielleicht nicht mehr seltsam finden. Zumindest hoffte Effing das. Angesichts der unzähligen Unwägbarkeiten seiner Situation gab er sich allerdings keinen allzu großen Hoffnungen hin.

Er durchlebte einen weiteren Monat in Höllenqualen, und dann kamen sie endlich. Es war Mitte Mai und etwas über ein Jahr her, daß er mit Byrne in New York aufgebrochen war. Die Greshams kamen in der Abenddämmerung herangeritten, verkündeten ihre Gegenwart mit großem Lärm, der von den Felsen widerhallte: laute Stimmen, Gelächter, ein paar Takte rauhen Gesangs. Effing hatte ausreichend Zeit, sich auf sie vorzubereiten, was sein Herz aber nicht davon abhielt, wie rasend zu schlagen. Vergebens hatte er sich ermahnt, ruhig zu bleiben, denn jetzt wurde ihm klar, daß er in dieser Nacht endgültig Schluß damit machen mußte. Die Situation war unmöglich noch länger auszuhalten.

Er kauerte auf dem schmalen Vorsprung hinter der Höhle, und während die Dunkelheit um ihn zunahm, wartete er auf seine Chance. Er hörte die Greshams herankommen, vernahm ein paar einzelne Bemerkungen, ohne sie aber zu verstehen, und dann hörte er einen von ihnen sagen: «Ich schätze, wir werden da drin erst mal lüften müssen, wenn wir den alten Tom weggeschafft haben.» Die beiden anderen lachten, und gleich darauf brachen die Stimmen ab. Eine halbe Stunde später kam Rauch aus dem Blechrohr, das oben aus der Höhlendecke ragte, und dann bemerkte er den Geruch von siedendem Fleisch. In den folgenden zwei Stunden passierte nichts. Er hörte, wie die Pferde schnaubten und mit den Hufen auf dem Stück Erde vor der Höhle stampften, und nach und nach wurde der dunkelblaue Abend schwarz. Der Mond schien nicht in dieser Nacht, der Himmel strahlte im Licht der Sterne. Gelegentlich vernahm er den gedämpften Nachhall eines Lachens, aber das war auch schon alles. Dann begannen die Greshams einer nach dem anderen und in regelmäßigen Abständen aus der Höhle zu kommen und an die Felsen zu pinkeln. Effing hoffte, dies bedeutete, daß sie drinnen Karten spielten und sich betranken, aber er konnte sich unmöglich sicher sein. Er beschloß zu warten, bis der letzte seine Blase geleert haben würde, und danach noch einmal eine oder anderthalb Stunden verstreichen zu lassen. Dann wären sie vermutlich eingeschlafen, und niemand würde ihn hören, wenn er die Höhle betrat. Unterdessen überlegte er, wie er das Gewehr mit einer Hand bedienen sollte. Wenn in der Höhle kein Licht mehr wäre, würde er, um seine Ziele zu sehen, eine Kerze mitnehmen müssen, und das Schießen mit einer Hand hatte er nie geübt. Es war ein Winchester-Repetiergewehr, das nach jedem Schuß neu gespannt werden mußte, und dazu hatte er immer seine linke Hand gebraucht. Natürlich konnte er sich die Kerze in den Mund stecken, doch wäre es riskant, die Flamme so dicht vor den Augen zu haben, ganz zu schweigen davon, was ihm blühte, wenn die Flamme mit seinem Bart in Berührung käme. Er würde die Kerze wie eine Zigarre halten müssen, entschied er, sie zwischen Zeige- und Mittelfinger seiner linken Hand klemmen und hoffen, daß er mit den anderen drei Fingern gleichzeitig irgendwie den Lauf halten könnte. Wenn er den Kolben des Gewehrs an seinen Bauch und nicht an seine Schulter stemmte, wäre er vielleicht in der Lage, den Hahn nach dem Abdrücken schnell genug mit der rechten Hand zu spannen. Aber auch hier konnte er sich nicht sicher sein. All das waren verzweifelte Überlegungen in letzter Minute, und während er dort in der Dunkelheit saß und wartete, verfluchte er seine Nachlässigkeit und staunte über das Ausmaß seiner Dummheit.

Wie sich dann herausstellte, war das Licht kein Problem. Als er aus seinem Versteck kroch und zum Eingang der Höhle schlich, sah er drinnen noch eine Kerze brennen. Mit angehaltenem Atem blieb er neben dem Eingang stehen und horchte auf irgendwelche Geräusche, bereit, zu seinem Vorsprung zurückzueilen, falls die Greshams noch nicht schliefen. Nach einigen Augenblicken vernahm er etwas, das sich wie Schnarchen anhörte, unmittelbar darauf jedoch folgten andere Geräusche, die aus der Nähe des Tischs zu kommen schienen: ein Seufzen, Stille, und dann ein leises Klopfen, als ob jemand ein Glas auf dem Tisch abgestellt hätte. Mindestens einer von ihnen war also noch wach, dachte er, aber wie konnte er sicher sein, daß es nur einer war? Dann hörte er, wie Karten gemischt wurden, dann klopfte es siebenmal auf den Tisch, gefolgt von einer kurzen Pause. Dann klopfte es sechsmal, und wieder eine Pause. Dann klopfte es fünfmal. Dann viermal, dann dreimal, dann zweimal, dann einmal. Patience, dachte Effing, zweifelsohne Patience. Einer von denen blieb auf, und die beiden anderen schliefen. Es konnte nicht anders sein, denn sonst würde der Kartenspieler mit einem der anderen reden. Aber er redete nicht, und das konnte nur bedeuten, daß er niemanden zum Reden hatte.

Mit dem Gewehr im Anschlag schritt Effing vor den Eingang der Höhle. Wie er feststellte, war es gar nicht so schwierig, die Kerze in der linken Hand zu halten; seine Panik war umsonst gewesen. Der Mann am Tisch riß bei Effings Erscheinen den Kopf hoch und starrte ihn voller Entsetzen an. «Gottverdammte Scheiße», flüsterte der Mann. «Ich denk, du bist tot.»

«Ich fürchte, da haben Sie was falsch verstanden», gab Effing zurück. «Wenn hier einer tot ist, dann Sie, nicht ich.»

Er drückte ab, und eine Sekunde später flog der Mann mit einem Aufschrei in seinem Stuhl zurück, als die Kugel ihm in die Brust drang, und dann war plötzlich kein Ton mehr von ihm zu hören. Effing spannte das Gewehr von neuem und legte auf den zweiten der Brüder an, der sich hastig von seiner Matratze am Boden aufzurappeln versuchte. Auch ihn tötete Effing mit nur einem Schuß, die Kugel traf ihn mitten ins Gesicht und riß ihm die hintere Schädeldecke weg, Hirn und Knochen spritzten durch den Raum. Mit dem dritten Gresham ging es jedoch nicht ganz so einfach. Der lag auf dem Bett im hinteren Teil der Höhle, und als Effing mit den ersten beiden fertig war, hatte Nummer drei schon seinen Revolver gepackt und schußbereit gemacht. Eine Kugel pfiff an Effings Kopf vorbei und prallte an dem Eisenofen hinter ihm ab. Er spannte sein Gewehr und sprang hinter den Tisch zu seiner Linken, wobei er versehentlich beide Kerzen auslöschte. In der Höhle wurde es stockfinster, der Mann im hinteren Teil begann hysterisch zu heulen, schluchzte einen Haufen Unsinn von dem toten Einsiedler und feuerte wild in Effings Richtung. Effing kannte die Umrisse der Höhle auswendig, und selbst im Dunkeln wußte er ganz genau, wo der andere Mann stand. Er zählte sechs Schüsse – der rasende dritte Bruder würde seinen Revolver im Dunkeln unmöglich neu laden können –, dann stand er auf und ging auf das Bett zu. Er drückte auf den Abzug, hörte den Mann getroffen aufschreien, spannte das Gewehr und feuerte noch einmal. In der Höhle wurde es völlig still. Effing atmete den in der Luft schwebenden Geruch von Schießpulver ein, und plötzlich merkte er, daß er zitterte. Er taumelte so gut es ging nach draußen und fiel auf die Knie, und dann erbrach er sich.

Er schlief gleich dort vor dem Eingang der Höhle ein. Als er am Morgen erwachte, begann er sofort mit der Beseitigung der Leichen. Überrascht stellte er fest, daß er keinerlei Reue empfand, daß er die Männer, die er getötet hatte, ohne die geringsten Gewissensbisse ansehen konnte. Einen nach dem anderen schleppte er sie aus der Höhle und den rückwärtigen Hang hinunter, wo er sie neben dem Einsiedler unter der Pappel begrub. Am frühen Nachmittag war er mit der letzten Leiche fertig. Erschöpft von der Anstrengung, kehrte er in die Höhle zurück, um etwas zu essen, und gerade als er sich an den Tisch setzte und sich ein Glas von dem Whiskey der Gresham-Brüder eingießen wollte, entdeckte er unter dem Bett die Satteltaschen. Wie Effing es mir gegenüber ausdrückte, war dies der Augenblick, in dem sich alles wieder änderte, in dem sein Leben plötzlich in eine neue Richtung einschwenkte. Es waren insgesamt sechs große Satteltaschen, und als er den Inhalt der ersten auf den Tisch schüttete, wußte er, daß das Ende seiner Zeit in der Höhle gekommen war – einfach so, so jäh und grob, wie wenn ein Buch zugeknallt wird. Geld lag auf dem Tisch, und mit jeder weiteren Satteltasche, die er auskippte, wurde der Haufen größer. Als er sich schließlich ans Zählen machte, belief sich allein das Bargeld auf über zwanzigtausend Dollar. Unter all dem Geld fand er aber auch noch etliche Uhren, Armbänder und Halsketten, und in der letzten Tasche drei fest verschnürte Bündel Inhaberobligationen über insgesamt zehntausend Dollar, die auf eine Silbermine in Colorado, den Westinghouse-Versorgungsbetrieb, Ford Motors und dergleichen mehr lauteten.

Damals sei das eine unglaubliche Summe gewesen, sagte Effing, ein absolutes Vermögen. Wenn er richtig damit umging, würde das Geld bis an sein Lebensende reichen.

Die Rückgabe des gestohlenen Geldes sei natürlich nie in Frage gekommen, sagte er, ebensowenig wie die Möglichkeit, zu den Behörden zu gehen und von dem Vorgefallenen zu berichten. Nicht daß er fürchtete, demaskiert zu werden, wenn er seine Geschichte erzählte; er wollte das Geld einfach für sich behalten. Dieses Verlangen war so stark, daß er sich keinerlei Gedanken über sein Tun machte. Er nahm das Geld, einfach weil es da war, weil er irgendwie das Gefühl hatte, es gehöre bereits ihm, und damit hatte sich's. Die Frage nach Recht oder Unrecht stellte sich gar nicht. Er hatte kaltblütig drei Männer getötet, und damit waren ihm solche spitzfindigen Überlegungen gar nicht mehr möglich. Im übrigen bezweifelte er, daß allzu viele Leute den Gresham-Brüdern nachtrauern würden. Sie waren verschwunden, und bald würde die Welt sich daran gewöhnen, daß sie nicht mehr da waren. Die Welt würde sich daran genauso gewöhnen, wie sie sich daran gewöhnt hatte, ohne Julian Barber auszukommen.

Den ganzen nächsten Tag bereitete er seinen Aufbruch vor. Er rückte die Möbel zurecht, wusch sämtliche Blutflecken ab, die er finden konnte, verstaute seine Notizbücher im Schrank. Es schmerzte ihn, daß er seine Bilder zurücklassen mußte, aber daran war nichts zu ändern, und so stapelte er sie ordentlich am Fußende des Betts und lehnte sie an die Wand. Für all das brauchte er nur ein paar Stunden, aber den Rest des Vormittags und den ganzen Nachmittag war er draußen in der heißen Sonne damit beschäftigt, Steine und Äste zu sammeln und den Zugang zu seiner Höhle zu versperren. Er bezweifelte, daß er jemals dorthin zurückkommen würde, wollte aber dennoch die Höhle keiner zufälligen Entdeckung preisgeben. Sie war sein privates Denkmal, das Grab seiner Vergangenheit, und künftig wollte er sich immer vorstellen können, daß sie noch genauso existierte, wie er sie verlassen hatte. So konnte sie ihm auch weiterhin als geistige Zuflucht dienen, auch wenn er sie nie wieder betreten würde.

In dieser Nacht schlief er im Freien, und am folgenden Morgen bereitete er sich auf seine Reise vor. Er packte die Satteltaschen, trug Essen und Wasser zusammen, schnallte alles auf die drei Pferde, die die Greshams zurückgelassen hatten. Dann ritt er los und versuchte sich vorzustellen, was er als nächstes tun sollte.

Bis dahin brauchten wir über zwei Wochen. Weihnachten war längst vorbei, eine Woche danach war das Jahrzehnt zu Ende gegangen. Allerdings schenkte Effing diesen Einschnitten nur wenig Bedeutung. Er war in Gedanken mit einer früheren Zeit befaßt, und er wühlte mit unermüdlicher Sorgfalt seine Geschichte auf, ließ nichts aus, wandte sich zurück, um geringfügige Einzelheiten nachzutragen, verweilte bei den kleinsten Nuancen, um seine Vergangenheit lebendig werden zu lassen. Nach einer Weile hörte ich auf, mich zu fragen, ob er mir die Wahrheit erzählte oder nicht. Sein Bericht hatte inzwischen etwas Traumhaftes an sich, und manchmal schien er sich gar nicht so sehr an die äußerlichen Tatsachen seines Lebens zu erinnern, sondern sich vielmehr ein Gleichnis zur Erklärung ihrer inneren Bedeutung zurechtzulegen. Die Höhle des Einsiedlers, die Satteltaschen voller Geld, die Wildwest-Schießerei – das war alles so weit hergeholt, und doch war gerade die Ungeheuerlichkeit dieser Geschichte wahrscheinlich das Überzeugendste daran. Es schien undenkbar, daß jemand sie erfunden haben könnte, und Effing erzählte sie so gut und mit so offenkundiger Aufrichtigkeit, daß ich mich ohne weiteres darauf einließ und mich weigerte, ihren Wahrheitsgehalt anzuzweifeln. Ich hörte zu, ich schrieb auf, was er sagte, ich unterbrach ihn nicht. Obwohl mir zuweilen vor ihm graute, konnte ich nicht umhin, ihn für einen Gleichgesinnten zu halten. Das fing vermutlich an, als wir zu der Episode mit der Höhle kamen. Schließlich hatte auch ich Erinnerungen an ein Höhlenleben, und als er mir die Einsamkeit beschrieb, die er dort empfunden hatte, kam es mir vor, als beschriebe er meine eigenen Gefühle. Meine Geschichte war nicht minder grotesk als Effings, aber ich wußte, er würde mir jedes Wort glauben, falls ich mich je entschließen sollte, sie ihm zu erzählen.

Die Tage vergingen, und die Stimmung im Haus wurde immer klaustrophobischer. Das Wetter draußen war widerlich – gefrierender Regen, vereiste Straßen, Stürme, die einen glatt durchpusteten –, und wir mußten unsere Nachmittagsspaziergänge vorläufig aussetzen. Nun verdoppelte Effing die Länge der Nachruf-Sitzungen; nach dem Essen zog er sich zu einem kurzen Mittagsschlaf in sein Zimmer zurück, und gegen halb drei oder drei kam er wieder herausgestürmt, um ein paar weitere Stunden lang mit seiner Erzählung fortzufahren. Ich weiß nicht, woher er die Kraft nahm, in einem solchen Tempo weiterzumachen, aber abgesehen davon, daß er zwischen den Sätzen etwas längere Pausen einlegte als gewöhnlich, schien seine Stimme ihn nie im Stich zu lassen. Ich begann in dieser Stimme zu leben wie in einem Zimmer, einem fensterlosen Zimmer, das mit jedem weiteren Tag kleiner wurde. Effing trug jetzt fast immer seine schwarzen Augenklappen, und so kam ich erst gar nicht dazu, mir einzubilden, es bestünde irgendeine Verbindung zwischen uns. Er war mit der Geschichte in seinem Kopf allein, und ich war allein mit den Worten, die seinem Mund entströmten. Diese Worte erfüllten die Luft um mich herum, bis ich am Ende kaum noch etwas zum Atmen hatte. Ohne Kitty wäre ich wahrscheinlich erstickt. Nach der Arbeit mit Effing gelang es mir meist, sie ein paar Stunden lang zu sehen und die Nacht bei ihr zu verbringen. Mehr als einmal kehrte ich erst am nächsten Morgen zurück. Mrs. Hume wußte, was ich im Schilde führte, aber falls Effing irgend etwas von meinem Kommen und Gehen ahnte, ließ er jedenfalls nichts davon verlauten. Für ihn zählte allein, daß ich jeden Morgen um acht Uhr am Frühstückstisch erschien, und das schaffte ich immer rechtzeitig.

Nach dem Verlassen der Höhle zog Effing, wie er erzählte, mehrere Tage lang durch die Wüste, bis er die Ortschaft Bluff fand. Von da an wurde es leichter für ihn. Langsam in Richtung Norden von einem Ort zum anderen ziehend, kam er Ende Juni nach Salt Lake City zurück, wo er sich eine Bahnfahrkarte nach San Francisco kaufte. In Kalifornien erfand er dann seinen neuen Namen; als er sich am Abend seiner Ankunft im Hotel eintrug, machte er sich zu Thomas Effing. Thomas sollte an Moran erinnern, sagte er, doch erst als er den Stift weglegte, fiel ihm auf, daß auch der Einsiedler Tom geheißen hatte, er also den Namen verwandte, den er über ein Jahr lang heimlich getragen hatte. Er nahm diesen Zufall als gutes Omen, als sei seine Entscheidung damit bekräftigt und zu etwas Unausweichlichem geworden. Seinen Nachnamen brauche er mir nicht zu erläutern, meinte er. Er hatte mir bereits gesagt, Effing sei ein Wortspiel, und falls ich ihn nicht grundsätzlich falsch verstanden hatte, glaubte ich zu wissen, wie es zustande gekommen war. Als er das Wort *Thomas* niederschrieb, dürfte ihm der Ausdruck *doubting Thomas*, der ungläubige Thomas, in den Sinn gekommen sein. Dieses Gerundium erinnerte ihn an ein anderes: *fucking Thomas*, was er wiederum aus Gründen des Anstands zu *f-ing* abkürzte. So wurde er zu Thomas Effing, dem Mann, der sein Leben verpfuscht hatte. In Anbetracht seiner Vorliebe für grobe Witze konnte ich mir gut vorstellen, wie zufrieden er mit sich gewesen sein mußte.

Ich rechnete eigentlich von Anfang an damit, daß er mir von seinen Beinen erzählen würde. Die Felsen von Utah kamen mir als Schauplatz eines entsprechenden Unfalls recht wahrscheinlich vor, doch täglich kam sein Bericht ein wenig voran, und noch immer hatte er nicht davon gesprochen, wie er zum Krüppel geworden war. Der Treck mit Scoresby und Byrne, die Begegnung mit George Ugly Mouth, das Duell mit den Greshams: alle diese Abenteuer hatte er unversehrt überstanden. Dann war er in San Francisco, und langsam begann ich zu zweifeln, ob er je auf dieses Thema zu sprechen kommen würde. Über eine Woche verbrachte er mit der Schilderung dessen, was er mit dem Geld gemacht hatte: zählte die Investitionen auf, die er getätigt, die Finanztransaktionen, die er abgewickelt, die wahnsinnigen Risiken, auf die er sich am Börsenmarkt eingelassen hatte. Binnen neun Monaten war er wieder reich, fast so reich wie zuvor: Er besaß ein Haus mit Dienstpersonal am Russian Hill, er hatte Frauen, wann immer er welche wollte, er bewegte sich in den elegantesten Kreisen der Gesellschaft. Vielleicht hätte er sich in diesem Leben dauerhaft eingerichtet (zumal es ja genau das Leben war, das er seit seiner Kindheit kannte), wenn es nicht etwa ein Jahr nach seiner Ankunft zu einem gewissen Vorfall gekommen wäre. Zusammen mit rund zwanzig anderen Gästen auf eine Dinnerparty eingeladen, sah er sich plötzlich einer Gestalt aus seiner Vergangenheit gegenüber, einem Mann, der über zehn Jahre lang in New York mit seinem Vater zusammengearbeitet hatte. Alonzo Riddle war inzwischen ein alter Mann, doch als er Effing vorgestellt wurde und ihm die Hand gab, erkannte er ihn zweifellos wieder. In seiner Überraschung ließ Riddle sich zu der Bemerkung hinreißen, daß Effing einem Mann, den er früher gekannt habe, zum Verwechseln ähnlich sehe. Effing tat diesen Zufall leichthin ab und scherzte freundlich über die angebliche Tatsache, daß jeder Mensch irgendwo einen exakten Doppelgänger habe, aber Riddle war zu verblüfft, um es dabei bewenden zu lassen, und fing an, Effing und den anderen Gästen die Geschichte von Julian Barbers Verschwinden zu erzählen. Das war ein entsetzlicher Augenblick für Effing, und unfähig, sich von Riddles verwunderten und argwöhnischen Blicken loszumachen, wand er sich den Rest des Abends über in panischer Verlegenheit.

Nun begriff er endlich, wie heikel seine Lage war. Früher oder später mußte er wieder jemandem aus seiner Vergangenheit über den Weg laufen, und nichts konnte ihm garantieren, daß er dann genauso leicht davonkommen würde wie bei Riddle. Der nächste würde selbstsicherer sein, aggressiver in seinen Vorhaltungen, und ehe Effing es sich versähe, würde die ganze Sache nach hinten losgehen. Vorsichtshalber hörte er sofort damit auf, Partys zu geben und Einladungen anzunehmen, doch wußte er, daß ihm derlei auf Dauer auch nicht helfen würde. Irgendwann würde den Leuten auffallen, daß er sich von ihnen zurückgezogen hatte, und das würde ihre Neugier erregen, was wiederum Gerüchten Vorschub leisten würde, die nur zu Schwierigkeiten führen konnten. Es war November 1918. Vor kurzem war der Waffenstillstand unterzeichnet worden, und Effing wußte, daß seine Tage in Amerika gezählt waren. Trotz dieser Gewißheit sah er sich nicht in der Lage, etwas zu unternehmen. Er verfiel in Trägheit, konnte weder Pläne machen noch über die Möglichkeiten nachdenken, die ihm offenstanden. Aufgewühlt von Schuldgefühlen und dem schrecklichen Vergehen, das er gegen sein Leben begangen hatte, gab er sich der leichtsinnigen Phantasievorstellung hin, mit irgendeiner kolossalen Lüge, die das Geschehene rechtfertigen sollte, nach Long Island zurückzukehren. Das kam zwar nicht in Frage, aber es war ein erlösender Traum, an den er sich klammerte, und hartnäckig heckte er eine Scheinlösung nach der anderen aus, ohne sich zum Handeln bewegen zu können. Mehrere Monate lang hielt er sich von der Welt fern, schlief tagsüber in seinem abgedunkelten Zimmer und wagte sich nur nachts nach Chinatown hinaus. Immer nur nach Chinatown. Obwohl er eigentlich nie dorthin wollte, brachte er nie den Mut auf, nicht dorthin zu gehen. Gegen seinen Willen besuchte er immer wieder die Bordelle, Opiumhöhlen und Spielsalons, die dort im Labyrinth der engen Straßen versteckt waren. Er suchte Vergessen, wie er sagte, wollte in einer Erniedrigung ertrinken, die dem Abscheu, den er vor sich selbst empfand, entsprechen sollte. Seine Nächte wurden zu einem süchtig machenden Strudel von klappernden Roulettescheiben und Rauch, von Chinesinnen mit pockennarbigen Gesichtern und fehlenden Zähnen, von stickigen Räumen und Ekel. Seine Verluste bei diesen Ausschweifungen waren so hoch, daß er im August ein Drittel seines Vermögens vertan hatte. Das wäre bis zum Ende so weitergegangen, sagte er, bis er sich entweder das Leben genommen oder sich um sein letztes Geld gebracht haben würde, wenn, ja wenn das Schicksal ihn nicht ereilt und zerbrochen hätte. Was passierte, hätte brutaler und plötzlicher nicht eintreten können, doch bei allem Elend, das es zur Folge hatte, stand fest, daß nur eine Katastrophe ihn hatte retten können.

In dieser Nacht regnete es, sagte Effing. Er hätte einige Stunden in Chinatown verbracht und war auf dem Heimweg, ganz zittrig von der Droge in seinem Körper und sich kaum bewußt, wo er war. Es war drei oder vier Uhr morgens, und er stieg den steilen Hügel hinauf, der zu seiner Wohngegend führte; fast bei jeder Laterne mußte er stehenbleiben, um sich festzuhalten und zu Atem zu kommen. Schon beim Aufbruch hatte er seinen Schirm verloren, und als er den letzten Hügel erreichte, war er naß bis auf die Haut. Der Regen hämmerte auf den Bürgersteig, sein Kopf schwamm im Nebel des Opiums, und so hörte er den Fremden nicht, der hinter ihm auftauchte. Eben noch trottete er die Straße entlang, und im nächsten Augenblick schien ein Haus über ihm einzustürzen. Er hatte keine Ahnung, was es war – eine Keule, ein Ziegelstein, ein Revolverknauf, es hätte alles mögliche sein können. Er spürte lediglich die Gewalt des Schlages, einen ungeheuren Stoß an die Schädelbasis, und dann ging er zu Boden, brach umgehend auf dem Bürgersteig zusammen. Er kann nur wenige Sekunden lang bewußtlos gewesen sein, denn als nächstes erinnerte er sich, daß er die Augen aufschlug und daß Wasser in sein Gesicht sprühte. Er schlitterte den Hügel hinunter, schoß kopfüber und bäuchlings die glitschige Straße in einem Tempo bergab, das er nicht kontrollieren konnte, sosehr er auch mit Armen und Beinen ruderte und irgend etwas zu fassen suchte, um das wilde Schlittern zu beenden. Er mühte sich umsonst, er konnte nicht anhalten, kam nicht hoch, konnte nichts anderes tun, als sich wie ein verwundetes Insekt herumzuwälzen. Irgendwann muß er dann seinen Körper so gedreht haben, daß er ein wenig von seinem geraden Weg den Bürgersteig hinunter abkam, und plötzlich sah er, daß er gleich vom Bordstein stürzen und auf die Straße fliegen würde. Er machte sich auf den Stoß gefaßt, doch im Augenblick, als er an die Kante kam, drehte er sich noch einmal um achtzig oder neunzig Grad, rammte einen Laternenpfahl, und sein Rückgrat krachte mit voller Wucht gegen das Eisen. Im gleichen Augenblick hörte er etwas zerbrechen, und dann kam ein Schmerz, anders als jeder andere, den er je empfunden hatte, ein so heftiger und grotesker Schmerz, daß er glaubte, sein Körper sei buchstäblich explodiert.

Die genauen medizinischen Details seiner Verletzung hat er mir nicht mitgeteilt. Was zählte, war die Prognose, und da waren die Ärzte bald zu einem einstimmigen Urteil gelangt. Seine Beine waren gelähmt, und keine Therapie der Welt würde ihn wieder zum Gehen befähigen können. Seltsamerweise, sagte er, nahm er das fast mit Erleichterung zur Kenntnis. Es war die Strafe, und da es eine schreckliche Strafe war, brauchte er sich nicht mehr selbst zu bestrafen. Sein Verbrechen war gesühnt, und mit einemmal fühlte er sich wieder leer: Verschwunden waren die Schuldgefühle, die Ängste, ertappt zu werden, die Bedrohung. Wäre der Unfall anders verlaufen, hätte er vielleicht nicht dieselbe Wirkung auf ihn gehabt, doch da er seinen Angreifer nicht gesehen hatte, da er niemals erfuhr, warum er überhaupt attackiert worden war, konnte er das Ganze nur als eine Form kosmischer Vergeltung auffassen. Die reinste Gerechtigkeit war ihm zuteil geworden; ein schwerer und anonymer Schlag war vom Himmel gekommen und hatte ihn willkürlich und gnadenlos zerschmettert. Er hatte keine Zeit gehabt, sich zu verteidigen oder seine Sache zu vertreten. Ehe er wußte, daß der Prozeß begonnen hatte, war er vorbei, das Urteil gefällt, der Richter aus dem Gerichtssaal verschwunden.

Neun Monate brauchte er zu seiner Genesung (soweit man von Genesung sprechen konnte), und dann bereitete er sich darauf vor, das Land zu verlassen. Er verkaufte sein Haus, transferierte sein Vermögen auf ein Schweizer Nummernkonto und kaufte bei einem Mann, der Verbindungen zu den Anarcho-Syndikalisten hatte, einen falschen Paß auf den Namen Thomas Effing. Die Palmer-Razzien waren damals in vollem Gang, Wobblies wurden gelyncht, Sacco und Vanzetti saßen in Haft, und die meisten Mitglieder radikaler Gruppen waren untergetaucht. Der Paßfälscher war ein ungarischer Einwanderer, der von einem vollgestopften Kellerraum in der Botschaft aus operierte, und Effing mußte teuer für das Dokument bezahlen, wie er sich erinnerte. Der Mann war am Rande des Nervenzusammenbruchs, und da er Effing für einen Geheimagenten hielt, der ihn nach beendeter Arbeit verhaften würde, zögerte er die Sache um mehrere Wochen hinaus und kam jedesmal mit einer anderen weithergeholten Ausrede an, wenn ein Termin verstrichen war. Zugleich setzte er auch den Preis immer weiter herauf, aber da Geld damals zu

Effings geringsten Sorgen gehörte, löste er schließlich das Dilemma, indem er dem Mann anbot, seinen höchsten Verkaufspreis noch zu verdoppeln, wenn er den Paß pünktlich um neun Uhr am nächsten Morgen haben könne. Dieser Verlockung konnte der Ungar nicht widerstehen – es ging um über achthundert Dollar –, und als Effing ihm am nächsten Morgen das Geld aushändigte und ihn nicht verhaftete, brach der Anarchist weinend zusammen und küßte ihm in hysterischer Dankbarkeit die Hand. Das war für zwanzig Jahre Effings letzte Begegnung mit irgendwem in Amerika, und die Erinnerung an diesen erschütterten Mann hat ihn nie losgelassen. Er glaubte, das ganze Land sei zum Teufel gegangen, und es gelang ihm, sich ohne jedes Bedauern davon zu verabschieden.

Im September 1920 ging er an Bord der S.S. *Descartes* und fuhr durch den Panamakanal nach Frankreich. Es gab keinen besonderen Grund, ausgerechnet nach Frankreich zu gehen, es sprach aber auch nichts dagegen. Eine Zeitlang hatte er mit dem Gedanken gespielt, sich in irgendeine abgelegene Kolonie zurückzuziehen – nach Mittelamerika vielleicht, oder auf eine Insel im Pazifik –, aber die Vorstellung, den Rest seines Lebens im Dschungel zu verbringen, konnte ihn nicht reizen, selbst wenn er sich ausmalte, von unschuldigen Eingeborenen als kleiner König vergöttert zu werden. Er wollte nicht ins Paradies, sondern bloß in ein Land, das ihn nicht langweilte. England kam nicht in Frage (er verabscheute die Engländer), und obwohl die Franzosen nicht viel besser waren, dachte er noch immer gern an das Jahr zurück, das er als junger Mann in Paris verbracht hatte. Auch Italien reizte ihn, aber die Tatsache, daß Französisch die einzige Fremdsprache war, die er halbwegs fließend sprechen konnte, gab schließlich den Ausschlag für Frankreich. Immerhin würde er dort gut essen und guten Wein zu trinken bekommen. Zwar würde er in Paris mit großer Wahrscheinlichkeit auf ehemalige

Künstlerfreunde aus New York stoßen, aber die Aussicht auf solche Begegnungen schreckte ihn nicht mehr. Seit dem Unfall war das alles anders. Julian Barber war tot. Er war kein Künstler mehr, er war überhaupt niemand mehr. Nur noch Thomas Effing, ein verkrüppelter, an den Rollstuhl gefesselter Exilant; und sollte ihm jemand wegen seiner Identität zu nahe treten, würde er ihn zum Teufel schicken. So einfach war das. Es war ihm egal, was die Leute dachten, und wenn er ab und zu eine Lüge über sich aussprechen müßte, nun gut, dann würde er eben lügen. Das Ganze war sowieso ein fauler Zauber, deshalb kam es darauf auch nicht mehr an.

Er berichtete noch zwei oder drei Wochen lang weiter, aber die Erzählung fesselte mich nicht mehr so wie am Anfang. Alles Wesentliche war gesagt; es gab keine Geheimnisse mehr zu enthüllen, es waren ihm keine dunklen Wahrheiten mehr zu entreißen. Die wichtigsten Umwälzungen in Effings Leben hatten in Amerika stattgefunden, in den Jahren zwischen seiner Abreise nach Utah und dem Unfall in San Francisco, und nachdem er in Europa angekommen war, wurde die Geschichte ziemlich gewöhnlich, eine Chronologie von Fakten und Ereignissen, ein Bericht vom Vergehen der Zeit. Effing war sich dessen bewußt, und wenn er es auch nicht offen zugab, so spürte ich doch, daß seine Erzählweise sich zu ändern begann und bald nicht mehr so präzise und eindringlich war wie zu Beginn. Er schweifte jetzt öfter ab, schien öfter den Faden zu verlieren und leistete sich sogar einige ausgemachte Widersprüche. Zum Beispiel behauptete er einmal, er habe diese Jahre im Müßiggang verbracht – Bücher gelesen, Schach gespielt, in Bistros gesessen –, und am nächsten Tag verwarf er das alles und erzählte mir von komplizierten geschäftlichen Unternehmungen, von Bildern, die er gemalt und dann zerstört habe, von einem Buchladen, den er betrieben habe, von seiner Arbeit als Geheimagent, von seinen Bemühungen, Geld für die Republikanische Armee in Spanien aufzutreiben. Es stand außer Zweifel, daß er log, doch hatte ich den Eindruck, dies geschehe eher aus Gewohnheit als in der Absicht, mich zu täuschen. Gegen Ende sprach er mit bewegenden Worten von seiner Freundschaft mit Pavel Shum, erzählte mir in allen Einzelheiten, wie er sein Sexualleben trotz seines Zustands aufrechterhalten habe, und erging sich in etlichen langwierigen Predigten über seine Theorien vom Universum: die Elektrizität der Gedanken, der Zusammenhalt der Materie, die Seelenwanderung. Am letzten Tag erzählte er mir, wie es ihm und Pavel gelungen war, vor dem Einmarsch der Deutschen aus Paris zu fliehen, wiederholte noch einmal die Geschichte von seiner erneuten Begegnung mit Tesla im Bryant Park und machte dann völlig unvermittelt Schluß.

«Das reicht», sagte er. «Damit lassen wir's bewenden.»

«Aber wir haben noch eine Stunde bis zum Mittagessen», sagte ich nach einem Blick zur Uhr auf dem Kamin. «Noch genug Zeit, um mit der nächsten Episode anzufangen.»

«Widersprechen Sie mir nicht, Junge. Wenn ich sage, daß wir fertig sind, dann sind wir fertig.»

«Aber wir sind erst im Jahr 1939. Wir haben noch dreißig Jahre zu erledigen.»

«Die sind belanglos. Die können Sie mit ein paar Sätzen abtun. ‹Am Beginn des Zweiten Weltkriegs kehrte Mr. Effing aus Europa nach New York zurück, wo er die letzten dreißig Jahre seines Lebens verbrachte.› Etwas in der Art. Dürfte nicht schwierig sein.»

«Sie meinen also nicht nur heute. Sondern die ganze Geschichte. Sie wollen sagen, daß wir damit fertig sind?»

«Ich habe mich deutlich genug ausgedrückt.»

«Schon gut, jetzt verstehe ich. Es leuchtet mir zwar noch immer nicht ein, aber ich verstehe.»

«Unsere Zeit wird langsam knapp, Sie Idiot, das ist der

Grund. Wenn wir jetzt nicht anfangen, den verdammten Nachruf zu schreiben, wird er nie fertig werden.»

In den nächsten zwanzig Tagen saß ich jeden Vormittag in meinem Zimmer und tippte auf der alten Underwood die verschiedenen Fassungen von Effings Lebensgeschichte. Eine Kurzfassung, die an die Zeitungen verschickt werden sollte, fünfhundert trockene Worte, die nur die oberflächlichsten Tatsachen streiften; eine ausführlichere Fassung mit dem Titel «Das geheimnisvolle Leben des Julian Barber», ein rund dreitausend Worte umfassender, ziemlich reißerischer Bericht, den ich nach Effings Tod bei einer Kunstzeitschrift abliefern sollte; und schließlich eine überarbeitete Fassung der kompletten Mitschrift, Effings Geschichte, wie er sie selbst erzählt hatte. Insgesamt über hundert Seiten, und diese Fassung machte mir die meiste Mühe; sorgfältig mußte ich Wiederholungen und vulgäre Ausdrücke streichen, Sätze auf den Punkt bringen, gesprochene Rede in Schriftsprache übertragen, ohne ihre Kraft zu mindern. Das war ein schwieriger und heikler Prozeß, wie ich herausfand; in vielen Fällen mußte ich ganze Passagen fast vollständig umbauen, wenn ihre ursprüngliche Bedeutung erhalten bleiben sollte. Was Effing mit dieser Autobiographie (denn strenggenommen war dies kein Nachruf mehr) im Sinn hatte, war mir nicht bekannt, aber ihm lag offenbar viel daran, daß sie sich gut lesen ließ, und er machte mir die Korrekturarbeiten nicht leicht, schrie und schimpfte, wann immer ich ihm einen Satz vorlas, der ihm nicht gefiel. Viele Nachmittage lang kämpften wir uns durch diese Lektoratssitzungen, zankten uns über die kleinsten Stilfragen. Für uns beide war das eine aufreibende Erfahrung (zwei verstockte Seelen, auf Leben und Tod aneinandergekettet), doch einigten wir uns nach und nach über jeden der strittigen Punkte, und Anfang März war die Arbeit erledigt.

Am nächsten Tag fand ich drei Bücher auf meinem Bett. Sie waren alle von einem Mann namens Solomon Barber geschrieben, und obwohl Effing sie beim Frühstück nicht erwähnte, nahm ich an, daß er es war, der sie mir dort hingelegt hatte. Das war typisch Effing – durchtrieben, unklar, scheinbar ohne Motiv –, aber inzwischen kannte ich ihn gut genug, um zu verstehen, daß er mir damit bedeuten wollte, die Bücher zu lesen. Daß es sich dabei nicht um eine beiläufige Bitte handelte, schien mir der Name des Autors ziemlich nahezulegen. Einige Monate zuvor hatte der Alte einmal das Wort «Konsequenzen» benutzt, und nun fragte ich mich, ob er sich etwa anschickte, davon zu sprechen.

Die Bücher handelten von amerikanischer Geschichte, und jedes war bei einem anderen Hochschulverlag erschienen: *Bishop Berkeley und die Indianer* (1947), *Die verlorene Kolonie von Roanoke* (1955) und *Die amerikanische Wildnis* (1963). Die biographischen Notizen auf den Schutzumschlägen waren dürftig, doch durch Zusammenfügen der verschiedenen Informationsbruchstücke erfuhr ich immerhin, daß Solomon Barber 1944 in Geschichte promoviert, zahllose Artikel in Fachzeitschriften veröffentlicht und an mehreren Colleges im Mittelwesten gelehrt hatte. Entscheidend war der Hinweis auf 1944. Falls Effing kurz vor seiner Abreise im Jahr 1916 seine Frau geschwängert hatte, mußte sein Sohn im Jahr darauf geboren worden sein; 1944 wäre er demnach siebenundzwanzig gewesen – genau das Alter, in dem man seinen Doktor macht. Alles schien zu passen, aber ich war nicht so dumm, irgendwelche voreiligen Schlüsse zu ziehen. Noch drei Tage mußte ich warten, bis Effing sich dem Thema näherte, und erst da erfuhr ich, daß ich richtig getippt hatte.

«Sie haben sich die Bücher, die ich Ihnen am Dienstag ins Zimmer gelegt habe, wohl nicht angesehen», sagte er mit so ruhiger Stimme wie jemand, der um ein Stück Zukker für seinen Tee bittet.

«Ich habe sie mir angesehen», sagte ich. «Ich bin sogar so weit gegangen, sie zu lesen.»

«Das überrascht mich, Junge. Ich fange langsam an zu glauben, daß doch noch etwas aus Ihnen werden könnte.»

«Aus jedem kann etwas werden, Sir. Sonst würde die Welt stillstehen.»

«Verschonen Sie mich mit Ihren Aphorismen, Fogg. Was halten Sie von den Büchern?»

«Ich finde sie bewundernswert. Gut geschrieben, überzeugend formuliert und voller Informationen, die mir gänzlich neu waren.»

«Zum Beispiel.»

«Zum Beispiel hatte ich nie etwas von Berkeleys Plan zur Erziehung der Indianer auf Bermuda gewußt, ebensowenig wie von den Jahren, die er auf Rhode Island verbracht hat. All das war für mich überraschend, aber das Beste an dem Buch ist die Art, wie Barber Berkeleys Erfahrungen mit seinen philosophischen Arbeiten über die Wahrnehmung in Beziehung setzt. Ich fand das sehr geschickt und originell, sehr tiefgründig.»

«Und die anderen Bücher?»

«Genau das gleiche. Auch über Roanoke hatte ich nicht viel gewußt. Barber liefert gute Argumente für die Lösung des Rätsels, finde ich, und ich neige dazu, ihm darin zuzustimmen, daß die verlorenen Siedler durch Anschluß an die Croatan-Indianer überlebt haben. Das Hintergrundmaterial über Raleigh und Thomas Harriot hat mir ebenfalls gefallen. Wußten Sie, daß Harriot der erste Mensch war, der den Mond durch ein Fernrohr betrachtet hat? Ich hatte immer gedacht, das sei Galilei gewesen, aber Harriot ist ihm um mehrere Monate zuvorgekommen.»

«Ja, Junge, das wußte ich. Sie brauchen mir keinen Vortrag zu halten.»

«Ich beantworte nur Ihre Frage. Sie fragten, was ich gelernt habe, und das habe ich Ihnen erzählt.»

«Widersprechen Sie mir nicht. Ich bin es, der hier die Fragen stellt. Ist das klar?»

«Klar. Sie können mich alles fragen, was Sie wollen, Mr. Effing, aber Sie brauchen sich nicht im Kreis zu drehen.»

«Was soll das heißen?»

«Das heißt, daß wir keine Zeit mehr zu vergeuden haben. Sie haben mir diese Bücher ins Zimmer gelegt, weil Sie mir etwas sagen wollten, und ich verstehe nicht, warum Sie das nicht einfach tun.»

«Meine Güte, ganz schön schlau heute, was?»

«Das kann man sich doch an zwei Fingern abzählen.»

«Da haben Sie wohl recht. Mehr oder weniger habe ich es Ihnen doch bereits gesagt, oder?»

«Solomon Barber ist Ihr Sohn.»

Effing machte eine lange Pause, als weigerte er sich noch immer zu bestätigen, wohin das Gespräch uns geführt hatte. Er starrte ins Leere, nahm seine dunkle Brille ab und polierte die Gläser mit einem Taschentuch – eine sinnlose, unglaubwürdige Geste für einen Blinden –, dann kam tief aus seiner Kehle ein Grunzen. «Solomon», sagte er. «Wahrlich ein scheußlicher Name. Aber damit hatte ich natürlich nichts zu tun. Jemandem, von dem man nicht weiß, daß es ihn gibt, kann man doch keinen Namen geben, oder?»

«Haben Sie ihn je gesehen?»

«Ich habe ihn nie gesehen, und er hat mich nie gesehen. Für ihn ist sein Vater 1916 in Utah gestorben.»

«Wann haben Sie zum erstenmal von ihm gehört?»

«1947. Dafür war Pavel Shum verantwortlich, er hat diese Tür aufgestoßen. Eines Tages kam er mit einem Buch über Bishop Berkeley an. Pavel war ja ein großer Leser, wie Sie bestimmt schon von mir gehört haben, und als er anfing, mir von einem jungen Historiker namens Barber zu erzählen, spitzte ich natürlich die Ohren. Da Pavel von meinem früheren Leben nichts wußte, mußte ich also ein Interesse an dem Buch vortäuschen, um mehr über den Mann zu erfahren, der es geschrieben hatte. Zu diesem Zeitpunkt stand ja noch gar nichts fest. Barber ist schließlich kein sehr ungewöhnlicher Name, und ich hatte keinerlei Grund zu der Annahme, dieser Solomon könnte in irgendeiner Beziehung zu mir stehen. Trotzdem hatte ich so eine Ahnung, und wenn ich etwas in meiner langen und dummen Laufbahn als Mensch gelernt habe, dann das, wie wichtig es ist, meinen Ahnungen Gehör zu schenken. Ich erzählte Pavel also ein Märchen, obwohl das vermutlich gar nicht nötig war. Er hätte alles für mich getan. Wenn ich ihn gebeten hätte, zum Nordpol zu gehen, wäre er auf der Stelle losgerannt. Ich brauchte nur ein paar Informationen, fand es aber zu riskant, die Sache zu überstürzen, also erzählte ich ihm, ich hätte vor, eine Stiftung zu gründen, die alljährlich einem verdienstvollen jungen Autor einen Preis verleihen sollte. Dieser Barber scheint vielversprechend, sagte ich, wie wär's, wenn wir uns einmal umhören würden, ob er nicht ein bißchen zusätzliches Geld gebrauchen kann? Pavel war begeistert. Was ihn betraf, konnte man auf der Welt nichts Besseres tun, als das Geistesleben zu fördern.»

«Aber was war mit Ihrer Frau? Haben Sie nie herausgefunden, wie es ihr ergangen ist? Es dürfte nicht sehr schwierig gewesen sein, herauszufinden, ob sie einen Sohn bekommen hatte oder nicht. Um an derlei Informationen heranzukommen, gibt es doch hundert verschiedene Möglichkeiten.»

«Zweifellos. Aber ich hatte mir gelobt, über Elizabeth keinerlei Nachforschungen anzustellen. Neugierig war ich – es wäre unmöglich gewesen, nicht neugierig zu sein –, zugleich aber wollte ich diese alte Geschichte nicht wieder aufwärmen. Die Vergangenheit war die Vergangenheit, sie war mir völlig verschlossen. Ob sie lebte oder tot war, ob sie wieder geheiratet hatte oder nicht – was hätte es gebracht, das zu wissen? Ich zwang mich, mir darüber im unklaren zu bleiben. Das brachte eine starke Belastung mit sich, half mir aber, mich daran zu erinnern, wer ich war, mein Bewußtsein für die Tatsache zu schärfen, daß ich jetzt jemand anders war. Nicht zurückblicken – darauf kam es an. Kein Bedauern, kein Mitleid, keine charakterschwachen Gefühlsduseleien. Meine Weigerung, nichts über Elizabeth herausfinden zu wollen, hielt mich bei Kräften.»

«Aber über Ihren Sohn wollten Sie etwas herausfinden.»

«Das war etwas anderes. Wenn durch mein Zutun ein Mensch auf die Welt gekommen war, hatte ich auch das Recht, etwas darüber zu erfahren. Ich wollte nur die Tatsachen aufklären, sonst nichts.»

«Hat Pavel lange gebraucht, um an die Informationen heranzukommen?»

«Nicht lange. Er spürte Solomon Barber auf und stellte fest, daß er an irgendeinem Provinzcollege im Mittelwesten lehrte – Iowa, Nebraska, ich hab's vergessen. Pavel schrieb ihm einen Brief über sein Buch, Fanpost sozusagen. Danach ging alles ganz leicht. Barber schickte eine liebenswürdige Antwort, und dann schrieb Pavel ihm zurück, er käme demnächst durch Iowa oder Nebraska und überlege, ob man sich nicht mal treffen könne. Rein zufällig natürlich. Ha! Als ob es so was wie Zufall gäbe! Barber sagte, er würde ihn mit Vergnügen kennenlernen, und so geschah es denn. Pavel nahm den Zug nach Iowa oder Nebraska, sie verbrachten einen Abend zusammen, und dann kam Pavel zurück und brachte alles mit, was ich wissen mußte.»

«Und das war?»

«Das war: daß Solomon Barber 1917 in Shoreham, Long Island, geboren wurde. Das war: daß sein Vater, ein Maler, vor langer Zeit in Utah gestorben war. Und das war: daß seine Mutter seit 1939 tot war.»

«Also in dem Jahr gestorben, in dem Sie nach Amerika zurückkehrten.»

«Offenbar.»
«Und dann?»
«Und dann was?»
«Was geschah dann?»
«Nichts. Ich sagte Pavel, ich hätte es mir mit der Stiftung anders überlegt, und das war's.»
«Und Sie hatten nie das Verlangen, ihn zu sehen? Es fällt mir schwer zu glauben, daß Sie die Sache einfach so auf sich beruhen lassen konnten.»
«Ich hatte meine Gründe, Junge. Glauben Sie nicht, daß mir das leichtfiel, aber ich blieb dabei. Ich blieb dabei durch dick und dünn.»
«Wie nobel von Ihnen.»
«Ja, sehr nobel. Ich bin eben von Kopf bis Fuß ein Edelmann.»
«Und jetzt?»
«Trotz allem gelang es mir, seine weitere Laufbahn zu verfolgen. Pavel setzte die Korrespondenz mit ihm fort und hielt mich in all den Jahren über Barbers Aufenthalt auf dem laufenden. Deswegen erzähle ich Ihnen das jetzt. Nach meinem Tod sollen Sie nämlich etwas für mich tun. Die Anwälte könnten es auch, aber es ist mir lieber, wenn Sie das machen. Sie können das besser erledigen als die.»
«Was haben Sie vor?»
«Ich werde ihm mein Geld vermachen. Mrs. Hume bekommt natürlich ihren Teil, aber der Rest soll an meinen Sohn gehen. Der arme Tropf hat sein Leben so vermasselt, vielleicht kann ihm das ein wenig helfen. Er ist ein fettes, kinderloses, unverheiratetes, kaputtes Wrack, eine wandelnde, lenkbare Katastrophe. Trotz all seinem Grips und Talent war seine Karriere ein einziger Murks. Mitte der vierziger Jahre flog er wegen irgendeines Skandals aus seinem ersten Job – soviel ich weiß, weil er es mit einem Studenten getrieben hat –, und als er dann gerade wieder auf die Beine kam, geriet er in McCarthys Mühlen und mußte

von neuem dran glauben. Er verbrachte sein Leben in den elendesten Provinzkaffs, die man sich vorstellen kann, unterrichtete an Colleges, die kein Mensch auch nur dem Namen nach kennt.»

«Hört sich jämmerlich an.»

«Genau das ist es. Jämmerlich. Hundert Prozent jämmerlich.»

«Aber was soll ich dabei machen? Sie vermachen ihm das Geld in Ihrem Testament, und die Anwälte geben es ihm. Scheint mir doch ganz unkompliziert.»

«Ich möchte, daß Sie ihm mein Selbstporträt schicken. Was glauben Sie, warum wir so hart daran gearbeitet haben? Doch nicht zum Zeitvertreib, Junge, sondern zu einem bestimmten Zweck. Alles, was ich tue, hat seinen Zweck, vergessen Sie das nicht. Wenn ich tot bin, sollen Sie es ihm zusammen mit einem Begleitbrief schicken, worin Sie erklären, wie es zustande gekommen ist. Ist das klar?»

«Nicht ganz. Seit 1947 haben Sie Distanz zu ihm gehalten, und da verstehe ich nicht, warum Sie jetzt plötzlich so wild darauf sind, Kontakt mit ihm aufzunehmen. Das ist mir völlig unverständlich.»

«Jeder hat das Recht, über seine Vergangenheit Bescheid zu wissen. Ich kann nicht viel für ihn tun, aber immerhin das kann ich für ihn tun.»

«Auch wenn er es vielleicht lieber nicht wüßte?»

«Allerdings, auch wenn er es vielleicht lieber nicht wüßte.»

«Das scheint mir nicht fair.»

«Wer redet hier von Fairneß? Damit hat das nichts zu tun. Zu meinen Lebzeiten habe ich mich von ihm ferngehalten, aber jetzt, wo ich tot bin, soll die Sache ans Licht kommen.»

«Sehr tot sehen Sie mir nicht aus.»

«Das kommt noch, ich versprech's Ihnen. Es ist schon bald soweit.»

«Das sagen Sie schon seit Monaten, aber Sie sind noch immer so gesund wie eh und je.»

«Welcher Tag ist heute?»

«Der 12. März.»

«Dann bleiben mir noch zwei Monate. Genau heute in zwei Monaten, am 12. Mai, werde ich sterben.»

«Das können Sie unmöglich wissen. Niemand kann das.»

«Aber ich kann es, Fogg. Lassen Sie es sich gesagt sein. Heute in zwei Monaten werde ich sterben.»

Nach diesem merkwürdigen Gespräch machten wir wieder im alten Trott weiter. Vormittags las ich ihm vor, und nachmittags schob ich ihn spazieren. Es war dasselbe Programm wie früher, und doch kam es mir jetzt anders vor. Früher war Effing bei den Büchern planmäßig vorgegangen, aber jetzt schien mir seine Auswahl willkürlich und völlig zusammenhanglos. Bat er mich an einem Tag, ihm Erzählungen aus dem *Dekameron* oder aus *Tausendundeiner Nacht* vorzulesen, konnte es am nächsten Tag *Die Komödie der Irrungen* sein, und wieder einen Tag später wollte er von Büchern überhaupt nichts wissen und ließ mich die Berichte vom Frühjahrstraining in den Baseball-Trainingslagern von Florida vorlesen. Vielleicht hatte er ja beschlossen, die Dinge von nun an aufs Geratewohl auszuwählen, leichten Sinnes über eine Vielzahl von Werken hinzuhuschen, um sich von ihnen zu verabschieden, als ob er sich damit von der Welt verabschieden könnte. Drei oder vier Tage hintereinander mußte ich ihm pornographische Romane vorlesen (die in einem Kabinett hinter dem Bücherregal versteckt waren), doch selbst diese Bücher vermochten ihn auf keinerlei wahrnehmbare Weise zu erregen. Ein paarmal kicherte er amüsiert, aber er brachte es auch fertig, mitten in einer der heißesten Passagen einzuschlafen. Während er schlief, las ich weiter, und als er eine halbe

Stunde später aufwachte, sagte er mir, er habe das Totsein geübt. «Wenn ich sterbe, will ich Sex im Kopf haben», murmelte er. «Einen besseren Abgang gibt es nicht.» Ich selbst hatte noch nie zuvor Pornographisches gelesen und fand die Bücher gleichzeitig absurd und erregend. Eines Tages prägte ich mir einige der besten Stellen ein und trug sie Kitty vor, als ich sie am Abend besuchte. Auf sie schienen sie genauso zu wirken. Sie mußte lachen, verspürte aber gleichzeitig den Drang, sich auszuziehen und ins Bett zu steigen.

Auch die Spaziergänge waren jetzt anders als früher. Effing zeigte sich nicht mehr sonderlich begeistert davon, drängte mich nicht mehr, die Dinge, auf die wir stießen, zu beschreiben, sondern saß schweigend, nachdenklich und verschlossen in seinem Rollstuhl. Aus Gewohnheit gab ich weiterhin meine fortlaufenden Kommentare ab, aber er schien mir kaum zuzuhören; seine boshaften und kritischen Bemerkungen fehlten mir geradezu, und langsam spürte ich, wie auch meine Stimmung sank. Zum erstenmal, seit ich ihn kannte, schien Effing geistesabwesend, losgelöst von den Dingen in seiner Umgebung, fast friedlich. Ich sprach mit Mrs. Hume über diese Verwandlung, und sie gestand, daß auch sie sich deswegen Sorgen machte. An seinem physischen Zustand bemerkten wir beide jedoch keine größeren Veränderungen. Er aß so viel oder wenig, wie er immer gegessen hatte; sein Stuhlgang war normal; er ließ keine Klagen über neue Schmerzen oder Beschwerden verlauten. Diese seltsam lethargische Phase dauerte ungefähr drei Wochen. Und dann, als ich schon zu glauben begann, es ginge ernstlich bergab mit Effing, kam er eines Morgens wieder ganz wie der alte an den Frühstückstisch, er strotzte vor guter Laune und sah so glücklich aus wie in seinen besten Zeiten.

«Es ist entschieden!» verkündete er und schlug so kräftig mit der Faust auf den Tisch, daß das Silberbesteck klappernd hochsprang. «Tag für Tag habe ich darüber gebrütet, es im Kopf herumgewälzt, den perfekten Plan zu machen versucht. Nach vieler geistiger Mühe kann ich nun mit Freuden vermelden, daß die Sache feststeht. Fest! Bei Gott, das ist die beste Idee, die ich je gehabt habe. Ein Meisterwerk, ein vollkommenes Meisterwerk. Sind Sie zu einem kleinen Spaß bereit, Junge?»

«Selbstverständlich», sagte ich, da es mir ratsam schien, ihm seinen Willen zu lassen. «Zu einem kleinen Spaß bin ich immer bereit.»

«Ausgezeichnet, das ist die richtige Einstellung», sagte er und rieb sich die Hände. «Ich verspreche euch, meine Kinder, das wird ein großartiger Schwanengesang, ein unvergleichlicher Schlußakkord. Wie sieht es heute draußen aus?»

«Klar und frisch», sagte Mrs. Hume. «Der Mann im Radio sagte, heute nachmittag könnten es zwölf Grad werden.»

«Klar und frisch», sagte er, «um zwölf Grad. Besser könnte es nicht sein. Und das Datum, Fogg, wo befinden wir uns auf dem Kalender?»

«1. April, der Beginn eines neuen Monats.»

«Der 1. April! Der Tag der Streiche und Possen. In Frankreich nannte man das den Tag des Fischs. Nun, wir werden denen ein paar Fische zum Beschnüffeln geben, was, Fogg? Einen ganzen Korb voll!»

«Und ob», sagte ich. «Denen werden wir es zeigen.»

In diesem aufgeregten Ton schwatzte Effing während des ganzen Frühstücks weiter und legte dabei kaum einmal eine Pause ein, um sich den Haferbrei in den Mund zu löffeln. Mrs. Hume zog ein besorgtes Gesicht, ich aber fühlte mich trotz allem von diesem verrückten Energieausbruch ermutigt. Wozu auch immer das führen mochte, es konnte nicht schlechter sein als die düsteren Wochen, die wir nun hinter uns gebracht hatten. Effing eignete sich nicht für die

Rolle des mißmutigen alten Mannes, und mir war es lieber, er wurde von seinem eigenen Enthusiasmus getötet, als in deprimiertem Schweigen weiterzuleben.

Nach dem Frühstück wies er uns an, seine Sachen zu holen und ihn zum Ausgehen bereitzumachen. Er wurde in die übliche Ausstattung gesteckt – Decke, Schal, Mantel, Hut, Handschuhe –, und dann sagte er mir, ich solle den Schrank aufmachen und eine kleine karierte Reisetasche herausnehmen, die unter einem Haufen von Stiefeln und Überschuhen lag. «Was meinen Sie, Fogg?» fragte er. «Glauben Sie, die ist groß genug?»

«Kommt ganz darauf an, was Sie damit vorhaben.»

«Wir werden sie für das Geld brauchen. Zwanzigtausend Dollar in bar.»

Bevor ich irgend etwas erwidern konnte, schaltete Mrs. Hume sich ein. «Sie werden nichts dergleichen tun», sagte sie. «Das lasse ich nicht zu. Ein Blinder, der mit zwanzigtausend Dollar in bar durch die Straßen zieht. Schlagen Sie sich diesen Unsinn mal gleich aus dem Kopf.»

«Mund halten, alte Hexe», fauchte Effing. «Halten Sie den Mund, oder ich schlage Sie nieder. Es ist mein Geld, und ich tue damit, was ich will. Mein treuer Leibwächter wird mich zu meinem Schutz begleiten, mir wird nichts geschehen. Und wenn doch, ist es jedenfalls nicht Ihre Sache. Kapieren Sie das, Sie fette Kuh? Noch einen Ton, und Sie können Ihre Sachen packen.»

«Sie tut nur ihren Job», versuchte ich Mrs. Hume gegen diese verrückte Attacke zu verteidigen. «Kein Grund zur Aufregung.»

«Das gilt auch für Sie, Fatzke», brüllte er mich an. «Tun Sie, was Ihnen aufgetragen wird, oder mit Ihrem Job ist es vorbei. Eins, zwei, drei, aus. Versuchen Sie's bloß, wenn Sie mir nicht glauben.»

«Hol Sie der Geier», sagte Mrs. Hume. «Sie sind ein bekloppter alter Knacker, Thomas Effing. Hoffentlich verlieren Sie das Geld bis auf den letzten Dollar. Hoffentlich fliegt es Ihnen aus der Tasche, und Sie sehen es nie wieder.»

«Ha!» sagte Effing. «Ha, ha, ha! Was denken Sie denn, was ich damit vorhabe, Sie Pferdegesicht? Es ausgeben? Glauben Sie etwa, Thomas Effing würde sich zu solchen Banalitäten herablassen? Ich habe große Pläne mit diesem Geld, phantastische Pläne, die sich noch kein Mensch je hat träumen lassen.»

«Papperlapapp», sagte Mrs. Hume. «Von mir aus können Sie losziehen und eine Million Dollar ausgeben. Das läßt mich völlig kalt. Mit Ihnen und Ihren ganzen Faxen will ich nichts zu tun haben.»

«Na, na», ließ Effing sich jetzt mit salbungsvollem Charme vernehmen. «Schmollen Sie doch nicht gleich, junge Frau.» Er nahm ihre Hand und drückte ihr mehrere Küsse auf den Arm, als sei es ihm wirklich ernst damit. «Fogg wird auf mich aufpassen. Er ist ein stämmiger Bursche, niemand wird uns etwas tun. Vertrauen Sie mir, ich habe die Operation bis in die Einzelheiten ausgearbeitet.»

«Mich legen Sie nicht rein», sagte sie und entzog ihm verärgert ihre Hand. «Sie haben irgendeine Dummheit vor, das weiß ich. Vergessen Sie nicht, ich habe Sie gewarnt. Kommen Sie mir dann hinterher bloß nicht mit Entschuldigungen angekrochen. Dazu ist es zu spät. Einmal ein Narr, immer ein Narr. Das hat meine Mutter immer zu mir gesagt, und sie hatte recht.»

«Wenn wir Zeit hätten, würde ich es Ihnen jetzt erklären», sagte Effing, «aber es geht nicht. Und außerdem werde ich mich unter all diesen Decken noch totschwitzen, wenn Fogg mich nicht bald hier rauskarrt.»

«Also schwirren Sie ab», sagte Mrs. Hume. «Als ob mir das was ausmacht.»

Effing grinste, richtete sich auf und wandte sich in meine Richtung. «Sind Sie bereit, Junge?» bellte er mich an wie ein Schiffskapitän.

«Aber immer, wenn Sie bereit sind», erwiderte ich.

«Gut. Dann los.»

Zunächst gingen wir in die Chase Manhattan Bank am Broadway, wo Effing zwanzigtausend Dollar abhob. Wegen der Höhe des Betrags dauerte es fast eine Stunde, bis die Transaktion abgeschlossen war. Ein Vorstandsmitglied der Bank mußte seine Genehmigung erteilen, und dann dauerte es noch einmal einige Zeit, bis die Kassierer die erforderliche Anzahl von Fünfzig-Dollar-Scheinen aufgetrieben hatten, denn andere Scheine wollte Effing nicht annehmen. Er war langjähriger Kunde dieser Bank, «ein wichtiger Kunde», wie er den Manager mehrmals erinnerte, und der Manager, der eine unerfreuliche Szene fürchtete, gab sich alle Mühe, ihm entgegenzukommen. Effing ließ sich auch weiterhin nicht in die Karten sehen. Er schlug es aus, sich von mir helfen zu lassen, und als er sein Sparbuch aus der Tasche zog, achtete er darauf, es vor mir verborgen zu halten, als fürchtete er, ich könnte sehen, wieviel Geld er auf seinem Konto habe. Solches Verhalten seinerseits konnte mich schon lange nicht mehr beleidigen, zudem stand fest, daß ich nicht das geringste Interesse an seinem Kontostand hatte. Als das Geld endlich bereit war, wurde es von einem Kassierer zweimal durchgezählt, und dann ließ Effing es zur Sicherheit noch einmal von mir zählen. Soviel Geld auf einem Haufen hatte ich noch nie zuvor gesehen, doch als ich mit dem Zählen fertig war, hatte es seinen Zauber eingebüßt, und das Geld war nur noch das, was es wirklich war: vierhundert Stücke grünen Papiers. Als ich ihm sagte, es sei alles da, lächelte Effing zufrieden und wies mich dann an, die Bündel in die Tasche zu packen, in der das Ganze auch ohne weiteres Platz fand. Ich zog den Reißverschluß zu, stellte die Tasche vorsichtig auf Effings Schoß und schob ihn dann aus der Bank. Auf dem Weg zum Ausgang machte er ein ziemliches Spektakel, schwang johlend seinen Stock, als gebe es kein Morgen mehr.

Draußen mußte ich ihn dann auf eine der Verkehrsinseln mitten auf dem Broadway schieben. Ein geräuschvoller Ort, Autos und Lastwagen rumpelten zu beiden Seiten an uns vorbei, aber Effing schien den Lärm gar nicht zu bemerken. Er fragte mich, ob jemand auf der Bank sitze, und als ich ihm versicherte, sie sei leer, sagte er mir, ich solle mich setzen. Die Tasche mit beiden Armen an die Brust gedrückt, dazu die dunkle Brille im Gesicht, wirkte er heute noch weniger menschlich als sonst, eher wie ein zu groß geratener Kolibri, der eben aus dem Weltraum gelandet war.

«Bevor wir anfangen, möchte ich meinen Plan mit Ihnen besprechen», sagte er. «In der Bank kann man nicht reden, und in der Wohnung hätte uns dieses zudringliche Weib belauschen können. Sie haben sich vermutlich schon eine Menge Fragen gestellt, und da Sie hierbei mein Gehilfe sein werden, wird es Zeit, mit der Sache herauszurücken.»

«Ich dachte mir schon, daß Sie früher oder später darauf zu sprechen kommen würden.»

«Die Sache ist die, junger Mann. Meine Zeit ist fast abgelaufen, und aus diesem Grund habe ich in den letzten Monaten meine Angelegenheiten geregelt. Ich habe mein Testament aufgesetzt, ich habe meinen Nachruf geschrieben, ich habe einiges in Ordnung gebracht. Nur eins berunruhigt mich noch – man könnte es eine unbeglichene Schuld nennen –, und nachdem ich jetzt ein paar Wochen darüber nachdenken konnte, bin ich endlich auf eine Lösung gekommen. Vor zweiundfünfzig Jahren habe ich, Sie werden sich erinnern, einen Sack voll Geld gefunden. Ich nahm dieses Geld an mich und benutzte es, um noch mehr Geld daraus zu machen, Geld, von dem ich seither gelebt habe. Jetzt, wo mein Ende bevorsteht, brauche ich diesen Sack voll Geld nicht mehr. Was soll ich also damit machen? Das einzig Vernünftige scheint mir zu sein, es zurückzugeben.»

«Zurückgeben? Aber wem wollen Sie es geben? Die Greshams sind tot, und denen hat es ja gar nicht gehört.

Die haben das Geld von Leuten gestohlen, die Sie nicht kennen, von anonymen Fremden. Selbst wenn es Ihnen gelänge herauszufinden, wer das war, dürften sie inzwischen alle längst tot sein.»

«Ganz recht. Die Leute sind jetzt alle tot, und ihre Erben aufzuspüren dürfte unmöglich sein.»

«Genau das sagte ich doch gerade.»

«Sie sagten auch, diese Leute seien anonyme Fremde. Denken Sie darüber mal einen Augenblick nach. Wenn es in dieser gottverlassenen Stadt eins im Überfluß gibt, dann sind es anonyme Fremde. Die Straßen sind voll davon. Anonyme Fremde, wohin Sie auch blicken. Millionen davon laufen hier rum.»

«Das kann nicht Ihr Ernst sein.»

«Natürlich ist das mein Ernst. Ich meine es immer ernst. Das sollten Sie inzwischen wissen.»

«Sie wollen also sagen, wir sollen durch die Straßen ziehen und irgendwelchen Fremden Fünfzig-Dollar-Scheine in die Hand drücken? Das wird einen Aufstand geben. Die Leute werden durchdrehen, die reißen uns in Stücke.»

«Nicht, wenn wir die Sache richtig anfangen. Es kommt nur auf einen vernünftigen Plan an, und den haben wir. Vertrauen Sie mir, Fogg. Das wird das Größte, was ich je gemacht habe, die Krönung meines Lebens!»

Sein Plan war sehr einfach. Anstatt am hellichten Tag durch die Straßen zu gehen und jedem Vorbeikommenden Geld zu geben (was zu einem unkontrollierbaren Volksaufstand geführt hätte), würden wir in einigen sorgfältig ausgewählten Gebieten eine Reihe von blitzartigen Guerillaangriffen durchführen. Die ganze Operation sollte sich über einen Zeitraum von zehn Tagen erstrecken; bei jedem Vorstoß würden nicht mehr als vierzig Leute Geld erhalten, was die Wahrscheinlichkeit irgendwelcher Ärgernisse drastisch verringerte. Ich sollte das Geld in meinen Taschen tragen, und falls uns jemand überfiele, würde er uns höchstens zweitausend Dollar rauben können. Das restliche Geld würde derweil ganz ungefährdet zu Hause in der Tasche liegen. Wir würden das gesamte Stadtgebiet abdekken, sagte Effing, nie an aufeinanderfolgenden Tagen benachbarte Bezirke aufsuchen. An einem Tag ginge es in den Norden, am nächsten in den Süden; montags zur East Side, dienstags zur West Side. Nirgends würden wir uns so lange aufhalten, daß die Leute dahinterkommen könnten, was wir da eigentlich machten. Unsere eigene Wohngegend würden wir uns bis zum Ende aufsparen. Damit sähe das Unternehmen wie ein einmaliges Ereignis aus, und ehe sich irgendwer an uns vergreifen könnte, wäre die ganze Sache auch schon vorbei.

Ich sah sofort ein, daß ich ihn nicht daran hindern konnte. Er hatte sich dazu entschlossen, also versuchte ich gar nicht erst, es ihm auszureden, sondern bemühte mich nur, seinen Plan so sicher wie möglich zu machen. Der Plan sei nicht übel, sagte ich, doch hinge alles davon ab, zu welcher Tageszeit wir unsere Ausflüge unternehmen würden. Die Nachmittage seien zum Beispiel nicht sehr günstig. Dann seien zu viele Leute auf der Straße, und entscheidend sei ja gerade, das Geld jedem einzelnen so zu überreichen, daß niemand sonst etwas davon mitbekomme. Nur so ließen sich etwaige Störungen auf ein Minimum begrenzen.

«Hmm», sagte Effing, der mir sehr konzentriert zuhörte. «Welche Zeit schlagen Sie also vor, Junge?»

«Den Abend. Nach Arbeitsschluß, aber nicht so spät, daß wir in irgendeiner verlassenen Straße landen könnten. Sagen wir, zwischen halb acht und zehn.»

«Mit anderen Worten: nach unserem Abendessen. Also eine Art Verdauungsspaziergang.»

«Genau.»

«Abgemacht, Fogg. Nach Einbruch der Dämmerung werden wir losziehen, zwei Robin Hoods auf der Jagd, bereit, unsere Großzügigkeit an den Glücklichen zu erweisen, die uns über den Weg laufen.»

«Sie sollten auch über die Transportfrage nachdenken. Die Stadt ist groß, und einige Orte, die wir aufsuchen werden, liegen meilenweit entfernt. Wenn wir das alles zu Fuß machen, wird es an manchen Abenden schrecklich spät werden. Und falls wir mal schnell irgendwo weg müßten, könnten wir in Schwierigkeiten geraten.»

«Weibisches Gerede, Fogg. Uns wird nichts passieren. Wenn Ihre Beine müde werden, nehmen wir ein Taxi. Und solange Sie gehen können, gehen wir.»

«Ich habe nicht an mich gedacht. Ich möchte nur, daß Sie wissen, worauf Sie sich einlassen. Haben Sie schon daran gedacht, einen Wagen zu mieten? Dann könnten wir jederzeit im Handumdrehn verschwinden. Wir bräuchten nur einzusteigen, und der Fahrer würde uns wegbringen.»

«Ein Fahrer! Eine groteske Idee! Damit verlöre das Ganze seinen Sinn.»

«Ich wüßte nicht warum. Es geht doch darum, das Geld wegzugeben, aber deswegen braucht man nicht in der kalten Frühjahrsluft durch die Stadt zu latschen. Es wäre eine Dummheit, krank zu werden, nur weil Sie versuchen, großzügig zu sein.»

«Ich möchte aber herumstreifen können, die Situationen erspüren, wie sie sich ergeben. Im Auto kann man das nicht. Dazu muß man auf der Straße sein, die gleiche Luft atmen wie die anderen auch.»

«War ja nur ein Vorschlag.»

«Behalten Sie Ihre Vorschläge für sich. Ich fürchte mich vor nichts, Fogg, dafür bin ich zu alt, und je weniger Sorgen Sie sich meinetwegen machen, desto besser. Wenn Sie mitmachen, gut. Aber sobald Sie einmal mitmachen, haben Sie den Mund zu halten. Wir werden diese Sache auf meine Art durchführen, komme, was da wolle.»

In den ersten acht Tagen ging alles glatt. Wir waren uns einig, daß es eine gewisse Rangfolge gab, was die Bedürftigkeit betraf, und das gab mir freie Hand, so zu handeln, wie ich es für richtig hielt. Es ging nicht darum, jedem, der zufällig vorbeikam, Geld zu geben, sondern gewissenhaft die Bedürftigsten auszusuchen, diejenigen herauszugreifen, deren Not am größten war. Die Armen verdienten automatisch mehr Beachtung als die Reichen, die Behinderten waren den Gesunden vorzuziehen, die Verrückten sollten Vorrang vor den Normalen haben. Wir legten diese Regeln ganz zu Anfang fest, und in Anbetracht der Zustände auf New Yorks Straßen fiel es nicht schwer, sie zu befolgen.

Manche Leute brachen weinend zusammen, wenn ich ihnen das Geld gab; andere lachten laut; wieder andere äußerten gar nichts. Ihre Reaktionen waren unmöglich vorauszusagen, und bald hatte ich mir abgewöhnt, von den Leuten zu erwarten, was ich mir im voraus einbildete. Da gab es die Mißtrauischen, die meinten, daß wir sie hereinlegen wollten – einer ging sogar so weit, das Geld zu zerreißen, und mehrere andere beschuldigten uns als Geldfälscher; da gab es die Gierigen, denen fünfzig Dollar nicht genug waren; da gab es die Einsamen, die sich an uns klammerten und uns nicht gehen lassen wollten; da gab es die Fröhlichen, die uns zu einem Drink einladen wollten, die Traurigen, die uns ihre Lebensgeschichte erzählen wollten, die Künstler, die uns mit Tanz und Gesang ihre Dankbarkeit erwiesen. Doch versuchte zu meinem Erstaunen kein einziger von ihnen, uns auszurauben. Wahrscheinlich hatten wir damit einfach Glück, obwohl wir natürlich immer schnell den Schauplatz wechselten, an keinem Ort sehr lange verweilten. Zumeist verteilte ich das Geld auf der Straße, aber ich machte auch etliche Exkurse in die Bars und Cafés der unteren Schichten – Blarney Stones, Bickfords, Chock Full o'Nuts –, wo ich jedem Gast am Tresen einen Fünfzig-Dollar-Schein vor die Nase knallte.

«Ein bißchen Sonnenschein verbreiten!» rief ich dann und blätterte das Geld so schnell hin, wie ich konnte, und ehe die verwirrten Kunden fassen konnten, was ihnen geschah, war ich schon wieder auf die Straße gerannt. Ich beschenkte Stadtstreicherinnen und Nutten, Säufer und Penner, Hippies und kleine Ausreißer, Bettler und Krüppel – das ganze Gesindel, das nach Sonnenuntergang die Boulevards bevölkert. Um die vierzig Geschenke zu verteilen, die wir jeden Abend loszuwerden hatten, brauchten wir nie mehr als anderthalb Stunden.

Am neunten Abend regnete es, und es gelang Mrs. Hume und mir, Effing zu überreden, nicht aus dem Haus zu gehen. Am Abend darauf regnete es ebenfalls, doch nun konnten wir ihn nicht mehr zurückhalten. Es sei ihm egal, wenn er sich eine Lungenentzündung hole, sagte er, er habe etwas zu erledigen, und bei Gott, das werde er tun. Und wenn ich ohne ihn ginge? fragte ich. Nachher würde ich ihm ausführlich berichten, und das wäre dann beinahe so, als ob er selbst mit dabeigewesen wäre. Nein, unmöglich, er müsse höchstpersönlich dabeisein. Und außerdem, wie könne er sicher sein, daß ich mir das Geld nicht in die eigene Tasche stecken würde? Ich könnte doch ein bißchen herumspazieren und ihm hinterher irgendein Märchen erzählen. Er hätte keine Möglichkeit dahinterzukommen, ob ich ihm die Wahrheit erzählen würde.

«Wenn das so ist», sagte ich, plötzlich außer mir vor Zorn, «dann können Sie Ihr Geld nehmen und es sich in den Arsch stecken. Ich kündige.»

Zum erstenmal in den sechs Monaten unserer Bekanntschaft wurde Effing richtiggehend kleinlaut und entschuldigte sich. Es war ein dramatischer Augenblick, und wie er so da saß und sich in Reue und Zerknirschung erging, begann ich fast so etwas wie Mitleid mit ihm zu empfinden. Er zitterte am ganzen Körper, Speichel hing von seinen Lippen, sein ganzes Wesen schien sich aufzulösen. Er wußte, daß ich in vollem Ernst gesprochen hatte, und meine Drohung, ihn zu verlassen, war zuviel für ihn. Er flehte mich um Verzeihung an, sagte mir, ich sei ein guter Junge, ich sei der beste Junge, den er je kennengelernt habe, und er werde nie mehr, solange er lebe, ein unfreundliches Wort zu mir sagen. «Ich werde es wiedergutmachen», sagte er, «ich verspreche Ihnen, ich werde es wiedergutmachen.» Dann griff er verzweifelt in die Tasche, zog eine Faust voll Fünfzig-Dollar-Scheinen heraus und hielt sie hoch. «Hier», sagte er, «die sind für Sie, Fogg. Die sollen Sie zusätzlich erhalten. Gott weiß, Sie haben's verdient.»

«Sie brauchen mich nicht zu bestechen, Mr. Effing. Ich werde bereits angemessen bezahlt.»

«Nein, bitte, ich möchte, daß Sie's nehmen. Betrachten Sie's als Zulage. Als Belohnung für hervorragende Dienste.»

«Tun Sie das Geld in die Tasche zurück, Mr. Effing. Ist ja schon gut. Ich möchte es lieber den Leuten geben, die es wirklich nötig haben.»

«Aber Sie bleiben?»

«Ja, ich bleibe. Ich nehme Ihre Entschuldigung an. Kommen Sie mir nur ja nicht noch einmal mit einer solchen Gemeinheit.»

Aus einleuchtenden Gründen zogen wir an diesem Abend nicht mehr los. Am nächsten Abend war der Himmel klar, und um acht Uhr gingen wir zum Times Square, wo wir unsere Arbeit in rekordverdächtigen fünfundzwanzig bis dreißig Minuten beendeten. Da es noch früh war und wir uns nicht so weit weg von zu Hause befanden wie gewöhnlich, bestand Effing darauf, daß wir zu Fuß zurückkehrten. An sich eine triviale Sache, die ich auch gar nicht erwähnen würde, wäre uns unterwegs nicht etwas Kurioses zugestoßen. Kurz vor dem Columbus Circle bemerkte ich einen jungen Schwarzen in etwa meinem Alter, der parallel zu uns auf der anderen Straßenseite ging. Soweit ich erkennen konnte, war an ihm nichts Ungewöhnliches. Er war anständig gekleidet, an seinem Verhalten wies nichts darauf hin, daß er betrunken oder verrückt sein könnte. Aber da ging er an einem wolkenlosen Frühlingsabend und hielt sich einen aufgespannten Schirm über den Kopf. Das war schon abwegig genug, aber dann sah ich, daß der Schirm auch noch kaputt war: das Tuch war vom Gestänge entfernt, und die nackten, sinnlos in die Luft gespreizten Speichen ließen das Ganze wie eine riesige und unwahrscheinliche Stahlblume aussehen. Der Anblick brachte mich unwillkürlich zum Lachen. Auch Effing stieß ein Gelächter aus, als ich ihm die Sache beschrieb. Seins war lauter als meins und machte den Mann auf der anderen Straßenseite auf uns aufmerksam. Mit breitem Grinsen winkte er uns, zu ihm unter seinen Schirm zu kommen. «Wieso wollen Sie sich dem Regen aussetzen?» sagte er fröhlich. «Kommen Sie rüber, damit Sie nicht naß werden.» Sein Angebot hatte etwas so Schrulliges und Offenherziges, daß es unhöflich gewesen wäre abzulehnen. Wir überquerten also die Straße und brachten die nächsten dreißig Blocks des Broadway unter einem kaputten Schirm hinter uns. Es gefiel mir, wie selbstverständlich Effing bei diesem Spaß mitmachte. Er spielte mit, ohne irgendwelche Fragen zu stellen, er begriff intuitiv, daß solch höherer Blödsinn nur Bestand haben konnte, wenn wir alle so taten, als ob wir daran glaubten. Unser Schirmherr hieß Orlando, und er war ein begabter Komödiant: Er trippelte flink um imaginäre Pfützen, wehrte Regentropfen ab, indem er den Schirm in verschiedenen Winkeln schräg hielt, und ließ dabei ein pausenloses Feuerwerk von grotesken Assoziationen und Wortspielen vom Stapel. Es war Phantasie in reinster Form: Er erweckte nichtexistierende Dinge zum Leben, überredete uns, eine Welt zu akzeptieren, die es in Wirklichkeit gar nicht gab. Daß uns das gerade an diesem Abend widerfuhr, schien irgendwie zu dem zu passen, was

Effing und ich zuvor in der 42nd Street getan hatten. Eine verrückte Stimmung hatte von der Stadt Besitz ergriffen. Fünfzig-Dollar-Scheine wanderten in die Taschen von Fremden, es regnete und regnete doch eigentlich nicht, und der Wolkenbruch, der uns durch unsern kaputten Schirm überschüttete, berührte uns nicht mit einem einzigen Tropfen.

An der Ecke Broadway und 84th Street nahmen wir von Orlando Abschied, schüttelten uns alle die Hand und schworen, unser Leben lang Freunde zu bleiben. Als kleine Zugabe zu unserem Spaziergang streckte Orlando die Hand aus, um herauszufinden, wie das Wetter war, dachte einen Augenblick nach und erklärte dann, der Regen habe aufgehört. Ohne weitere Umstände klappte er den Schirm zusammen und schenkte ihn mir zum Andenken. «Hier, Mann», sagte er, «den solltest du mitnehmen. Man kann nie wissen, ob es nicht wieder zu regnen anfängt, und ich möchte nicht, daß ihr beiden naß werdet. So ist das nun mal mit dem Wetter: Es ändert sich ständig. Wer nicht auf alles vorbereitet ist, ist auf gar nichts vorbereitet.»

«Das ist wie mit Geld auf der Bank», sagte Effing.

«Ganz genau, Tom», sagte Orlando. «Steck ihn unter deine Matratze, und heb ihn dir für schlechte Zeiten auf.»

Er ballte die Faust zum Black-Power-Gruß und schlenderte davon, und als wir das Ende des Blocks erreicht hatten, war er in der Menge verschwunden.

Eine komische kleine Episode, aber so etwas kann man in New York öfter erleben, als man glaubt, besonders wenn man offen dafür ist. Daß ich diese Begegnung als ungewöhnlich empfand, lag nicht so sehr an ihrer Unbeschwertheit, sondern an der geheimnisvollen Weise, in der sie auf den weiteren Ablauf der Ereignisse einzuwirken schien. Fast hatte es den Anschein, als sei damit auf Zukünftiges hingedeutet, Effings Schicksal prophezeit worden. Neue Bilder hatten sich uns aufgedrängt, die uns fortan in ihrem

Bann hielten. Speziell denke ich hierbei an Wolkenbrüche und Schirme, darüber hinaus aber auch an Veränderung – wie alles sich jederzeit, plötzlich und für immer, verändern kann.

Der folgende Abend sollte der letzte sein. Tagsüber war Effing unruhiger als gewöhnlich, wollte weder seinen Mittagsschlaf halten noch sich vorlesen lassen und verzichtete auf jede Ablenkung, die ich für ihn zu erfinden versuchte. Am frühen Nachmittag verbrachten wir eine Zeitlang im Park, aber das Wetter war dunstig und bedrohlich, und ich brachte ihn dazu, früher als geplant nach Hause zurückzukehren. Abends hatte sich ein dichter Nebel auf die Stadt gelegt. Die Welt war grau geworden, und die Lichter der Gebäude schimmerten durch die Feuchtigkeit, als seien sie in Verbände gewickelt. Keine verheißungsvollen Bedingungen, doch da es nicht regnete, schien es zwecklos, Effing unsere letzte Expedition ausreden zu wollen. Ich dachte, ich könnte die Sache zügig abschließen und den Alten schnell wieder nach Hause zurückbringen, so daß er sich nichts Ernstliches dabei zuziehen konnte. Mrs. Hume war skeptisch, gab aber nach, als ich ihr versicherte, daß Effing einen Schirm mitnehmen würde. Dieser Auflage stimmte Effing bereitwillig zu, und als ich ihn um acht Uhr zur Tür schob, glaubte ich alles ganz gut unter Kontrolle zu haben.

Was ich jedoch nicht wußte, war, daß Effing seinen Schirm mit dem vertauscht hatte, den Orlando uns am Abend zuvor geschenkt hatte. Wir waren bereits fünf oder sechs Blocks vom Haus entfernt, als ich dahinterkam. Effing kicherte kindisch und unergründlich in sich hinein, zog plötzlich den kaputten Schirm unter seiner Decke hervor und spannte ihn auf. Zunächst glaubte ich an ein Versehen, denn die Griffe der beiden Schirme waren einander völlig gleich, aber als ich ihn darauf hinwies, schnauzte er mich an, ich solle mich um meinen eigenen Kram scheren.

«Seien Sie kein Trottel», sagte er. «Ich habe mit Absicht

diesen hier genommen. Jeder Idiot kann sehen, daß dies ein magischer Schirm ist. Sobald man ihn aufspannt, wird man unsichtbar.»

Ich wollte schon etwas darauf erwidern, überlegte es mir dann aber anders. Es regnete ja nicht, und mir lag nichts daran, mit Effing über hypothetische Dinge in Streit zu geraten. Ich wollte nur meine Arbeit erledigen, und solange es nicht regnete, sollte er sich von mir aus dieses lächerliche Gerät über den Kopf halten. Ich schob ihn noch ein paar Blocks weiter, gab jedem in Frage kommenden Kandidaten einen Fünfzig-Dollar-Schein, und als die Hälfte des Vorrats aufgebraucht war, überquerte ich die Straße und begann mich heimwärts zu bewegen. Und da nun fing es an zu regnen – als sei dies unausweichlich gewesen, als habe Effing die Wolken mit seinem Willen zum Regnen gebracht. Zuerst noch in ziemlich kleinen Tropfen, die von dem Nebel kaum zu unterscheiden waren, doch schon am nächsten Block war das Geniesel zu etwas Handfesterem geworden. Ich steuerte Effing in einen Hauseingang, um dort das Schlimmste abzuwarten, aber sobald wir stehenblieben, begann der Alte sich zu beschweren.

«Was machen Sie da?» sagte er. «Eine Atempause kommt nicht in Frage. Wir haben noch Geld zu verteilen. Los, Tempo, Junge. Hüa, auf geht's. Das ist ein Befehl!»

«Falls Sie es nicht bemerkt haben sollten», sagte ich, «es regnet. Und ich spreche nicht von einem Frühlingsschauer. Sondern es gießt. Die Tropfen sind groß wie Kieselsteine, und sie springen zwei Fuß vom Pflaster hoch.»

«Regen?» sagte er. «Wieso Regen? Von Regen merke ich nichts.» Und dann gab er den Rädern seines Rollstuhls einen plötzlichen Stoß, riß sich von mir los und glitt auf den Bürgersteig. Wieder nahm er den kaputten Schirm, hob ihn mit beiden Händen hoch über seinen Kopf und schrie in das Geprassel: «Es regnet nicht!» Und der Regen rauschte von allen Seiten auf ihn nieder, durchnäßte seine

Kleider und schlug ihm ins Gesicht. «Vielleicht regnet es ja Sie naß, Junge, aber mich nicht! Ich bin knochentrocken! Ich habe meinen treuen Schirm, ich bin mit der Welt zufrieden. Ha, ha! Prügelt mich, schlagt mich grün und blau, ich spüre kein bißchen!»

Da wurde mir klar, daß Effing sterben wollte. Er hatte diese kleine Farce geplant, um krank zu werden, und er vollführte sie mit einer Rücksichtslosigkeit und Lust, die mir glatt den Atem verschlugen. Den Schirm hin und her schwenkend, feuerte er den Wolkenbruch mit seinem Gelächter an, und sosehr ich ihn in diesem Augenblick verabscheute, mußte ich doch seinen Mut bewundern. Er glich einem zwergenhaften Lear, der in Glosters Körper wiederauferstanden war. Dies sollte sein letzter Abend sein, und er wollte seinen Abgang in wildem Taumel vorbereiten, wollte sich in einem gloriosen Schlußakt den Tod holen. Zunächst drängte es mich, ihn vom Bürgersteig zurückzuziehen und in Sicherheit zu bringen, doch dann sah ich ihn mir genauer an und merkte, daß es zu spät war. Er war bereits bis auf die Haut durchnäßt, und das bedeutete bei jemandem, der so gebrechlich war wie Effing, daß der Schaden wahrscheinlich schon eingetreten war. Er würde sich erkälten, dann käme eine Lungenentzündung hinzu, und wenig später würde er sterben. Das alles schien mir so unausweichlich, daß ich es plötzlich aufgab, dagegen anzukämpfen. Ich sehe eine Leiche vor mir, sagte ich mir; es spielte keine Rolle, ob ich noch etwas unternahm oder nicht. Seither ist kein Tag vergangen, an dem ich meine Entscheidung nicht bereut habe, doch an jenem Abend kam sie mir vernünftig vor, so als wäre es moralisch falsch gewesen, sich Effing in den Weg zu stellen. Mit welchem Recht durfte ich ihm den Spaß verderben, wenn er bereits tot war? Der Mann war wild entschlossen, sich zu vernichten, und da er mich in den Strudel seines Wahnsinns hineingezogen hatte, rührte ich keinen Finger, um ihn aufzuhalten. Ich stand einfach daneben und ließ es geschehen, ein bereitwilliger Komplize seines Selbstmords.

In den Regen blinzelnd, der mir über die Augen strömte, trat ich aus dem Hauseingang und packte Effings Rollstuhl. «Ich glaube, Sie haben recht», sagte ich. «Mich scheint der Regen auch nicht zu berühren.» Während ich sprach, schlängelte sich ein Blitz über den Himmel, gefolgt von einem ungeheuren Donnerschlag. Gnadenlos schlug der Regen auf uns ein, attackierte unsere ungeschützten Körper mit einem Hagel flüssiger Geschosse. Der nächste Windstoß hieb Effing die Brille vom Gesicht, aber er lachte nur, schwelgte in der Gewalt des Gewitters.

«Seltsam, was?» schrie er mich durch das Getöse an. «Es riecht nach Regen. Es hört sich nach Regen an. Es schmeckt sogar wie Regen. Und trotzdem sind wir vollkommen trocken. Der Sieg des Geistes über die Materie, Fogg. Endlich haben wir's geschafft! Wir haben das Geheimnis des Universums geknackt!»

Es war, als hätte ich tief in meinem Innern eine geheimnisvolle Grenze überschritten, als sei ich durch eine Falltür in die innersten Kammern von Effings Herz gelangt. Nicht daß ich mich einfach in seinen grotesken Spaß ergeben hätte, nein, ich hatte mit einer endgültigen Geste seine Freiheit bestätigt, und in diesem Sinne hatte ich mich endlich für ihn bewährt. Der Alte würde sterben, aber solange er noch lebte, würde er mich lieben.

Während der ganzen nächsten sieben oder acht Blocks schrie Effing wie in Ekstase. «Ein Wunder!» brüllte er. «Ein gottverdammtes Scheißwunder! Geld fällt vom Himmel – sammelt es auf, solange es noch da ist! Geld zu verschenken! Geld für alle und jeden!»

Freilich hörte ihn niemand, da die Straßen völlig leer waren; wir waren die einzigen Idioten, die noch nicht irgenwo Schutz gesucht hatten. Unterwegs stattete ich, um die restlichen Scheine loszuwerden, einigen Bars und Coffeeshops kurze Besuche ab. Dazu parkte ich Effing neben dem Eingang, und während ich drinnen das Geld verteilte, konnte ich sein wildes Gelächter hören. Die Ohren klangen mir von dieser wahnsinnigen Untermalung unseres slapstickhaften Finales. Inzwischen geriet das Ganze außer Kontrolle. Wir waren selbst zu einer Naturkatastrophe geworden, zu einem Taifun, der auf seiner Bahn unschuldige Opfer verschlang. «Geld!» brüllte ich und lachte und weinte gleichzeitig. «Fünfzig-Dollar-Scheine für jeden!» Ich war so durchnäßt, daß aus meinen Stiefeln Fontänen spritzten, ich troff wie eine mannsgroße Träne, ich machte alles und jeden naß. Es war ein Glück, daß die Sache jetzt vorbei war. Denn hätten wir noch länger weitergemacht, wären wir wahrscheinlich wegen groben Unfugs hinter Gittern gelandet.

Das letzte Lokal, das wir heimsuchten, war Child's Coffeeshop, ein schmuddliges, dampfiges, von grellen Neonlampen beleuchtetes Loch. Über dem Tresen hingen zwölf bis fünfzehn Kunden, einer einsamer und unglücklicher als der andere. Ich hatte nur noch fünf oder sechs Scheine in meiner Tasche übrig und wußte plötzlich nicht, wie ich mit der Situation fertig werden sollte. Ich konnte nicht mehr denken, ich konnte nicht mehr entscheiden. Da mir nichts Besseres einfiel, knüllte ich das Geld in meiner Faust zusammen und schmiß es durch den Raum. «Wer will, kann's haben!» kreischte ich. Und dann rannte ich hinaus und schob Effing wieder ins Gewitter.

Nach diesem Abend hat er das Haus nicht mehr verlassen. Schon am nächsten Morgen setzte der Husten ein, und am Ende der Woche hatte das schleimige Rasseln von den Bronchien auf seine Lunge übergegriffen. Der herbeigerufene Arzt diagnostizierte eine Lungenentzündung. Er wollte Effing unverzüglich in ein Krankenhaus bringen lassen, aber der Alte weigerte sich, pochte auf sein Recht, im eigenen Bett sterben zu dürfen, und erklärte, wenn jemand es wage, Hand an ihn zu legen, um ihn aus der Wohnung zu holen, werde er sich umbringen. «Dann schneide ich mir die Kehle mit einer Rasierklinge durch», sagte er, «und Sie haben mich auf dem Gewissen.» Der Arzt hatte schon früher mit Effing zu tun gehabt und daher klugerweise eine Liste privater Pflegedienste mitgebracht. Mrs. Hume und ich trafen die nötigen Vorkehrungen, und in der nächsten Woche hatten wir alle Hände voll zu tun, beschäftigten uns mit Anwälten, Bankkonten, Vollmachten und so weiter. Es waren endlose Telefonate zu führen, zahllose Papiere zu unterschreiben, aber ich bezweifle, daß es sich lohnt, jetzt näher darauf einzugehen. Entscheidend war, daß ich am Ende mit Mrs. Hume Frieden schloß. Als ich an jenem Gewitterabend mit Effing in die Wohnung zurückkam, war sie so wütend, daß sie zwei Tage lang kein Wort mit mir sprach. Sie machte mich für seine Krankheit verantwortlich, und da ich die Sache im Grunde genauso sah, versuchte ich gar nicht erst, mich zu verteidigen. Es machte mich unglücklich, mit ihr über Kreuz zu liegen. Doch als ich gerade anfing, unser Zerwürfnis für dauerhaft zu halten, kehrte die Situation sich plötzlich um. Wie das vor sich ging, ist mir völlig rätselhaft, aber ich kann mir vorstellen, daß sie sich Effing gegenüber dazu geäußert hat und er sie daraufhin überredet haben muß, mir deswegen keine Vorwürfe zu machen. Als ich sie das nächste Mal sah, nahm sie mich, Tränen der Rührung unterdrückend, in die Arme und bat um Verzeihung. «Seine Zeit ist gekommen», stellte sie feierlich fest. «Er ist jetzt bereit, jederzeit von uns zu gehen, und wir können ihn nicht mehr aufhalten.»

Die Krankenschwestern arbeiteten in Acht-Stunden-Schichten, dazu kamen noch welche, die die Medikamente verabreichten, die Bettpfanne wechselten und sich um den Tropf kümmerten, den man an Effings Arm angeschlossen hatte. Mit wenigen Ausnahmen fand ich sie alle barsch und kaltherzig, und es braucht wohl nicht gesagt zu werden, daß Effing so wenig mit ihnen zu tun haben wollte wie möglich. Das galt bis zu den letzten Tagen, bis er schließlich zu schwach war, um sie noch wahrnehmen zu können. Er bestand darauf, daß sie sich nur dann in seinem Zimmer aufhalten durften, wenn sie eine bestimmte Arbeit zu verrichten hatten, und das führte dazu, daß sie meist auf dem Sofa im Wohnzimmer anzutreffen waren, wo sie in stummer Verachtung schmollten, in Zeitschriften blätterten und Zigaretten rauchten. Ein paar von ihnen ließen uns sitzen, ein paar andere mußten gefeuert werden. Doch abgesehen von dieser harten Haltung den Pflegerinnen gegenüber war Effings Verhalten bemerkenswert freundlich; von dem Augenblick an, da er sich ins Bett legte, schien seine Persönlichkeit wie verwandelt, als sei sie durch das Nahen des Todes von ihrem Gift gereinigt. Ich glaube nicht, daß er viel Schmerzen litt, und wenn es auch gute und schlechte Tage gab (einmal schien es sogar, als hätte er sich vollständig erholt, aber dem folgte nur zweiundsiebzig Stunden später ein Rückfall), war seine Krankheit doch eher ein allmähliches Schwächerwerden, ein langsamer und unaufhaltsamer Kräfteverlust, der sich fortsetzte, bis sein Herz am Ende zu schlagen aufhörte.

Ich war jeden Tag bei ihm in diesem Zimmer, saß an seinem Bett, weil er mich bei sich haben wollte. Seit dem Gewitter hatte sich unser Verhältnis derart verändert, daß er mich nun vergötterte, als sei ich sein eigen Fleisch und Blut. Er hielt meine Hand und murmelte, ich sei ihm ein Trost, er sei ja so froh, daß ich bei ihm sei. Anfangs mißtraute ich diesen sentimentalen Ergüssen, doch dann häuften sich die Anzeichen für diese neue Zuneigung immer mehr, und mir blieb nichts anderes übrig, als sie als echt zu akzeptieren. Zu Anfang, als er noch kräftig genug war, ein Gespräch zu führen, stellte er mir Fragen über mein Leben, und ich erzählte ihm von meiner Mutter und Onkel Victor, von meiner Zeit auf dem College und der schrecklichen Phase, die zu meinem Zusammenbruch geführt und aus der Kitty Wu mich gerettet hatte. Effing sagte, er sorge sich, was aus mir werden würde, nachdem er abgekratzt sei (das Wort stammt von ihm), doch ich versuchte ihn mit der Versicherung zu beruhigen, daß ich durchaus imstande sei, für mich selbst zu sorgen.

«Sie sind ein Träumer, Junge», sagte er. «Sie weilen mit Ihren Gedanken auf dem Mond, und daran wird sich, wie es aussieht, auch nichts ändern. Sie haben keinen Ehrgeiz, Geld ist Ihnen völlig unwichtig, und Sie sind viel zu sehr Philosoph, um ein Gefühl für Kunst zu haben. Was soll ich nur mit Ihnen machen? Sie brauchen jemanden, der sich um Sie kümmert, der dafür sorgt, daß Sie zu essen bekommen und ein bißchen Geld in der Tasche haben. Wenn ich einmal nicht mehr bin, stehen Sie wieder da, wo Sie angefangen haben.»

«Ich habe Pläne gemacht», log ich in der Hoffnung, ihn von diesem Thema abzubringen. «Vorigen Winter habe ich mich an der Columbia um einen Studienplatz für Bibliothekswissenschaft beworben, und man hat mich genommen. Ich dachte, ich hätte Ihnen bereits davon erzählt. Die Vorlesungen beginnen im Herbst.»

«Und wovon wollen Sie die Studiengebühren bezahlen?»

«Mir wurde ein volles Stipendium zuerkannt, außerdem erhalte ich einen Zuschuß zu den Lebenshaltungskosten. Das ist nicht schlecht, eine phantastische Gelegenheit. Das Studium dauert zwei Jahre, und danach werde ich immer eine Möglichkeit haben, für meinen Lebensunterhalt zu sorgen.»

«Als Bibliothekar kann ich Sie mir nur schwer vorstellen, Fogg.»

«Es ist abwegig, das gebe ich zu, aber ich denke, ich könnte mich dafür eignen. Bibliotheken befinden sich schließlich außerhalb der realen Welt. Es sind abgeschiedene Orte, Zufluchtsstätten des reinen Denkens. Auf diese Weise kann ich für den Rest meines Lebens auf dem Mond weiterleben.»

Ich wußte, daß Effing mir nicht glaubte, sondern nur der Harmonie wegen auf meine Lüge einging; er wollte das harmonische Verhältnis, das sich zwischen uns angebahnt hatte, nicht stören. Das war typisch für das, was in diesen letzten Wochen aus ihm geworden war. Ich glaube, er war stolz darauf, auf diese Weise sterben zu können, als sei die Zärtlichkeit, mit der er mir jetzt begegnete, der Beweis dafür, daß er noch immer in der Lage sei, alles zu tun, was er wollte. Obwohl seine Kräfte ihn verließen, hielt er weiter an dem Glauben fest, er habe sein Schicksal in der Hand, und diese Illusion verließ ihn bis zum Ende nicht: die Vorstellung, daß er seinen Tod selbst herbeigeführt habe, daß alles nach Plan verlaufe. Er hatte angekündigt, der 12. Mai werde sein Todestag sein, und dieses sein Wort zu halten schien jetzt das einzige, was für ihn noch zählte. Er hatte sich dem Tod mit offenen Armen ergeben, wies ihn aber gleichzeitig zurück, kämpfte mit dem letzten Rest seiner Energie darum, ihn abzuwenden, den letzten Augenblick auf den von ihm festgesetzten Termin hinauszuschieben. Selbst als er kaum noch sprechen konnte, als er nur noch mit ungeheurer Anstrengung ein ganz leises Gurgeln in seiner Kehle erzeugen konnte, wollte er jeden Morgen, wenn ich in sein Zimmer trat, als erstes das Datum wissen. Da er kein Zeitbewußtsein mehr hatte, wiederholte er diese Frage im Lauf des Tages alle paar Stunden. Am Dritten oder Vierten des Monats ging es plötzlich dramatisch mit ihm bergab, und es schien unwahrscheinlich, daß er bis zum Zwölften würde durchhalten können. Damit er sich wegen seines Zeitplans nicht beunruhigte, fing ich an, ihm falsche Tagesangaben zu machen, sprang jedesmal, wenn er mich fragte, einen Tag vor, und an einem besonders harten Nachmittag gelang es mir, innerhalb weniger Stunden um drei Tage vorzurücken. Heute ist der Siebte, sagte ich zu ihm; der Achte; der Neunte, und er war inzwischen so weit weggetreten, daß ihm die Diskrepanz gar nicht mehr auffiel. Als sein Zustand sich im weiteren Verlauf der Woche wieder stabilisierte, war ich dem Kalender noch immer voraus, und während der nächsten zwei Tage blieb mir keine Wahl, als ihm immer wieder zu versichern, wir hätten den Neunten. Ich glaube, das war das mindeste, was ich für ihn tun konnte – ihm die Befriedigung verschaffen, daß er die Prüfung seines Willens bestanden habe. Ganz gleich, wie es kommen sollte, ich wollte dafür sorgen, daß sein Leben am Zwölften endete.

Er sagte, der Klang meiner Stimme beruhige ihn, und selbst als er so schwach geworden war, daß er nicht mehr sprechen konnte, wollte er, daß ich weiterredete. Was ich sagte, interessierte ihn nicht, Hauptsache, er hörte meine Stimme und wußte, daß ich bei ihm war. So schwatzte ich so gut ich konnte vor mich hin, wechselte je nach Laune von einem Thema zum anderen. Es war nicht immer einfach, diesen Monolog in Gang zu halten, und wenn mir gelegentlich die Ideen ausgingen, griff ich, um wieder in Schwung zu kommen, auf einige Tricks zurück. Dann gab ich die Plots von Romanen und Filmen wieder, rezitierte Gedichte aus dem Gedächtnis – besonders gern hatte Effing Sir Thomas Wyatt und Fulke Greville – oder sprach über irgendwelche Meldungen aus der Morgenzeitung. Seltsamerweise kann ich mich an einige dieser Berichte noch heute recht gut erinnern, und wann immer ich daran denke (das Übergreifen des Krieges auf Kambodscha, die Morde an der Kent State University), sehe ich mich bei Effing in diesem Zimmer sitzen, sehe ihn da vor mir im Bett liegen. Ich sehe seinen zahnlos klaffenden Mund; ich höre seine verstopften Lungen um Atem ringen; ich sehe seine blinden, wäßrigen Augen an die Decke starren, seine dürren Hände sich ans Plumeau krallen, die erschütternde

Blässe seiner schrumpligen Haut. Ich kann diesen Assoziationen nicht entrinnen. Durch irgendeinen dunklen und unwillkürlichen Reflex haben jene Ereignisse sich für mich in den Konturen von Effings Gesicht festgesetzt, und sobald ich daran denke, sehe ich ihn wieder vor mir.

Manchmal beschrieb ich auch nur das Zimmer, in dem wir saßen. Mit denselben Methoden, die ich auf unseren Spaziergängen entwickelt hatte, wählte ich irgendeinen Gegenstand aus und begann darüber zu sprechen. Das Muster der Tagesdecke, die Eckkommode, der gerahmte Stadtplan von Paris, der an der Wand neben dem Fenster hing. Soweit Effing noch in der Lage war, meinen Worten zu folgen, schienen ihm diese Bestandsaufnahmen großes Vergnügen zu bereiten. Wo jetzt so vieles von ihm abfiel, stand die unmittelbare körperliche Anwesenheit der Dinge wie eine Art Paradies am Rand seines Bewußtseins, wie ein unbetretbares Reich gewöhnlicher Wunder: das ertastbare, sichtbare, wahrnehmbare Umfeld allen Lebens. Indem ich diese Dinge in Worte faßte, gab ich Effing die Möglichkeit, sie noch einmal zu erleben, als sei es schon das unschätzbarste aller Güter, seinen Platz in der Welt der Dinge einnehmen zu können. In gewissem Sinne arbeitete ich in diesem Zimmer härter als je zuvor, konzentrierte mich auf die kleinsten Details und Materialien – Woll- und Baumwollzeug, Silber- und Zinngeschirr, Holzmaserungen und Stuckschnörkel –, vertiefte mich in jede Ritze, zählte sämtliche Farben und Formen auf, untersuchte die mikroskopische Geometrie alles dessen, was es dort zu sehen gab. Je schwächer Effing wurde, desto mehr strengte ich mich an, verdoppelte meine Bemühungen, um die stetig zwischen uns wachsende Distanz zu überbrücken. Am Ende hatte ich mich zu derart ausführlicher Präzision getrieben, daß ich für die Beschreibung des Zimmers mehrere Stunden brauchte. Ich rückte nur zentimeterweise voran, wollte mir nicht das Geringste entgehen lassen, nicht einmal die Staubkörnchen in der Luft. Ich erforschte die Grenzen dieses Raums, bis er unerschöpflich wurde, eine Fülle von Welten, die immer wieder neue Welten enthielten. Zu einem gewissen Zeitpunkt erkannte ich, daß ich wahrscheinlich ins Leere redete, sprach aber trotzdem weiter, wie hypnotisiert von der Vorstellung, daß meine Stimme das einzige sei, was Effing am Leben erhalten könne. Das änderte natürlich nichts. Er schwand dahin, und ich bezweifle, daß er in den letzten zwei Tagen, die ich mit ihm verbrachte, auch nur ein Wort von mir mitbekam.

Bei seinem Tod war ich nicht anwesend. Nachdem ich am Elften bis acht Uhr abends bei ihm gesessen hatte, kam Mrs. Hume herein, um mich abzulösen, und bestand darauf, daß ich mir für den Rest der Nacht freinehmen sollte. «Wir können jetzt nichts für ihn tun», sagte sie. «Sie sind seit heute morgen bei ihm hier drin und sollten mal ein bißchen an die Luft kommen. Wenn er die Nacht übersteht, sind Sie morgen wenigstens wieder frisch.»

«Ein Morgen wird es wohl nicht geben», sagte ich.

«Mag sein. Aber das haben wir gestern auch schon gesagt, und es ist immer noch nicht zu Ende mit ihm.»

Ich ging mit Kitty im Moon Palace essen, und danach sahen wir uns einen der Filme einer Doppelvorstellung im Thalia an (ich glaube, es war *Asche und Diamant*, kann mich aber irren). Normalerweise hätte ich Kitty nun zu ihrem Wohnheim begleitet, aber ich hatte ein schlechtes Gefühl wegen Effing, und deshalb gingen wir nach dem Film die West End Avenue hinunter, um bei Mrs. Hume in der Wohnung vorbeizuschauen. Es war kurz vor ein Uhr morgens, als wir dort ankamen. Rita öffnete uns tränenüberströmt die Tür, und sie brauchte mir kein Wort zu sagen: Ich wußte auch so, was passiert war. Wie sich herausstellte, war Effing knapp eine Stunde vor unserer Ankunft gestorben. Als ich die Krankenschwester nach dem genauen Zeitpunkt fragte, gab sie die Auskunft: null Uhr zwei, zwei

Minuten nach Mitternacht. Also hatte Effing es doch noch bis zum Zwölften geschafft. Es schien so grotesk, daß ich nicht wußte, wie ich reagieren sollte. In meinem Kopf prikkelte es seltsam, und plötzlich hatte ich das Gefühl, die Leitungen in meinem Gehirn seien kurzgeschlossen. Da ich glaubte, gleich in Tränen ausbrechen zu müssen, verzog ich mich in eine Ecke des Zimmers und hielt mir die Hände vors Gesicht. So stand ich da und wartete, aber die Tränen kamen nicht. Ein paar weitere Augenblicke vergingen, und dann drangen krampfhaft eigenartige Töne aus meiner Kehle. Und erst ein wenig später merkte ich, daß ich lachte.

Effing hatte angeordnet, daß seine Leiche eingeäschert werden sollte. Trauergottesdienst und Bestattung hatte er sich verbeten, insbesondere hatte er verlangt, daß kein Vertreter welcher Religion auch immer an der Beseitigung seiner Überreste teilnehmen durfte. Die Zeremonie sollte äußerst schlicht sein: Mrs. Hume und ich sollten in Manhattan an Bord der Staten-Island-Fähre gehen und seine Asche auf halbem Weg (mit Blick auf die Freiheitsstatue zu unserer Rechten) ins Wasser des New Yorker Hafens streuen.

Ich versuchte, Solomon Barber telefonisch in Northfield, Minnesota, zu erreichen, um ihm Gelegenheit zu geben, daran teilzunehmen; nach mehreren Anrufen in seinem Haus, wo niemand abnahm, wandte ich mich an den Fachbereich für Geschichte des Magnus College und erhielt die Auskunft, daß Mr. Barber für dieses Frühjahrssemester beurlaubt sei. Weitere Informationen schien die Sekretärin mir nicht geben zu wollen, doch nachdem ich ihr den Zweck meines Anrufs erklärt hatte, gab sie ein wenig nach und fügte hinzu, der Professor befinde sich auf einer Forschungsreise in England. Wie ich dort mit ihm Kontakt aufnehmen könne, fragte ich. Das sei schwierig, sagte sie, da er keine Adresse hinterlassen habe. Und was geschehe mit seiner Post, fragte ich weiter, die müsse ihm doch irgendwohin nachgeschickt werden. Nein, sagte sie, dazu habe sie keine Anweisung. Die Post solle bis zu seiner Rückkehr aufbewahrt werden. Und wann sei damit zu rechnen? Nicht vor August, sagte sie und entschuldigte sich, mir nicht weiterhelfen zu können; und ihre Stimme klang so, daß ich ihr glaubte. Später an diesem Tag setzte ich mich hin und schrieb Barber einen langen Brief, in dem ich ihm die Situation so gut ich konnte auseinandersetzte. Es war ein schwieriger Brief, an dem ich zwei bis drei Stunden zu arbeiten hatte. Als ich fertig war, tippte ich ihn ab, legte ihn dem Päckchen mit der revidierten Abschrift von Effings Autobiographie bei und schickte das Ganze ab. Soweit ich es absehen konnte, hatte ich damit meine Pflicht in dieser Angelegenheit erfüllt. Ich hatte getan, worum Effing mich gebeten hatte, und von nun an läge die Angelegenheit in den Händen der Anwälte, die zu gegebener Zeit mit Barber Verbindung aufnehmen würden.

Zwei Tage später holten Mrs. Hume und ich die Asche aus der Leichenhalle ab. Sie war in eine graue Metallurne gefüllt worden, die nicht größer als ein Brotlaib war, und ich hatte Schwierigkeiten mit der Vorstellung, daß Effing sich wirklich darin befinden sollte. So viel von ihm war in Rauch aufgegangen – da war es ein seltsamer Gedanke, daß noch etwas übriggeblieben war. Mrs. Hume, die das Leben zweifellos realistischer sah als ich, schien sich vor der Urne zu fürchten, denn sie hielt sie auf dem ganzen Heimweg auf Armeslänge von sich gestreckt, als enthielte sie gefährliches radioaktives Material. Wir waren uns einig, daß wir unsere Fahrt mit der Fähre am nächsten Tag machen wollten, egal bei welchem Wetter. Das war nun zufällig Mrs. Humes Besuchstag im V. A. Hospital, und da sie nicht auf ihren Bruder verzichten wollte, beschloß sie, daß er uns begleiten sollte. Als sie das sagte, fiel ihr ein, daß vielleicht auch Kitty mitkommen könnte. Mir schien das nicht nötig, doch als ich Kitty davon erzählte, sagte sie, sie wolle mitgehen. Es sei ein bedeutsames Ereignis, sagte sie, und sie habe Mrs. Hume viel zu gern, um ihr diese moralische Unterstützung nicht angedeihen zu lassen. So kam es, daß wir nicht zu zweit, sondern zu viert die Reise antraten. Ich bezweifle, daß New York jemals eine so bunt gemischte Schar von Bestattern gesehen hat.

Früh am nächsten Morgen also ging Mrs. Hume ihren Bruder aus dem Krankenhaus abholen. Wenig später traf Kitty in der Wohnung ein; sie trug einen äußerst knappen blauen Minirock, und die Schuhe mit den hohen Absätzen, die sie für diesen Anlaß angezogen hatte, ließen ihre glatten kupferfarbenen Beine noch prächtiger erscheinen. Ich erklärte ihr, daß Mrs. Humes Bruder nicht ganz richtig im Kopf sei, doch da ich selbst ihn nie kennengelernt hatte, wußte ich nicht so recht, was das bedeutete. Charlie Bacon erwies sich als ein großer Mann von Anfang Fünfzig mit rundem Gesicht, schütterem rötlichem Haar und wachsam hin und her flitzendem Blick. Er erschien mit seiner Schwester in einem etwas unruhigen, überschwenglichen Zustand (es war das erste Mal seit über einem Jahr, daß er das Krankenhaus verlassen hatte), und in den ersten Minuten lächelte er eigentlich nur und schüttelte uns die Hand. Er trug eine blaue, bis zum Hals zugezogene Windjacke, eine frisch gebügelte Khakihose, glänzende schwarze Schuhe und weiße Socken. In seiner Jackentasche, aus der sich ein Kopfhörerkabel nach oben wand, hatte er ein kleines Transistorradio. Er nahm den Knopf nie aus dem Ohr, und alle paar Minuten steckte er die Hand in die Tasche, um einen anderen Sender einzustellen. Dabei schloß er jedesmal konzentriert die Augen, als lausche er Botschaften aus einer anderen Galaxis. Als ich ihn fragte, welcher Sender ihm am besten gefalle, sagte er mir, die seien alle gleich. «Ich höre Radio nicht zum Spaß», sagte er. «Das ist meine Arbeit. Wenn ich sie richtig mache, kann ich herausfinden, was mit den großen Krachern unter der Stadt vor sich geht.»

«Große Kracher?»

«Wasserstoffbomben. Sie haben ein Dutzend davon in unterirdischen Tunneln gelagert, und die werden ständig hin und her bewegt, damit die Russen nicht wissen, wo sie sind. Es gibt bestimmt hundert verschiedene Abschußbasen – ganz tief unter der Stadt, noch unter der U-Bahn.»

«Und was hat das Radio damit zu tun?»

«Da werden die Informationen codiert durchgegeben. Wenn auf einem Sender eine Livesendung läuft, heißt das, daß die Kracher verlagert werden. Baseball-Übertragungen eignen sich dafür am besten. Wenn die Mets fünf zu zwei gewinnen, bedeutet das, daß die Kracher auf Position zweiundfünfzig gebracht werden. Verlieren sie sechs zu eins, bedeutet das Position sechzehn. Es ist wirklich ganz einfach, wenn man einmal auf den Trichter gekommen ist.»

«Und was ist mit den Yankees?»

«Wichtig ist immer nur das Ergebnis der Mannschaft, die ein Heimspiel hat. Die beiden spielen nie am selben Tag in der Stadt. Wenn die Mets in New York spielen, spielen die Yankees auswärts, und umgekehrt.»

«Aber was haben wir davon, wenn wir wissen, wo sich die Bomben befinden?»

«Wir können uns schützen. Ich weiß nicht, wie das mit Ihnen ist, aber mich macht die Vorstellung, in die Luft gesprengt zu werden, nicht allzu glücklich. Irgendwer muß doch auf dem laufenden bleiben, was sich da abspielt, und wenn sonst keiner dazu bereit ist, muß ich es wohl tun.»

Während ich so mit ihrem Bruder redete, zog Mrs. Hume sich um. Als sie fertig war, verließen wir die Wohnung und nahmen ein Taxi zum Fährhafen am Südende Manhattans. Es war ein schöner Tag, mit klarem blauem

Himmel und einem frischen Wind. Ich weiß noch, wie wir im Taxi den West Side Highway hinunterkutschierten und ich mit der Urne auf dem Schoß auf dem Rücksitz saß und Charlie zuhörte, der von Effing erzählte. Offenbar waren sie einander mehrmals begegnet, und nachdem er die einzige Verbindung zwischen ihnen (Utah) erschöpft hatte, erging er sich in einem chaotischen, bruchstückhaften Bericht über die Zeit, die er selbst dort draußen verbracht hatte. Während des Krieges hatte er, wie er sagte, in Wendover seine Ausbildung zum Jagdflieger absolviert, wo er mitten in der Wüste Miniaturstädte aus Salz zerstören mußte. Er flog dann dreißig oder vierzig Einsätze über Deutschland, und bei Kriegsende wurde er zur Teilnahme am Atombombenprogramm nach Utah zurückgeschickt. «Wir sollten nicht wissen, worum es da ging», sagte er, «aber ich bin dahintergekommen. Wenn es irgendwo Informationen zu finden gibt, können Sie sich darauf verlassen, daß Charlie Bacon sie auch findet. Als erstes war Big Boy dran, die Bombe, die Colonel Tibbets und seine Leute auf Hiroshima geworfen haben. Ich war für den nächsten Flug drei Tage später eingeteilt, da sollte es nach Nagasaki gehen. Aber dazu konnten sie mich nicht zwingen. Zerstörung in diesem Ausmaß ist Gottes Sache. Der Mensch hat nicht das Recht, sich da einzumischen. Ich habe ihnen den Verrückten vorgespielt. Eines Nachmittags brach ich einfach auf und marschierte in die Wüste, in diese Hitze hinaus. Von mir aus hätten sie mich erschießen können. In Deutschland war es schon schlimm genug gewesen, aber ich wollte mich von denen nicht zum Werkzeug der Zerstörung machen lassen. No, Sir, da war ich lieber verrückt, als mir das auf die Seele zu laden. So wie ich das sehe, hätten sie's nicht gemacht, wenn diese Japse Weiße wären. Aber Gelbe sind denen völlig schnuppe. Nichts für ungut», fügte er, sich an Kitty wendend, plötzlich hinzu, «aber für die sind Gelbe nicht besser als Hunde. Was glauben Sie, was wir jetzt drüben in Südostasien machen? Genau das gleiche, nämlich Gelbe töten, wo immer wir sie finden. Genau wie damals die Abschlachtung der Indianer. Heute haben wir Wasserstoffbomben statt Atombomben. In Utah, weit weg von allem, wo niemand sie sehen kann, bauen die Generäle immer noch neue Waffen. Erinnern Sie sich an das Schafsterben im letzten Jahr? Sechstausend. Da wurde irgendein neues Giftgas in die Luft geschossen, und meilenweit im Umkreis ist alles tot umgefallen. No, Sir, dazu bringt mich keiner, meine Hände mit Blut zu beflecken. Gelbe, Weiße, wo ist da der Unterschied? Wir sind doch alle gleich, wie? No, Sir, ihr werdet Charlie Bacon nicht dazu bringen, die Dreckarbeit für euch zu erledigen. Da bin ich lieber verrückt, als mit diesen Krachern rumzuhantieren.»

Sein Monolog wurde durch unsere Ankunft unterbrochen, und für den Rest des Tages zog Charlie sich in die Mysterien seines Transistorradios zurück. Die Bootsfahrt machte ihm allerdings Spaß, und auch ich war, ohne es zu wollen, guter Laune. Irgendwie ließ das Ungewöhnliche unserer Mission finstere Gedanken gar nicht erst aufkommen, und selbst Mrs. Hume gelang es, die Fahrt zu überstehen, ohne eine Träne zu vergießen. Vor allem aber erinnere ich mich, wie schön Kitty in ihrem winzigen Kleid aussah, wie der Wind ihr durch die langen schwarzen Haare wehte und wie ich ihre zarte kleine Hand in meiner hielt. Zu dieser Tageszeit war die Fähre nicht sehr voll, und bei uns auf dem Deck waren mehr Möwen als Passagiere. Als die Freiheitsstatue in Sicht kam, machte ich die Urne auf und schüttete die Asche in den Wind. Ein Gemisch aus weißen, grauen und schwarzen Partikeln, die binnen Sekunden verschwunden waren. Charlie stand rechts von mir, und links, den Arm um Mrs. Hume gelegt, stand Kitty. Wir verfolgten den kurzen, hektischen Flug der

Asche, bis nichts mehr zu sehen war, und dann wandte sich Charlie zu seiner Schwester und sagte: «Das sollst du auch für mich tun, Rita. Wenn ich tot bin, sollst du mich verbrennen und in die Luft werfen. Ein herrlicher Anblick, so in alle Richtungen davonzutanzen, der herrlichste Anblick der Welt.»

Nachdem die Fähre in Staten Island angelegt hatte, machten wir kehrt und nahmen das nächste Boot in die Stadt zurück. Mrs. Hume hatte ein großes Essen für uns vorbereitet, und knapp eine Stunde nach unserer Rückkehr in die Wohnung setzten wir uns an den Tisch und begannen zu speisen. Jetzt war alles vorbei. Meine Tasche war gepackt, und nach Beendigung der Mahlzeit würde ich zum letztenmal Effings Haus verlassen. Mrs. Hume wollte noch so lange bleiben, bis der Nachlaß geregelt war, und wenn alles gutgehe, sagte sie (in Anspielung auf die Erbschaft, die sie erhalten sollte), werde sie mit Charlie nach Florida umziehen und ein neues Leben beginnen. Vielleicht zum fünfzigstenmal erklärte sie mir, ich könne gern so lange ich wolle in der Wohnung bleiben, worauf ich ihr zum fünfzigstenmal erklärte, daß ich bei einem Freund von Kitty wohnen könne. Was ich denn vorhabe, wollte sie wissen. Was ich mit mir anfangen wolle. Es war nicht nötig, ihr darüber etwas vorzumachen. «Ich bin mir nicht sicher», sagte ich. «Ich muß darüber nachdenken. Aber es wird sich schon bald etwas ergeben.»

Als wir voneinander Abschied nahmen, gab es Tränen und leidenschaftliche Umarmungen. Wir versprachen uns, in Kontakt zu bleiben, aber daraus wurde natürlich nichts; seitdem habe ich sie nie mehr gesehen.

«Sie sind ein feiner junger Gentleman», sagte sie mir an der Tür, «und ich werde nie vergessen, wie gut Sie zu Mr. Thomas waren. Die Hälfte der Zeit hat er solche Freundlichkeit gar nicht verdient gehabt.»

«Jeder hat Freundlichkeit verdient», sagte ich. «Egal wer.»

Kitty und ich waren bereits durch die Tür und auf dem Korridor, als Mrs. Hume noch einmal hinter uns hergewalzt kam. «Fast hätt ich's vergessen», sagte sie, «ich soll Ihnen doch noch etwas geben.»

Wir gingen in die Wohnung zurück, wo Mrs. Hume den Schrank im Flur aufmachte und aus dem obersten Regal eine zerknautschte braune Einkaufstüte holte. «Das hat mir Mr. Thomas im vorigen Monat gegeben», sagte sie. «Ich sollte es für Sie aufbewahren, bis Sie das Haus verlassen.»

Ich wollte mir schon die Tüte unter den Arm klemmen und wieder gehen, aber Kitty hielt mich auf. «Bist du nicht neugierig, was da drin ist?» fragte sie.

«Ich dachte, ich sehe erst nach, wenn wir draußen sind», sagte ich. «Falls es eine Bombe ist.»

Mrs. Hume lachte. «Das würde ich dem alten Geier glatt zutrauen», sagte sie.

«Eben. Ein letzter Streich aus dem Jenseits.»

«Also dann mach ich die Tüte auf, wenn du es nicht tust», sagte Kitty. «Vielleicht ist ja auch was Nettes drin.»

«Da sehen Sie, was für eine Optimistin sie ist», sagte ich zu Mrs. Hume. «Hofft immer auf das Beste.»

«Lassen Sie sie nachsehen», mischte Charlie sich ungeduldig ins Gespräch. «Ich wette, da ist ein wertvolles Geschenk drin.»

«Na schön», sagte ich und reichte Kitty die Tüte. «Ich bin überstimmt, also sollst du die Ehre haben.»

Mit unnachahmlicher Bedachtsamkeit zog Kitty das zusammengeknüllte obere Ende der Tüte auseinander und spähte hinein. Als sie wieder zu uns aufsah, hielt sie einen Augenblick lang verwirrt inne, und dann erschien ein breites, triumphierendes Lächeln auf ihrem Gesicht. Ohne ein Wort zu sagen, drehte sie die Tüte um und ließ den Inhalt auf den Boden flattern. Es war Geld, ein endloser Schauer zerknäulter alter Scheine. Schweigend sahen wir zu, wie die Zehner, Zwanziger und Fünfziger zu unseren Füßen landeten. Alles in allem waren es über siebentausend Dollar.

SECHSTES KAPITEL

Nun folgte eine außerordentliche Zeit. In den nächsten acht oder neun Monaten führte ich ein Leben, wie es mir früher nie möglich gewesen war, und gegen Ende dieser Phase kam ich dem Paradies auf Erden wohl näher als je zuvor in all den Jahren, die ich auf diesem Planeten verbracht habe. Es war nicht nur das Geld (obwohl das Geld nicht zu unterschätzen ist), sondern auch die Plötzlichkeit, mit der sich alles für mich gewendet hatte. Effings Tod hatte mich aus seiner Knechtschaft befreit, andererseits aber hatte Effing selbst mich aus der Knechtschaft der Welt befreit, und da ich jung war und noch so wenig von der Welt wußte, vermochte ich nicht zu begreifen, daß diese Zeit des Glücks je zu einem Ende kommen könnte. Ich hatte mich in der Wüste verirrt, und dann hatte ich aus heiterem Himmel mein Kanaan entdeckt, mein Gelobtes Land. Da konnte ich fürs erste nur frohlocken, dankbar auf die Knie fallen und den Boden küssen. Es war noch zu früh, daran zu denken, daß irgend etwas davon zerstört werden konnte, zu früh, sich mit dem Exil zu befassen, das in der Zukunft lag.

Etwa eine Woche nachdem ich das Geld erhalten hatte, war Kittys Schuljahr vorbei, und Mitte Juni hatten wir eine Wohnung gefunden. Für weniger als dreihundert Dollar im Monat gründeten wir in einem großen staubigen Speicher am East Broadway, nicht weit vom Chatham Square und der Manhattan Bridge, einen gemeinsamen

Hausstand. Das Haus lag mitten in Chinatown, und Kitty nutzte ihre chinesischen Beziehungen, um die nötigen Abmachungen zu treffen und den Vermieter breitzuschlagen, uns einen Mietvertrag über fünf Jahre zu geben, worin uns für etwaige bauliche Verbesserungen, die wir vornahmen, ein Mietnachlaß zugesichert wurde. Es war 1970, und abgesehen von ein paar Malern und Bildhauern, die Speicher zu Ateliers umgebaut hatten, war in New York noch kaum jemand auf die Idee gekommen, in alten Geschäftsgebäuden zu wohnen. Kitty brauchte den Platz zum Tanzen (es waren etwa hundertneunzig Quadratmeter), und mich selbst begeisterte die Aussicht, ein ehemaliges Lagerhaus mit freiliegenden Rohrleitungen und rostiger Blechdecke zu bewohnen.

Ofen und Kühlschrank kauften wir in einem Secondhand-Laden an der Lower East Side, dann ließen wir im Badezimmer eine primitive Dusche und einen Boiler installieren. Nachdem wir die Straßen nach Spermüll abgesucht hatten – so kamen wir zu einem Tisch, einem Bücherregal, drei oder vier Stühlen, einer wackligen grünen Kommode –, kauften wir uns eine Schaumstoffmatratze und einige Küchengerätschaften. Die Möbel änderten an der Gewaltigkeit des Raums so gut wie nichts, doch da wir beide etwas gegen Unordnung hatten, gaben wir uns mit dieser absoluten Mindestausstattung zufrieden und kauften nichts weiter hinzu. Anstatt übertrieben viel Geld für den Speicher auszugeben – alles in allem waren es nur knapp tausend Dollar –, zog ich lieber mit Kitty los, um neue Kleider anzuschaffen. Nachdem ich mich in weniger als einer Stunde mit allem Nötigen eingedeckt hatte, verbrachten wir den Rest des Tages mit der Suche nach dem perfekten Kleid für Kitty. Doch erst als wir nach dem Besuch vieler Läden wieder nach Chinatown kamen, fanden wir es schließlich: einen silbernen *chipao* in schimmerndem Indigo, verziert mit roter und schwarzer Stickerei. Ein

Drachenlady-Kostüm wie aus dem Bilderbuch, an einer Seite geschlitzt und herrlich straff um Hüften und Brüste. Es war unverschämt teuer, und ich erinnere mich, daß ich Kitty den Arm verdrehen mußte, damit sie es mich kaufen ließ, aber was mich betraf, so war das Geld gut angelegt, und ich wurde nie müde, sie in diesem Kleid zu sehen. Wenn es einmal zu lange im Schrank gehangen hatte, dachte ich mir irgendeinen Vorwand zum Besuch eines anständigen Restaurants aus, nur um das Vergnügen zu haben, sie es anziehen zu sehen. Kitty hatte für meine schmutzigen Gedanken immer viel Verständnis, und nachdem sie erst einmal die Tiefe meiner Leidenschaft für dieses Kleid begriffen hatte, trug sie es auch an gewissen Abenden, an denen wir zu Hause blieben – streifte es als Vorspiel zur Verführung schweigsam über ihren nackten Körper.

Chinatown war für mich wie Ausland, und jedesmal, wenn ich dort durch die Straßen ging, überwältigte mich ein Gefühl von Fremdheit und Verlegenheit. Das war Amerika, aber ich verstand weder die Sprache der Leute noch den Sinn der Dinge, die ich sah. Selbst nachdem ich einige der Ladenbesitzer in der Nachbarschaft näher kennengelernt hatte, ging unsere Kommunikation kaum über ein höfliches Lächeln und wilde Gesten hinaus, eine Zeichensprache ohne jeden realen Inhalt. Ich gelangte einfach nicht hinter die stummen Oberflächen der Dinge, und dieses Ausgeschlossensein vermittelte mir manchmal das Gefühl, in einer Traumwelt zu leben, mich inmitten von Gespenstern zu bewegen, die allesamt Masken vor den Gesichtern trugen. Wider Erwarten machte mir dieses Außenseiterdasein aber nichts aus. Es war eine seltsam belebende Erfahrung, und je länger ich dort lebte, desto neuartiger schien mir all das, was mir dort begegnete. Ich hatte nicht das Gefühl, in einen anderen Stadtteil umgezogen zu sein. Ich war vielmehr um die halbe Welt gereist, um dort hinzukommen, wo ich jetzt war, und da war es nur logisch, daß mir nichts mehr, nicht einmal ich selbst, vertraut vorkam.

Nachdem wir uns in dem Speicher eingerichtet hatten, besorgte Kitty sich für den Rest des Sommers einen Job. Ich versuchte ihr das auszureden, wollte ihr lieber selbst das Geld geben und ihr ersparen, zur Arbeit zu gehen, aber das schlug sie aus. Sie wolle mir nichts schuldig sein, sagte sie, sie habe etwas gegen die Vorstellung, sich von mir aushalten zu lassen. Wichtig sei vor allem, das Geld zusammenzuhalten, es so langsam wie möglich auszugeben. Kitty war in diesen Dingen zweifellos klüger als ich, und so fügte ich mich ihrer überlegenen Vernunft. Sie meldete sich bei einer Zeitarbeitsagentur, und kaum drei Tage später bekam sie einen Job als Sekretärin bei einer Handelszeitschrift im McGraw-Hill-Gebäude an der Sixth Avenue. Über den Namen dieser Zeitschrift haben wir uns so oft lustig gemacht, daß ich ihn nicht vergessen habe, und noch heute muß ich lächeln, wenn ich daran denke: *Plastik heute: Zeitschrift für Plastik in allen Lebensbereichen.* Dort arbeitete Kitty täglich von neun bis fünf; für die Hin- und Rückfahrt benutzte sie wie Millionen andere Pendler in der Sommerhitze die U-Bahn. Es kann ihr nicht leichtgefallen sein, doch Kitty war nicht der Mensch, der sich über dergleichen beklagte. Abends machte sie zwei oder drei Stunden lang zu Hause ihre Tanzübungen, und am nächsten Morgen eilte sie wieder frisch und munter zu ihrer Arbeit ins Büro. In ihrer Abwesenheit kümmerte ich mich um den Haushalt, ging einkaufen und sorgte stets dafür, daß das Essen auf dem Tisch stand, wenn sie nach Hause kam. Es war das erste Mal, daß ich ein häusliches Leben führte, und ich nahm es als ganz natürlich hin, ohne groß darüber nachzudenken. Keiner von uns sprach von der Zukunft, doch ich glaube, irgendwann, vielleicht zwei oder drei Monate nach dem Beginn unseres Zusammenlebens, begannen wir beide zu vermuten, daß wir auf die Ehe zusteuerten.

Ich schickte Effings Nachruf an die *Times*, erhielt aber nie eine Antwort, nicht einmal eine Absage. Vielleicht war mein Brief verlorengegangen, vielleicht hielt man den Absender auch für einen Spinner. Der längere Artikel, den ich Effings Wunsch entsprechend der Zeitschrift *Art World Monthly* anbot, wurde abgelehnt, doch möchte ich meinen, daß man da nicht zu Unrecht mißtrauisch war. Wie der Herausgeber mir in seinem Brief erklärte, sei Julian Barber keinem einzigen seiner Mitarbeiter bekannt, und solange ich ihnen keine Dias von seinen Arbeiten zur Verfügung stellen würde, sei es ihnen zu riskant, den Artikel abzudrucken. «Ich weiß ja auch gar nicht, wer Sie sind, Mr. Fogg», hieß es in dem Brief weiter, «aber es kommt mir so vor, als hätten Sie sich da einen kunstvollen Schwindel ausgedacht. Womit nicht gesagt sein soll, daß Ihre Geschichte nicht spannend ist, aber ich glaube, Sie hätten mehr Aussicht, sie zu veröffentlichen, wenn Sie die Maske fallenließen und das Ganze irgendwo als literarisches Werk anbieten würden.»

Ich glaubte es Effing schuldig zu sein, mich wenigstens ein bißchen für seine Belange einzusetzen. Einen Tag nach Erhalt dieses Briefs von *Art World Monthly* ging ich in die Bibliothek und ließ mir den Nachruf auf Julian Barber aus dem Jahr 1917 fotokopieren, den ich dann dem Herausgeber mit einem kurzen Begleitschreiben zuschickte. «Zur Zeit seines Verschwindens war Barber ein junger und zugegebenermaßen unbekannter Künstler», schrieb ich, «aber auf jeden Fall hat es ihn gegeben. Ich nehme an, dieser Nachruf aus der *New York Sun* wird Ihnen beweisen, daß der Ihnen von mir zugesandte Artikel in guter Absicht verfaßt wurde.» Im späteren Verlauf der Woche bekam ich mit der Post eine Entschuldigung, die aber auch nur eine weitere Ablehnung einleitete. «Ich räume gern ein, daß es einmal einen amerikanischen Maler namens Julian Barber gegeben hat», schrieb der Herausgeber, «aber das beweist noch nicht, daß es sich bei Thomas Effing und Julian Barber um ein und dieselbe Person gehandelt hat. Und selbst wenn, können wir ohne irgendwelche Reproduktionen von Barbers Arbeiten unmöglich beurteilen, von welchem Rang er als Künstler gewesen ist. In Anbetracht seiner Unbekanntheit darf man wohl mit Fug und Recht davon ausgehen, daß wir es nicht mit einem bedeutenden Talent zu tun haben. Und somit wären wir schlecht beraten, wollten wir ihm in unserer Zeitschrift Platz widmen. Ich sagte in meinem letzten Brief, Sie hätten da für mein Gefühl den Stoff zu einem guten Roman. Das nehme ich jetzt zurück. Tatsächlich haben Sie einen psychopathologischen Fall, der, für sich betrachtet, interessant sein mag, aber nichts mit Kunst zu tun hat.»

Danach gab ich es auf. Wenn ich gewollt hätte, hätte ich vermutlich irgendwo eine Reproduktion von einem der Bilder Julian Barbers aufspüren können, aber im Grunde wollte ich gar nicht wissen, wie seine Arbeiten aussahen. Nachdem ich Effing so viele Monate lang zugehört hatte, hatte ich mir allmählich ein eigenes Bild von seinen Gemälden gemacht, und jetzt wurde mir klar, daß ich mir diese schönen Produkte meiner Phantasie nicht kaputtmachen lassen wollte. Die Veröffentlichung des Artikels hätte dieses innere Bild zerstört, und das schien mir die Sache nicht wert. Mochte Julian Barber ein noch so großer Künstler gewesen sein, seine Bilder konnten unmöglich an diejenigen heranreichen, die Thomas Effing mir bereits eingegeben hatte. Ich hatte sie mir aus seinen Worten zusammengeträumt, und als solche waren sie perfekt, grenzenlos, exakter in ihrer Darstellung des Wirklichen als die Wirklichkeit selbst. Solange ich meine Augen geschlossen hielt, konnte ich sie mir ewig so vorstellen.

Ich verlebte meine Tage in herrlicher Trägheit. Von den einfachen Arbeiten im Haushalt abgesehen, hatte ich keine nennenswerten Pflichten. Siebentausend Dollar waren damals eine beträchtliche Menge Geld, und vorläufig drängte mich nichts, irgendwelche Pläne zu machen. Ich fing wieder mit dem Rauchen an, ich las Bücher, ich durchstreifte die Straßen von Lower Manhattan, ich führte ein Tagebuch. Aus diesem Geschmier entstanden einige kurze Essays, kleine Prosaausbrüche, die ich, sobald sie fertig waren, Kitty vorzulesen pflegte. Seitdem ich sie bei unserer allerersten Begegnung mit meiner Predigt über Cyrano so beeindruckt hatte, war sie davon überzeugt, daß ich Schriftsteller werden würde, und jetzt, da ich mich täglich mit einem Stift in der Hand an den Tisch setzte, schien es, als hätte ihre Prophezeiung sich erfüllt. Von allen Schriftstellern, die ich gelesen hatte, inspirierte Montaigne mich am meisten. Wie er versuchte ich meine eigenen Erfahrungen als Gerüst für meine Texte zu verwenden, und auch wenn der Stoff mich auf ein ziemlich abgelegenes und abstraktes Terrain führte, hatte ich nicht so sehr das Gefühl, irgend etwas Maßgebliches über diese Gegenstände zu sagen, sondern eher, eine untergründige Version meiner eigenen Lebensgeschichte zu schreiben. Ich kann mich nicht mehr an jedes einzelne dieser Stücke erinnern, aber zumindest einige davon fallen mir wieder ein, wenn ich scharf genug darüber nachdenke: zum Beispiel eine Betrachtung über das Geld und eine andere über Kleider; ein Essay über Waisen und ein etwas längeres Stück über den Selbstmord, in dem ich mich hauptsächlich mit Jacques Rigaut auseinandersetzte, einem unbedeutenden französischen Dadaisten, der im Alter von neunzehn Jahren verkündet hatte, er gebe sich noch zehn Jahre zu leben, und dann mit neunundzwanzig Wort hielt und sich am festgesetzten Tag erschoß. Ich erinnere mich auch, daß ich für ein Projekt, das sich mit dem Thema Maschinen kontra Natur befassen sollte, ein paar Nachforschungen über Tesla anstellte. Als ich eines Tages in einem Antiquariat an der Fourth Avenue herumstöberte, fand ich zufällig eine Ausgabe von Teslas

Autobiographie *My Inventions*, die ursprünglich 1919 in der Zeitschrift *The Electrical Engineer* erschienen war. Ich nahm den kleinen Band mit nach Hause und begann ihn zu lesen. Nach ein paar Seiten stieß ich auf genau den Satz, den ich knapp ein Jahr zuvor in meinem Glücksplätzchen im Moon Palace gefunden hatte: «Die Sonne ist die Vergangenheit, die Erde ist die Gegenwart, der Mond ist die Zukunft.» Ich hatte den Zettel noch in meiner Brieftasche, und die Erkenntnis, daß Tesla, der Effing so viel bedeutet hatte, der Verfasser dieser Worte war, wühlte mich auf. Die Parallelität dieser Ereignisse schien mir bedeutungsvoll, doch fiel es mir schwer zu begreifen, in welcher Hinsicht. Es war, als hörte ich mein Schicksal nach mir rufen, aber sobald ich die Ohren spitzte, erkannte ich, daß es in einer Sprache redete, die ich nicht verstand. Hatte irgendein Arbeiter in einer chinesischen Glücksplätzchenfabrik Teslas Buch gelesen? Das schien kaum glaublich, und selbst wenn, wieso hatte ausgerechnet ich das Plätzchen mit ausgerechnet dieser Botschaft genommen? Ich konnte mir nicht helfen, aber das mußte mich einfach beunruhigen. Ich stand vor einem Knoten von Unergründlichkeiten, den allenfalls ziemlich verrückte Erklärungen lösen zu können schienen: seltsame Verschwörungen der Materie, prophetische Zeichen, Vorahnungen – eine Weltsicht, die der von Charlie Bacon nicht unähnlich war. Ich brach meinen Essay über Tesla ab und begann mich mit dem Problem des Zufalls zu beschäftigen, kam aber nicht sehr weit damit. Das Thema war mir zu hoch, und am Ende legte ich es beiseite und sagte mir, ich würde später noch einmal darauf zurückkommen. Wie es der Zufall wollte, ist dies aber nie geschehen.

Kittys Vorlesungen an der Juilliard begannen Mitte September, und gegen Ende der ersten Woche hörte ich schließlich von Solomon Barber. Seit Effings Tod waren fast vier Monate vergangen, und ich rechnete schon gar nicht mehr damit, daß er mir noch schreiben würde. Jedenfalls war es mir nicht mehr wichtig, und in Anbetracht der vielen verschiedenen Reaktionen, die bei einem Mann in seiner Lage möglich schienen – Schock, Verärgerung, Glück, Furcht –, konnte ich es ihm kaum verübeln, wenn er sich nicht meldete. Fünfzig Jahre seines Lebens in dem Bewußtsein zu verbringen, daß sein Vater tot sei, und dann zu hören, daß er die ganze Zeit über gelebt hatte, nur um im selben Augenblick zu erfahren, daß er jetzt wirklich tot war – ich konnte mir keine Mutmaßungen darüber erlauben, wie jemand auf einen solchen Erdrutsch reagieren würde. Aber dann lag eines Tages Barbers Brief im Kasten: ein liebenswürdiger und bedauernder Brief, voll überschwenglichem Dank für alles, was ich getan hatte, um seinem Vater in den letzten Monaten seines Lebens zu helfen. Er würde gerne mit mir sprechen, schrieb er, und wenn es nicht zuviel verlangt sei, werde er mich im Herbst einmal für ein Wochenende in New York besuchen kommen. Sein Ton war so höflich und taktvoll, daß es mir nicht in den Sinn kam, nein zu sagen. Gleich nachdem ich seinen Brief gelesen hatte, antwortete ich ihm, daß ich jederzeit gern zu einem Treffen mit ihm bereit sei.

Wenig später kam er nach New York geflogen – an einem Freitagnachmittag Anfang Oktober, gerade als das Wetter umzuschlagen begann. Nach seinem Eintreffen im Warwick Hotel rief er mich an, und wir vereinbarten, uns sobald es mir möglich war im Foyer zu treffen. Als ich ihn fragte, wie ich ihn denn erkennen könne, lachte er leise in die Sprechmuschel. «Ich werde der größte von allen Anwesenden sein», sagte er, «Sie können mich nicht verfehlen. Aber falls doch noch jemand von meiner Größe dasein sollte, bin ich der Kahlköpfige, der, der kein einziges Haar mehr auf dem Kopf hat.»

Das Wort «groß» wurde ihm kaum gerecht, wie ich bald herausfand. Effings Sohn war riesig, ein Koloß, eine chaotische Anhäufung von Fleisch. Jemanden von solcher Statur hatte ich noch nie kennengelernt, und als ich ihn im Foyer des Hotels auf einer Couch erblickte, zögerte ich zunächst, an ihn heranzutreten. Er war einer jener monströs dicken Männer, wie man sie manchmal auf der Straße sieht: sosehr man sich auch bemüht, den Blick von ihnen abzuwenden, man muß sie einfach angaffen. Er war titanisch in seiner Feistheit, ein Mensch von derart praller, vorquellender Fettleibigkeit, daß man sich bei seinem Anblick unweigerlich schrumpfen fühlte. Es war, als ob seine Dreidimensionalität stärker ausgeprägt wäre als bei anderen Menschen. Er nahm nicht nur mehr Raum ein als andere, sondern schien den Raum zu überfluten, schien über seine Grenzen hinauszuquellen und Gebiete zu bewohnen, die gar nicht mehr zu ihm gehörten. Sein kahler Kolossalschädel ragte aus den Wülsten des Halsmassivs, und wie er so da saß, eignete ihm etwas Sagenhaftes, etwas, das mir gleichzeitig obszön und tragisch vorkam. Es konnte nicht sein, daß der hagere und winzige Effing einen solchen Sohn gezeugt hatte: Er war ein genetischer Unglücksfall, ein abtrünniges, verwildertes Samenkorn, das unmäßig ins Kraut geschossen war. Einige Augenblicke lang konnte ich mir fast einreden, es handele sich um eine Halluzination, doch dann trafen sich unsere Blicke, und sein Gesicht strahlte lächelnd auf. Er trug einen grünen Tweedanzug und hellbraune Hush Puppies. Die halb aufgerauchte Zigarre in seiner linken Hand wirkte nicht größer als eine Nadel.

«Solomon Barber?» fragte ich.

«Ganz recht», sagte er. «Und Sie müssen Mr. Fogg sein. Es ist mir eine Ehre, Sie kennenzulernen, Sir.»

Seine kräftige, klangvolle Stimme rasselte ein wenig von dem Zigarrenrauch in seinen Lungen. Ich schüttelte die riesige Hand, die er mir hinhielt, und setzte mich neben ihn auf die Couch. Eine Zeitlang sprach keiner von uns. Das

Lächeln verschwand langsam aus Barbers Gesicht, und seine Züge nahmen einen unruhigen, geistesabwesenden Ausdruck an. Er musterte mich durchdringend, schien aber zugleich in Gedanken verloren, als sei ihm gerade irgendeine wichtige Idee gekommen. Dann machte er die Augen unerklärlicherweise zu und holte tief Luft.

«Ich habe mal jemand gekannt, der Fogg hieß», sagte er schließlich. «Vor langer Zeit.»

«Es ist nicht gerade ein sehr verbreiteter Name», sagte ich. «Aber ein paar von uns gibt es.»

«Diese Person hat in den vierziger Jahren bei mir studiert. Ich hatte damals gerade angefangen zu unterrichten.»

«Erinnern Sie sich noch an seinen Vornamen?»

«Ja, daran erinnere ich mich, aber es war kein Mann, sondern eine junge Frau. Emily Fogg. Sie studierte im ersten Semester amerikanische Geschichte bei mir.»

«Wissen Sie, woher sie kam?»

«Aus Chicago. Ich glaube, aus Chicago.»

«Meine Mutter hieß Emily, und sie stammte aus Chicago. Könnte es zwei Emily Foggs aus derselben Stadt am selben College gegeben haben?»

«Möglich, aber nicht sehr wahrscheinlich. Die Ähnlichkeit ist zu groß. Ich habe Sie gleich wiedererkannt, als Sie hier hereinkamen.»

«Ein Zufall nach dem anderen», sagte ich. «Das Universum scheint voll davon.»

«Ja, manchmal ist es recht verblüffend», sagte Barber, der schon wieder seinen Gedanken nachhing. Mit offensichtlicher Mühe riß er sich nach einigen Sekunden zusammen und sprach weiter. «Ich hoffe, Sie nehmen an meiner Frage keinen Anstoß», sagte er, «aber wie kommt es eigentlich, daß Sie den Mädchennamen Ihrer Mutter tragen?»

«Mein Vater starb, bevor ich geboren wurde, und danach nannte meine Mutter sich wieder Fogg.»

«Verzeihen Sie. Ich wollte nicht schnüffeln.»

«Schon gut. Ich habe meinen Vater nie gekannt, und meine Mutter ist seit Jahren tot.»

«Ja, ich habe davon gehört, kurz nachdem es passiert ist. Irgendein Verkehrsunfall, glaube ich. Eine schreckliche Tragödie. Muß furchtbar für Sie gewesen sein.»

«Sie wurde in Boston von einem Bus überfahren. Ich war damals noch ein kleiner Junge.»

«Eine schreckliche Tragödie», wiederholte Barber, indem er wieder die Augen schloß. «Ihre Mutter war ein schönes und intelligentes Mädchen. Ich erinnere mich gut an sie.»

Als Barber zehn Monate später in einem Chicagoer Krankenhaus mit gebrochenem Rückgrat im Sterben lag, erzählte er mir, daß er die Wahrheit bereits bei diesem ersten Gespräch im Hotelfoyer geahnt habe. Er sei nur deshalb nicht gleich damit herausgerückt, weil er glaubte, mich damit zu verschrecken. Er kannte mich ja noch nicht und konnte unmöglich voraussehen, wie ich auf eine so plötzliche, umwälzende Eröffnung reagieren würde. Um zu begreifen, wie wichtig es war, den Mund zu halten, brauchte er sich die Szene nur vorzustellen. Ein 350 Pfund schwerer Fremder lädt mich in ein Hotel ein, schüttelt mir die Hand, und anstatt über das zu reden, weswegen ich gekommen bin, sieht er mir in die Augen und erklärt mir, er sei mein verloren geglaubter Vater. Die Versuchung war groß, aber das hätte ich ihm niemals abgekauft. Aller Wahrscheinlichkeit nach hätte ich ihn für einen Irren gehalten und mich geweigert, weiter mit ihm zu sprechen. Da wir noch jede Menge Zeit hatten, einander kennenzulernen, wollte er sich die Gelegenheit dazu nicht dadurch nehmen, daß er eine Szene heraufbeschwor. Was sich wie so vieles in der Geschichte, die ich zu erzählen versuche, als Fehler herausstellte. Im Gegensatz zu Barbers Erwartungen war uns nicht mehr viel Zeit beschieden. Er hoffte, die Zukunft werde unser Problem lösen, aber dann fand die Zukunft gar nicht mehr statt. Das konnte man ihm zwar kaum anlasten, aber zu zahlen hatte er doch dafür, so wie ich zusammen mit ihm dafür zu zahlen hatte. Trotz der Folgen wüßte ich freilich nicht, wie er sich anders hätte verhalten sollen. Niemand konnte wissen, was geschehen würde; niemand konnte die dunklen und schrecklichen Dinge ahnen, die uns blühten.

Selbst heute noch überwältigt mich das Mitleid, wenn ich an Barber denke. Wenn ich meinen Vater auch nie kennengelernt hatte, so wußte ich doch immerhin, daß da einmal ein Vater gewesen war. Irgendwoher muß ein Kind ja schließlich kommen, und der Mann, der dieses Kind zeugt, wird wohl oder übel Vater genannt. Barber hingegen wußte gar nichts. Er hatte nur ein einziges Mal mit meiner Mutter geschlafen (in einer feuchten sternenlosen Nacht im Frühjahr 1946), und tags darauf war sie schon weg, für immer aus seinem Leben verschwunden. Er wußte nicht, daß sie schwanger geworden war, er wußte nicht, daß er einen Sohn hatte, er hatte nicht die leiseste Ahnung, was er vollbracht hatte. In Anbetracht der folgenden Katastrophe wäre es nur recht und billig gewesen, wenn er einen Ausgleich für seine Qualen erhalten hätte, und wenn es nur das Wissen um die Folgen seiner Tat gewesen wäre. An jenem Morgen war die Putzfrau ohne anzuklopfen hereingekommen, und da sie den Schrei, der aus ihrer Kehle drang, nicht unterdrücken konnte, waren bereits sämtliche Bewohner des Internats zu ihnen ins Zimmer gestürzt, ehe sie sich auch nur die Kleider anziehen konnten. Wäre es nur die Putzfrau gewesen, hätten sie vielleicht irgendeine Geschichte erfinden, sich womöglich sogar irgendwie herausreden können, aber so hatten sie zu viele Zeugen gegen sich. Eine neunzehnjährige Studentin im ersten Semester im Bett mit ihrem Geschichtsprofessor. Es gab Vorschriften, die dergleichen untersagten, und nur ein Trottel wäre dumm genug, sich dabei erwischen zu lassen, besonders in einem Ort wie Oldburn, Ohio. Er wurde entlassen, Emily floh nach Chicago, und das war's. Seine Karriere erholte sich nie von diesem Rückschlag, noch mehr aber schmerzte ihn der Verlust Emilys. Der verfolgte ihn sein Leben lang, und kein Monat verging (wie er sich mir gegenüber im Krankenhaus ausdrückte), in dem er die Grausamkeit seiner Zurückweisung durch sie nicht von neuem durchlebte, in dem er nicht an den entgeisterten Blick denken mußte, den sie ihm zuwarf, als er sie bat, ihn zu heiraten. «Du hast mich ruiniert», sagte sie, «und ich will verdammt sein, wenn ich dich je wiedersehe.» Dazu kam es auch tatsächlich nicht mehr. Als es ihm dreizehn Jahre später endlich gelungen war, ihr auf die Spur zu kommen, lag sie bereits im Grab.

Meine Mutter hat, soviel ich weiß, mit keinem Menschen über diese Geschehnisse gesprochen. Ihre Eltern waren beide tot, und gegenüber Victor, der mit dem Cleveland Orchestra durch die Lande zog, fühlte sie sich gewiß nicht verpflichtet, den Skandal zu erwähnen. Schließlich und endlich war sie ja bloß eine von vielen Studienabbrechern, und das kann bei einer jungen Frau 1946 kaum ein Grund zu besonderer Beunruhigung gewesen sein. Rätselhaft war, daß sie sich auch dann noch weigerte, den Namen des Vaters preiszugeben, als sie von ihrer Schwangerschaft erfahren hatte. In den Jahren, in denen ich mit meinem Onkel zusammenlebte, fragte ich ihn mehrmals danach, aber er tappte genauso im Dunkeln wie ich. «Das war Emilys Geheimnis», sagte er. «Ich habe sie deswegen öfter bedrängt, als mir heute lieb ist, aber sie hat nie auch nur eine Andeutung gemacht.» Damals erforderte es Mut und Entschlossenheit, ein uneheliches Kind auf die Welt zu bringen, doch hat meine Mutter offenbar keine Sekunde lang gezögert. Neben allem anderen habe ich ihr auch dafür zu danken. Eine weniger eigensinnige Frau hätte mich zur Adoption freigegeben – oder noch schlimmer, hätte mich abtreiben lassen. Kein sehr angenehmer Gedanke, aber wäre meine Mutter ein anderer Mensch gewesen, wäre ich vielleicht nicht auf die Welt gekommen. Hätte sie das Naheliegende getan, wäre ich gestorben, noch ehe ich überhaupt geboren war, ein drei Monate alter Fötus am Grund einer Mülltonne in irgendeiner finsteren Gasse.

Daß meine Mutter ihn abgewiesen hatte, stimmte Barber zwar traurig, überraschte ihn im Grunde aber nicht, und auf die Dauer fiel es ihm schwer, ihr das übelzunehmen. Es war ja ohnehin ein Wunder, daß sie sich überhaupt von ihm angezogen gefühlt hatte. Im Frühjahr 1946 war er immerhin schon neunundzwanzig, und Emily war tatsächlich die erste Frau, die mit ihm ins Bett gegangen war, ohne sich dafür bezahlen zu lassen. Und selbst letzteres war nur äußerst sporadisch vorgekommen. Das Risiko war einfach zu groß, und nachdem er einmal erfahren hatte, daß Demütigung jedes Vergnügen zunichte machte, wagte er selten noch einen Versuch. Barber machte sich keine Illusionen über sich selbst. Er wußte, was die Leute sahen, wenn sie ihn erblickten; und er wußte, daß ihre Gefühle nicht unberechtigt waren. Emily war seine einzige Chance gewesen, und er hatte sie verspielt. So schwer das auch zu akzeptieren war, sah er doch letztlich ein, daß er nichts anderes verdient hatte.

Sein Körper war ein Verlies, und er war dazu verdammt, den Rest seiner Tage darin abzusitzen, ein vergessener Häftling ohne das Recht auf Berufung, ohne Hoffnung auf Straferlaß, ohne Aussicht auf eine rasche und gnädige Hinrichtung. Mit fünfzehn schon hatte er seine volle Körpergröße erreicht, etwa eins achtundachtzig bis eins neunzig, und von da an hatte er ständig zugenommen. In seinen späteren Jugendjahren mühte er sich, sein Gewicht unter 250 Pfund zu halten, aber da waren seine nächtlichen Freßorgien wenig hilfreich, und auch diverse Diäten schienen nicht anzuschlagen. Er vermied jeden Blick in den Spiegel und verbrachte die meiste Zeit allein. Die Welt war ein von Gaffern und Zeigefingern gesäumter Spießrutenlauf, und er war eine wandelnde Monstrositätenshow, ein fettes Riesenbaby, das den Leuten den Atem verschlug und sie zum Lachen brachte. Schon früh wurden Bücher seine Zuflucht, dort konnte er sich verstecken – nicht nur vor den anderen, sondern auch vor seinen eigenen Gedanken. Denn Barber war nie im Zweifel darüber, wem für sein Aussehen die Schuld zu geben war. Verkroch er sich in die gedruckten Worte, gelang es ihm, seinen Körper zu vergessen, und dies half ihm mehr als alles andere, seine Selbstanklagen zum Schweigen zu bringen. Bücher ermöglichten es ihm, sich treiben zu lassen, sein Ich frei in seinem Kopf schweben zu lassen, und solange er sich voll und ganz nur mit ihnen beschäftigte, konnte er sich in der Täuschung wiegen, daß er sich freigemacht habe, daß er die Taue, die ihn in seinem grotesken Hafen festhielten, gekappt habe.

Die High-School schloß er als Bester seiner Klasse ab, er heimste Noten und Testergebnisse ein, die in dem kleinen Ort Shoreham, Long Island, jedermann in Erstaunen versetzten. Im Juni jenes Jahres hielt er eine tief empfundene, aber ausufernde Abschiedsrede, in der er sich für die pazifistische Bewegung, die spanische Republik und eine zweite Amtszeit Roosevelts aussprach. Es war 1936, und das Publikum in der heißen Turnhalle spendete ihm am Ende lauten Beifall, auch wenn es seine politischen Ansichten nicht teilte. Danach machte er sich, wie neunundzwanzig Jahre später sein ahnungsloser Sohn, auf den Weg nach New York, wo er vier Jahre lang das Columbia College besuchte. Am Ende des Studiums hatte er seine Gewichtsobergrenze auf 290 Pfund festgelegt. Es folgte ein Geschichtsstudium, in dessen Verlauf er sich bei der Army meldete, jedoch abgelehnt wurde. «Fettsäcke können wir nicht brauchen», sagte der Sergeant mit verächtlichem Grinsen. So trat Barber in die Reihen der Heimatfront, blieb zu Hause mit den Gelähmten und geistig Untauglichen, den zu jungen und den zu alten. Er verbrachte diese Jahre am historischen Fachbereich der Columbia inmitten von Frauen; ein anomaler Koloß männlichen Fleisches, der in den Bibliotheksmagazinen vor sich hin brütete. Allerdings zog niemand seine Verdienste in Zweifel. Seine Dissertation über Bishop Berkeley und die Indianer erhielt 1944 den American Studies Award zugesprochen, und danach wurden ihm von einigen Universitäten im Osten Stellen angeboten. Aus Gründen, die mir nie so ganz klar wurden, entschied er sich für Ohio.

Das erste Jahr lief nicht schlecht. Barber machte sich als Lehrer beliebt, trat als Bariton dem Fakultätschor bei und schrieb die ersten drei Kapitel eines Buches über Gefangenschaft bei den Indianern. Der Krieg in Europa ging in diesem Frühjahr zu Ende, und als im August die zwei Bomben auf Japan abgeworfen wurden, versuchte er sich mit dem Gedanken zu trösten, daß so etwas nicht noch einmal geschehen könnte. Wider Erwarten ließ das nächste Jahr sich glänzend an. Zwischen September und Januar brachte er sein Gewicht auf dreihundert Pfund herunter, und zum erstenmal in seinem Leben begann er mit einigem Optimismus in die Zukunft zu blicken. Im Frühjahrssemester kam Emily Fogg in seine historische Einführungsvorlesung, ein reizendes, quicklebendiges Mädchen, das sich unerwarteterweise in ihn verknallte. Das war zu schön, um wahr zu sein, und obwohl er sich nach Kräften bemühte, behutsam vorzugehen, ging ihm nach und nach auf, daß nun mit einemmal alles möglich war, selbst das, was er sich bis dahin nicht einmal vorzustellen gewagt hatte. Dann kam die Sache mit dem Internat, mit jener Putzfrau, die ins Zimmer platzte, die Katastrophe. Das alles ging so schnell, daß es ihn lähmte, daß er vor Benommenheit nicht reagieren konnte. Als er noch am selben Tag ins Büro des Rektors bestellt wurde, kam er nicht einmal auf die Idee, gegen seine Entlassung zu protestieren. Er ging auf sein Zimmer zurück, packte seine Koffer und verschwand, ohne sich von irgendwem zu verabschieden.

Der Nachtzug brachte ihn nach Cleveland, wo er sich im YMCA ein Zimmer nahm. Zunächst hatte er vor, sich aus dem Fenster zu stürzen, doch nachdem er drei Tage lang auf den richtigen Augenblick gewartet hatte, wurde ihm klar, daß ihm dazu der Mut fehlte. Worauf er den Entschluß faßte, sich zu fügen, den Kampf ein für allemal aufzugeben. Wenn er schon nicht den Mut zum Sterben habe, sagte er sich, dann wolle er wenigstens als freier Mann leben. Soviel war sicher: Er würde nicht mehr vor sich selbst zurückschaudern; er würde nicht mehr von anderen bestimmen lassen, wer er war. In den nächsten vier Monaten aß er, um alles und jedes zu vergessen, fraß sich voll mit Windbeuteln und Krapfen, mit Butterkartoffeln und saucengetränktem Braten, mit Pfannkuchen, Brathähnchen und kräftigen Fischsuppen. Als sein Anfall vorbei war, hatte er siebenunddreißig neue Pfunde zugelegt – aber solche Zahlen waren ihm nicht mehr wichtig. Er nahm keine Notiz mehr von ihnen, daher existierten sie für ihn nicht mehr.

Je mehr sein Körper an Umfang zunahm, desto tiefer vergrub er sich darin. Barber hatte vor, sich von der Welt abzuschließen, sich in der Masse seines Fleisches unsichtbar zu machen. Während dieser Monate in Cleveland lernte er zu ignorieren, was Fremde von ihm dachten, immunisierte er sich gegen die Qual, gesehen zu werden. Jeden Morgen stellte er sich auf die Probe, indem er zur Hauptverkehrszeit über die Euclid Avenue spazierte, und samstags und sonntags ließ er es sich angelegen sein, die Nachmittage im Weye Park zu vertrödeln; er setzte sich so vielen Leuten wie möglich aus, tat, als überhöre er, was die

Gaffer sagten, ließ ihre Blicke von sich abprallen. Er war jetzt allein, vollkommen getrennt von allen anderen: eine knollige, eiförmige Monade, die durch das Schlachtfeld ihres Bewußtseins trottete. Aber die Mühe hatte sich gelohnt, er hatte keine Angst mehr vor seiner Einsamkeit. Er hatte sich in das Chaos seines Innern gestürzt und war so endlich Solomon Barber geworden, eine Persönlichkeit, ein Jemand, einer, der in seiner selbstgeschaffenen Welt lebte.

Der krönende Touch kam einige Jahre später, als Barber die Haare auszufallen begannen. Anfangs kam ihm das wie ein schlechter Witz vor – ein Glatzkopf namens Barber –, doch da Perücken und Toupets nicht in Frage kamen, blieb ihm nichts anderes übrig, als damit zu leben. Allmählich welkte der schöne Garten auf seinem Kopf dahin. Wo einst ein Dickicht von rötlichbraunen Locken gewachsen war, war jetzt nur noch ein kahler Skalp, eine unfruchtbare Fläche nackter Haut. Diese Veränderung seines Aussehens gefiel ihm ganz und gar nicht, aber noch beunruhigender erschien ihm die Tatsache, daß dieser Prozeß so gänzlich seiner Kontrolle entzogen war, ihn zur Passivität sich selbst gegenüber zwang; und genau das konnte er einfach nicht hinnehmen. Eines Tages, da hatte er bereits nur noch einen Haarkranz, griff er daher besonnen zu einem Rasiermesser und schabte sich auch noch den Rest ab. Das Ergebnis dieses Experiments war wesentlich eindrucksvoller, als er gedacht hatte. Barber fand, er besitze einen mächtigen Stein von Kopf, ein mythologisches Haupt, und während er sich so im Spiegel betrachtete, schien es ihm nur richtig, daß der riesige Globus seines Körpers nun auch mit einem Mond ausgestattet war. Von jenem Tag an behandelte er diesen Trabanten mit gewissenhafter Sorgfalt, cremte und ölte ihn jeden Morgen, damit er auch immer gehörig glatt war und glänzen konnte, verwöhnte ihn mit Elektromassagen und hielt ihn stets vor dem Walten der Elemente geschützt. Er trug jetzt Hüte, alle möglichen Hüte, die nach und nach zum Merkmal seiner Exzentrizität wurden, zu seinem unverwechselbaren Kennzeichen. Er war nicht mehr bloß der feiste Barber, er war der Mann, der Hüte trug. Es erforderte einen gewissen Mut, dies zu tun, aber inzwischen hatte er gelernt, an der Pflege seiner Absonderlichkeit Gefallen zu finden, und so erwarb er gleich ein ganzes Arsenal verschiedenster Hüte, was seinem Talent, andere Leute zu verblüffen, nur förderlich war. Er trug Melonen und Feze, Baseballkappen und Filzhüte, Tropenhelme und Cowboyhüte, alles, worauf er Lust hatte, ohne Rücksicht auf Stil oder Konvention. 1957 war seine Sammlung so groß geworden, daß er einmal dreiundzwanzig Tage hintereinander keinen Hut zweimal trug.

Nach der Kreuzigung von Ohio (wie er das später nannte) fand Barber bei etlichen kleinen, unbedeutenden Colleges im Westen und Mittelwesten Arbeit. Was er anfangs als zeitweiliges Exil betrachtete, erstreckte sich schließlich über mehr als zwanzig Jahre, und als es dann vorbei war, war die Landkarte seiner Wunden von Punkten in allen Winkeln des Herzlandes umschrieben: Indiana und Texas, Nebraska und Oklahoma, South Dakota und Kansas, Idaho und Minnesota. Nirgends blieb er länger als zwei oder drei Jahre, und obwohl die Schulen einander alle mehr oder weniger glichen, ließ die ständige Bewegung keine Langeweile bei ihm aufkommen. Barber war überaus tüchtig, und in der verstaubten Ruhe jener Schlupfwinkel tat er kaum etwas anderes als arbeiten; ununterbrochen produzierte er Artikel und Bücher, nahm an Konferenzen teil und hielt Vorträge, widmete seinen Studenten und Kursen so viel Zeit, daß er es stets zum beliebtesten Lehrer auf dem Campus brachte. Seine wissenschaftliche Befähigung stand nie in Zweifel, doch die großen Schulen lehnten ihn auch dann noch ab, als der Makel von Ohio längst zu verblassen begann. Effing hatte von McCarthy gesprochen, aber mit der politischen Linken war Barber nur ein einziges Mal in Berührung gekommen, und zwar in den dreißiger Jahren an der Columbia, wo er sich als Mitläufer bei der Friedensbewegung betätigt hatte. Er stand auf keiner offiziellen schwarzen Liste, gleichwohl kam es seinen Gegnern gelegen, seinen Namen in ein rötlich angehauchtes Licht zu stellen, als hätten sie damit einen besseren Vorwand, ihn abzulehnen. Niemand rückte offen damit heraus, aber es herrschte wohl allgemein die Ansicht, daß Barber einfach fehl am Platz sei. Er war irgendwie zu groß, zu eigensinnig, zeigte allzuwenig Reue. Man stelle sich vor, ein Hüne von 350 Pfund, der mit einem Cowboyhut über den Campus der Yale University walzt. Schlicht unmöglich. Der Mann hatte kein Schamgefühl, kein Gefühl für Anstand. Seine bloße Anwesenheit würde die Ordnung der Dinge stören, und wozu Ärger provozieren, wo es doch so viele Bewerber gab, unter denen man wählen konnte?

Vielleicht war es ja alles zu seinem Besten. Solange er sich am Rand hielt, konnte Barber bleiben, wer er sein wollte. Die kleinen Colleges waren froh, ihn zu haben, und da er nicht nur der fetteste Professor war, den man je gesehen hatte, sondern auch der Mann, der Hüte trug, nahm man ihn glücklicherweise auch von den kleinlichen Zänkereien und Intrigen aus, die das Leben in der Provinz zur Hölle machen können. Alles an ihm war so umfangreich und extravagant, so offensichtlich außerhalb der Norm, daß niemand es wagte, ein Urteil über ihn zu fällen. Meist traf er im Spätsommer ein, völlig verstaubt von tagelanger Fahrt, einen Wohnanhänger im Schlepptau seines verbeulten, qualmspeienden Wagens. Waren Studenten in der Nähe, heuerte er sie gleich an, seine Sachen auszuladen, zahlte ihnen fürstlichen Lohn für ihre Mühe und lud sie danach alle zum Lunch ein. Das war schon immer ein guter Auftakt. Sie sahen seine umwerfende Büchersammlung, die unzähligen Hüte, den Spezialschreibtisch – das Pult des heiligen Thomas von Aquin, wie er das nannte –, den er sich in Topeka hatte anfertigen lassen und aus dessen Schreibfläche ein großer Halbkreis herausgesägt war, damit sein Bauch ausreichend Platz hatte. Es war schwer, nicht von ihm fasziniert zu sein: wenn man sah, wie er sich auf seine atemlos keuchende Art bewegte, wie er seine enorme Masse von einem Ort zum anderen wuchtete, wie er ständig jene langen Zigarren rauchte, die überall auf seiner Kleidung Aschenflecke hinterließen. Die Studenten machten sich hinter seinem Rücken ständig lustig über ihn, aber sie waren ihm auch ergeben, und für diese Söhne und Töchter von Farmern, Ladenbesitzern und Pfarrern verkörperte er so ziemlich alles, was sie jemals an wahrer geistiger Größe kennenlernen würden. Unvermeidlich schlugen die Herzen mancher Schülerinnen der gemischten Klassen für ihn (was beweist, daß der Geist tatsächlich stärker als der Körper sein kann), doch Barber hatte seine Lektion gelernt und ließ sich nie wieder in diese Falle lokken. Insgeheim erfreute er sich daran, wenn die jungen Mädchen ihn wie mondsüchtig umschwärmten, aber er tat so, als merke er nichts davon, spielte seine Rolle als gelehrter Griesgram, als leutseliger Eunuch, der sich über alle Begierden hinweggefressen hatte. Ein schmerzliches, einsames Treiben, das ihm freilich einen gewissen Schutz bot, und wenn es auch nicht immer funktionierte, so hatte er doch zumindest gelernt, wie wichtig es war, die Rolladen unten zu lassen und die Tür verschlossen zu halten. In all den Jahren seines Umherziehens hatte kein Mensch jemals etwas an ihm auszusetzen. Er überwältigte die Leute mit seiner Einzigartigkeit, und bevor die Kollegen seiner überdrüssig werden konnten, zog er bereits zum nächsten Ort weiter, nahm seinen Abschied und verschwand in den Sonnenuntergang.

Nach dem, was Barber mir erzählte, kreuzten seine und Onkel Victors Pfade sich nur ein einziges Mal, aber wenn ich die Einzelheiten ihrer beider Leben recht interpretiere, könnten sie sich insgesamt dreimal begegnet sein. Demnach hätte die erste Begegnung 1939 auf der New Yorker Weltausstellung stattgefunden. Fest steht, daß sie beide dort waren, und mag es auch noch so unwahrscheinlich sein, so ist es doch nicht ausgeschlossen, daß sie am selben Tag dort gewesen sein könnten. Ich male mir gerne aus, wie sie zusammen vor irgendeinem Ausstellungsstück stehen – dem Auto der Zukunft zum Beispiel, oder der Küche von morgen – und dann zufällig aneinanderstoßen und sich, um Verzeihung bittend, simultan an die Hüte tippen, zwei junge Männer in den besten Jahren, der eine dick, der andere dünn, ein geisterhaftes Komödiantengespann, das im Vorführraum meines Schädels seine kleine Nummer für mich aufführt. Effing, soeben aus Europa zurückgekehrt, war natürlich auch auf der Ausstellung, und manchmal lasse ich auch ihn an dieser imaginären Szene teilnehmen. Pavel Shum schiebt ihn in einem altmodischen Korbwagen über das Gelände. Vielleicht stehen Barber und Onkel Victor nebeneinander, wenn Effing an ihnen vorbeikommt. Vielleicht schreit Effing genau in diesem Augenblick seinem russischen Begleiter irgendeine schlechtgelaunte Beleidigung zu, und Barber und Onkel Victor, verblüfft von der in aller Öffentlichkeit zur Schau gestellten Grobheit des Mannes, lächeln einander an und schütteln traurig den Kopf. Selbstverständlich ohne zu ahnen, daß dieser Mann der Vater des einen von ihnen und der zukünftige Großvater des Neffen des anderen ist. Die Möglichkeiten für solche Szenen sind grenzenlos, doch versuche ich im allgemeinen, sie so schlicht wie möglich auszugestalten – als kurze, wortlose Interaktionen: lächeln, an den Hut tippen, um Verzeihung bitten. Auf diese Weise wirken sie auf mich suggestiver, als ob ich mir, wenn ich nicht zuviel wage, wenn ich mich auf kleine, nebensächliche Einzelheiten konzentriere, um so besser weismachen könnte, daß derlei sich tatsächlich zugetragen hat.

Die zweite Begegnung hätte 1946 in Cleveland stattfinden können. Diese ist vermutlich noch spekulativer als die erste, aber ich erinnere mich genau, daß ich eines Tages in Chicago bei einem Spaziergang mit meinem Onkel im Lincoln Park einen ungeheuer dicken Mann gesehen habe, der im Gras saß und an einem Sandwich kaute. Dieser Mann nun erinnerte Victor an einen anderen dicken Mann, den er einmal in Cleveland gesehen hatte («damals, als ich noch bei dem Orchester spielte»), und obwohl ich keinen eindeutigen Beweis dafür habe, stelle ich mir gerne vor, daß der Mann, der einen solchen Eindruck bei ihm hinterließ, Barber gewesen ist. Die Daten passen jedenfalls genau zueinander, denn Victor spielte von 1945 bis 1948 in Cleveland, und Barber mietete sich im Frühjahr 1946 im dortigen YMCA ein. Wie Victor mir erzählte, habe er eines Abends in Lansky's Delicatessen, einem großen, geräuschvollen Restaurant drei Blocks westlich von Severence Hall, einen Käsekuchen gegessen. Nach Beendigung eines Beethoven-Konzerts sei er mit drei anderen Holzbläsern des Orchesters dort zu einem nächtlichen Imbiß eingekehrt. Von seinem Sitzplatz im hinteren Teil des Restaurants konnte er ungehindert einen feisten Mann beobachten, der allein an einem Tisch an der seitlichen Trennwand saß. Unfähig, seinen Blick von dieser enormen, einsamen Gestalt abzuwenden, sah mein Onkel voller Entsetzen zu, wie der Mann zwei Schüsseln Matzenknödelsuppe und eine Platte Kohlrouladen vertilgte und dazu als Beilage Blinis, drei Teller Krautsalat, einen Korb Brot und sechs oder sieben Gewürzgurken in sich hineinschlang. Victor war von dieser Völlerei so konsterniert, daß er sie sein Leben lang nicht vergessen konnte – es war ein Bild reiner und unverfälschter menschlicher Traurigkeit. «Wer so ißt, versucht sich umzubringen», sagte er zu mir. «Es ist derselbe Anblick wie der eines Mannes, der sich zu Tode hungert.»

Das letzte Mal trafen sie 1959 zusammen, in der Zeit, als

mein Onkel und ich in Saint Paul, Minnesota, lebten. Barber arbeitete damals am Macalester College, und als er eines Abends in seiner Wohnung saß und die Gebrauchtwagenanzeigen auf den hinteren Seiten der *Pioneer Press* studierte, fiel sein Blick zufällig auf eine Anzeige, in der ein Victor Fogg, «ehemaliges Mitglied des Cleveland Orchestra», Klarinettenunterricht anbot. Der Name fuhr ihm wie ein Speer durchs Gedächtnis, und dann sah er Emily wieder vor sich, so leuchtend und lebendig, wie er sie seit Jahren nicht vor sich gesehen hatte. Mit einemmal war sie wieder in ihm, vom Erscheinen ihres Namens zum Leben erweckt, und für den Rest dieser Woche konnte er sie nicht mehr aus seinen Gedanken vertreiben; er fragte sich, was aus ihr geworden sein mochte, er dachte sich aus, wie ihr Leben verlaufen sein könnte, er sah sie mit einer Klarheit vor sich, die ihn schier erschreckte. Vermutlich war der Musiklehrer nicht mit ihr verwandt, aber was konnte es schaden, das festzustellen? Als erstes wollte er Victor gleich anrufen, aber nachdem er mehrmals durchgekaut hatte, was er zu ihm sagen sollte, überlegte er es sich anders. Er wollte sich nicht zum Narren machen, wenn er seine Geschichte zu erzählen versuchte und einem gelangweilten Fremden am anderen Ende der Leitung zusammenhangloses Zeug vorstammelte. Statt dessen entschloß er sich zu einem Brief, entwarf sieben oder acht Fassungen, bis er endlich zufrieden damit war, und schickte ihn dann in einem Anfall von Verzweiflung ab, sein Tun schon im Augenblick bereuend, als der Umschlag im Briefkasten verschwand. Die Antwort, wortkarg und schräg über einen gelben Briefbogen gekritzelt, kam zehn Tage später. «Sir –», lautete die Nachricht, «Emily Fogg war tatsächlich meine Schwester, doch habe ich die traurige Pflicht, Ihnen mitteilen zu müssen, daß sie vor acht Monaten bei einem Verkehrsunfall ums Leben gekommen ist. Tut mir unendlich leid. Hochachtungsvoll, Victor Fogg.»

Genau besehen sagte der Brief ihm nichts Neues. Victor hatte nur eine einzige Tatsache festgestellt, und diese Tatsache war Barber schon vor langer Zeit selbst klargeworden: daß er Emily nie wiedersehen würde. Ihr Tod änderte daran nichts, sondern bestätigte nur, was bereits Gewißheit war, ließ ihn den Verlust, mit dem er seit Jahren gelebt hatte, nur noch einmal durchleben. Das machte die Lektüre des Briefes nicht weniger schmerzlich, doch nachdem seine Tränen versiegt waren, erwachte in ihm der Hunger nach weiterer Information. Was war aus ihr geworden? Wohin war sie gegangen, und was hatte sie getan? Hatte sie geheiratet? Hatte sie Kinder zurückgelassen? Hatte jemand sie geliebt? Barber wollte Tatsachen. Er wollte die leeren Stellen ausfüllen und ihr ein Leben entwerfen, etwas Greifbares, das er mit sich herumtragen konnte: eine Reihe von Bildern, sozusagen ein Fotoalbum, das er im Geiste aufschlagen und nach Belieben betrachten konnte. Am nächsten Tag schrieb er Victor wieder. Nachdem er im ersten Absatz sein herzliches Beileid und Mitgefühl ausgedrückt hatte, deutete er äußerst behutsam an, wieviel ihm an den Antworten auf einige dieser Fragen gelegen sei. Geduldig wartete er auf eine Antwort, aber zwei Wochen lang kam nichts. Schließlich glaubte er, der Brief sei womöglich verlorengegangen, und rief bei Victor an. Nachdem er drei oder viermal gewählt hatte, schaltete sich die Vermittlung ein und erklärte, der Anschluß sei abgestellt worden. Das war rätselhaft, doch Barber ließ sich nicht davon entmutigen (der Mann konnte ja schließlich arm sein, zu knapp bei Kasse, um seine Telefonrechnung zu bezahlen), sondern stieg in seinen 51er Dodge und fuhr in die 1025 Linwood Avenue, wo Victor wohnte. Da er Foggs Namen nicht neben den Klingeln am Eingang finden konnte, läutete er beim Hausmeister. Kurz darauf kam ein kleiner Mann in einem grüngelben Sweater an die Tür geschlurft und sagte ihm, Mr. Fogg sei nicht mehr da. «Er und der kleine

Junge», sagte der Mann, «vor zehn Tagen haben sie ihre Sachen abgeholt und sind ausgezogen.» Das war eine Enttäuschung für Barber, ein Schlag, den er nicht erwartet hatte. Aber keinen Herzschlag lang überlegte er, wer dieser kleine Junge sein mochte. Und es hätte auch nichts geändert, wenn er darüber nachgedacht hätte. Dann hätte er ihn für den Sohn des Klarinettisten gehalten und es dabei bewenden lassen.

Jahre später, als Barber mir von Victors Brief erzählte, begriff ich also endlich, warum mein Onkel und ich 1959 so plötzlich aus Saint Paul weggezogen waren. Jetzt wurde mir die ganze Szene klar: die nervöse nächtliche Packerei, die Nonstopfahrt zurück nach Chicago, die zwei Wochen im Hotel, ohne daß ich zur Schule ging. Victor konnte die Wahrheit über Barber nicht gewußt haben, aber das verringerte seine Befürchtungen, worum es sich bei dieser Wahrheit handeln könnte, nicht im geringsten. Irgendwo da draußen lief ein Vater herum, und wozu ein Risiko eingehen mit einem Mann, der so neugierig war, etwas über Emily zu erfahren? Wer konnte, wenn es zum Schlimmsten käme, absehen, ob er nicht um die Vormundschaft über den Jungen kämpfen würde? In der Antwort auf den ersten Brief ließ es sich ja noch leicht umgehen, mich zu erwähnen, doch dann kam der zweite Brief mit all diesen neuen Fragen, und Victor erkannte, daß er in der Falle saß. Den Brief zu ignorieren würde das Problem nur hinausschieben, denn wenn der Fremde wirklich so neugierig war, wie es den Anschein hatte, würde er uns schließlich besuchen kommen. Und was dann? Victor sah keinen Ausweg, als sich abzusetzen, mich mitten in der Nacht in den Wagen zu packen und in einer Staubwolke zu verschwinden.

Diese Geschichte war eine der letzten, die Barber mir erzählte, und es zerriß mir das Herz, als ich sie hörte. Ich begriff, was Victor getan hatte, und als mir seine Hingabe so deutlich vor Augen geführt wurde, überkam mich eine

Woge von schmerzlichen Gefühlen – ich beklagte und betrauerte noch einmal seinen Tod. Zugleich aber empfand ich Enttäuschung, Verbitterung über die Jahre, die verloren waren. Denn hätte Victor, anstatt wegzulaufen, auf Barbers zweiten Brief geantwortet, hätte ich vielleicht schon 1959 erfahren, wer mein Vater war. Niemand trug Schuld an dem, was geschehen war, aber das machte es auch nicht leichter, sich damit abzufinden. Verpaßte Anschlüsse, schlechtes Timing, Tappen im dunkeln – das waren die Ursachen. Wir waren stets zur falschen Zeit am rechten Ort, zur rechten Zeit am falschen Ort, liefen ständig aneinander vorbei, waren immer nur Zentimeter davon entfernt, der ganzen Sache auf den Grund zu kommen. Darauf läuft die Geschichte wohl hinaus. Eine Reihe verpaßter Chancen. Alle Teile waren von Anfang an da, doch niemand wußte, wie sie zusammenzusetzen waren.

Bei unserer ersten Begegnung kam von alldem natürlich nichts zur Sprache. Da Barber beschlossen hatte, von seinen Vermutungen zu schweigen, blieb uns als Thema nur noch sein Vater, und das behandelten wir in den Tagen, die er in der Stadt war, ziemlich erschöpfend. Am ersten Abend speiste er mit mir bei Gallagher's in der 52nd Street; am zweiten Abend gingen wir zusammen mit Kitty in einem Restaurant in Chinatown essen; und am dritten Tag, einem Sonntag, frühstückte ich mit ihm in seinem Hotel, bevor er den Rückflug nach Minnesota antrat. Barbers Geist und Charme ließen einen sein unglückliches Äußeres bald vergessen, und je mehr Zeit ich mit ihm verbrachte, desto behaglicher fühlte ich mich. Wir sprachen fast von Anfang an ganz offen, erzählten einander unsere Geschichten und tauschten dabei Witze und Ideen aus, und da er nicht zu denen gehörte, die sich vor der Wahrheit fürchten, konnte ich ihm von seinem Vater berichten, ohne mich selbst zu zensieren, und er bekam alles zu hören, was ich in den Monaten mit Effing erlebt hatte, das Gute genauso wie das Schlechte.

Barber selbst hatte nie viel gewußt. Sein Vater, so war ihm gesagt worden, war ein paar Monate vor seiner Geburt irgendwo im Westen gestorben, und das kam ihm durchaus glaubwürdig vor, waren doch die Wände des Hauses mit seinen Bildern vollgehängt; und jeder hatte ihm erzählt, daß sein Vater Maler sei, ein Landschaftsspezialist, der für seine Kunst viele Reisen unternommen habe. Sein letztes Ziel sei die Wüste von Utah gewesen, hieß es, eine gottverlassene Gegend im wahrsten Sinne des Wortes, und dort sei er ums Leben gekommen. Aber von den Umständen seines Todes erfuhr er nie etwas. Als er sieben war, erzählte ihm eine Tante, sein Vater sei von einem Felsen gestürzt. Drei Jahre später erklärte ihm ein Onkel, sein Vater sei von Indianern entführt worden, und keine sechs Monate darauf verkündete Molly Sharp, das Ganze sei ein Werk des Teufels. Sie war die Köchin, die ihm nach der Schule immer diese köstlichen Puddings auftischte – eine kräftige, rotgesichtige Irin mit großen Zahnlücken –, und er hatte sie noch nie bei einer Lüge ertappt. Wie auch immer, der Tod seines Vaters wurde jedenfalls stets als Grund dafür angegeben, warum seine Mutter sich auf ihr Zimmer zurückgezogen hatte. So die familieninterne Umschreibung für den Zustand seiner Mutter, obwohl sie ihr Zimmer in Wirklichkeit doch zuweilen verließ, besonders an warmen Sommerabenden, wenn sie durch die Flure des Hauses irrte oder sogar an den Strand hinunterging, sich ans Wasser setzte und zuhörte, wie die kleinen Wellen vom Sund heranspülten.

Er sah seine Mutter nicht sehr oft, und selbst an guten Tagen hatte sie Mühe, sich an seinen Namen zu erinnern. Sie nannte ihn Teddy oder Malcolm oder Rob – wobei sie ihm immer direkt in die Augen sah und mit äußerster

Überzeugung sprach –, oder sie verlegte sich auf seltsame Beinamen, auf die er sich keinen Reim machen konnte: Bally-Ball, Pooh-Bah und Mr. Jinks. Da er die seltenen Stunden in Gesellschaft seiner Mutter nicht vergeuden wollte, versuchte er ihre falschen Anreden nie zu korrigieren, denn er wußte aus Erfahrung, daß die geringste Nörgelei sie aus ihrer Stimmung reißen konnte. Die anderen im Haus nannten ihn Solly. Gegen diesen Spitznamen hatte er nichts einzuwenden, da er seinen richtigen Namen halbwegs so intakt ließ, als wäre er ein Geheimnis, das nur ihm bekannt sei: Solomon wie Salomo, der weise König von Israel, ein Mann von so präzisem Urteil, daß er damit drohen konnte, ein Baby mitten durchzuschneiden. Später fiel der Diminutiv fort, und er wurde zu Sol. Aus den elisabethanischen Dichtern erfuhr er, daß dies ein altes Wort für «Sonne» war, und wenig später fand er heraus, daß es auch das französische Wort für «Boden» war. Es faszinierte ihn, daß er Sonne und Erde zugleich sein konnte, und mehrere Jahre lang betrachtete er dies als Zeichen dafür, daß er allein sämtliche Widersprüche des Universums zu umfassen in der Lage sei.

Seine Mutter bewohnte mit mehreren Betreuern und Helfern den dritten Stock, und oft kam sie lange Zeit nicht ein einziges Mal nach unten. Das dort oben war ein Reich für sich, mit der neu eingerichteten Küche am einen Ende des Flurs und dem großen neuneckigen Zimmer am anderen. Dort pflegte sein Vater seine Bilder zu malen, erzählte man ihm, und die Fenster waren so angeordnet, daß man, aus welchem man auch immer blickte, nichts als Wasser sah. Wenn man lange genug vor diesen Fenstern stand und sein Gesicht an das Glas drückte, bekam man allmählich ein Gefühl, als ob man am Himmel schweben würde, erzählte er. Er durfte nicht sehr oft dort hinaufgehen, aber manchmal konnte er in seinem Zimmer im Stockwerk darunter seine Mutter dort auf und ab gehen hören (das Knarren der Dielen unter dem Läufer), und gelegentlich vermochte er auch Stimmen auszumachen: das Raunen von Gesprächen, Gelächter, Liedfetzen, Stöhnen und Schluchzen. Seine Besuche im dritten Stock wurden von den Pflegerinnen diktiert, und jede von ihnen erließ ihre eigenen Vorschriften. Miss Forrest räumte ihm jeden Donnerstag eine Stunde ein; Miss Caxton überprüfte seine Fingernägel, bevor sie ihn hineinließ; Miss Flower verfocht flotte Strandspaziergänge; Miss Buxley servierte heißen Kakao; und Miss Gunderson sprach mit so leiser Stimme, daß er sie nicht verstehen konnte. Einmal spielte Barber mit seiner Mutter einen ganzen Nachmittag lang Verkleiden, und ein anderes Mal ließen sie auf dem Teich ein Spielzeugboot fahren, bis es dunkel wurde. Solche Besuche waren ihm am deutlichsten im Gedächtnis geblieben, und Jahre später erkannte er, daß dies wohl die glücklichsten Stunden gewesen waren, die er mit ihr verbracht hatte. Solange er zurückdenken konnte, war sie ihm immer alt vorgekommen mit ihrem grauen Haar, dem ungeschminkten Gesicht, den wäßrigen blauen Augen, den herabgezogenen Mundwinkeln, den Leberflecken auf ihren Handrücken. Ihre Bewegungen hatten stets etwas Zittriges, und dies ließ sie wohl noch zerbrechlicher erscheinen, als sie war – mit den Nerven am Ende, eine Frau, die permanent am Rande des Zusammenbruchs stand. Dennoch hielt er sie nicht für verrückt (*unglücklich* war das Wort, das ihm gewöhnlich für ihren Zustand einfiel), und selbst wenn sie Dinge tat, die alle anderen in Schrecken versetzten, hatte er oft das Gefühl, daß sie sich nur verstellte. Im Lauf der Jahre kam es zu etlichen Krisen (ein Schreikrampf, als eine der Pflegerinnen gefeuert wurde; ein Selbstmordversuch; ein Zeitraum von einigen Monaten, in denen sie sich weigerte, irgendwelche Kleider anzuziehen), und einmal wurde sie, wie es hieß, zu einem langen Urlaub in die Schweiz geschickt. Viel später kam er dahinter, daß die Schweiz lediglich eine höfliche Umschreibung für eine Irrenanstalt in Hartford, Connecticut, gewesen war.

Eine traurige Kindheit, jedoch nicht freudlos, und weit weniger einsam, als man meinen könnte. Die meiste Zeit lebten die Eltern seiner Mutter mit im Haus, und trotz ihrer Neigung zu hirnverbrannten Marotten – Fletschern, Symmes' Hohlwelten, die Bücher von Charles Fort – war seine Großmutter überaus gut zu ihm; ebenso sein Großvater, der ihm Geschichten vom Bürgerkrieg erzählte und ihm beibrachte, wo man in der freien Natur welche Pflanzen finden konnte. Später kamen noch Onkel Binkey und Tante Clara dazu, und einige Jahre lang lebten sie alle miteinander in einer Art gereizter Harmonie. Der Börsenkrach von 1929 ruinierte sie nicht, doch waren danach gewisse Einsparungen nicht zu umgehen. Der Pierce Arrow verschwand mitsamt dem Chauffeur, den Mietvertrag für die New Yorker Wohnung ließ man auslaufen, und Barber wurde nicht wie geplant aufs Internat geschickt. 1931 wurden mehrere Werke aus der Sammlung seines Vaters verkauft – die Zeichnungen von Delacroix, das Gemälde von Samuel French Morse und der kleine Turner, der unten im Salon gehangen hatte. Freilich blieb auch so noch viel übrig. Besonders gern hatte Barber die zwei Blakelocks im Speisezimmer (an der Ostwand eine Landschaft im Mondlicht, an der Südwand die Darstellung eines Indianerlagers), und allenthalben waren die Bilder, die sein Vater selbst gemalt hatte: die Seestücke von Long Island, die Bilder von der Küste von Maine, die Studien vom Hudson, ein ganzes Zimmer voller Landschaften, die bei einer Exkursion in die Catskills entstanden waren – zerfallende Farmhäuser, unirdische Berge, ungeheure Flächen von Licht. Barber verbrachte Hunderte von Stunden mit der Betrachtung dieser Bilder, und in seinem dritten Jahr an der High-School organisierte er im Rathaus eine Ausstellung, für die er auch einen Essay über das Werk seines Vaters verfaßte, der kostenlos an alle Besucher der Eröffnungsveranstaltung verteilt wurde.

Im Jahr darauf verbrachte er seine Nächte mit der Arbeit an einem Roman über das Verschwinden seines Vaters. Barber, eben erst siebzehn und mitten in den Wirren der Pubertät, sah sich nun als Künstler, als künftiges Genie, das, um seine Seele zu retten, seinen Schmerz aufs Papier ergießen mußte. Nach seiner Rückkehr nach Minnesota schickte er mir eine Abschrift des Manuskripts – nicht, wie er mich in seinem Begleitschreiben rechtfertigend wissen ließ, um mit seinem jugendlichen Talent zu prahlen (das Buch war von einundzwanzig Verlagen abgelehnt worden), sondern um mir eine Vorstellung davon zu vermitteln, wie sehr die Abwesenheit seines Vaters sich auf seine Einbildungskraft ausgewirkt habe. Das Buch trug den Titel *Keplers Blut* und war in dem sensationslüsternen Stil von Schundromanen aus den dreißiger Jahren geschrieben. Teils Western, teils Science-fiction, schlingerte die Erzählung von einem unwahrscheinlichen Vorfall zum nächsten und walzte mit der unerbittlichen Wucht eines Traumes voran. Manches war einfach grauenhaft, dennoch fand ich mich gefesselt, und als ich bis zum Schluß vorgedrungen war, hatte ich das Gefühl, nun ein besseres Bild von Barber zu haben, in etwa zu begreifen, was ihn geformt hatte.

Der Beginn der Handlung war um rund vierzig Jahre zurückverlegt, in die siebziger Jahre des neunzehnten Jahrhunderts, doch ansonsten folgt die Erzählung ziemlich genau dem wenigen, was Barber über seinen Vater in Erfahrung hatte bringen können. Ein fünfunddreißig Jahre alter Künstler namens John Kepler nimmt Abschied von seiner Frau und seinem kleinen Sohn und verläßt sein Haus auf Long Island für einen sechsmonatigen Marsch durch Utah und Arizona, in der Erwartung, wie der siebzehnjährige Autor sich ausdrückt, «ein Land voller Wunder zu entdekken, eine Welt von wilder Schönheit und extremen Farben, ein Reich von so monumentalen Ausmaßen, daß noch der kleinste Stein das Mal des Unendlichen trüge». In den ersten Monaten läuft alles gut, aber dann erleidet er einen Unfall, ähnlich dem, der angeblich Julian Barber widerfahren war: Er stürzt einen Abhang hinunter, bricht sich etliche Knochen, verliert das Bewußtsein. Als er am nächsten Morgen wieder zu sich kommt, merkt er, daß er sich nicht bewegen kann, und da er nicht an seine Vorräte herankommen kann, findet er sich damit ab, in der Wildnis verhungern zu müssen. Am dritten Tag jedoch, als er gerade den Geist aufgeben will, wird Kepler von einer Gruppe Indianer gerettet – auch hier klingt eine der Geschichten durch, die Barber als Junge gehört hatte. Die Indianer tragen den Sterbenden in ihre Siedlung, ein steiniges, ringsum von Felsen umgebenes Tal, in dem es üppig nach Yucca und Wacholder duftet, und pflegen ihn wieder gesund. Die Gemeinschaft besteht aus dreißig bis vierzig Leuten, etwa zu gleichen Teilen Männer, Frauen und Kinder, die spärlich oder gar nicht bekleidet in der sengenden Hochsommerhitze herumlaufen. Kaum ein Wort mit ihm oder untereinander wechselnd, wachen sie bei ihm, während er allmählich wieder zu Kräften kommt, flößen ihm Wasser ein und geben ihm seltsam aussehende Speisen, die er noch nie zuvor gegessen hat. Langsam wird sein Geist wieder klar, und Kepler bemerkt, daß diese Leute keinerlei Ähnlichkeit mit den anderen Stämmen dieser Gegend haben – den Ute und Navajos, den Pajute und Schoschonen. Sie kommen ihm primitiver vor, isolierter, freundlicher in ihrem Gebaren. Bei näherer Betrachtung kommt er sogar zu dem Schluß, daß viele von ihnen überhaupt keine Ähnlichkeit mit Indianern haben. Manche haben blaue Augen, andere haben einen rötlichen Farbton im Haar, und einige Männer haben sogar Haare auf der Brust. Anstatt jedoch seinen Augen zu trauen, wähnt Kepler nun, er befinde sich noch immer auf der Schwelle des Todes, er habe sich seine Rettung in der Raserei des Komas und der Schmerzen nur eingebildet. Aber das dauert nicht lange. Die stetige Besserung seines Zustandes zwingt ihn nach und nach, sich einzugestehen, daß er lebt und daß all das um ihn her Wirklichkeit ist.

«Sie selbst nannten sich Die Menschen», schreibt Barber, «Die Leute, Die, die von weither gekommen sind. Den Legenden zufolge, die sie ihm erzählten, hatten ihre Vorfahren auf dem Mond gelebt. Doch eine große Dürre entzog dem Land das Wasser, und alle Menschen starben, bis auf Pog und Ooma, die so zu Urvater und Urmutter wurden. Neunundzwanzig Tage und neunundzwanzig Nächte zogen Pog und Ooma durch die Wüste, und als sie den Berg der Wunder erreichten, stiegen sie auf den Gipfel und hängten sich an eine Wolke. Sieben Jahre lang trug die Geistwolke sie durch den Weltraum, und dann schwebten sie auf die Erde hinab, wo sie den Wald der Ersten Dinge entdeckten und die Welt von neuem gründeten. Pog und Ooma zeugten mehr als zweihundert Kinder, und viele Jahre lang lebten Die Menschen glücklich, bauten Häuser zwischen den Bäumen, pflanzten Mais, jagten den magischen Hirsch, sammelten Fische aus dem Wasser. Auch Die Anderen lebten im Wald der Ersten Dinge, und da sie bereit waren, ihre Geheimnisse zu offenbaren, erwarben Die Menschen das Große Wissen von den Pflanzen und Tieren, so daß sie sich auf der Erde besser heimisch fühlten. Die Menschen vergalten die Freundlichkeit der Anderen mit eigenen Geschenken, und Generationen lang lebten die beiden Reiche in Eintracht. Dann aber kamen eines Morgens mit riesigen Holzschiffen die Wilden Männer von der anderen Seite der Welt. Eine Zeitlang schienen Die Bärtigen freundlich gesinnt, dann aber drangen sie in den Wald der Ersten Dinge ein und fällten dort viele Bäume. Als Die Menschen und Die Anderen sie baten, damit aufzuhören, holten die Wilden Männer ihre Blitz-und-Donner-Stöcke hervor und töteten sie. Die Menschen sahen ein, daß sie der Macht solcher Waffen nicht gewachsen waren, Die Anderen aber entschlossen sich zu Kampf und Widerstand. Das war die Zeit des Schrecklichen Abschiednehmens. Einige der Menschen schlossen sich den Anderen an, einige der Anderen schlossen sich den Menschen an, und dann trennten sich die Wege der beiden Familien. Die Menschen verließen ihre Häuser und machten sich auf den Weg in Die Dunkelheit, wanderten durch den Wald der Ersten Dinge, bis sie außer Reichweite der Wilden Männer zu sein glaubten. Dies wiederholte sich im Lauf der Jahre viele Male, denn kaum hatten sie in irgendeinem neuen Gebiet des Waldes eine Siedlung errichtet und begannen sich dort heimisch zu fühlen, hatten die Wilden Männer sie auch schon eingeholt. Anfangs gaben sich Die Bärtigen stets freundlich, doch dann fingen sie unausweichlich damit an, die Bäume zu fällen und Die Menschen zu töten, wobei sie lauthals von ihrem Gott und ihrem Buch und ihrer unbezwingbaren Stärke kündeten. Die Menschen zogen daher immer weiter, immer weiter nach Westen, um den nachrückenden Wilden Männern zu entkommen. Schließlich erreichten sie den Rand des Waldes der Ersten Dinge und entdeckten die Flache Welt mit ihren endlosen Wintern und kurzen, höllischen Sommern. Von dort zogen sie in das Land am Himmel, und als ihre Zeit dort abgelaufen war, stiegen sie in das Land des Knappen Wassers hinab, eine so dürre und wüste Gegend, daß selbst die Wilden Männer dort nicht leben wollten. Die Wilden Männer kamen dort nur hin, weil sie auf dem Weg in eine andere Gegend waren, und die wenigen, die zufällig dort blieben und sich Häuser bauten, lebten so vereinzelt, daß Die Menschen ihnen ohne Mühe aus dem Weg gehen konnten. Dort also hatten Die Menschen seit dem Beginn der Neuen Zeit gelebt, und dies währte nun schon so lange, daß niemand sich mehr an das erinnern konnte, was vorher gewesen war.»

Ihre Sprache ist Kepler zunächst unverständlich, doch nach einigen Wochen hat er genug davon mitbekommen, um an einfachen Gesprächen teilnehmen zu können. Als erstes erlernt er Substantive, das Dies und Das seiner Umgebung, und seine Sprache ist nicht subtiler als die eines Kindes. *Crenepos* heißt Frau. *Mantoac* sind die Götter. *Okeepenauk* bezeichnet eine eßbare Wurzel, und *tapisco* bedeutet Stein. Da er so vieles auf einmal aufzunehmen hat, ist er nicht in der Lage, die innere Struktur dieser Sprache zu erkennen. Pronomen zum Beispiel scheinen als solche nicht zu existieren, sondern gehören zu einem komplexen System von Verb-Endungen, die sich je nach Alter und Geschlecht des Sprechers verändern. Gewisse häufig benutzte Wörter haben zwei diametral entgegengesetzte Bedeutungen – oben und unten, Mittag und Mitternacht, Kindheit und Alter –, und in vielen Fällen ändert sich die Bedeutung eines Wortes mit dem Gesichtsausdruck des Sprechers. Nach zwei oder drei Monaten wird Keplers Zunge allmählich geschickter in der Hervorbringung der seltsamen Laute dieser Sprache, und je deutlicher sich der Brei undifferenzierter Silben in kleinere, besser kenntliche Sinneinheiten auflöst, desto schärfer und feiner wird sein Gehör für Nuancen und Satzmelodie. Bemerkenswerterweise glaubt er nun in der Sprache der Menschen Spuren des Englischen zu erkennen – nicht genau das Englisch, das er kennt, sondern verkürzte Stücke davon, Reste von englischen Wörtern, eine Art umgemodeltes Englisch, das irgendwie in die Ritzen dieser anderen Sprache eingedrungen ist. Ein Ausdruck wie zum Beispiel Land des Knappen Wassers wird zu einem einzigen Wort: Lan-o-li-wa. Die Wilden Männer werden zu Wi-Me, und Die Flache Welt verkürzt sich zu etwas wie *flow*. Anfangs ist Kepler geneigt, diese Parallelen als Zufall abzutun. Schließlich kommt es vor, daß gewisse Laute verschiedener Sprachen einander überlappen, und er will seine Phantasie nicht mit ihm durchgehen lassen. Andererseits hat es den Anschein, als folge etwa jedes siebte oder achte Wort der Sprache der Menschen diesem Muster, und als Kepler schließlich seine Theorie auf die Probe stellt und Wörter erfindet, um sie an den Menschen auszuprobieren (Wörter, die ihm nicht beigebracht worden sind, sondern die er mit der gleichen Methode des Verkürzens und Zerlegens bildet, die er bei der Konstruktion der anderen verwandt hat), stellt er fest, daß Die Menschen eine Reihe dieser Wörter als ihre eigenen wiedererkennen. Von diesem Erfolg ermutigt, entwickelt Kepler gewisse Ideen über die Herkunft dieses merkwürdigen Stammes. Ungeachtet der Legende vom Mond scheint ihm sicher, daß sie aus einer frühen Vermischung von englischem und indianischem Blut hervorgegangen sein müssen. «Gestrandet in den unermeßlichen Wäldern der Neuen Welt», beschreibt Barber den Gedankengang Keplers, «von der Möglichkeit des Aussterbens bedroht, könnte eine Schar früher Siedler durchaus bei einem Indianerstamm Zuflucht gesucht haben, um ihr Überleben wider die feindlichen Mächte der Natur zu sichern. Vielleicht waren diese Indianer die ‹Anderen› aus den Legenden, die man ihm erzählt hatte, dachte Kepler. Wenn ja, dann könnte sich ein Teil von ihnen vom Hauptstamm getrennt haben und nach Westen aufgebrochen sein, um sich schließlich in Utah anzusiedeln. Er führte diese Hypothese noch einen Schritt weiter und überlegte, daß die Geschichte ihrer Herkunft wahrscheinlich *nach* ihrer Ankunft in Utah entstanden war, damit sie etwas hatten, woraus sie geistlichen Trost für ihre Entscheidung schöpfen konnten, sich in einer so unfruchtbaren Gegend niederzulassen. Denn nirgends sonst in der Welt, dachte Kepler, sieht die Erde dem Mond ähnlicher als hier.»

Erst als er ihre Sprache fließend beherrscht, kommt

Kepler dahinter, warum sie ihn gerettet haben. Die Zahl der Menschen nimmt ab, erklären sie ihm, und wenn es ihnen nicht gelingt, an Zahl wieder zuzunehmen, wird das ganze Volk ins Nichts verschwinden. Stiller Gedanke, ihr weiser Mann und Anführer, der den Stamm im vorigen Winter verlassen habe, um allein in der Wüste zu leben und für ihre Erlösung zu beten, habe im Traum erfahren, daß ein toter Mann sie retten werde. Die Leiche dieses Mannes würden sie irgendwo in den Felsen in der Umgebung ihrer Siedlung finden, habe er gesagt, und wenn sie die richtigen Heilmittel an die Leiche wendeten, würde sie wieder ins Leben zurückkommen. All dies sei genau so eingetroffen, wie Stiller Gedanke es vorausgesagt habe. Sie hätten Kepler gefunden und wieder zum Leben erweckt. Er hat nun also die Aufgabe, der Vater einer Generation zu werden. Er ist der Wilde Vater, der vom Mond gefallen ist, der Zeuger von Menschenseelen, der Geistmann, der das Volk vor dem Untergang retten wird.

An dieser Stelle gerät Barbers Text arg ins Stolpern. Ohne die geringsten Gewissensbisse wird Kepler zum Eingeborenen, beschließt, bei den Menschen zu bleiben, und leistet für immer Verzicht darauf, zu Frau und Sohn zurückzukehren. Barber gerät völlig aus dem präzisen, intellektuellen Tonfall der ersten dreißig Seiten, um sich nun in mehreren langen und blumigen, lasziven sexuellen Phantasien zu ergehen; hier ist die masturbatorische Lust des Teenagers mit ihm durchgegangen. Die Frauen ähneln weniger nordamerikanischen Indianerinnen als vielmehr polynesischen Sexspielzeugen; es sind schöne, barbrüstige Mädchen, die sich Kepler mit lachender, freudiger Hingabe schenken. Eine reine Phantasiewelt: ein Gemeinwesen paradiesischer Unschuld, bevölkert von edlen Wilden, die mit sich und der Welt in vollkommener Harmonie leben. Bald gelangt Kepler zu der Überzeugung, daß ihre Lebensart der seinen ungeheuer überlegen ist. Er entsagt den Verlockungen der Zivilisation des neunzehnten Jahrhunderts und geht in die Steinzeit; heiter tut er sich mit den Menschen zusammen.

Das erste Kapitel endet mit der Geburt von Keplers erstem Menschenkind, und zu Beginn des nächsten Kapitels sind fünfzehn Jahre vergangen. Wir sind wieder auf Long Island und erleben durch die Augen von John Kepler junior, der jetzt achtzehn Jahre alt ist, die Beerdigung von Keplers amerikanischer Ehefrau. Entschlossen, das Rätsel um das Verschwinden seines Vaters zu lösen, bricht der junge Mann am nächsten Morgen in echter Heldenmanier auf, um den Rest seines Lebens der Suche nach seinem Vater zu widmen. Er reist nach Utah, wo er die nächsten anderthalb Jahre durch die Wildnis wandert und nach Hinweisen sucht. Mit wundersamem Glück (in Barbers Darstellung völlig unplausibel) stößt er schließlich in den Felsen auf die Siedlung der Menschen. Ihm ist nie in den Sinn gekommen, daß sein Vater noch am Leben sein könnte, aber siehe da, als er dem bärtigen Häuptling und Erlöser des kleinen Stammes, der jetzt fast hundert Seelen zählt, vorgestellt wird, erkennt er in diesem Mann John Kepler. Fassungslos platzt er heraus, er sei Keplers verloren geglaubter amerikanischer Sohn, doch Kepler bleibt ruhig und gelassen und gibt vor, ihn nicht zu verstehen. «Ich bin ein Geistmann, der vom Mond hierhergekommen ist», sagt er, «und diese Leute sind die einzige Familie, die ich je gehabt habe. Du kannst gerne zu essen haben und die Nacht bei uns schlafen, aber morgen früh mußt du uns verlassen und deine Reise fortsetzen.» Niedergeschmettert von dieser abweisenden Haltung, keimen in dem Sohn Rachegedanken auf, und mitten in der Nacht gleitet er von seinem Lager, schleicht sich an den schlafenden Kepler heran und stößt ihm ein Messer ins Herz. Noch ehe Alarm gegeben werden kann, entflieht er in die Dunkelheit und verschwindet.

Es gibt nur einen Zeugen dieses Verbrechens, einen

zwölfjährigen Jungen namens Jocomin (Wilde Augen), Keplers Lieblingssohn unter den Menschen. Drei Tage und drei Nächte setzt Jocomin dem Mörder nach, ohne ihn jedoch zu finden. Am Morgen des vierten Tages erklettert er eine Hochebene, um das Land ringsum besser überblikken zu können, und dort begegnet er, kaum daß er die Hoffnung aufgegeben hat, niemand anderem als Stiller Gedanke, dem alten Medizinmann, der vor Jahren den Stamm verlassen hat, um als Einsiedler in der Wüste zu leben. Stiller Gedanke nimmt Jocomin an Sohnes Statt auf und führt ihn schrittweise in die Geheimnisse seiner Kunst ein, lehrt den Jungen über lange und schwierige Jahre die magischen Kräfte der Zwölf Verwandlungen. Jocomin ist ein williger und fähiger Schüler. Nicht nur lernt er, wie man Kranke heilt und mit den Göttern in Verbindung tritt, sondern nach sieben Jahren steten Bemühens gelingt es ihm endlich, in das Geheimnis der Ersten Verwandlung einzudringen und die Kräfte von Körper und Geist so in seine Gewalt zu bekommen, daß er sich in eine Eidechse verwandeln kann. Die anderen Verwandlungen folgen nun rasch aufeinander: er wird eine Schwalbe, ein Falke, ein Geier; er wird ein Stein und ein Kaktus; er wird ein Maulwurf, ein Kaninchen und eine Heuschrecke; er wird ein Schmetterling und eine Schlange; und als letztes meistert er auch noch die schwierigste der Verwandlungen und wird ein Kojote. Inzwischen lebt Jocomin bereits neun Jahre mit Stiller Gedanke. Nachdem der alte Mann seinem Adoptivsohn sein ganzes Wissen vermittelt hat, teilt er Jocomin mit, nun sei für ihn der Augenblick zum Sterben gekommen. Ohne ein weiteres Wort hüllt er sich in seine zeremoniellen Gewänder und fastet drei Tage lang, und dann fliegt sein Geist aus seinem Körper und reist zum Mond, wo nach dem Tod die Seelen der Menschen wohnen.

Jocomin kehrt in die Siedlung zurück und lebt dort einige Jahre lang als Häuptling. Doch schwere Zeiten sind über Die Menschen gekommen, auf Dürre folgt eine Seuche, auf die Seuche folgt Uneinigkeit, und Jocomin hat einen Traum, in dem er erfährt, daß das Glück sich seinem Stamm erst dann wieder zuwenden wird, wenn der Tod seines Vaters gerächt worden ist. Tags darauf verläßt Jocomin, nachdem er sich mit dem Ältestenrat beraten hat, die Menschen und zieht nach Osten, begibt sich in die Welt der Wilden Männer, um John Kepler junior zu suchen. Unter dem Namen Jack Moon durchquert er das Land und kommt schließlich nach New York, wo er Arbeit bei einer Baufirma findet, die auf die Errichtung von Wolkenkratzern spezialisiert ist. Er wird Mitglied der obersten Mannschaft am Woolworth Building, einem architektonischen Wunderwerk, das fast zwanzig Jahre lang als höchstes Gebäude der Welt gelten sollte. Jack Moon ist ein ausgezeichneter Arbeiter, den auch die allergrößten Höhen nicht schrecken können, und so erwirbt er sich schnell den Respekt seiner Kollegen. Außerhalb der Arbeit jedoch ist er ein Einzelgänger, der keine Freunde hat. Seine ganze Freizeit widmet er der Suche nach seinem Halbbruder, und bis er ihn endlich aufgespürt hat, sind fast zwei Jahre vergangen. John Kepler junior ist ein wohlhabender Geschäftsmann geworden. Er lebt mit seiner Frau und einem sechs Jahre alten Sohn in einer Villa an der Pierrepont Street in Brooklyn Heights und wird jeden Morgen in einem langen schwarzen Auto zur Arbeit gefahren. Wochenlang beobachtet Jack Moon das Haus; zunächst hat er vor, Kepler schlicht und einfach umzubringen, dann aber kommt er zu dem Schluß, es sei eine angemessenere Vergeltung, Keplers Sohn zu entführen und in das Land der Menschen zu bringen. Unerkannt führt er die Tat aus; bei hellichtem Tag entreißt er eines Nachmittags den Jungen seinem Kindermädchen, womit das vierte Kapitel von Barbers Roman endet.

Mit dem Jungen (der ihm inzwischen tief ergeben ist)

nach Utah zurückgekehrt, muß Jocomin feststellen, daß sich dort alles verändert hat. Die Menschen sind verschwunden, ihre leeren Häuser lassen keinerlei Anzeichen von Leben erkennen. Die nächsten sechs Monate sucht er die gesamte Gegend nach ihnen ab, jedoch ganz erfolglos. Schließlich erkennt er, daß sein Traum ihn getrogen hat, und akzeptiert die Tatsache, daß sein Volk ausgestorben ist. Mit Trauer im Herzen beschließt er, dort zu bleiben und für den Jungen wie für seinen eigenen Sohn zu sorgen, wobei er ständig hofft, es möge eine wundersame Erneuerung eintreten. Er tauft den Jungen in Numa (Neuer Mann) um und versucht, nicht den Mut zu verlieren. Sieben Jahre vergehen. Er gibt die Geheimnisse, die er von Stiller Gedanke gelernt hat, an seinen Adoptivsohn weiter, und nach drei weiteren Jahren unentwegter Arbeit gelingt es ihm, die Dreizehnte Verwandlung auszuführen. Jocomin verwandelt sich in eine Frau, eine junge und fruchtbare Frau, die den sechzehnjährigen Jüngling verführt. Neun Monate später werden Zwillinge geboren, ein Junge und ein Mädchen, und ausgehend von diesen beiden Kindern werden Die Menschen dereinst wieder das Land bevölkern.

Darauf verlagert sich der Schauplatz wieder nach New York, wo wir Kepler junior verzweifelt nach seinem verlorenen Sohn suchen sehen. Alle möglichen Hinweise erbringen nichts, aber dann gerät er rein zufällig – alles in Barbers Buch geschieht durch Zufall – Jack Moon auf die Spur, und indem Kepler das Puzzle Stück für Stück zusammensetzt, wird ihm klar, daß sein Sohn ihm um dessentwillen weggenommen wurde, was er seinem Vater angetan hatte. Ihm bleibt keine Wahl, als nach Utah zurückzugehen. Kepler ist jetzt vierzig Jahre alt, und die Mühsal des Marsches durch die Wüste nimmt ihn sehr mit; dennoch setzt er seine Wanderung beharrlich fort, auch wenn er mit Entsetzen daran denkt, an den Ort zurückzukehren, wo er zwanzig Jahre zuvor seinen Vater getötet hat. Er weiß, er hat keine Wahl, dies ist der Ort, wo er seinen Sohn wiederfinden wird. Die letzte Szene findet im dramatischen Licht des Vollmondes statt. Kepler ist in Reichweite der Siedlung der Menschen gelangt und hat für die Nacht ein Lager in den Felsen aufgeschlagen; mit einem Gewehr in den Händen hält er nach Zeichen von Leben Ausschau. Auf einem benachbarten Felsvorsprung, keine zwanzig Meter entfernt, sieht er plötzlich vor dem Mond die Silhouette eines Kojoten stehen. Da ihm in dieser abgelegenen und öden Gegend alles Angst einjagt, legt Kepler gedankenlos an und drückt auf den Abzug. Der Kojote fällt beim ersten Schuß, und Kepler gratuliert sich zu seiner Treffsicherheit. Wobei er natürlich nicht wissen kann, daß er soeben seinen Sohn getötet hat. Ehe er aufstehen und zu dem erlegten Tier hinübergehen kann, wird er von drei anderen Kojoten aus der Dunkelheit angesprungen. Unfähig, sich gegen ihren Angriff zu verteidigen, wird er in wenigen Minuten in Stücke gerissen und aufgefressen.

Und damit endet *Keplers Blut*, Barbers einziger Versuch einer literarischen Arbeit. In Anbetracht des Alters, in dem er es schrieb, wäre es unfair, wollte man das Buch allzu streng beurteilen. Trotz aller Mängel und Übertreibungen ist dieses Werk als psychologisches Dokument für mich von Wert, denn es läßt deutlicher als alles andere erkennen, wie Barber die inneren Dramen seiner Jugend verarbeitet hat. Er will nicht akzeptieren, daß sein Vater tot ist (daher Keplers Rettung durch Die Menschen); aber wenn sein Vater nicht tot ist, dann gibt es keine Entschuldigung dafür, daß er nicht zu seiner Familie zurückgekehrt ist (daher das Messer, das Kepler junior seinem Vater ins Herz stößt). Doch der Gedanke an diesen Mord ist zu entsetzlich, um nicht Abscheu zu erwecken. Wer einen solchen Gedanken hat, muß bestraft werden, und genau das widerfährt Kepler junior, den ein schlimmeres Schicksal ereilt als alle anderen Figuren des Buches. Die ganze Erzählung ist ein kompliziertes Hin und Her zwischen Schuldgefühlen und Verlangen. Verlangen verwandelt sich in Schuld und wird dann, da diese Schuld unerträglich ist, zu einem Verlangen, Buße zu tun, sich einer grausamen und unerbittlichen Art von Gerechtigkeit zu unterwerfen. Es war wohl kein Zufall, daß Barber seine spätere wissenschaftliche Laufbahn der Erforschung vieler der Themen widmete, die bereits in *Keplers Blut* angeklungen waren. Die verschwundenen Siedler von Roanoke, die Berichte von Weißen, die unter Indianern lebten, die Mythologie des amerikanischen Westens – Themen, mit denen Barber sich als Historiker befaßte, und so gewissenhaft und professionell er dabei auch vorgegangen sein mag, es steckte doch immer ein persönliches Motiv hinter seiner Arbeit, die heimliche Überzeugung, damit irgendwie den Rätseln seines Lebens auf den Grund kommen zu können.

Im Frühjahr 1939 hatte Barber eine allerletzte Gelegenheit, etwas mehr über seinen Vater zu erfahren, doch kam nichts dabei heraus. Er befand sich im vorletzten Studienjahr an der Columbia, und irgendwann Mitte Mai, genau eine Woche nach seinem hypothetischen Zusammentreffen mit Onkel Victor auf der Weltausstellung, wurde ihm von Tante Clara telefonisch mitgeteilt, daß seine Mutter im Schlaf gestorben sei. Er nahm den Morgenzug nach Long Island und überstand dann die diversen Qualen, die ihr Tod mit sich brachte: die Begräbnisvorbereitungen, die Testamentseröffnung, die Tortur der Gespräche mit Anwälten und Steuerberatern. Er bezahlte die Rechnungen des Heims, in dem sie während der letzten sechs Monate gelebt hatte, unterschrieb Papiere und Formulare, wobei er immer wieder, ohne es zu wollen, schluchzen mußte. Nach dem Begräbnis kehrte er in das große Haus zurück, um dort die Nacht zu verbringen; ihm war klar, daß dies vermutlich die letzte Nacht sein würde, die er jemals dort verbringen würde. Tante Clara war nun als einzige dort übriggeblieben, war aber nicht in der Verfassung, aufzubleiben und mit ihm zu reden. Zum letztenmal an diesem Tag absolvierte er das Ritual, ihr zu versichern, daß sie gerne in dem Haus weiterwohnen könne, so lange sie wolle. Noch einmal segnete sie ihn für seine Freundlichkeit, stellte sich auf die Zehenspitzen, um ihn auf die Wange zu küssen, und noch einmal sprach sie der Flasche Sherry zu, die sie in ihrem Zimmer versteckt hielt. Von den Dienstboten – zur Zeit von Barbers Geburt waren es sieben gewesen – war nur noch einer übrig, eine humpelnde Schwarze namens Hattie Newcombe, die für Tante Clara kochte und gelegentlich einen Versuch unternahm, das Haus zu säubern. Seit einigen Jahren war das Anwesen um die beiden her verfallen. Der Garten wurde seit dem Tod seines Großvaters 1934 nicht mehr gepflegt, und was früher ein anständiger Rasen mit einer Fülle von Blumen gewesen war, bildete jetzt einen wüsten Dschungel aus brusthohem Gras. Im Haus hingen Spinnweben von fast jeder Decke; wenn man die Sessel berührte, stiegen dicke Staubwolken auf; Mäuse huschten wie wild durch die Zimmer, und Clara, die angesäuselte, immer grinsende Clara, nahm von alldem nichts wahr. Dieser Zustand währte jetzt schon so lange, daß Barber sich nichts mehr daraus machte. Er wußte, daß er nie den Mut haben würde, in diesem Haus zu leben, und wenn Clara einmal den gleichen Alkoholikertod gestorben wäre wie ihr Mann Binkey, sollte es ihm gleich sein, ob das Dach einstürzte oder nicht.

Am nächsten Morgen fand er Tante Clara unten im Salon. Es war noch nicht Zeit für das erste Glas Sherry (in der Regel wurde die Flasche erst nach dem Mittagessen entkorkt), und Barber wußte, wenn er je noch mit ihr reden wollte, dann mußte er es jetzt tun. Als er den Raum betrat, saß sie an dem Kiefernholztisch in der Ecke, den winzigen Spatzenkopf über eine Partie Solitaire gebeugt, und summte leise und unmelodisch vor sich hin. Der Mann am Flugtrapez, dachte er, als er auf sie zutrat, und dann stellte er sich hinter sie und legte ihr eine Hand auf die Schulter. Unter dem wollenen Umhang waren nur Knochen zu spüren.

«Die rote Drei auf die schwarze Vier», sagte er und zeigte auf die Karten auf dem Tisch.

Sie schnalzte mit der Zunge über ihre Dummheit, legte zwei Reihen zusammen und drehte dann die so frei gewordene Karte um. Es war ein roter König. «Danke, Sol», sagte sie. «Ich bin heute unkonzentriert. Ich übersehe die möglichen Ablagen und mogele dann schließlich, obwohl ich es gar nicht nötig habe.» Sie kicherte leise und fing dann wieder zu summen an.

Barber setzte sich Tante Clara gegenüber auf einen Sessel und überlegte, wie er anfangen sollte. Er bezweifelte, daß sie ihm viel zu sagen habe, aber sonst war niemand da, mit dem er reden konnte. Eine Zeitlang saß er einfach da und studierte ihr Gesicht, musterte das intrikate Netzwerk von Runzeln, die von weißem Puder überkrusteten Wangen, den absurden roten Lippenstift. Sie erregte sein Mitleid, er fand sie erschütternd. Es konnte nicht leicht gewesen sein, in diese Familie einzuheiraten, dachte er, all diese Jahre mit dem Bruder seiner Mutter zusammenzuleben, ohne eigene Kinder zu haben. Binkey war ein debiler, gutmütiger Schwerenöter gewesen, der Clara in den achtger Jahren des vorigen Jahrhunderts geheiratet hatte, kaum eine Woche nachdem er sie im Galileo Theatre von Providence als Assistentin in Maestro Rudolfos Zaubervorstellung auf der Bühne gesehen hatte. Barber hatte den zerfahrenen Geschichten, die sie von ihrer Zeit im Varietégeschäft zu erzählen hatte, immer gern zugehört, und jetzt kam es ihm seltsam vor, daß sie beide die einzigen Überlebenden der Familie sein sollten. Der letzte Barber und die letzte Wheeler. Ein Mädchen aus den unteren Schichten, wie seine Großmutter sie immer zu nennen pflegte, ein hübsches Dummchen, das sein gutes Aussehen vor über dreißig Jahren verloren hatte, und Sir Dickbauch persönlich, der immerblühende Wunderknabe, Kind einer Irren und eines Gespenstes. Nie hatte er für Tante Clara mehr Zärtlichkeit empfunden als in diesem Augenblick.

«Heute abend fahre ich nach New York zurück», sagte er.

«Um mich mach dir keine Sorgen», antwortete sie, ohne von den Karten aufzusehen. «Ich komme hier auch allein gut zurecht. Ich bin ja daran gewöhnt.»

«Ich fahre heute abend zurück», wiederholte er, «und danach werde ich nie wieder dieses Haus betreten.»

Tante Clara legte eine rote Sechs auf eine schwarze Sieben, suchte den Tisch nach einer Stelle ab, wo sie eine schwarze Dame ablegen könnte, seufzte enttäuscht und sah dann Barber an. «Ach, Sol», sagte sie. «Mach doch kein Drama draus.»

«Ich mache kein Drama draus. Es ist nur so, daß wir uns heute wahrscheinlich zum letztenmal sehen.»

Tante Clara begriff noch immer nicht. «Ich weiß, es ist traurig, seine Mutter zu verlieren», sagte sie. «Aber du darfst das nicht so schwer nehmen. Es ist doch wirklich ein Segen, daß Elizabeth heimgegangen ist. Ihr Leben war eine einzige Qual, und jetzt hat sie endlich Frieden gefunden.» Tante Clara hielt einen Moment inne, während sie nach dem richtigen Wort suchte. «Du darfst dir keine törichten Ideen in den Kopf setzen.»

«Es geht nicht um meinen Kopf, Tante Clara, sondern um das Haus. Ich glaube, ich könnte es nicht mehr ertragen, noch einmal hierherzukommen.»

«Aber es ist jetzt dein Haus. Es gehört dir. Alles, was darin ist, gehört dir.»

«Was nicht heißt, daß ich es behalten muß. Ich kann es mir jederzeit vom Hals schaffen.»

«Aber Solly... gestern hast du gesagt, du würdest das Haus nicht verkaufen. Du hast es versprochen.»

«Ich werde es nicht verkaufen. Aber nichts hindert mich daran, es zu verschenken. Oder?»

«Das läuft auf dasselbe hinaus. Auch dann würde es jemand anderem gehören, und ich würde irgendwohin abgeschoben, wo ich in einem Raum voller alter Frauen sterben müßte.»

«Nicht, wenn ich das Haus dir schenke. Dann könntest du hierbleiben.»

«Hör auf mit dem Unsinn. Ich werde noch einen Herzanfall kriegen, wenn du so weiterredest.»

«Ich überschreibe dir das Haus gern. Ich kann noch heute zum Anwalt gehen und die Sache in die Wege leiten.»

«Aber Solly...»

«Einige der Bilder werde ich wahrscheinlich mitnehmen, aber alles andere kann hier bei dir bleiben.»

«Es ist nicht recht. Ich weiß nicht warum, aber es ist nicht recht von dir, so zu reden.»

«Nur eins mußt du für mich tun», überging er ihre Bemerkung. «Ich möchte, daß du ein korrektes Testament aufsetzt, und in diesem Testament sollst du das Haus Hattie Newcombe vermachen.»

«*Unserer* Hattie Newcombe?»

«Ja, *unserer* Hattie Newcombe.»

«Aber Sol, hältst du das für richtig? Ich meine, Hattie... Hattie, weißt du, Hattie ist...»

«Ist was, Tante Clara?»

«Eine Farbige. Hattie ist eine Farbige.»

«Wenn Hattie nichts dagegen hat, wüßte ich nicht, was dich daran stören sollte.»

«Aber was werden die Leute sagen? Cliff House, von einer Farbigen bewohnt. Du weißt so gut wie ich, daß die Farbigen in dieser Stadt allesamt Dienstboten sind.»

«Das ändert nichts an der Tatsache, daß Hattie deine

beste Freundin ist. Soweit ich sehe, ist sie sogar deine einzige Freundin. Und was geht es uns an, was die Leute sagen? Es gibt nichts Wichtigeres in dieser Welt, als gut zu seinen Freunden zu sein.»

Als Tante Clara aufging, daß ihr Neffe es ernst meinte, begann sie zu kichern. Seine Worte hatten ein ganzes Gedankengebäude zum Einsturz gebracht, und die Vorstellung, daß so etwas möglich sei, ließ sie wonnig erschaudern. «Das einzig Dumme dabei ist, daß ich sterben muß, bevor Hattie das Haus übernimmt», sagte sie. «Ich wünschte, ich könnte das mit eigenen Augen miterleben.»

«Das wirst du, wenn der Himmel das ist, was man von ihm sagt.»

«Trotzdem werde ich beim besten Willen nie begreifen, warum du das tust.»

«Du brauchst es nicht zu begreifen. Ich habe meine Gründe, aber darum brauchst du dich nicht zu kümmern. Ich möchte nur noch ein paar Dinge mit dir besprechen, und dann können wir die Angelegenheit als erledigt betrachten.»

«Was für Dinge?»

«Alte Dinge. Aus der Vergangenheit.»

«Das Galileo Theatre?»

«Nein, heute nicht. Ich dachte an anderes.»

«Oh», unterbrach sich Tante Clara, vorübergehend verwirrt. «Aber du hast mir doch immer gern zugehört, wenn ich von Rudolfo erzählt habe. Wie er mich in den Sarg gelegt und zersägt hat. Das war eine gute Nummer, die beste in der ganzen Show. Weißt du noch?»

«Natürlich weiß ich das noch. Aber darüber möchte ich jetzt nicht mit dir reden.»

«Wie du willst. Schließlich gibt es viele alte Dinge, besonders wenn man in meinem Alter ist.»

«Ich dachte an meinen Vater.»

«Ah, dein Vater. Ja, das ist auch schon lange her. Wahrhaftig. Nicht so lange wie manches andere, aber lange genug.»

«Ich weiß, daß du und Binkey erst nach seinem Verschwinden in das Haus eingezogen seid, trotzdem möchte ich wissen, ob du irgend etwas von der Suchaktion mitbekommen hast, die seinetwegen veranstaltet wurde.»

«Dein Großvater hat das organisiert, zusammen mit Mr., wie hieß er doch gleich?»

«Mr. Byrne?»

«Genau, Mr. Byrne, dessen Sohn war ja auch verschwunden. Man suchte etwa sechs Monate lang, hat aber nie was gefunden. Binkey war auch eine Weile dort draußen, mußt du wissen. Er kam mit einer Menge komischer Geschichten zurück. Er hat dann erzählt, sie wären von Indianern getötet worden.»

«Aber das hat er doch nur vermutet, oder?»

«Lügenmärchen waren Binkeys Spezialität. Man konnte ihm nie auch nur ein Wort glauben.»

«Und meine Muter, ist sie auch in den Westen gegangen?»

«Deine Mutter? Aber nein, Elizabeth war die ganze Zeit über hier. Sie war kaum... wie soll ich sagen... kaum in dem Zustand, sich auf Reisen zu begeben.»

«Weil sie schwanger war?»

«Nun, das wird auch eine Rolle gespielt haben.»

«Und was sonst noch?»

«Ihr Geisteszustand. Sie war damals nicht ganz gesund.»

«War sie da schon verrückt?»

«Elizabeth war immer, sagen wir mal, launisch. Sie konnte eben noch eingeschnappt sein und im nächsten Augenblick schon lachen und singen. Das war schon immer so, selbst als ich sie zum erstenmal gesehen habe. *Überempfindlich*, so haben wir das damals genannt.»

«Und wann hat es sich verschlimmert?»

«Nachdem dein Vater nicht zurückgekommen ist.»

«Hat es sich langsam gesteigert, oder ist sie plötzlich durchgedreht?»

«Ganz plötzlich, Sol. Es war schrecklich, das mitzuerleben.»

«Du hast es gesehen?»

«Mit meinen eigenen Augen. Alles. Das werde ich nie vergessen.»

«Wann ist das passiert?»

«In der Nacht, in der du... ich meine, eines Nachts... ich weiß nicht mehr wann. Eines Nachts im Winter.»

«Was für eine Nacht war das, Tante Clara?»

«Es schneite. Draußen war es kalt, und es stürmte gewaltig. Ich erinnere mich daran, weil der Arzt Schwierigkeiten hatte, hierherzukommen.»

«Es war eine Nacht im Januar, stimmt's?»

«Kann sein. Im Januar schneit es oft. Aber ich weiß nicht mehr, in welchem Monat es war.»

«Es war der 11. Januar, oder? Die Nacht, in der ich geboren wurde.»

«Ach, Sol, du solltest mich nicht so ausfragen. Das ist alles so lange her, ist doch nicht mehr wichtig.»

«Für mich ist es wichtig, Tante Clara. Und du bist der einzige Mensch, der mir davon erzählen kann. Verstehst du? Du bist als einzige noch übrig, Tante Clara.»

«Du brauchst nicht zu schreien. Ich höre dich auch so ausgezeichnet, Solomon. Zwang und grobe Worte sind völlig fehl am Platz.»

«Ich will dich nicht zwingen. Ich versuche bloß, meine Frage loszuwerden.»

«Du kennst die Antwort bereits. Sie ist mir eben herausgerutscht, und das tut mir leid.»

«Es sollte dir nicht leid tun. Wichtig ist, daß du mir die Wahrheit sagst. Es gibt überhaupt nichts Wichtigeres.»

«Ja, nur, das Ganze war so... so... ich möchte nicht,

daß du glaubst, ich würde mir das ausdenken. Ich war in dieser Nacht bei ihr im Zimmer. Molly Sharp und ich waren da und warteten auf den Arzt, und Elizabeth schrie und schlug dermaßen um sich, daß ich dachte, das Haus würde einstürzen.»

«Was schrie sie?»

«Schreckliches Zeug. Mir wird schon schlecht, wenn ich nur daran denke.»

«Sag es mir, Tante Clara.»

«‹Er will mich umbringen›, brüllte sie in einem fort. ‹Er will mich umbringen. Wir dürfen ihn nicht rauslassen.›»

«Sie meinte mich?»

«Ja, das Baby. Frag mich nicht, woher sie wußte, daß es ein Junge war, aber sie wußte es. Die Zeit wurde langsam knapp, und der Arzt war noch immer nicht da. Molly und ich versuchten sie aufs Bett zu legen, sie in die richtige Lage zu bugsieren, aber da machte sie nicht mit. ‹Mach die Beine auseinander›, sagten wir ihr, ‹das lindert die Schmerzen.› Aber Elizabeth tat es nicht. Gott weiß, woher sie die Kraft nahm. Immer wieder riß sie sich von uns los und stürzte zur Tür, und sie kreischte unablässig dieses schreckliche Zeug. ‹Er will mich umbringen. Wir dürfen ihn nicht rauslassen.› Schließlich zwangen wir sie aufs Bett – genauer gesagt, Molly rang sie nieder, mit etwas Unterstützung von mir – diese Molly Sharp hatte Bärenkräfte –, aber als wir sie da liegen hatten, wollte sie nicht die Beine spreizen. ‹Ich laß ihn nicht raus›, schrie sie. ‹Erst erstick ich ihn da drin. Das Ungeheuer, Ungeheuer. Ich laß ihn erst raus, wenn ich ihn getötet habe.› Wir versuchten ihr die Beine mit Gewalt auseinanderzubiegen, aber Elizabeth wand sich immer wieder heraus, trat und schlug um sich, bis Molly anfing, sie ins Gesicht zu schlagen – klatsch, klatsch, klatsch, so fest sie konnte –, was Elizabeth dermaßen in Wut versetzte, daß sie jetzt nur noch kreischen konnte, genau wie ein Baby, ganz rot im Gesicht, sie kreischte und schrie, als wollte sie Tote wekken.»

«Großer Gott.»

«Es war das Schlimmste, was ich je in meinem Leben erlebt habe. Deswegen wollte ich es dir nicht erzählen.»

«Trotzdem ist es mir ja wohl gelungen, herauszukommen?»

«Du warst das größte und kräftigste Baby, das man sich denken konnte. Über elf Pfund, sagte der Arzt. Ein Gigant. Ich glaube wirklich, Sol, du hättest es nicht geschafft, wenn du nicht so groß gewesen wärst. Das solltest du nie vergessen. Was dich auf die Welt gebracht hat, war deine Größe.»

«Und meine Mutter?»

«Schließlich kam der Arzt – es war Doktor Bowles, der vor sechs oder sieben Jahren bei einem Autounfall gestorben ist –, er gab Elizabeth eine Spritze, die sie einschlafen ließ. Sie wachte erst am nächsten Tag wieder auf, und bis dahin hatte sie alles vergessen. Ich meine nicht nur die vorangegangene Nacht, sondern alles – ihr ganzes Leben, alles, was sie in den letzten zwanzig Jahren erlebt hatte. Als Molly und ich dich hereintrugen, damit sie ihren neugeborenen Sohn sehen konnte, hielt sie dich für ihren kleinen Bruder. Das war schon sehr seltsam, Sol. Sie war wieder ein kleines Mädchen geworden, sie wußte gar nicht mehr, wer sie war.»

Barber wollte gerade eine weitere Frage stellen, da begann im Flur die Standuhr zu schlagen. Tante Clara legte wachsam den Kopf zur Seite und lauschte der Glocke, zählte die Stunden an ihren Fingern ab. Als die Glocke zu schlagen aufhörte, war sie bis zwölf gekommen, und auf ihrem Gesicht zeigte sich ein erwartungsvoller, fast flehentlicher Ausdruck. «Es scheint Mittag zu sein», erklärte sie. «Es wäre unhöflich, Hattie warten zu lassen.»

«Schon Zeit zum Essen?»

«Ich fürchte, ja», sagte sie und erhob sich aus ihrem Sessel. «Zeit, daß wir uns mit einer kleinen Mahlzeit stärken.»

«Geh schon mal vor, Tante Clara. Ich komme gleich nach.»

Während er Tante Clara aus dem Zimmer gehen sah, wurde Barber bewußt, daß das Gespräch mit einemmal beendet war. Schlimmer noch, erkannte er, es würde auch nie mehr von neuem beginnen. Er hatte seine Karten alle auf einen Schlag ausgespielt, und es gab keine weiteren Häuser mehr, mit denen er sie bestechen konnte, es gab keine Tricks mehr, mit denen er sie zum Reden bringen konnte.

Er schob die Karten auf dem Tisch zusammen, mischte den Stapel und spielte dann eine Partie Solitär. Er nahm sich vor, so lange zu spielen, bis er gewann – und am Ende saß er länger als eine Stunde da. Das Mittagessen war längst vorbei, aber das schien ihm nichts auszumachen. Ausnahmsweise hatte er keinen Hunger.

Barber schilderte mir diese Szene, als wir im Speiseraum des Hotels beim Frühstück saßen. Es war Sonntag morgen, unsere Zeit war fast abgelaufen. Wir tranken noch eine letzte Tasse Kaffee, und als wir mit dem Aufzug nach oben fuhren, um Barbers Gepäck zu holen, erzählte er mir den Rest der Geschichte. Tante Clara sei 1943 gestorben, sagte er. Darauf sei Cliff House ordnungsgemäß an Hattie Newcombe übergegangen, die dort, über eine Heerschar von Kindern und Enkelkindern herrschend, die sämtliche Zimmer der Villa bevölkerten, bis ans Ende des Jahrzehnts in der zerbröckelnden Pracht gelebt habe. Nach ihrem Tod im Jahre 1951 sei das Anwesen von ihrem Schwiegersohn Fred Robinson an die Cavalcante Development Company verkauft worden, die das alte Haus dann gleich abgerissen habe. Achtzehn Monate später hätten zwanzig anderthalbgeschossige Häuser, alle vollkommen identisch, auf ebenso vielen morgengroßen Parzellen gestanden, in die man das Grundstück unterteilt habe.

«Wenn Sie gewußt hätten, daß das passieren würde», fragte ich, «hätten Sie es dann auch weggegeben?»

«Durchaus», sagte er, hielt ein Streichholz an seine erloschene Zigarre und paffte Rauch in die Luft. «Ich habe keinen Gedanken mehr daran verschwendet. Zu solchen Extravaganzen haben wir nicht oft Gelegenheit, und ich bin froh, daß ich sie genutzt habe. Wenn ich's recht bedenke, war es wohl eine der tollsten Sachen, die ich je gemacht habe, dieses Haus Hattie Newcombe zu schenken.»

Inzwischen standen wir draußen vor dem Hotel und warteten, daß der Portier ihm ein Taxi heranwinkte. Als es dann Zeit wurde, uns zu verabschieden, war Barber unerklärlicherweise den Tränen nahe. Ich hielt das für eine verspätete Reaktion auf die ganze Situation, glaubte, das Wochenende sei am Ende doch zuviel für ihn gewesen – aber natürlich hatte ich keine Ahnung, was er da durchmachte, ich hatte ja nicht einmal die Spur einer Vorstellung davon. Er nahm Abschied von seinem Sohn, während ich bloß einen neuen Freund verabschiedete, einen Mann, den ich gerade zwei Tage zuvor kennengelernt hatte. Das Taxi stand vor ihm, der Taxameter tickte seinen fiebrigen kleinen Rhythmus, während der Portier Barbers Tasche in den Kofferraum lud. Barber machte eine Geste, als wollte er mich zum Abschied umarmen, überlegte es sich aber im letzten Moment anders, packte mich nur verlegen an beiden Schultern und drückte sie fest.

«Sie sind der erste Mensch, dem ich diese Sachen erzählt habe», sagte er. «Danke, daß Sie mir so gut zugehört haben. Ich habe... wie soll ich mich ausdrücken... ich habe das Gefühl, wir sind jetzt miteinander verbunden.»

«Es war ein denkwürdiges Wochenende», sagte ich.

«Ja, das war es. Ein denkwürdiges Wochenende. Das beste Wochenende aller Zeiten.»

Darauf manövrierte Barber seine enorme Masse in den Wagen, gab mir durchs Heckfenster mit dem Daumen zu verstehen, daß alles in Ordnung sei, und verschwand im Verkehrsgewühl. In diesem Moment glaubte ich nicht daran, ihn jemals wiederzusehen. Wir hatten unser Geschäft erledigt, alles erkundet, was zu erkunden war, und damit schien mir die Sache vorbei zu sein. Selbst als in der folgenden Woche das Manuskript von *Keplers Blut* mit der Post eintraf, war dies für mich keine Fortsetzung dessen, was wir angefangen hatten, sondern eher ein Abschluß, ein letzter kleiner Schnörkel unter unsere Begegnung. Barber hatte versprochen, es mir zu schicken, und ich nahm an, er tue es bloß aus Höflichkeit. Am nächsten Tag schrieb ich ihm einen Dankesbrief, wiederholte noch einmal, wie sehr es mich gefreut habe, ihn kennenzulernen, und verlor dann, scheinbar für immer, den Kontakt mit ihm.

Mein Paradies in Chinatown hatte derweil Bestand. Kitty tanzte und studierte, und ich schrieb und ging spazieren. Es kam der Kolumbus-Tag, es kam Thanksgiving, es kamen Weihnachten und Neujahr. Dann läutete eines Vormittags Mitte Januar das Telefon, am anderen Ende der Leitung war Barber. Ich fragte ihn, von wo aus er anrufe, und als er New York sagte, schwang hörbar Glück und Begeisterung in seiner Stimme.

«Wenn Sie ein wenig Zeit haben», sagte ich, «würde ich mich gern noch einmal mit Ihnen treffen.»

«Ja, das wünsche ich mir auch sehr. Aber lassen Sie sich von mir nicht bei Ihren Vorhaben stören. Ich will nämlich eine ganze Weile hierbleiben.»

«Ihr College scheint ja lange Pausen zwischen den Semestern zu machen.»

«Nein, ich habe mal wieder Urlaub genommen. Bis September habe ich frei, und bis dahin wollte ich mal versuchen, in New York zu leben. Ich wohne zur Untermiete an der Tenth Street, in dem Block zwischen Fifth und Sixth Avenue.»

«Eine schöne Gegend. Bin oft dort vorbeigekommen.»

«Reizend und gemütlich, wie es in den Immobilienanzeigen heißt. Ich bin zwar erst gestern abend eingezogen, aber es gefällt mir sehr. Sie und Kitty müssen mich mal besuchen kommen.»

«Sehr gern. Sagen Sie wann, und wir werden kommen.»

«Prächtig. Ich rufe Ende der Woche noch einmal an, sobald ich mich eingerichtet habe. Ich habe da ein Projekt, das ich mit Ihnen besprechen möchte, also machen Sie sich darauf gefaßt, sich inspirieren zu lassen.»

«Weiß nicht, ob es da viel zu inspirieren gibt, aber rükken Sie nur immer damit heraus.»

Drei oder vier Tage später besuchten Kitty und ich Barber zum Abendessen, und danach begannen wir uns ziemlich oft zu treffen. Die Initiative ging von Barber aus, und falls er mit irgendwelchen Hintergedanken um unsere Freundschaft warb, nahmen wir beide jedenfalls nichts davon wahr. Er lud uns ein in Restaurants, Kinos und Konzerte, er fragte uns, ob wir ihn zu sonntäglichen Ausflügen aufs Land begleiten wollten, und da der Mann uns so gutmütig und herzlich entgegenkam, vermochten wir nicht nein zu sagen. Mit seinen exotischen Hüten, die er allenthalben trug, ständig Witze reißend und ungerührt von dem Aufsehen, das er in der Öffentlichkeit erregte, nahm Barber uns unter seine Fittiche, als hätte er vor, uns zu adoptieren. Und da Kitty und ich beide Waisen waren, schienen wir alle von dieser Konstellation zu profitieren.

Als wir ihn an jenem Abend zum erstenmal besuchten, erzählte uns Barber, daß Effings Nachlaß geregelt sei. Er habe eine ganze Menge Geld geerbt, sagte er, und sei zum erstenmal in seinem Leben nicht von seiner Arbeit abhängig. Wenn alles nach seinen Wünschen verlaufe, werde er zwei oder drei Jahre lang nicht mehr unterrichten müssen. «Das ist meine Chance, mich mal so richtig auszuleben», sagte er, «und ich gedenke das Beste daraus zu machen.»

«Bei dem vielen Geld, das Effing hatte», sagte ich, «hätte ich gedacht, Sie könnten für immer mit der Arbeit aufhören.»

«Leider nicht. Ich mußte Erbschaftssteuer zahlen, Vermögenssteuer, Anwaltsgebühren, Sachen, von denen ich nie zuvor gehört hatte. Da war schon mal ein großer Batzen weg. Im übrigen war von Anfang an wesentlich weniger da, als wir gedacht hatten.»

«Also nicht mehrere Millionen?»

«Ach wo. Bloß mehrere zehntausend. Als alles erledigt war, waren für Mrs. Hume und mich jeweils noch rund sechsundvierzigtausend Dollar übrig.»

«Ich hätt's mir denken können», sagte ich. «Er tat immer, als sei er der reichste Mann von New York.»

«Ja, ich glaube wirklich, er neigte zu Übertreibungen. Aber es sei mir fern, ihm deswegen Vorwürfe zu machen. Ich habe sechsundvierzigtausend Dollar von jemandem geerbt, den ich niemals kennengelernt habe. Das ist mehr Geld, als ich je in meinem Leben besaß. Ein ungeheurer Glücksfall, ein unvorstellbarer Segen.»

Barber erzählte uns, daß er während der letzten drei Jahre an einem Buch über Thomas Harriot gearbeitet habe. Normalerweise hätte er noch zwei weitere Jahre gebraucht, um es zu beenden, jetzt aber, da er keine anderen Verpflichtungen mehr hatte, glaubte er, bis Mitte des Sommers, also in sechs oder sieben Monaten, damit fertig werden zu können. Das brachte ihn auf das Projekt, das er mir gegenüber am Telefon erwähnt hatte. Er spiele erst seit ein paar Wochen mit dieser Idee, sagte er, und er wolle zunächst meine Meinung hören, ehe er sich der Sache ernstlich zuwende. Es wäre etwas für später, etwas, das nach der Beendigung des Buchs über Harriot in Angriff zu nehmen wäre, aber sollte das Projekt wirklich durchgeführt werden, seien beträchtliche Planungen erforderlich. «Ich denke, es läuft auf eine einzige Frage hinaus», sagte er, «und ich erwarte gar nicht, daß Sie mir eine uneingeschränkte Antwort geben können. Aber wie die Dinge liegen, ist Ihre Meinung die einzige, der ich vertrauen kann.»

Das Abendessen war jetzt beendet, und ich erinnere mich, daß wir drei noch immer um den Tisch saßen, Cognac tranken und Zigarren rauchten, die Barber kürzlich bei einer Reise nach Kanada herübergeschmuggelt hatte. Wir waren alle leicht angetrunken, und in der Laune des Augenblicks hatte auch Kitty eine der enormen Churchill-Zigarren genommen, die Barber uns angeboten hatte. Amüsiert sah ich zu, wie sie in ihrem *chipao* bedächtig daran herumpaffte, doch nicht minder komisch war der Anblick Barbers, der sich für unser Treffen mit einer burgunderroten Hausjacke und einem Fez ausstaffiert hatte.

«Wenn ich der einzige bin», sagte ich, «dann muß es etwas mit Ihrem Vater zu tun haben.»

«Ja, das stimmt, das stimmt genau.» Um seine Antwort zu unterstreichen, legte Barber den Kopf zurück und blies einen perfekten Rauchring in die Luft. Kitty und ich sahen ihm bewundernd nach, beobachteten, wie das O an uns vorbeiwallte und langsam seine Form verlor. Nach einer kurzen Pause senkte Barber seine Stimme um eine volle Oktave und fuhr fort: «Ich habe über die Höhle nachgedacht.»

«Ach, die Höhle», wiederholte ich. «Die mysteriöse Höhle in der Wüste.»

«Ich muß ständig daran denken. Das ist wie mit irgendeinem alten Lied, das einem nicht aus dem Kopf will.»

«Ein altes Lied. Eine alte Geschichte. Da gibt es kein Entrinnen. Aber wie sollen wir sicher sein, daß diese Höhle überhaupt existiert hat?»

«Genau das wollte ich Sie fragen. Sie haben die Geschichte doch gehört. Was meinen Sie, M. S.? Hat er die Wahrheit erzählt oder nicht?»

Bevor ich meine Gedanken sammeln konnte, um ihm zu

antworten, beugte Kitty sich auf ihrem Ellbogen vor, sah nach links zu mir, sah nach rechts zu Barber und faßte dann das ganze komplizierte Problem in zwei Sätzen zusammen. «Natürlich hat er die Wahrheit gesagt», sagte sie. «Die Tatsachen mögen hier und da nicht ganz korrekt sein, aber er hat die Wahrheit gesagt.»

«Eine profunde Antwort», sagte Barber. «Zweifellos die einzig vernünftige.»

«Das fürchte ich auch», sagte ich. «Selbst wenn es diese Höhle in Wirklichkeit nicht gegeben hat, hatte er auf jeden Fall so etwas wie ein Höhlenerlebnis. Es hängt alles davon ab, wie wörtlich Sie ihn nehmen wollen.»

«In diesem Fall», fuhr Barber fort, «lassen Sie mich die Frage anders formulieren. Angenommen, daß wir nicht sicher sein können: Was meinen Sie, ein wie großes Risiko ist die Sache wert?»

«Was meinen Sie mit Risiko?»

«Das Risiko, unsere Zeit zu vergeuden.»

«Ich verstehe noch immer nicht.»

«Er will nach der Höhle suchen», erklärte Kitty mir. «Hab ich nicht recht, Sol? Sie wollen aufbrechen und versuchen, sie zu finden.»

«Sie sind sehr scharfsinnig, meine Liebe», sagte Barber. «Genau das schwebt mir vor, und die Versuchung ist groß. Wenn die Möglichkeit besteht, daß es diese Höhle gibt, bin ich bereit, alles zu tun, was ich kann, um sie ausfindig zu machen.»

«Die Möglichkeit besteht durchaus», sagte ich. «Die Möglichkeit mag nicht sehr groß sein, aber ich wüßte nicht, warum Sie sich davon abhalten lassen sollten.»

«Allein kann er das nicht machen», sagte Kitty. «Das wäre zu gefährlich.»

«Allerdings», sagte ich. «Niemand sollte allein in den Bergen herumklettern.»

«Besonders nicht so fette Leute wie ich», sagte Barber.

«Aber das sind Einzelheiten, die erst später drankommen. Wichtig ist zunächst einmal, daß Sie denken, daß ich es tun sollte. Habe ich recht?»

«Wir könnten es doch zusammen machen», sagte Kitty. «M. S. und ich könnten Sie begleiten.»

«Natürlich», sagte ich. Plötzlich sah ich mich in Hinterwäldlerkluft auf einem Palomino-Gaul den Horizont absuchen. «Wir finden diese verdammte Höhle, und wenn es das letzte ist, was wir in unserem Leben tun werden.»

Ehrlich gesagt, ich habe das alles nicht ernst genommen. Ich hielt das für eine dieser Schnapsideen, die man zu nächtlicher Stunde ausheckt und am nächsten Morgen wieder vergessen hat. Und obwohl wir jedesmal, wenn wir uns trafen, von neuem auf diese «Expedition» zu sprechen kamen, betrachtete ich das Ganze doch eher als Witz. Es machte Spaß, Landkarten und Fotografien zu studieren, Fahrpläne und Wetterbedingungen zu erörtern, aber diese scheinbar ernste Beschäftigung mit dem Projekt bedeutete noch lange nicht, daß ich daran glaubte. Utah war so weit weg, und die Chancen, ein solches Unternehmen auf die Beine zu stellen, waren so dürftig, daß mir, selbst wenn Barber es ernst meinte, unklar blieb, wie sich das machen lassen sollte. In dieser Skepsis wurde ich eines Sonntagnachmittags im Februar noch bestärkt, als ich Barber in Berkshire County durch den Wald wandern sah. Der Mann war so extrem übergewichtig, so unbeholfen auf den Beinen, so furchtbar kurzatmig, daß er keine zehn Minuten gehen konnte, ohne anzuhalten und zu verschnaufen. Rot im Gesicht vor Anstrengung, ließ er sich auf den nächsten Baumstumpf sinken und blieb dort genauso lange sitzen, wie er vorher gegangen war; sein gewaltiger Brustkorb hob und senkte sich verzweifelt, der Schweiß troff ihm aus seiner Schottenmütze, als ob sein Kopf ein schmelzender Eisblock wäre. Wenn das die sanften Hügel von Massachusetts mit ihm machten, dachte ich, wie sollte er dann mit den Canyons von Utah fertig werden? Nein, die Expedition war eine Farce, eine schrullige kleine Übung im Wunschdenken. Solange wir nur davon sprachen, bestand kein Anlaß zur Sorge. Doch falls Barber sich tatsächlich einmal dazu entschließen sollte, waren Kitty und ich uns einig, daß wir die Pflicht hätten, ihm die Sache auszureden.

In Anbetracht meines anfänglichen Widerstandes war es schon witzig, daß am Ende ich es war, der nach der Höhle suchen ging. Und zwar nur acht Monate nachdem wir zum erstenmal von der Expedition gesprochen hatten; aber bis dahin war so vieles passiert, war so vieles kaputt und in die Brüche gegangen, daß meine anfänglichen Empfindungen gar keine Rolle mehr spielten. Ich ging, weil mir nichts anderes übrig blieb. Nicht daß ich gehen wollte; nein, die Umstände hatten es mir schlicht unmöglich gemacht, nicht zu gehen.

Ende März entdeckte Kitty, daß sie schwanger war, und Anfang Juni hatte ich sie verloren. Binnen weniger Wochen zerbrach unser ganzes Leben, und als mir schließlich klar wurde, daß der Schaden nie mehr zu beheben war, fühlte ich mich, als sei mir das Herz herausgerissen worden. Bis dahin hatten Kitty und ich in übernatürlicher Harmonie zusammengelebt, und je länger dies währte, desto unwahrscheinlicher schien es, daß irgend etwas sich zwischen uns stellen könnte. Wenn wir in unserer Beziehung ein wenig streitlustiger gewesen wären, wenn wir uns ab und zu mal gezankt und mit Geschirr beworfen hätten – vielleicht hätten wir dann besser auf diese Krise reagieren können. Aber so schlug ihre Schwangerschaft wie eine Kanonenkugel in unseren kleinen Teich, und ehe wir uns gegen die Druckwelle wappnen konnten, war unser Boot schon davongespült, und wir schwammen ums liebe Leben.

Mit unserer Liebe hatte das nichts zu tun. Selbst wenn wir uns stritten, daß die Fetzen flogen und die Tränen flossen, widerriefen wir nie, leugneten wir nie die Tatsachen, behaupteten niemals, daß unsere Gefühle sich gewandelt hätten. Wir sprachen nur nicht mehr dieselbe Sprache. Für Kitty bedeutete Liebe: wir beide, und sonst nichts. Ein Kind gehörte nicht dazu, und daher mußte jede Entscheidung, die wir trafen, ausschließlich von dem abhängen, was wir für uns beide haben wollten. Für Kitty war das Kind, wenngleich sie es in ihrem Bauch trug, nichts als ein abstrakter Begriff, eher ein hypothetisches zukünftiges Leben als ein bereits entstandenes. Bis zur Geburt existierte es für sie nicht. Von meinem Standpunkt aus jedoch hatte das Baby in dem Augenblick zu existieren begonnen, als Kitty mir eröffnete, daß sie es in sich trage. Auch wenn es nicht größer als ein Daumen war, war es ein Mensch, eine unausweichliche Realität. Wenn wir es nun abtreiben ließen, wäre das für mich dasselbe wie ein Mord.

Kitty hatte alle Argumente auf ihrer Seite. Ich wußte das, und doch machte es für mich kaum einen Unterschied. Ich blieb störrisch bei meiner Unvernunft, entsetzte mich immer mehr über meine Heftigkeit, vermochte aber nicht dagegen anzugehen. Sie sei zu jung, um Mutter zu werden, sagte Kitty zum Beispiel, und obwohl ich diesen Standpunkt für gerechtfertigt hielt, war ich nicht bereit, ihr auch recht zu geben. Unsere eigenen Mütter waren auch nicht älter, als du jetzt bist, gab ich dann zur Antwort, eine Beziehung zwischen zwei Situationen herstellend, die gar nichts miteinander zu tun hatten, und damit waren wir dann auch gleich beim Kern des Problems. Wie schön für unsere Mütter, erwiderte Kitty darauf, aber wie könne sie weiter tanzen, wenn sie sich um ein Baby zu kümmern habe? Worauf ich selbstgefällig so tat, als wüßte ich, wovon ich redete, und entgegnete, daß ich mich um das Baby kümmern würde. Unmöglich, sagte sie dann, du kannst einem Kind doch nicht die Mutter wegnehmen. Ein Kind bringt eine ungeheure Verantwortung mit sich, und die muß man ernst nehmen. Eines Tages wolle sie sehr gern mit mir Kinder haben, sagte sie, aber jetzt sei noch nicht der richtige Zeitpunkt dafür, sie sei einfach noch nicht dazu bereit. Aber der Zeitpunkt ist da, sagte ich. Ob es dir gefällt oder nicht, wir haben ein Baby gemacht, und jetzt müssen wir die Dinge nehmen, wie sie sind. Worauf Kitty, von meinen starrsinnigen Argumenten zur Verzweiflung gebracht, jedesmal in Tränen ausbrach.

Es war mir äußerst unangenehm, sie weinen zu sehen, aber nicht einmal ihre Tränen konnten mich zum Nachgeben bewegen. Ich sah Kitty an und sagte mir, ich sollte einlenken, sie in die Arme nehmen und ihren Willen akzeptieren, aber je mehr ich mich mühte, meine Gefühle zu besänftigen, desto unbeugsamer wurde ich. Ich wollte Vater werden, und jetzt, mit dem Ziel so nah vor Augen, konnte ich den Gedanken nicht ertragen, es wieder in weite Ferne rücken zu sehen. Das Baby war für mich die Chance, mir die Einsamkeit meiner Kindheit zu entgelten, Teil einer Familie zu sein, etwas anzugehören, das mehr war als nur ich selbst, und da ich mir dieses Verlangens bis dahin nicht bewußt gewesen war, strömte es nun unartikuliert und mit gewaltiger Verzweiflung aus mir heraus. Wenn meine Mutter vernünftig gewesen wäre, schrie ich Kitty an, dann wäre ich nie auf die Welt gekommen. Und ohne sie antworten zu lassen: Wenn du unser Baby tötest, wirst du mich gleich mit umbringen.

Die Zeit war gegen uns. Wir hatten nur ein paar Wochen, um eine Entscheidung zu treffen, und der Druck wurde mit jedem Tag größer. Es gab kein anderes Thema mehr für uns, wir redeten unaufhörlich davon, argumentierten hin und her bis spät in die Nacht, sahen unser Glück in einem Meer von Wörtern und erschöpften Schuldzuweisungen versinken. Denn so lange wir auch redeten, keiner von uns beiden wollte von seiner ursprünglichen Position abrücken. Kitty war es, die das Kind in sich trug, und daher oblag es mir, sie zu überzeugen, nicht umgekehrt. Als ich schließlich merkte, daß es hoffnungslos war, sagte ich ihr, sie solle doch machen, was sie wolle. Ich hätte keine Lust mehr, ihr weiter zuzusetzen. Fast im gleichen Atemzug fügte ich hinzu, daß ich auch die Operation finanzieren würde.

Die Gesetze waren damals noch anders, und legal war eine Abtreibung nur möglich, wenn eine Frau sich von einem Arzt bestätigen ließ, daß die Geburt des Kindes für sie lebensgefährlich wäre. Im Bundesstaat New York wurde diese Vorschrift weit genug ausgelegt, daß auch «geistige Gefährdung» darunterfiel (worunter ein möglicher Selbstmordversuch der betreffenden Frau im Falle der Geburt des Kindes verstanden wurde); ein psychiatrisches Gutachten galt daher ebensoviel wie das eines normalen Arztes. Da Kitty körperlich bei bester Gesundheit war und da ich nicht wollte, daß sie illegal abtrieb – in dieser Beziehung hegte ich die schlimmsten Befürchtungen –, blieb ihr nichts anderes übrig, als nach einem Psychiater zu suchen, der bereit wäre, ihr entgegenzukommen. Schließlich fand sie einen, aber dessen Dienste waren nicht billig. Zusammen mit den Rechnungen vom St. Luke's Hospital für die eigentliche Abtreibung kostete es mich am Ende mehrere tausend Dollar, mein Kind zu beseitigen. Ich war fast wieder pleite, und als ich im Krankenhaus an Kittys Bett saß und den erschöpften und gequälten Ausdruck auf ihrem Gesicht sah, da wußte ich nur zu genau, daß alles aus war, daß mir mein ganzes Leben genommen worden war.

Am nächsten Morgen fuhren wir zusammen nach Chinatown zurück, aber von da an war es nie mehr wie früher. Wir hatten uns beide eingeredet, das Geschehene vergessen zu können, doch als wir versuchten, unser altes Leben wiederaufzunehmen, stellten wir fest, daß es nicht mehr da war. Nach dem schrecklichen, wochenlangen Zank und

Gerede verfielen wir nun beide in Schweigen, als hätten wir Angst, einander in die Augen zu sehen. Die Abtreibung war schwieriger gewesen, als Kitty gedacht hatte, und trotz ihrer Überzeugung, daß sie das Richtige getan habe, mußte sie es jetzt für falsch halten. Deprimiert und mitgenommen von dem, was sie durchgemacht hatte, hing sie düster in unserem Speicher herum, als sei sie in tiefer Trauer. Mir war klar, daß ich sie eigentlich trösten müßte, aber ich brachte einfach nicht die Kraft auf, meinen eigenen Schmerz zu überwinden. Ich saß nur da und sah sie leiden, und irgendwann erkannte ich, daß mir das Spaß machte, daß sie ruhig zahlen sollte für das, was sie getan hatte. Das war wohl der schlimmste Augenblick von allen, und als ich endlich begriff, wie häßlich und grausam es in meinem Innern aussah, war ich über mich selbst entsetzt. So ging das nicht weiter. Ich konnte es nicht mehr ertragen, ich selbst zu sein. Jedesmal wenn ich Kitty ansah, sah ich nur meine eigene verächtliche Schwäche, das schaurige Spiegelbild dessen, was aus mir geworden war.

Ich sagte ihr, ich müsse eine Weile weggehen, um mir über einiges klarzuwerden, aber das sagte ich nur, weil ich nicht den Mut hatte, ihr die Wahrheit zu sagen. Kitty begriff jedoch sofort. Sie brauchte diese Worte nicht zu hören, denn sie wußte auch so, was vor sich ging; und als sie mich am nächsten Morgen meine Sachen packen und mich zum Gehen bereitmachen sah, flehte sie mich an, ich solle bei ihr bleiben, ja sie fiel sogar vor mir auf die Knie und bettelte, ich solle sie nicht verlassen. Ihr Gesicht war völlig verzerrt und tränenüberströmt, aber ich war inzwischen kalt wie ein Stein, nichts konnte mich mehr aufhalten. Ich legte meine letzten tausend Dollar auf den Tisch und sagte Kitty, sie könne darüber verfügen, solange ich nicht da sei. Dann ging ich durch die Tür. Ich schluchzte schon, als ich endlich unten auf der Straße angekommen war.

SIEBTES KAPITEL

Barber nahm mich für den Rest des Frühjahrs in seiner Wohnung auf. Einen Zuschuß zur Miete wollte er mich nicht zahlen lassen, aber da meine Mittel fast wieder auf Null geschrumpft waren, besorgte ich mir gleich einen Job. Ich schlief auf der Couch im Wohnzimmer, stand jeden Morgen um halb sieben auf und verbrachte meine Tage damit, für einen Freund, der eine kleine Umzugsfirma betrieb, Möbel in Treppenhäusern rauf und runter zu schleppen. Ich haßte diese Arbeit, aber sie war, zumindest am Anfang, anstrengend genug, um meine Gedanken zu betäuben. Später, als mein Körper sich etwas an die Plackerei gewöhnt hatte, bemerkte ich, daß ich nur noch einschlafen konnte, wenn ich mich zuvor mit Alkohol narkotisiert hatte. Barber und ich saßen meist bis gegen Mitternacht zusammen und redeten; dann wurde ich im Wohnzimmer allein gelassen und stand vor der Wahl, entweder bis zum Morgengrauen an die Decke zu starren oder mich zu betrinken. Meistens brauchte ich eine ganze Flasche Wein, ehe ich die Augen zumachen konnte.

Barber hätte mich nicht besser behandeln können, hätte nicht rücksichtsvoller und einfühlsamer sein können, aber ich war in einem so traurigen Zustand, daß ich seine Anwesenheit kaum bemerkte. Kitty war der einzige Mensch, der wirklich für mich existierte, und ihre Abwesenheit war so fühlbar, drängte sich so überwältigend auf, daß ich an nichts anderes denken konnte. Jeder Abend begann mit demselben Ziehen in meinem Körper, demselben atemlosen, rasenden Bedürfnis, wieder von ihr berührt zu werden; ich wußte kaum, wie mir geschah, spürte nur die Attacke an der Innenseite meiner Haut, als ob das Gewebe, das mich zusammenhielt, gleich explodieren würde. Es war Entbehrung in ihrer unmittelbarsten und reinsten Form. Kittys Körper war ein Teil meines Körpers, und ohne sie neben mir fühlte ich mich wie ein ganz anderer Mensch. Wie ein Verstümmelter.

Nach dem ziehenden Schmerz begannen die Bilder durch meinen Kopf zu laufen. Ich sah Kitty ihre Hand nach mir ausstrecken, ich sah ihren nackten Rücken, ihre Schultern, die Rundung ihres Hinterns, ich sah, wie ihr glatter Bauch sich runzelte, wenn sie sich auf die Bettkante setzte und in ihr Höschen schlüpfte. Es war mir nicht möglich, diese Bilder zu vertreiben, und kaum war das eine aufgetaucht, erzeugte es auch schon das nächste, und all die kleinen, intimen Details unseres gemeinsamen Lebens wurden wieder lebendig. Ich konnte an unser Glück nicht denken, ohne Schmerz zu empfinden, und doch suchte ich beharrlich nach diesem Schmerz, ohne die Verheerungen zu bemerken, die er bei mir anrichtete. Jede Nacht sprach ich mir zu, ich sollte den Hörer abnehmen und sie anrufen, und jede Nacht kämpfte ich gegen die Versuchung, bot meinen ganzen Selbsthaß auf, um mich davon abzuhalten. Nach zwei Wochen dieser Quälerei hatte ich das Gefühl, ich stünde in Flammen.

Barber war verzweifelt. Er wußte, daß irgend etwas Schreckliches passiert war, aber weder Kitty noch ich verschafften ihm darüber Aufklärung. Anfangs übernahm er die Rolle des Vermittlers; sprach mit einem von uns und berichtete dann dem anderen von dem Gespräch, aber dieses Hin und Her brachte ihn auch nicht weiter. Wann immer er versuchte, uns das Geheimnis zu entlocken, gaben wir ihm jeweils die gleiche Antwort: Ich kann es Ihnen nicht sagen; fragen Sie den anderen. Barber zweifelte nie daran, daß Kitty und ich noch verliebt waren, und unsere Weigerung, aufeinander zuzugehen, verwirrte und enttäuschte ihn. Kitty will, daß Sie zurückkommen, sagte er zu mir, aber sie glaubt nicht mehr daran. Ich kann nicht zurück, erwiderte ich dann. Es gibt nichts, was ich lieber täte, aber es geht nicht. Einmal trieb Barber seine List sogar so weit, daß er uns für denselben Abend zum Essen einlud (ohne jeweils zu erwähnen, daß der andere auch kommen würde), aber sein Plan wurde vereitelt, als Kitty mich das Restaurant betreten sah. Wäre sie nur zwei Sekunden später um die Ecke gekommen, hätte die Sache vielleicht geklappt, aber so konnte sie der Falle aus dem Weg gehen. Anstatt also einzutreten und sich zu uns zu setzen, machte sie einfach kehrt und ging nach Hause. Als Barber sie am nächsten Morgen danach fragte, sagte sie, daß sie von solchen Tricks nichts wissen wolle. «Es liegt bei M. S., den ersten Schritt zu machen», sagte sie. «Ich habe etwas getan, das ihm das Herz gebrochen hat, und ich nehme es ihm nicht übel, wenn er mich nicht mehr sehen will. Er weiß, daß ich es nicht absichtlich getan habe, aber das bedeutet nicht, daß er mir vergeben muß.»

Danach gab Barber auf. Er spielte nicht länger den Botengänger zwischen uns und ließ die Dinge ihren unheilvollen Lauf nehmen. Kittys letzte Erklärung war typisch für den Mut und die Großzügigkeit, die ich immer an ihr bewundert hatte, und noch Monate, ja Jahre später konnte ich nicht an diese Worte denken, ohne mich über mich selbst zu schämen. Wenn einer von uns gelitten hat, dann war es Kitty, und doch war sie es, die die Verantwortung für das Geschehene auf sich nahm. Hätte ich auch nur den kleinsten Bruchteil ihrer Güte besessen, wäre ich auf der Stelle zu ihr gerannt, hätte mich vor ihr niedergeworfen und sie um Verzeihung angefleht. Aber ich tat nichts. Die Tage vergingen, und noch immer brachte ich es nicht über mich, etwas zu tun. Wie ein verwundetes Tier rollte ich mich in meinem Schmerz zusammen und weigerte mich, mich zu rühren. Ich war vielleicht noch da, aber als anwesend war ich nicht mehr zu bezeichnen.

Die Rolle als Liebesbote war ihm fehlgeschlagen, doch tat Barber auch weiterhin alles, um mich zu retten. Er versuchte, mich wieder für meine Schreiberei zu interessieren, er diskutierte mit mir über Bücher, er beschwatzte mich, Kinos, Restaurants und Bars, Vorträge und Konzerte zu besuchen. Nichts davon half mir sonderlich, aber ich war auch nicht so weit weggetreten, daß ich für seine Bemühungen nicht dankbar war. Er mühte sich sehr, und zwangsläufig begann ich mich zu fragen, warum er meinetwegen derartige Umstände machte. Er war vollauf beschäftigt mit seinem Buch über Thomas Harriot, hockte sechs oder sieben Stunden an einem Stück über seiner Schreibmaschine, aber sobald ich das Haus betrat, schien er bereit, alles fallenzulassen, als ob meine Gesellschaft ihn mehr interessierte als seine Arbeit. Das war mir ein Rätsel, denn ich wußte, daß ich in dieser Zeit ein schrecklicher Gesellschafter war, und ich verstand einfach nicht, wie jemand sich mit mir wohl fühlen konnte. Da mir nichts anderes einfiel, kam ich auf den Gedanken, daß er homosexuell sein könnte: Vielleicht erregte ihn meine Gegenwart so sehr, daß er sich auf nichts anderes mehr konzentrieren konnte. Eine logische Vermutung, an der jedoch nichts war – auch dies nur ein Tappen im dunkeln. Er machte keinerlei Annäherungsversuche, und an der Art, wie er den Frauen auf der Straße nachsah, konnte ich erkennen, daß sein Verlangen ausschließlich auf das andere Geschlecht gerichtet war. Wie aber lautete dann die Antwort? Womöglich Einsamkeit, dachte ich, schlicht und einfach Einsamkeit. Er hatte in New York keine anderen Freunde, und solange er niemand anderen kennenlernte, war er bereit, mich zu nehmen, wie ich war.

Eines Abends Ende Juni gingen wir in der White Horse

Tavern Bier trinken. Es war ein schwülwarmer Abend, wir saßen an einem Tisch im Hinterzimmer (demselben, an dem Zimmer und ich im Herbst 1969 oft gesessen hatten), und über Barbers Gesicht begannen Schweißbäche zu strömen. Er wischte sich mit einem übergroßen karierten Taschentuch ab, trank sein zweites Bier mit ein paar Schlukken runter und schlug dann plötzlich mit der Faust auf den Tisch. «Es ist zu verdammt heiß in dieser Stadt», erklärte er. «Wenn man fünfundzwanzig Jahre nicht mehr hier war, vergißt man, wie die Sommer hier sind.»

«Warten Sie erst mal bis Juli und August», sagte ich. «Dann geht's erst richtig los.»

«Mir reicht's auch so. Wenn ich noch länger hier bleibe, werde ich in Handtüchern herumlaufen müssen. Die Stadt ist wie ein türkisches Bad.»

«Sie können doch jederzeit Urlaub machen. Viele Leute verdrücken sich in der warmen Jahreszeit. Gehen Sie in die Berge, ans Meer, wohin Sie wollen.»

«Es gibt nur eine Gegend, die mich interessiert. Ich denke, Sie wissen, was ich meine.»

«Aber was ist mit Ihrem Buch? Ich dachte, das wollten Sie erst zu Ende schreiben.»

«Stimmt. Aber jetzt habe ich es mir anders überlegt.»

«Das kann nicht nur am Wetter liegen.»

«Nein, ich brauche eine kleine Pause. Und Sie übrigens auch.»

«Mir geht's gut, Sol, wirklich.»

«Ein Tapetenwechsel würde Ihnen guttun. Hier hält Sie ja doch nichts mehr, und je länger Sie bleiben, desto schlechter geht es Ihnen. Ich bin doch nicht blind.»

«Ich werde darüber hinwegkommen. Bald wird sich das Blatt wenden.»

«Darauf würde ich keine Wette eingehen. Sie sind fertig, M. S., Sie fressen sich bei lebendigem Leibe auf. Dagegen hilft nur eins, Sie müssen weg von hier.»

«Ich kann meinen Job doch nicht einfach kündigen.»

«Wieso?»

«Zum einen brauche ich das Geld. Zum anderen ist Stan auf mich angewiesen. Es wäre nicht fair, ihn einfach so im Stich zu lassen.»

«Geben Sie ihm ein paar Wochen vorher Bescheid. Dann kann er sich einen anderen suchen.»

«Einfach so?»

«Ja, einfach so. Ich weiß, Sie sind ein ziemlich starker junger Mann, aber irgendwie kann ich mir nicht vorstellen, daß Sie den Rest Ihres Lebens als Möbelpacker arbeiten.»

«Ich hatte nicht vor, eine Karriere daraus zu machen. Man könnte das eine zeitweilige Stellung nennen.»

«Nun denn, ich biete Ihnen eine andere zeitweilige Stellung an. Seien Sie mein Assistent, mein Wegbereiter, meine rechte Hand. Ich biete Ihnen Zimmer und Verpflegung, freien Proviant, und so viel an Spesen, wie Sie für nötig halten. Wenn diese Bedingungen Sie nicht zufriedenstellen, bin ich bereit zu verhandeln. Was sagen Sie dazu?»

«Es ist Sommer. Wenn es Ihnen in New York nicht gefällt, wird Ihnen die Wüste noch weniger gefallen. Wir würden gebraten, wenn wir jetzt da rauszögen.»

«Es handelt sich doch nicht um die Sahara. Wir kaufen uns einen Wagen mit Air-condition und reisen ganz bequem.»

«Wohin? Wir haben nicht die leisteste Ahnung, wo wir anfangen sollen.»

«Aber natürlich. Ich behaupte ja nicht, daß wir finden werden, wonach wir suchen, aber das Gebiet kennen wir. Den Südwesten von Utah, ausgehend von der Ortschaft Bluff. Jedenfalls kann ein Versuch nichts schaden.»

So ging die Diskussion noch einige Stunden weiter, und ganz allmählich rang Barber meinen Widerstand nieder. Auf jedes meiner Argumente hatte er ein Gegenargument; auf jedes Nein von mir setzte er zwei oder drei Ja. Ich weiß nicht, wie er das gemacht hat, aber als ich mich schließlich ergab, war ich fast glücklich. Vielleicht war es die schiere Aussichtslosigkeit des Unternehmens, was bei mir den Ausschlag gab. Wenn ich auch nur die geringste Möglichkeit gesehen hätte, daß wir die Höhle finden könnten, würde ich mich wohl kaum auf die Sache eingelassen haben, aber die Vorstellung, auf eine sinnlose Suche auszuziehen, zu einer Reise aufzubrechen, die ein Fehlschlag werden mußte, sagte meiner derzeitigen Sicht der Dinge zu. Wir würden suchen, aber wir würden nicht finden. Nur die Reise als solche war wichtig, und am Ende bliebe uns nichts als die Vergeblichkeit unseres Strebens. Mit einer solchen Metapher konnte ich leben, es war der Sprung ins Leere, von dem ich immer geträumt hatte. Ich gab Barber die Hand darauf und sagte, er könne auf mich zählen.

In den nächsten zwei Wochen machten wir unseren Plan perfekt. Wir beschlossen, nicht auf direktem Weg nach Utah zu reisen, sondern einen sentimentalen Umweg über Chicago und Minnesota zu machen. Das würde uns tausend Meilen vom Kurs abbringen, doch darin sahen wir beide kein Problem. Wir hatten es nicht eilig, nach Utah zu kommen, und als ich Barber sagte, ich wolle den Friedhof besuchen, auf dem meine Mutter und mein Onkel begraben lägen, erhob er keinerlei Einwände. Wenn wir schon mal in Chicago wären, sagte er, könnten wir doch auch gleich für ein paar Tage einen kleinen Abstecher nach Northfield machen. Er habe da noch einige Kleinigkeiten zu erledigen, und in der Zwischenzeit könne er mir die Sammlung der Gemälde und Zeichnungen seines Vaters auf dem Dachboden seines Hauses zeigen. Ich erwähnte gar nicht erst, daß ich diesen Bildern in der Vergangenheit aus dem Wege gegangen war. Im Geiste der Expedition, die wir bald antreten wollten, sagte ich zu allem ja.

Drei Tage später kaufte Barber in Queens einen gebrauchten Wagen mit Air-condition. Es war ein roter Pontiac Bonneville Baujahr 1965, der erst 47 000 Meilen gelaufen war. Er verliebte sich sofort in seine Protzigkeit und Schnelligkeit und feilschte gar nicht erst lange um den Preis. «Was denken Sie?» fragte er mich immer wieder, als wir uns den Wagen ansahen. «Das ist ein Wagen, was?» Auspuff und Reifen mußten erneuert, der Vergaser neu eingestellt werden, das Heck war eingebeult, aber Barber war entschlossen, und ich sah keinen Grund, ihn von dem Kauf abzubringen. Trotz all seiner Mängel war der Wagen ein schnelles Maschinchen, wie er sich ausdrückte, und ich nahm an, er würde uns genauso gute Dienste leisten wie jeder andere. Wir machten eine Probefahrt, und während wir kreuz und quer durch die Straßen von Flushing fuhren, hielt Barber mir einen begeisterten Vortrag über Pontiacs Rebellion gegen Lord Amherst. Wir sollten nicht vergessen, sagte er, daß dieser Wagen nach einem großen Indianerhäuptling benannt wurde. Das wird unserer Reise eine neue Dimension verleihen. Indem wir mit diesem Wagen in den Westen fahren, huldigen wir den Toten, gedenken wir der tapferen Krieger, die sich zur Verteidigung des Landes erhoben, das wir ihnen gestohlen haben.

Wir kauften Wanderführer, Sonnenbrillen, Rucksäcke, Feldflaschen, Ferngläser, Schlafsäcke und ein Zelt. Dann arbeitete ich noch anderthalb Wochen in der Umzugsfirma meines Freundes Stan, bis ein Vetter von ihm für den Sommer in die Stadt kam, um meine Stelle zu übernehmen, und ich mich guten Gewissens zurückziehen konnte. Barber und ich speisten ein letztes Mal in New York zu Abend (Corned-beef-Sandwiches im Stage Deli) und kamen gegen neun Uhr in die Wohnung zurück; wir wollten nicht zu spät ins Bett gehen, damit wir am nächsten Morgen früh aufbrechen konnten. Es war Anfang Juli 1971. Ich war vierundzwanzig Jahre alt, und ich spürte, daß mein Leben in eine Sackgasse geraten war. Als ich im Dunkeln auf der

Couch lag, hörte ich Barber auf Zehenspitzen in die Küche gehen und mit Kitty telefonieren. Ich konnte nicht alles verstehen, was er sagte, aber offenbar erzählte er ihr von unserer Reise. «Sicher ist gar nichts», flüsterte er, «aber es könnte ihm guttun. Wenn wir zurückkommen, ist er vielleicht bereit, dich wiederzusehen.» Wen er damit meinte, war unschwer zu erraten. Nachdem er in sein Zimmer zurückgegangen war, machte ich das Licht an und entkorkte noch eine Flasche Wein, aber der Alkohol schien seine Macht über mich verloren zu haben. Als Barber mich um sechs Uhr morgens wecken kam, dürfte ich höchstens zwanzig bis dreißig Minuten geschlafen haben.

Um Viertel vor sieben waren wir unterwegs. Barber fuhr, und ich saß auf dem Beifahrersitz und trank schwarzen Kaffee aus einer Thermosflasche. In den ersten zwei Stunden war ich nur halb bei Bewußtsein, aber nachdem wir in die freie Landschaft von Pennsylvania gekommen waren, tauchte ich langsam aus meiner Betäubung auf. Von da bis nach Chicago redeten wir ununterbrochen und wechselten uns am Steuer ab, während wir das westliche Pennsylvania, Ohio und Indiana durchquerten. Daß mir das meiste von unseren Gesprächen entfallen ist, liegt vermutlich daran, daß wir ständig von einem Thema aufs andere kamen, etwa so, wie auch die Landschaft unablässig hinter uns verschwand. Ich erinnere mich, daß wir eine Zeitlang über Autos sprachen und wie sie Amerika verändert hätten; wir sprachen von Effing; wir sprachen von Teslas Turm auf Long Island. Ich höre noch, wie Barber, als wir von Ohio nach Indiana kamen, sich räusperte, um zu einer ausführlichen Rede über den Geist von Tecumseh anzuheben, aber sosehr ich mich auch bemühe, ich bringe keinen einzigen Satz mehr davon zusammen. Später, als schon die Sonne zu sinken begann, zählten wir über eine Stunde lang unsere Vorlieben in allen möglichen Lebensbereichen auf: unsere Lieblingsromane, unsere Lieblingsspeisen, unsere

Lieblings-Baseballspieler. Es waren bestimmt mehr als hundert verschiedene Kategorien, ein komplettes Register unserer persönlichen Geschmäcker. Ich sagte Roberto Clemente, Barber sagte Al Kaline. Ich sagte *Don Quixote*, Barber sagte *Tom Jones*. Wir beide fanden Schubert besser als Schumann, aber im Gegensatz zu mir hatte Barber eine Schwäche für Brahms. Andererseits fand er Couperin langweilig, während ich von *Les Barricades Mystérieuses* nie genug bekommen konnte. Er sagte Tolstoi, ich sagte Dostojewski. Er sagte *Bleakhaus*, ich sagte *Unser gemeinsamer Freund*. Einig waren wir uns, daß von allen dem Menschen bekannten Früchten Zitronen den schönsten Geruch hätten.

Wir schliefen in einem Motel in den Außenbezirken von Chicago. Am nächsten Morgen fuhren wir nach dem Frühstück aufs Geratewohl herum, bis wir ein Blumengeschäft fanden, wo ich zwei gleiche Sträuße für meine Mutter und Onkel Victor kaufte. Barber war seltsam bedrückt, aber das schrieb ich der anstrengenden Fahrt vom Vortag zu und dachte nicht weiter darüber nach. Wir hatten einige Schwierigkeiten, den Westlawn Friedhof zu finden (ein paarmal falsch abgebogen; ein langer Umweg, der uns in die entgegengesetzte Richtung führte), und es war schon fast elf Uhr, als wir durch die Einfahrt fuhren. Weitere zwanzig Minuten brauchten wir, um die Gräber zu finden, und als wir aus dem Wagen in die sengende Sommerhitze stiegen, sagte keiner von uns ein Wort. Einige Grabstellen hinter denen meiner Mutter und meines Onkels hatten vier Männer gerade ein frisches Grab ausgehoben, und wir blieben schweigend ein paar Minuten bei unserem Wagen stehen und sahen zu, wie die Totengräber die Schaufeln auf ihren grünen Kleintransporter luden und wegfuhren. Ihre Anwesenheit war störend, und Barber und ich waren uns stillschweigend einig, daß wir warten mußten, bis sie weg waren, daß wir das, weswegen wir gekommen waren, nur allein tun konnten.

Danach ging alles sehr schnell. Wir schritten über den Weg, und als ich die Namen meiner Mutter und meines Onkels auf den kleinen Steintafeln erblickte, merkte ich plötzlich, daß mir die Tränen in die Augen traten. Eine so heftige Reaktion hatte ich nicht erwartet, aber sobald mir aufging, daß die beiden da tatsächlich unter meinen Füßen lagen, begann ich unwillkürlich zu zittern. So vergingen einige Minuten, nehme ich an, aber das ist nur eine Schätzung. Ich sehe nicht viel mehr als einen verschwommenen Fleck, ein paar isolierte Gesten im Nebel der Erinnerung. Ich weiß noch, daß ich auf jede Tafel einen Stein legte, und manchmal gelingt es mir, flüchtig zu erkennen, wie ich auf Händen und Knien hocke und verzweifelt Unkraut aus dem wirren Gras rupfe, das die Gräber bedeckte. Wann immer ich mich jedoch nach Barber umschaue, vermag ich ihn nicht in dem Bild unterzubringen. Das scheint mir nahezulegen, daß ich zu erschüttert war, um ihn zu bemerken, daß ich in diesen wenigen Minuten seine Anwesenheit ganz vergessen habe. Die Sache hatte gewissermaßen ohne mich angefangen, und als ich dann dazukam, war sie schon weit fortgeschritten und längst außer Kontrolle geraten.

Irgendwie war Barber auf einmal wieder neben mir. Wir standen Seite an Seite vor dem Grab meiner Mutter, und als ich meinen Kopf in seine Richtung wandte, sah ich Tränen über seine Wangen laufen. Barber schluchzte, ich hörte die erstickten Klagelaute, die sich seiner Brust entrangen, und da merkte ich, daß das schon eine ganze Weile so ging. Ich glaube, an dieser Stelle habe ich etwas gesagt. Was ist los, oder warum weinen Sie, genau weiß ich das nicht mehr. Jedenfalls hat Barber mich nicht gehört. Er starrte weiter das Grab meiner Mutter an und weinte unter dem unermeßlichen blauen Himmel, als wäre er der letzte Mensch im Universum.

«Emily...» sagte er schließlich. «Meine liebe kleine Emily... Sieh dich nur an... Wenn du nicht weggelaufen wärst ... Wenn du doch nur meine Liebe angenommen hättest ... Mein Darling, liebe kleine Emily ... Wie sinnlos das ist, wie schrecklich sinnlos ...»

Atemlos stieß er diese Worte hervor, völlig aufgelöst in einem Schmerz, der, sobald er mit der Luft in Berührung kam, in Fragmente zerschellte. Ich hörte ihm zu, als habe die Erde mit mir zu sprechen begonnen, als lauschte ich den Stimmen der Toten aus ihren Gräbern. Barber hatte meine Mutter geliebt. Diese eine unbestreitbare Tatsache brachte alles andere in Bewegung, ins Schwanken, zum Einsturz – die ganze Welt begann sich vor meinen Augen neu zusammenzusetzen. Er hatte es nicht ausgesprochen, aber plötzlich wußte ich es. Ich wußte, wer er war, plötzlich wußte ich alles.

In den ersten Augenblicken empfand ich nichts als Wut, ein dämonischer Ekel und Abscheu stieg in mir auf. «Wovon redest du eigentlich?» fragte ich ihn, und als Barber mich noch immer nicht ansah, gab ich ihm mit beiden Händen einen Stoß, schlug ihm hart und aggressiv auf seinen dicken rechten Arm. «Wovon redest du eigentlich?» wiederholte ich. «Sag was, du Fettsack, sag was, oder ich hau dir eins aufs Maul.»

Nun drehte Barber sich zu mir um, aber er konnte nur den Kopf schütteln, als wolle er mir bedeuten, wie sinnlos es wäre, irgend etwas zu sagen. «Großer Gott, Marco, warum hast du mich hierhergebracht?» sagte er schließlich. «Wußtest du denn nicht, daß es so kommen würde?»

«Wissen!» schrie ich ihn an. «Wie zum Teufel sollte ich denn das wissen? Du hast nie was gesagt, du Lügner. Du hast mich reingelegt, und jetzt soll ich auch noch Mitleid mit dir haben. Und was ist mit mir? Was ist mit mir, du verdammtes Nilpferd!»

Ich reagierte meine Wut ab wie ein Irrer, schrie mir in der heißen Sommerluft die Lungen aus dem Hals. Nach ein paar Augenblicken begann Barber zurückzuweichen, er taumelte vor meiner Attacke zurück, als könne er es nicht mehr ertragen. Er weinte noch immer, und er hielt sein Gesicht mit den Händen bedeckt, während er, blind für seine Umgebung, wie ein verwundetes Tier heulend und schluchzend unter meinem fortwährenden Geschrei an den Gräbern entlangwankte. Die Sonne stand inzwischen im Zenit, und der ganze Friedhof flimmerte in einem seltsam pulsierenden Gleißen, als ob das Licht zu stark geworden wäre, um noch real zu sein. Ich sah Barber noch ein paar Schritte machen, dann kam er an den Rand des vorhin ausgehobenen Grabes und geriet aus dem Gleichgewicht. Er muß über einen Stein oder ein Loch im Boden gestrauchelt sein, und plötzlich gaben seine Beine nach. Es ging so schnell. Er stieß beide Arme in die Luft, sie flatterten verzweifelt, wie Flügel, aber er hatte keine Chance mehr, sich wieder ins Gleichgewicht zu bringen. Eben noch war er da, und nun stürzte er rückwärts in das Grab. Noch ehe ich losrennen konnte, hörte ich seinen Körper mit einem dumpfen Schlag unten aufprallen.

Er mußte schließlich mit einem Kran herausgehoben werden. Als ich den ersten Blick in das Loch warf, konnte ich nicht erkennen, ob er tot oder lebendig war, und da die Ränder keinerlei Halt boten, fand ich es zu riskant, den Abstieg zu wagen. Er lag vollkommen reglos und mit geschlossenen Augen auf dem Rücken. Wenn ich versuche hinabzusteigen, könnte ich auf ihn fallen, dachte ich, also raste ich mit dem Wagen zum Eingang zurück und bat den Pförtner, telefonisch Hilfe herbeizuholen. Zehn Minuten später war der Unfallwagen da, doch bald sah sich die Besatzung vor demselben Problem, das auch mich bereits abgehalten hatte. Nach einigem Hin und Her bildeten wir eine Kette, und es gelang uns, einen der Assistenzärzte auf den Boden des Grabes hinunterzulassen. Er meldete, daß Barber noch am Leben sei, aber ansonsten hatte er keine guten Neuigkeiten. Gehirnerschütterung, erklärte er, womöglich auch Schädelbruch. Und nach einer kurzen Pause fügte er hinzu: «Vermutlich ist auch das Rückgrat gebrochen. Wir müssen äußerst vorsichtig sein, wenn wir ihn hier rausholen.»

Es war sechs Uhr, als Barber endlich in die Unfallstation des Cook County Hospital geschoben wurde. Er war noch immer bewußtlos, und in den nächsten vier Tagen wies nichts darauf hin, daß er wieder zu sich kommen würde. Die Ärzte operierten ihn am Rücken, legten ihn in einen Streckverband und sagten mir, ich solle die Daumen drükken. Die nächsten achtundvierzig Stunden verbrachte ich im Krankenhaus, doch als sich abzeichnete, daß wir eine lange Durststrecke vor uns hatten, nahm ich Barbers American-Express-Karte und zog in ein nahe gelegenes Motel, das Eden Rock. Eine schauderhafte billige Absteige mit schmierigen grünen Wänden und einem klumpigen Bett, aber ich schlief dort ja nur. Sobald Barber aus seinem Koma erwachte, verbrachte ich täglich achtzehn bis neunzehn Stunden im Krankenhaus, und dies war in den nächsten zwei Monaten meine ganze Welt. Ich habe bei ihm gesessen, bis er starb.

Während des ersten Monats war es durchaus nicht klar, daß es so schlimm enden würde. In einen riesigen Gipsverband gehüllt, schwebte Barber, von Flaschenzügen getragen, in der Luft, als wolle er den Naturgesetzen trotzen. Er war dermaßen lahmgelegt, daß er nicht einmal den Kopf drehen konnte, und die Nahrung wurde ihm durch Schläuche zugeführt; trotz allem aber machte er Fortschritte, schien er sich zu erholen. Vor allem sei er froh, sagte er mir, daß endlich die Wahrheit herausgekommen sei. Dafür sei ihm auch der Preis, zwei Monate lang im Streckverband zu liegen, nicht zu hoch. «Meine Knochen mögen gebrochen sein», sagte er eines Nachmittags zu mir, «aber mein Herz ist endlich auf dem Weg der Besserung.»

In diesen Tagen strömte die ganze Geschichte aus ihm heraus, und da er nichts anderes tun konnte als sprechen, bekam ich am Ende eine erschöpfende und sehr exakte Darstellung seines gesamten Lebenslaufs zu hören: sämtliche Einzelheiten seiner Romanze mit meiner Mutter, die deprimierende Geschichte seines Aufenthaltes im YMCA in Cleveland, die darauf folgenden Reisen durch das amerikanische Herzland. Es braucht wohl nicht gesagt zu werden, daß mein Wutausbruch auf dem Friedhof längst vergessen war, aber obwohl praktisch kein Zweifel mehr erlaubt war, zögerte etwas in mir, Barber als meinen Vater zu akzeptieren. Ja, es stand fest, daß er 1946 einmal mit meiner Mutter geschlafen hatte; und ja, es stand auch fest, daß ich neun Monate später geboren wurde; aber wie konnte ich sicher sein, daß Barber der einzige Mann gewesen war, mit dem sie geschlafen hatte? Gewiß war es eher unwahrscheinlich, aber dennoch immerhin möglich, daß meine Mutter zur gleichen Zeit mit zwei Männern verkehrt hatte. Und falls das zutraf, könnte sie ja auch von dem anderen Mann schwanger geworden sein. Es war das einzige Argument gegen Barbers Vaterschaft, das ich hatte, und ich wollte mich nicht davon trennen. Solange mir noch ein winziger Rest von Skepsis blieb, brauchte ich nicht zuzugeben, daß irgend etwas passiert sei. Eine überraschende Reaktion, aber wenn ich jetzt darauf zurückblicke, scheint sie mir in gewisser Hinsicht vernünftig. Vierundzwanzig Jahre lang hatte ich mit einer unbeantwortbaren Frage gelebt, hatte ganz allmählich gelernt, dieses Rätsel als zentrale Tatsache meines Lebens zu akzeptieren. Meine Herkunft war ein Geheimnis, und ich würde niemals erfahren, woher ich stammte. Das definierte mich geradezu, und inzwischen war ich an dieses Dunkel gewöhnt, es war für mich eine Quelle von Wissen und Selbstachtung, an der ich festhielt, der ich als einer ontologischen Notwendigkeit vertraute. So sehnlich ich mir auch erträumt haben mag, meinen Vater zu finden, so wenig habe ich doch daran geglaubt. Und nun, da ich ihn gefunden hatte, war die innere Verunsicherung so stark, daß ich mich spontan dagegen wehrte. Ursache dieser Abwehr war nicht Barber, sondern die Situation als solche. Er war der beste Freund, den ich je hatte, und ich mochte ihn sehr. Wenn ich mir irgendeinen Mann auf der Welt zum Vater hätte nehmen können, hätte ich ihn genommen. Und doch brachte ich es nicht über mich. Ein Schock hatte meinen ganzen Organismus erschüttert, und diesen Schlag vermochte ich nicht wegzustecken.

Wochen vergingen, und am Ende konnte ich meine Augen nicht mehr vor den Tatsachen verschließen. Den Körper unbeweglich in seinem weißen Gipsverband, konnte Barber keine feste Nahrung zu sich nehmen, und langsam, aber sicher begann er an Gewicht zu verlieren. Der Mann war es gewohnt, Tausende von Kalorien täglich in sich hineinzuschlingen, und der abrupte Wechsel seines Speiseplans hatte unmittelbare, merkliche Auswirkungen. Es erfordert harte Arbeit, einen so gewaltigen Speckberg nicht schrumpfen zu lassen, und sobald man seinen Konsum vermindert, schmelzen die Pfunde ziemlich rasch dahin. Anfangs beklagte sich Barber darüber, und mehrmals weinte er sogar vor Hunger, aber nach einer Weile begann er diese erzwungene Hungerkur als eine verkappte Wohltat zu betrachten. «Das bietet mir die Gelegenheit, etwas zu leisten, was ich noch nie zuvor geschafft habe», sagte er. «Stell dir vor, M. S., wenn ich so weitermache, werde ich hundert Pfund los sein, wenn ich hier rauskomme. Vielleicht sogar hundertzwanzig. Ich werde ein neuer Mensch sein. Ich werde mir niemals mehr ähnlich sein müssen.»

Der Haarkranz um seinen Schädel begann wieder zu wachsen (ein Gemisch aus Grau und Rötlichbraun), und der Kontrast zwischen diesen Farben und der Farbe seiner Augen (ein dunkles, metallisches Blau) schien seinen Kopf mit neuer Klarheit und Bestimmtheit zu akzentuieren, als tauche er nach und nach aus seiner undifferenzierten Umgebung auf. Nach zehn oder zwölf Tagen im Krankenhaus wurde seine Haut totenbleich, doch mit dieser Blässe wurden seine Wangen ungewohnt schmal, und als die Fettzellen und das aufgedunsene Fleisch noch mehr dahinschwanden, kam ein zweiter Barber an die Oberfläche, ein verborgenes Ich, das jahrelang in ihm verschlossen gewesen war. Eine phantastische Verwandlung, und als sie erst einmal so richtig im Gange war, löste sie eine Reihe bemerkenswerter Nebenwirkungen aus. Zunächst fiel es mir kaum auf, aber eines Morgens, da lag er bereits drei Wochen im Krankenhaus, sah ich ihn an und bemerkte etwas Vertrautes an ihm. Es kam wie ein Blitz, und ehe ich richtig erkennen konnte, was ich da gesehen hatte, war es schon wieder weg. Zwei Tage später geschah etwas Ähnliches, aber diesmal dauerte es lang genug, daß ich erahnen konnte, wo jenes Vertraute lokalisiert war: irgendwo um Barbers Augen, vielleicht waren es auch die Augen selbst. Ich fragte mich, ob ich nicht eine gewisse Familienähnlichkeit mit Effing entdeckt hätte, ob etwas an der Art, wie Barber mich da angesehen hatte, mich nicht an seinen Vater erinnerte. Wie auch immer, dieser kurze Augenblick war beunruhigend, und ich konnte den Gedanken daran den ganzen Tag nicht mehr loswerden. Er verfolgte mich wie ein Bruchstück aus einem vergessenen Traum, ein Aufflackern von Erkenntnis, die aus den Tiefen meines Unbewußten aufgestiegen war. Schon am nächsten Morgen begriff ich dann, was ich da gesehen hatte. Ich trat zu meinem täglichen Besuch in Barbers Zimmer, und als er die Augen aufschlug und mich anlächelte, das Gesicht ganz schlaff von all den Schmerzmitteln in seinem Blut, musterte ich die Konturen seiner Lider, konzentrierte mich auf die Stelle zwischen Brauen und Wimpern, und mit einemmal erkannte ich, daß ich mich selbst ansah. Barber hatte die gleichen Augen wie ich. Jetzt, nachdem sein Gesicht eingefallen war, wurde es mir möglich, das zu sehen. Wir glichen einander, die Ähnlichkeit war unverkennbar. Als mir das einmal bewußt war, als diese Wahrheit mir endlich entgegengeschleudert wurde, blieb mir keine Wahl mehr, als sie zu akzeptieren. Ich war Barbers Sohn, und ich wußte es ohne die leiseste Spur eines Zweifels.

Dann schien zwei Wochen lang alles gutzugehen. Die Ärzte waren optimistisch, und wir begannen uns auf den Tag zu freuen, an dem der Gips entfernt werden sollte. Irgendwann Anfang August jedoch verschlechterte Barbers Zustand sich plötzlich. Er bekam irgendeine Infektion, und die Medizin, die man ihm gab, rief eine allergische Reaktion hervor, wodurch sein Blutdruck auf kritische Werte stieg. Weitere Tests ergaben, daß er Diabetes hatte, was vorher noch nie diagnostiziert worden war; und als die Ärzte ihn auf weitere Schädigungen untersuchten, wurde die Liste seiner Krankheiten und Probleme immer länger: Angina, Gicht im Anfangsstadium, Kreislaufbeschwerden, und weiß der Himmel was noch alles. Sein Körper schien einfach nicht mehr mitzumachen. Er hatte viel einstecken müssen, und jetzt brach der Mechanismus zusammen. Der enorme Gewichtsverlust hatte seine Abwehrkräfte geschwächt, er konnte keinen Widerstand mehr leisten, seine Blutkörperchen waren nicht mehr zur Gegenwehr bereit. Um den 20. August herum sagte er mir, er wisse, daß er sterben werde, aber ich wollte nichts davon hören. «Rühr dich nicht», sagte ich. «Du kommst noch hier raus, bevor das erste Spiel der World Series angepfiffen wird.»

Ich hatte keine Empfindungen mehr. Ich war wie betäubt von der Anspannung, ihn verfallen zu sehen, und in der dritten Augustwoche lief ich wie in Trance herum. Nur eins war jetzt für mich noch wichtig: eine gelassene Fassade aufrechtzuerhalten. Keine Tränen, keine Verzweiflungsausbrüche, kein Nachlassen des Willens. Ich strahlte Hoffnung und Zuversicht aus, doch innerlich muß ich gewußt haben, daß es in Wirklichkeit keine Hoffnung mehr gab. Das wurde mir jedoch, wenn auch auf höchst indirekte Weise, erst ganz am Ende bewußt. Ich war zu einem späten Abendessen in ein Lokal gegangen. Eines der Tagesgerichte an diesem Abend war zufällig Hühnerfrikassee, ein Gericht, das ich seit meiner Kindheit, vielleicht sogar seit dem Tod meiner Mutter, nicht mehr gegessen hatte. Sobald ich es auf der Speisekarte erblickte, wußte ich, daß ich an diesem Abend nichts anderes würde essen können. Ich übermittelte der Kellnerin meine Bestellung, und während der nächsten drei oder vier Minuten gab ich mich der Erinnerung an die Bostoner Wohnung hin, in der meine Mutter und ich gelebt hatten; zum erstenmal seit Jahren sah ich wieder die winzige Küche vor mir, in der wir beide gemeinsam unsere Mahlzeiten eingenommen hatten. Dann kam die Kellnerin zurück und sagte, Hühnerfrikassee sei ausgegangen. Im Grunde war das ein Nichts. Ein bloßes Staubkorn im großen Plan der Dinge, ein unendlich kleines Stückchen Antimaterie, und doch hatte ich plötzlich das Gefühl, als ob das Dach über mir zusammenstürzte. Es gab kein Hühnerfrikassee mehr. Die Nachricht, einem Erdbeben in Kalifornien seien soeben zwanzigtausend Menschen zum Opfer gefallen, hätte mich nicht gewaltiger aus der Fassung bringen können. Mir traten wahrhaftig Tränen in die Augen, und da erst, als ich in diesem Lokal mit meiner Enttäuschung kämpfte, begriff ich, wie zerbrechlich meine Welt geworden war. Das Ei entglitt meinen Fingern, und früher oder später würde es auf den Boden fallen.

Barber starb am 4. September, nur drei Tage nach jenem Vorfall in dem Restaurant. Er wog da nur noch 210 Pfund, und es war, als sei die Hälfte von ihm bereits verschwunden, als sei es, nachdem der Prozeß einmal begonnen hatte, nicht mehr zu vermeiden gewesen, daß auch noch die zweite Hälfte verschwinden würde. Ich hatte das Bedürfnis, mit jemandem zu sprechen, aber ich konnte nur an Kitty denken. Es war fünf Uhr morgens, als ich sie anrief, und noch ehe sie den Hörer abnahm, wußte ich, daß ich sie nicht nur anrief, um ihr die Neuigkeit mitzuteilen. Ich mußte herausfinden, ob sie bereit war, es noch einmal mit mir zu versuchen.

«Ich weiß, daß du noch schläfst», sagte ich, «aber bitte leg nicht auf, bis du gehört hast, was ich dir zu sagen habe.»

«M. S.?» Ihre Stimme klang gedämpft, halb betäubt vor Verwirrung. «Bist du das, M. S.?»

«Ich bin in Chicago. Sol ist vor einer Stunde gestorben, und ich habe sonst niemanden, mit dem ich reden kann.»

Ich brauchte einige Zeit, um ihr die Sache zu erzählen. Anfangs wollte sie mir nicht glauben, und während ich ihr nach und nach die Einzelheiten mitteilte, wurde mir klar, wie unwahrscheinlich sich das alles anhörte. Ja, sagte ich, er fiel in ein offenes Grab und brach sich das Rückgrat. Ja, er war wirklich mein Vater. Ja, er ist wirklich heute nacht gestorben. Ja, ich rufe von einem Münztelefon im Krankenhaus an. Dann gab es eine kurze Unterbrechung, als die Vermittlung mich aufforderte, weitere Münzen einzuwerfen, und als die Leitung wieder freigegeben war, konnte ich Kitty am anderen Ende schluchzen hören.

«Der arme Sol», sagte sie. «Der arme Sol und der arme M. S. Wie schrecklich.»

«Tut mir leid, daß ich dir das sagen mußte. Aber ich hätte es nicht richtig gefunden, dich nicht anzurufen.»

«Nein, ich bin froh, daß du das getan hast. Es ist nur so schwer, sich damit abzufinden. O Gott, M. S., wenn du nur wüßtest, wie lange ich darauf gewartet habe, von dir zu hören.»

«Ich habe alles kaputtgemacht, stimmt's?»

«Es ist nicht deine Schuld. Du kannst doch nichts für deine Gefühle. Kein Mensch kann was dafür.»

«Du hast nicht erwartet, noch mal von mir zu hören, oder?»

«Jetzt nicht mehr. In den ersten Monaten habe ich an nichts anderes gedacht. Aber so kann man unmöglich leben. Nach und nach habe ich dann die Hoffnung aufgegeben.»

«Meine Liebe zu dir hat keine Minute lang aufgehört. Das weißt du doch?»

Wieder einmal war es am anderen Ende still, und dann hörte ich, wie sie von neuem zu schluchzen anfing – ein todunglückliches Schluchzen, das sie schier zu ersticken schien. «Ach Gott, M. S., was versuchst du mir da anzutun? Seit Juni habe ich nichts mehr von dir gehört, und dann rufst du mich um fünf Uhr morgens aus Chicago an, zerreißt mir das Herz mit dem, was Sol zugestoßen ist – und dann fängst du an, von Liebe zu reden? Das ist nicht fair. Du hast nicht das Recht dazu. Nicht jetzt.»

«Ich kann es ohne dich nicht mehr aushalten. Ich hab's versucht, aber es geht nicht.»

«Nun, ich habe es auch versucht, und es geht.»

«Das glaube ich dir nicht.»

«Es war auch für mich hart, M. S. Ich konnte nur weiterleben, indem ich mich genauso hart machte.»

«Was willst du mir damit sagen?»

«Es ist zu spät. Ich kann mich jetzt nicht mehr darauf einlassen. Du hast mich fast umgebracht, und das will ich nicht noch einmal riskieren.»

«Du hast einen anderen gefunden, stimmt's?»

«Was hätte ich deiner Meinung nach in all den Monaten tun sollen, während du dich irgendwo im Land herumgetrieben und versucht hast, zu einer Entscheidung zu kommen?»

«Du liegst jetzt mit ihm im Bett, stimmt's?»

«Das geht dich nichts an.»

«Stimmt doch, oder? Sag's doch.»

«Wenn du's wissen willst: es stimmt nicht. Aber trotzdem hast du nicht das Recht, mich danach zu fragen.»

«Ist mir egal, wer es ist. Das macht keinen Unterschied.»

«Hör auf, M. S. Ich halt's nicht aus, ich will kein Wort mehr hören.»

«Ich flehe dich an, Kitty. Laß mich zu dir zurückkommen.»

«Leb wohl, Marco. Paß auf dich auf. Bitte, paß auf dich auf.»

Und damit hängte sie ein.

Ich begrub Barber neben meiner Mutter. Es machte ziemliche Schwierigkeiten, ihn auf den Westlawn Friedhof zu bringen – einen einsamen Nichtjuden inmitten von russischen und deutschen Juden; aber da im Familiengrab der Foggs noch eine Stelle frei war, und da ich ja praktisch das Familienoberhaupt und somit Eigentümer der Grabstelle war, konnte ich mich schließlich durchsetzen. Tatsächlich legte ich meinen Vater in das Grab, das für mich vorgesehen war. In Anbetracht all dessen, was in den letzten Monaten geschehen war, hielt ich das für das mindeste, was ich für ihn tun konnte.

Nach dem Gespräch mit Kitty brauchte ich jede Ablenkung von meinen Gedanken, die ich finden konnte, und so halfen mir, da ich nichts anderes hatte, die Beerdigungsvorbereitungen über die nächsten vier Tage hinweg. Zwei Wochen vor seinem Tod hatte Barber die letzten Reste seiner Kraft aufgeboten und sein ganzes Vermögen mir gegeben, so daß mir immerhin genug Geld zur Verfügung stand. Testamente seien zu kompliziert, sagte er, und da ich ohnehin alles haben sollte, warum es mir dann nicht einfach aushändigen? Ich versuchte ihm das auszureden, denn ich wußte, daß diese Transaktion das endgültige Eingeständnis der Niederlage war, aber ich wollte auch nicht zu heftig werden. Barber war zu diesem Zeitpunkt bereits so gut wie tot, und es wäre nicht fair gewesen, sich ihm zu widersetzen.

Ich bezahlte die Krankenhausrechnungen, ich bezahlte die Bestattungsgebühr, ich bezahlte im voraus einen Grabstein. Für die Totenmesse wollte ich den Rabbi gewinnen, der elf Jahre zuvor meine Bar-Mizwa geleitet hatte. Er war jetzt ein alter Mann, weit über siebzig, nehme ich an, und als ich ihn anrief, konnte er sich nicht an meinen Namen erinnern. Ich lebe im Ruhestand, sagte er, warum fragen Sie nicht jemand anderen? Nein, sagte ich, ich möchte *Sie* haben, Rabbi Green, ich will keinen anderen. Ich mußte ihm ziemlich zureden, aber schließlich brachte ich ihn dazu, die Sache für das Doppelte seines üblichen Honorars durchzuführen. Das ist höchst ungewöhnlich, sagte er. Es gibt keine gewöhnlichen Fälle, erwiderte ich. Jeder Tod ist ein Einzelfall.

Rabbi Green und ich waren bei der Beerdigung die einzigen. Ich hatte überlegt, ob ich das Magnus College von Barbers Tod unterrichten sollte, da einige seiner Kollegen vielleicht an der Beerdigung teilnehmen wollten, hatte mich dann aber dagegen entschieden. Ich war nicht in der Stimmung, den Tag mit Fremden zu verbringen, ich wollte mit keinem Menschen reden. Der Rabbi ging auf meine Bitte ein, keine Lobrede in englischer Sprache zu halten, und beschränkte sich darauf, die traditionellen hebräischen Gebete herzusagen. Mit meinem Hebräisch war es damals nicht mehr weit her, und ich war froh, daß ich nicht verstehen konnte, was er da sagte. So konnte ich mit meinen Gedanken allein sein, und mehr wollte ich auch gar nicht. Rabbi Green betrachtete mich als Verrückten und hielt sich in den Stunden, die wir gemeinsam miteinander verbrachten, so fern von mir wie möglich. Er tat mir leid, aber nicht so sehr, daß ich etwas dagegen unternommen hätte. Alles in allem dürfte ich höchstens fünf oder sechs

Worte an ihn gerichtet haben. Als die Limousine ihn nach dieser Quälerei vor seinem Haus absetzte, schüttelte er mir die Hand und klopfte mir mit seiner linken Handfläche sachte auf die Knöchel. Eine Geste des Trostes, die ihm so leicht von der Hand gehen mußte wie seine Unterschrift; er schien kaum zu bemerken, was er da tat. «Sie sind ein sehr unruhiger junger Mann», sagte er. «Wenn Sie meinen Rat hören wollen, sollten Sie mal einen Arzt aufsuchen.»

Ich ließ mich von dem Chauffeur beim Eden Rock Motel absetzen. Da ich keine Nacht mehr in diesem Haus verbringen wollte, begann ich sofort meine Sachen zu packen, wofür ich nicht mehr als zehn Minuten brauchte. Ich zog meine Tasche zu, setzte mich noch einmal kurz aufs Bett und warf einen letzten Blick durchs Fenster. Wenn es in der Hölle Fremdenzimmer gibt, sagte ich zu mir, dann sehen sie so aus. Scheinbar ohne Grund – das heißt, ohne einen Grund, der mir damals bewußt gewesen wäre – ballte ich meine Hand zur Faust, stand auf und schlug so fest ich konnte an die Wand. Die dünne Hartfaserverkleidung gab ohne Widerstand nach und zerbrach, als mein Arm hindurchfuhr, mit einem dumpfen Knacken. Ich fragte mich, ob die Möbel genauso unstabil seien, und hob einen Stuhl auf, um es herauszufinden. Ich ließ ihn auf die Kommode krachen und sah zufrieden zu, wie das Ding in tausend Stücke zerbrach. Um das Experiment zu beenden, nahm ich eins der abgebrochenen Stuhlbeine in die rechte Hand und machte mich daran, einen Gegenstand nach dem anderen mit meiner behelfsmäßigen Keule zu bearbeiten: die Lampen, die Spiegel, den Fernseher, was immer mir in den Weg kam. Ich brauchte nur ein paar Minuten, um das ganze Zimmer von oben bis unten kleinzuschlagen, aber danach fühlte ich mich unendlich besser, als ob ich endlich einmal etwas Vernünftiges getan hätte, etwas, das dem Anlaß angemessen war. Ich blieb nicht lange stehen, um mein Werk zu bewundern. Noch keuchend von der Anstrengung, raffte ich meine Taschen zusammen, rannte nach draußen und fuhr mit dem roten Pontiac davon.

Die nächsten zwölf Stunden fuhr ich ohne anzuhalten. Als ich die Grenze nach Iowa überquerte, senkte sich die Nacht herab, und nach und nach blieb von der Welt nur noch die Unendlichkeit der Sterne übrig. Meine Einsamkeit hypnotisierte mich; haltmachen wollte ich erst, wenn mir die Augen zufielen, und ich verfolgte die weiße Linie des Highway, als sei sie das letzte, was mich noch mit der Erde verbände. Ich befand mich irgendwo mitten in Nebraska, als ich schließlich bei einem Motel vorfuhr, um dort zu übernachten. Ich erinnere mich an das Lärmen der Grillen in der Dunkelheit, das Klopfen der Motten, die ans Fliegengitter stießen, das leise Bellen eines Hundes in einem fernen Winkel der Nacht.

Am Morgen erfuhr ich, daß der Zufall mich in die richtige Richtung geführt hatte. Ohne darüber nachzudenken, war ich der Straße nach Westen gefolgt, und jetzt, da ich einmal auf dem Weg war, fühlte ich mich plötzlich ruhiger und besonnener. Ich beschloß auszuführen, was Barber und ich uns vorgenommen hatten, und das Bewußtsein, daß ich ein Ziel hatte, daß ich nicht vor etwas davonlief, sondern auf etwas zuging, gab mir den Mut, mir einzugestehen, daß ich im Grunde doch nicht tot sein wollte.

Ich glaubte nicht, daß ich die Höhle jemals finden würde (eine Überzeugung, an der ich bis zum Ende festhielt), aber mir schien die Suche als solche bereits hinlänglich: Das war etwas, das alles andere auslöschte. Ich hatte über dreizehntausend Dollar in meiner Tasche, nichts konnte mich also daran hindern. Ich konnte so lange suchen, bis sämtliche Möglichkeiten erschöpft waren. Ich fuhr bis ans Ende des flachen Landes, übernachtete in Denver und fuhr dann weiter nach Mesa Verde, wo ich drei oder vier Tage in den gewaltigen Ruinen einer ausgestorbenen Zivilisation herumkletterte: Ich konnte mich einfach nicht davon losreißen. Nie hätte ich gedacht, daß irgend etwas in Amerika so alt sein könnte, und als ich dann nach Utah hineinfuhr, glaubte ich allmählich ein wenig von dem zu begreifen, wovon Effing geredet hatte. Natürlich war ich auch von der Landschaft beeindruckt (jeder ist davon beeindruckt), vor allem aber begann die ungeheure Größe und Leere des Landes mein Zeitgefühl zu beeinflussen. Die Gegenwart schien nicht mehr dieselbe Rolle zu spielen. Minuten und Stunden waren in dieser Gegend zu kleine Maßeinheiten; wenn man die Dinge um sich her betrachtete, konnte man nur in Jahrhunderten denken, und man sah sich zu der Erkenntnis gezwungen, daß ein Jahrtausend nicht mehr ist als ein Ticken der Uhr. Zum erstenmal in meinem Leben empfand ich die Erde als einen Planeten, der durch den Weltraum kreist. Sie war nicht groß, entdeckte ich, sondern klein – geradezu mikroskopisch klein. Nichts im ganzen Universum ist kleiner als die Erde.

Ich nahm mir ein Zimmer im Comb Ridge Motel in der kleinen Stadt Bluff, und von dort aus erkundete ich einen Monat lang die Umgebung. Ich erkletterte Felsen, durchstreifte die zerklüfteten Täler der Canyons, legte Hunderte von Meilen mit dem Wagen zurück. Höhlen entdeckte ich dabei jede Menge, aber keine davon sah aus, als sei sie einmal bewohnt gewesen. Dennoch war ich in diesen Wochen glücklich, fast heiter in meiner Einsamkeit. Um unerfreulichen Szenen mit den Einwohnern von Bluff aus dem Weg zu gehen, trug ich die Haare kurz geschnitten, und meine Behauptung, ich sei Student der Geologie, schien jegliches Mißtrauen, das sie mir anfangs wohl entgegenbrachten, zu beschwichtigen. Da ich keine anderen Pläne hatte, als meine Suche fortzusetzen, hätte ich noch viele Monate so weitermachen können: allmorgendlich in Sally's Kitchen frühstücken und dann bis zum Einbruch der Dunkelheit durch die Wildnis streifen. Eines Tages jedoch fuhr ich weiter hinaus als sonst, am Monument Valley vorbei bis zu dem Navajo-Handelsposten Oljeto. Das Wort bedeutete «Mond im Wasser», was den Ort für mich schon reizvoll genug machte; aber in Bluff hatte mir jemand erzählt, daß Mr. und Mrs. Smith, die Leiter dieses Handelspostens, im weiten Umkreis die besten Kenner der Geschichte dieser Gegend seien. Mrs. Smith war die Enkelin oder Urenkelin von Kit Carson, und das Haus, das sie mit ihrem Mann bewohnte, war vollgestopft mit Navajodecken, Keramik und indianischen Gebrauchsgegenständen, das reinste Museum. Ich verbrachte ein paar Stunden mit den beiden, trank Tee in ihrem kühlen abgedunkelten Wohnzimmer, und schließlich fand ich Gelegenheit, sie zu fragen, ob sie jemals von einem Mann namens George Ugly Mouth gehört hätten; aber sie schüttelten beide den Kopf und sagten nein. Und was ist mit den Gresham-Brüdern? fragte ich. Ob sie von denen schon mal gehört hätten. Aber sicher, sagte Mr. Smith, das waren doch diese Banditen, die vor ungefähr fünfzig Jahren plötzlich verschwunden sind. Bert und Frank und Harlan, die letzten Zugräuber des Wilden Westens. Hatten die nicht irgendwo ein Versteck? fragte ich, mühsam meine Erregung verbergend. Jemand hat mir erzählt, sie hätten in einer Höhle gewohnt, hoch oben in den Bergen, glaube ich. Sie könnten recht haben, sagte Mr. Smith, so etwas habe ich auch gehört. Angeblich in der Nähe von Rainbow Bridge. Glauben Sie, es wäre möglich, sie zu finden? fragte ich. Ja, früher vielleicht, brummte Mr. Smith, früher vielleicht, aber heute können Sie lange danach suchen. Wieso das? fragte ich. Lake Powell, antwortete er. Das ganze Land da ist überflutet. Vor zwei Jahren haben sie's unter Wasser gesetzt. Ohne eine Tiefsee-Tauchausrüstung dürften Sie da kaum was finden.

Danach gab ich auf. Sobald Mr. Smith diese Worte ausgesprochen hatte, wußte ich, daß es keinen Sinn mehr hatte, weiterzumachen. Ich hatte schon immer gewußt, daß ich früher oder später würde aufhören müssen, aber daß es so plötzlich und mit so vernichtender Endgültigkeit kommen würde, hatte ich mir nie vorgestellt. Ich hatte doch gerade erst angefangen, war doch gerade erst in Schwung gekommen, und jetzt war plötzlich alles aus. Ich fuhr nach Bluff zurück, übernachtete ein letztes Mal in dem Motel und reiste am nächsten Morgen ab. Von dort fuhr ich zum Lake Powell, ich wollte mit eigenen Augen das Wasser sehen, das meine schönen Pläne zunichte gemacht hatte, doch war es schwer, einem See gegenüber viel Wut zu empfinden. Ich mietete ein Motorboot, kreuzte den ganzen Tag über das Wasser und versuchte zu überlegen, was ich als nächstes tun sollte. Das war inzwischen ein geläufiges Problem für mich, aber meine Enttäuschung war so ungeheuer groß, daß ich schlichtweg an gar nichts denken konnte. Erst als ich das Boot wieder bei der Verleihstelle zurückgab und nach meinem Wagen zu suchen begann, wurde mir die Entscheidung plötzlich aus der Hand genommen.

Der Pontiac war nirgendwo zu finden. Ich suchte überall danach, doch dann merkte ich, daß er nicht mehr da war, wo ich ihn geparkt hatte, und ich wußte, daß man ihn mir gestohlen hatte. Meinen kleinen Rucksack und fünfzehnhundert Dollar in Reiseschecks hatte ich bei mir, aber der Rest des Geldes war im Kofferraum gewesen – mehr als zehntausend Dollar in bar, meine ganze Erbschaft, alles, was ich auf der Welt besaß.

In der Hoffnung, daß jemand mich mitnehmen würde, stellte ich mich an die Straße, aber kein Wagen hielt wegen mir an. Ich verfluchte sie, ich schrie ihnen Obszönitäten nach, wenn sie an mir vorbeirasten. Dann wurde es Abend, und da ich auch an der Hauptstraße keinen Erfolg hatte, blieb mir nichts anderes übrig, als ins Gebüsch zu tappen und mir einen Platz zum Schlafen zu suchen. Das Verschwinden des Wagens hatte mich so verwirrt, daß ich nicht einmal daran dachte, bei der Polizei Anzeige zu erstatten. Als ich am nächsten Morgen zitternd vor Kälte aufwachte, kam mir plötzlich der Gedanke, daß der Diebstahl nicht von Menschen begangen sei. Es war ein Streich der Götter, ein Akt göttlicher Böswilligkeit, die nur das Ziel hatte, mich zu zermalmen.

Und da begann ich zu gehen. Ich war so wütend, so beleidigt von dem, was geschehen war, daß ich nicht mehr den Daumen ausstreckte, um einen Wagen anzuhalten. Ich ging den ganzen Tag, von Sonnenaufgang bis Sonnenuntergang, ich ging, als wollte ich den Boden unter meinen Füßen bestrafen. Am nächsten Tag das gleiche von vorn. Und am Tag danach noch einmal. Und dann noch einmal. Drei Monate lang ging ich weiter, arbeitete mich langsam nach Westen vor, machte ab und zu in einer kleinen Ortschaft für einen oder zwei Tage halt und zog dann weiter, schlief auf freiem Feld, in Höhlen, in Gräben am Straßenrand. In den ersten zwei Wochen war ich wie einer, den der Blitz getroffen hat. In mir hallte der Donner, ich weinte, ich heulte wie ein Irrer, aber dann schien die Wut nach und nach zu verrauchen, und ich gewöhnte mich allmählich an den Rhythmus meiner Schritte. Ich verschliß ein Paar Schuhe nach dem anderen. Am Ende des ersten Monats fing ich langsam wieder an, mit den Leuten zu reden. Wenige Tage später kaufte ich mir eine Schachtel Zigarren, und von da an rauchte ich jeden Abend eine zu Ehren meines Vaters. In Valentine, Arizona, wurde ich in einem leeren Lokal am Ortsrand von einer pummeligen Kellnerin namens Peg verführt und blieb dann zehn oder zwölf Tage bei ihr. In Needles, Kalifornien, verstauchte ich mir den linken Fußknöchel und konnte eine Woche lang nicht damit auftreten, im übrigen aber ging ich ohne Unterbrechung immer auf den Pazifik zu, getragen von einem sich stetig steigernden Glücksgefühl. Ich spürte, wenn ich das Ende des Kontinents erreichen würde, läge dort die Antwort auf irgendeine wichtige Frage bereit. Ich hatte keine Ahnung, wie diese Frage lautete, aber die Antwort war bereits in meinen Schritten vorgeformt, und ich brauchte nur weiterzugehen, um zu erfahren, daß ich mich selbst hinter mir gelassen hatte, daß ich jetzt nicht mehr der gleiche Mensch war wie früher.

Mein fünftes Paar Schuhe kaufte ich mir am 3. Januar 1972 in einem Ort namens Lake Elsinore. Drei Tage später stieg ich, fix und fertig vor Erschöpfung, mit 413 Dollar in der Tasche über die Hügel nach Laguna Beach hinunter. Vom Gipfel des Vorgebirges aus konnte ich bereits den Ozean sehen, aber ich ging weiter, bis ich ganz unten am Wasser war. Es war vier Uhr nachmittags, als ich meine Schuhe auszog und den Sand an meinen Fußsohlen spürte. Ich hatte das Ende der Welt erreicht, dahinter waren nur noch Luft und Wellen, eine Leere, die sich bis an die Küsten von China erstreckte. Hier fange ich an, sagte ich zu mir, hier soll mein Leben anfangen.

Ich stand lange am Strand, wartete, bis die letzten Strahlen der Sonne verschwunden waren. Hinter mir ging die Stadt ihren Geschäften nach und machte die vertrauten amerikanischen Geräusche des ausgehenden Jahrhunderts. Ich blickte den Bogen der Küste entlang und sah eins nach dem andern die Lichter in den Häusern angehen. Dann stieg der Mond hinter den Hügeln empor. Es war Vollmond, gelb und rund wie ein glühender Stein. Ich folgte ihm mit den Augen auf seinem Weg in den nächtlichen Himmel und wandte mich erst ab, als er seinen Platz in der Dunkelheit gefunden hatte.

© Isolde Ohlbaum

B 1/3

Paul Auster

«Paul Auster versteht es meisterhaft, seine Leser zu fesseln und zu irritieren.» Der Tagesspiegel

Die New York-Trilogie
Roman. rororo 12548

Im Land der letzten Dinge
Roman. rororo 13043

Die Musik des Zufalls
Roman. rororo 13373

Leviathan
Roman. rororo 13927

Mr. Vertigo
Roman. rororo 22152

Mond über Manhattan
Roman. rororo 22756

Timbuktu
Roman. rororo 22882

Das Buch der Illusionen
Roman. rororo 23526

Nacht des Orakels
Roman. rororo 23987

Die Erfindung der Einsamkeit
Betrachtungen und Gespräche
rororo 13585

Smoke. Blue in the Face
Zwei Filme
rororo 13666

Lulu on the Bridge
Ein Film mit Mira Sorvino und Harvey Keitel
rororo 22426

Von der Hand in den Mund
Eine Chronik früher Fehlschläge
rororo 22634

Das rote Notizbuch
rororo 23040

Mein New York
rororo 23118

Ich glaubte, mein Vater sei Gott
Wahre Geschichten aus Amerika
rororo 23340

Paul Auster/Gerard de Cortanze
Die Einsamkeit des Labyrinths
Betrachtungen und Gespräche
rororo 22309

Weitere Informationen in der Rowohlt Revue oder unter www.rororo.de